GOLDMANN

Buch

Als die hübsche Jody mit 100 000 $ in einem Müllcontainer aufwacht, weiß sie, daß irgend etwas passiert sein muß. Doch wenige Stunden später, als ihr Freund sie aus ihrem gemeinsamen Apartment geworfen hat, beginnt ihr langsam ein Licht aufzugehen. Nicht nur, daß sie kein Tageslicht mehr ertragen kann. Ein anonymer Anrufer informiert sie zusätzlich: »Du bist nicht unsterblich. Es kann dir immer noch verdammt schnell an den Kragen gehen.«

Tommy Flood, angehender Schriftsteller und Leiter der Nachtschicht in einem Supermarkt in Chinatown, lernt Jody kennen, als er sie vor den Avancen eines rüden Lagerarbeiters bewahrt. Nach einer langen Nacht mit Küssen und Bissen gesteht ihm Jody, daß sie in eine Vampirin verwandelt worden ist. Kein Problem für Tommy, der gegen die etwas andere Lovestory nichts einzuwenden hat. Aber dann kommen ein paar Polizisten ins Spiel – und ein paar Vampire, die ihm alles andere als ein paar Knutschflecken verpassen wollen.

Ein Vampirroman für die Generation X – »Perfekt! Christopher Moore ist nicht nur ein Genie, sondern auch noch einer der wenigen Autoren, die Spaß bei ihrer Arbeit haben. Ein einziges Vergnügen.« *Robert Bloch*

Autor

Christopher Moore wird in den USA mit Tom Robbins und Douglas Adams verglichen. Sein erster Roman, *Practical Demonkeeping*, wird gerade von Walt Disney Productions verfilmt. Der ehemalige Journalist lebt in der Nähe von Big Sur, Kalifornien. Weitere Romane sind bei Goldmann in Vorbereitung.

CHRISTOPHER MOORE
LANGE ZÄHNE
ROMAN

Aus dem Amerikanischen
von Ute Thiemann

GOLDMANN VERLAG

Die amerikanische Originalausgabe erschien 1995 unter dem Titel
»Blood Sucking Fiends« bei Simon & Schuster, New York

In Gedenken an meinen Vater:
JACK DAVIS MOORE

Umwelthinweis:
Alle bedruckten Materialien dieses Taschenbuches
sind chlorfrei und umweltschonend.
Das Papier enthält Recyclinganteile.

Der Goldmann Verlag
ist ein Unternehmen der Verlagsgruppe Bertelsmann

Deutsche Erstveröffentlichung 9/96

Umschlaggestaltung: Design Team München
Satz: Uhl + Massopust, Aalen
Druck: Elsnerdruck, Berlin
Verlagsnummer: 8143
Lektorat: Sky Nonhoff
Redaktion: Janka Panskus
Herstellung: Heidrun Nawrot
Made in Germany
ISBN 3-442-08143-2

1 3 5 7 9 10 8 6 4 2

Danksagungen

Der Autor möchte an dieser Stelle all jenen danken, die bei den Recherchen und dem Schreiben von *Lange Zähne* geholfen haben:

Mark Joseph und Mark Anderson für ihre Hilfe bei den Recherchen in der Bay Area. Rachelle Stambal, Jean Brody, Liz Ziemska und Dee Dee Leichtfuss für ihr sorgfältiges Lesen und ihre freundlichen Vorschläge. Meinen Lektoren Michael Korda und Chuck Adams für ihre sauberen Hände und ihre Gelassenheit. Und meinem Agenten, Nick Ellison, für seine Geduld, Unterstützung, Freundschaft und harte Arbeit.

Teil Eins

Küken

1. KAPITEL

Tod

Der Sonnenuntergang bepinselte die große Pyramide mit Purpur, während der Kaiser in der Gasse darunter genüßlich einen Strahl Wasser an einem Müllcontainer abließ. Bodennebel kroch von der Bucht herauf, schlängelte sich um die Säulen und über die Betonlöwen und brach sich schließlich an den Türmen, in denen das Geld des Westens bewegt wurde. Das Bankenviertel: Vor einer Stunde flossen hier noch Ströme von Männern in grauer Schurwolle und Frauen mit Pumps. Jetzt waren die Straßen verlassen – still bis auf ein Nebelhorn, das über die Bucht muhte wie eine einsame Kuh.

Der Kaiser schüttelte die letzten Tropfen von seinem Szepter ab, schauderte fröstelnd, dann zog er den Reißverschluß an seinem Hosenstall zu und wandte sich zu den königlichen Hunden um, die geduldig hinter ihm warteten. »Das Nebelhorn klingt heute abend ungewöhnlich traurig, findet ihr nicht auch?«

Der kleinere der Hunde, ein Boston Terrier, senkte den Kopf und leckte sich die Lefzen.

»Bummer, du bist so einfältig! Meine Stadt verfällt vor deinen Augen. Die Luft ist von Gift geschwängert, die Kinder erschießen einander auf offener Straße, und jetzt rafft auch noch diese Seuche, diese schreckliche Seuche, mein Volk zu Tausenden dahin, aber du denkst nur ans Fressen.«

Der Kaiser deutete mit einem Nicken auf den größeren Hund, einen Golden Retriever. »Lazarus weiß um die Bürde unserer Verantwortung. Muß man sterben, um Würde zu finden? Manchmal frage ich mich das.«

Lazarus legte die Ohren an und knurrte.

»Habe ich dich beleidigt, mein Freund?«

Nun begann auch Bummer zu knurren und wich von dem Müllcontainer zurück. Der Kaiser drehte sich um und sah, wie der Deckel des Containers langsam von einer bleichen Hand hochgedrückt wurde. Eine Gestalt, ein Mann, stand im Müllcontainer auf, sein dunkles Haar zerzaust und gespickt mit Abfall, seine Haut weiß wie Knochen. Er sprang seitlich aus dem Müllcontainer und fauchte den kleinen Hund an, wobei er lange weiße Fangzähne bloßlegte. Jaulend versteckte sich Bummer hinter dem Bein des Kaisers.

»Reiß dich zusammen«, befahl der Kaiser. Er warf sich in die Brust und schob die Daumen unter das Revers seines zerschlissenen Mantels.

Der Vampir wischte ein verfaultes Salatblatt von seinem schwarzen Hemd und grinste. »Ich lasse dich leben«, erklärte er. Seine Stimme klang wie eine Feile, die man über uraltes, verrostetes Metall zieht. »Das ist deine Strafe.«

Der Kaiser riß entsetzt die Augen auf, aber er ließ sich nicht einschüchtern. Der Vampir lachte, dann drehte er sich um und verschwand im Nebel.

Dem Kaiser lief es kalt den Nacken hinunter. Er ließ den Kopf hängen und dachte: Bitte nicht. Meine Stadt stirbt an Gift und der Seuche, und jetzt sucht auch noch diese – diese Kreatur die Straßen heim. Die Verantwortung ist erdrückend. Kaiser hin oder her, ich bin auch nur ein Mensch. Ich bin schwach wie Wasser: Es gilt ein ganzes Reich zu retten, doch im Moment würde ich für eine Familienportion knusprig gebratener Hähnchenteile des Colonels meine Seele verkaufen. Ah, aber ich muß den Truppen mit gutem Beispiel vorangehen. Ich vermute, es könnte schlimmer sein. Ich könnte der Kaiser von Oakland sein.

»Kinn hoch, Brust raus, Jungs«, sagte der Kaiser zu seinen

Hunden. »Wenn wir gegen dieses Ungeheuer in die Schlacht ziehen wollen, dann brauchen wir Kraft. In North Beach gibt es eine Bäckerei, die bald ihre altbackenen Waren wegwerfen wird. Machen wir uns auf.« Er schlurfte los und dachte bei sich: Nero hat auf seiner Fidel gespielt, während sein Reich in Schutt und Asche zerfiel; ich werde trockene Backwaren essen.

Während der Kaiser die California Street entlangmarschierte und versuchte, sich die Ohnmacht der Macht mit der Aussicht auf einen Puderzucker-Doughnut zu versüßen, verließ Jody die Pyramide. Jody war sechsundzwanzig und hübsch auf eine Art, die in Männern den Wunsch weckte, sie mit Flanellbettzeug zuzudecken und ihr noch einen Kuß auf die Stirn zu geben, bevor sie das Schlafzimmer verließen; niedlich, aber nicht schön.

Als sie unter den riesigen Betonstrebepfeilern der Pyramide durchkam, hinkte sie wegen einer Strumpfhosen-Beschädigung. Die Laufmasche, die sich breit von der Hacke bis zur Kniekehle hinten an ihrem Bein hinaufzog – das Ergebnis einer heimtückischen Aktenschublade (Schadensfälle, X-Y-Z), die plötzlich vorgeschnellt war und ihr in den Knöchel gebissen hatte – tat nicht wirklich weh, aber Jody hinkte trotzdem, von der rein psychologischen Verletzung. Mein Kleiderschrank sieht bald aus wie eine Straußenzucht, ging es ihr durch den Sinn. Ich muß entweder anfangen, Stopfeier wegzuwerfen, oder meine Beine bräunen, damit ich keine Strumpfhosen mehr tragen muß.

Sie war noch nie braun gewesen, konnte es auch nicht wirklich werden. Sie war ein milchhäutiger, grünäugiger Rotschopf, den die Sonne nur verbrannte und mit Sommersprossen übersäte.

Als sie noch einen halben Block von ihrer Bushaltestelle entfernt war, siegte der vom Wind getriebene Nebel, und

Jodys Haar verlor mit einem Schlag jeglichen natürlichen Haarspray-Halt. Ordentliche taillenlange Wellen kräuselten sich augenblicklich zu einem ungebändigten Cape aus Locken und Kletten. Na toll, dachte sie, wenn ich nach Hause komme, sehe ich wieder mal aus wie ausgekotzt. Da wird sich Kurt aber freuen!

Sie zog wärmesuchend ihren Blazer fester um ihre Schultern, klemmte sich ihren Aktenkoffer quer unter die Brüste, wie ein Schulmädchen seine Lehrbücher, und humpelte weiter. Ein Stück weiter vorn auf dem Bürgersteig sah sie jemanden neben der Glastür eines Börsenmakler-Büros stehen. Grünes Licht von den Monitoren drinnen zeichnete seine Silhouette in den Nebel. Jody überlegte, die Straßenseite zu wechseln, um ihm auszuweichen, aber sie würde nach ein paar Metern wieder wechseln müssen, um ihren Bus zu kriegen.

Ich bin es leid, Überstunden zu machen, dachte sie. Das ist es nicht wert. Kein Blickkontakt, lautete ihr Plan.

Als sie an dem Mann vorbeiging, blickte sie starr auf ihre Laufschuhe (die Pumps waren im Aktenkoffer). So ist's richtig. Nur noch ein paar Schritte ...

Eine Hand packte sie am Haar und riß sie von den Füßen. Ihr Aktenkoffer segelte über den Bürgersteig, und sie fing an zu schreien. Eine andere Hand preßte sich über ihren Mund, und sie wurde von der Straße weg in eine Gasse geschleift. Sie trat und schlug um sich, aber er war zu stark. Der Gestank von verdorbenem Fleisch stieg ihr in die Nase. Würgend versuchte sie weiterzuschreien. Ihr Angreifer wirbelte sie herum, riß an ihrem Haar, zog ihren Kopf nach hinten, bis sie glaubte, ihr würde das Genick brechen. Dann spürte sie einen stechenden Schmerz an der Seite ihres Halses, und ihre Kraft schien zu verpuffen.

Sie nahm auf der anderen Seite der Gasse eine Limodose und ein altes *Wall Street Journal* wahr, ein Kaugummi, das an der Mauer klebte, ein »Parken verboten«-Schild: Einzelheiten, seltsam verlangsamt und bedeutungsschwanger. Ihr Blickfeld verdunkelte sich von den Rändern her, so als würde sich eine Irisblende schließen, und ihr ging durch den Sinn: Dies sind die letzten Dinge, die ich in meinem Leben sehe. Die Stimme in ihrem Kopf war ruhig, gelassen.

Als alles dunkel wurde, versetzte ihr ihr Angreifer eine Ohrfeige. Jody schlug die Augen auf und sah ein hageres, weißes Gesicht vor sich. Er sprach zu ihr. »Trink«, sagte er.

Etwas Warmes und Nasses wurde in ihren Mund gerammt. Sie schmeckte warmes Eisen und Salz und würgte wieder. *Es ist sein Arm. Er hat mir seinen Arm in den Mund gerammt und mir die Zähne ausgeschlagen. Ich schmecke Blut.*

»Trink!«

Eine Hand hielt ihr die Nase zu. Jody wehrte sich, versuchte zu atmen, versuchte, seinen Arm aus ihrem Mund zu ziehen, um wieder Luft zu kriegen, rang nach Atem und erstickte fast an Blut. Doch dann saugte sie, trank gierig. Als er seinen Arm wegzog, hielt sie ihn fest. Er riß ihn ihr aus dem Mund, drehte sie grob herum und biß ihr abermals in den Hals. Kurz darauf spürte Jody, wie sie fiel. Der Angreifer zerrte an ihren Kleidern, aber sie hatte keine Kraft mehr, sich zu wehren. Sie fühlte etwas Rauhes an der Haut ihrer Brüste und ihres Bauches, dann ließ er auch schon wieder von ihr ab.

»Das wirst du brauchen«, sagte er, und seine Stimme hallte in ihrem Kopf, als hätte er in eine Schlucht gerufen. »Jetzt kannst du sterben.«

Jody empfand fast so etwas die Dankbarkeit. Mit seiner Erlaubnis gab sie auf. Ihr Herzschlag verlangsamte sich, stockte und setzte schließlich ganz aus.

2. KAPITEL

Tod – die Zweite

Sie hörte über sich in der Dunkelheit Insekten huschen, roch verbranntes Fleisch und fühlte, wie etwas Schweres auf ihren Rücken drückte. O mein Gott, er hat mich lebendig begraben!

Ihr Gesicht war gegen etwas Hartes, Kaltes gepreßt – Stein, dachte sie, bis sie das Öl im Asphalt roch. Panik übermannte sie, und sie versuchte verzweifelt, sich auf ihren Händen hochzustemmen. Schmerz schoß durch ihre linke Hand, als Jody sich aufstützte. Es schepperte, dann gab es einen ohrenbetäubenden Rumms, und Jody stand. Der Müllcontainer, der auf ihren Rücken gedrückt hatte, lag umgekippt da und verstreute seinen Abfall über die Gasse. Jody sah ihn ungläubig an. Er mußte mindestens eine Tonne gewogen haben.

Angst und Adrenalin, dachte sie bei sich.

Dann blickte sie auf ihre linke Hand und schrie. Die Haut war schrecklich verbrannt, die obere Hautschicht schwarz und aufgeplatzt. Jody lief aus der Gasse, um sich Hilfe zu holen, aber die Straße war verlassen. Ich muß ins Krankenhaus, die Polizei rufen.

Sie entdeckte eine Telefonzelle; eine rote Hitzesäule erhob sich von der Lampe darüber. Jody spähte rechts und links die Straße hinunter. Über jeder Straßenlaterne konnte sie rote Wellen aufsteigen sehen. Sie konnte das Summen der Kabel der Cable Cars über sich hören, das stete Fließen der Kanalisation unter der Straße. Sie konnte toten Fisch und Dieseldämpfe im Nebel riechen, die Fäulnis der Oakland-Sümpfe auf der anderen Seite der Bucht, alte Pommes

Frites, Zigarettenstummel, Brotkrusten und angegammelte Salami aus einer Mülltonne in der Nähe und den nachhaltigen Duft von Aramis, der unter den Türen der Börsenmakler-Büros und Banken herauswaberte. Sie konnte hören, wie Nebelschwaden wie nasser Samt an den Gebäuden entlangstrichen. Es war so, als wären ihre Sinne, genau wie ihre Körperkraft, durch das Adrenalin hochgeputscht worden.

Sie schüttelte das Spektrum von Geräuschen und Gerüchen ab und lief zu der Telefonzelle; ihre verbrannte Hand hielt sie vorsichtig am Gelenk umfaßt. Als sie sich bewegte, fühlte sie etwas Rauhes auf der Haut unter ihrer Bluse. Sie zog mit der rechten Hand an der Seide, zerrte den Stoff aus ihrem Rockbund. Geldbündel fielen aus ihrer Bluse auf den Bürgersteig. Jody blieb stehen und starrte auf die von Manschetten gehaltenen Bündel von Hundertdollarnoten, die zu ihren Füßen lagen.

Das müssen an die hunderttausend Dollar sein, ging es ihr durch den Kopf. Ein Mann hat mich überfallen, mich erstickt, mich in den Hals gebissen, meine Hand verbrannt und mir dann die Bluse mit Geld vollgestopft und einen Müllcontainer auf mich gekippt, und jetzt kann ich Wärme sehen und Nebel hören. Ich habe den Jackpot in Satans Lotterie geknackt!

Sie ließ das Geld auf dem Bürgersteig liegen und lief zurück in die Gasse. Mit ihrer gesunden Hand durchwühlte sie den Müll, der aus dem Container gefallen war, bis sie eine Papiertüte fand. Danach kehrte sie auf die Straße zurück und steckte das Geld in die Tüte.

In der Telefonzelle mußte sie etwas fummeln, um den Hörer von der Gabel zu bekommen und zu wählen, da sie weder das Geld ablegen wollte, noch ihre verbrannte Hand zu Hilfe nehmen. Sie tippte 911, und während sie auf die Verbindung wartete, betrachtete sie ihre Verbrennung. Sie sah eigentlich schlimmer aus, als sie sich anfühlte. Als Jody versuchte, die Finger zu bewegen, platzte die schwarze Haut auf. Mann, das sollte weh tun. Und es sollte mir schlecht werden, überlegte sie, aber das tut es nicht. Um ehrlich zu sein, fühle ich mich gar nicht so mies, wenn man die Umstände bedenkt. Das eine oder andere Racquetball-Match mit Kurt hat mich schon mehr mitgenommen. Komisch.

Im Hörer klickte es, und eine Frauenstimme meldete sich in der Leitung. »Hallo, hier ist die Notrufzentrale San Francisco. Wenn Sie sich im Moment in unmittelbarer Gefahr befinden, drücken sie die Eins. Wenn die Gefahr vorüber ist und Sie immer noch Hilfe brauchen, drücken Sie die Zwei.«

Jody drückte die Zwei.

»Wenn Sie beraubt wurden, drücken Sie die Eins. Wenn Sie in einen Unfall verwickelt waren, drücken Sie die Zwei. Wenn Sie überfallen wurden, drücken Sie die Drei. Wenn Sie anrufen, um ein Feuer zu melden, drücken Sie die Vier. Wenn Sie …«

Jody ging die Möglichkeiten im Kopf durch und drückte die Drei.

»Wenn Sie angeschossen wurden, drücken Sie die Eins. Bei Stichwunden drücken Sie die Zwei. Bei Vergewaltigung drücken Sie die Drei. Alle anderen Überfälle: Drücken Sie die Vier. Wenn Sie die Optionen noch einmal hören möchten, drücken Sie die Fünf.«

Jody wollte die Vier drücken, traf aber statt dessen die Fünf. Es klickte ein paarmal, dann meldete sich wieder die Bandstimme.

»Hallo, hier ist die Notrufzentrale San Francisco. Wenn Sie sich im Moment in unmittelbarer Gefahr befinden …«

Jody knallte den Hörer auf die Gabel. Er zerbrach in ihrer Hand und hätte beinahe noch das Telefon aus der Halterung gerissen. Jody machte erschreckt einen Satz zurück und betrachtete den Schaden. Adrenalin, dachte sie bei sich.

Ich werde Kurt anrufen. Er kann mich abholen und ins Krankenhaus fahren. Sie sah sich nach einer anderen Telefonzelle um. Da war eine neben ihrer Bushaltestelle. Als sie dort ankam, wurde ihr bewußt, daß sie kein Kleingeld hatte. Ihre Handtasche war in ihrem Aktenkoffer gewesen, und der Aktenkoffer war weg. Sie versuchte, sich an ihre Telefonkarten-Nummer zu erinnern, aber sie und Kurt waren erst vor einem Monat zusammengezogen, deshalb kannte sie die Nummer noch nicht auswendig. Sie nahm den Hörer ab und wählte die Vermittlung an. »Ich würde gern ein R-Gespräch von Jody anmelden.« Sie gab der Vermittlung die Nummer und wartete, während es in der Leitung klingelte. Der Anrufbeantworter ging ran.

»Sieht so aus, als wäre niemand zu Hause«, sagte die Vermittlung.

»Er hört die Anrufe mit«, beharrte Jody. »Sagen Sie ihm nur ...«

»Tut mir leid, es ist uns nicht gestattet, Nachrichten zu hinterlassen.«

Beim Auflegen zerstörte Jody auch dieses Telefon – diesmal absichtlich.

Ganze Bündel von Hundertdollarnoten, und ich kann nicht einmal einen verdammten Telefonanruf machen, ging es ihr durch den Sinn. Kurt hört seine Anrufe mit – es muß schon sehr spät sein; man sollte denken, daß er sich um mich sorgen und ans Telefon gehen würde. Wenn ich nicht so sauer wäre, würde ich heulen.

Ihre Hand tat mittlerweile überhaupt nicht mehr weh. Als Jody sie sich abermals anschaute, schien sie auch etwas angeheilt zu sein. Ich schnappe langsam über, dachte sie bei sich. Posttraumatisches Überschnappen. Außerdem habe ich Hunger. Ich brauche ärztliche Hilfe, ich brauche ein gutes Essen, ich brauche einen mitfühlenden Cop, ein Glas Wein, ein heißes Bad, eine Umarmung, meine Automatenkarte, damit ich das ganze Bargeld auf mein Konto einzahlen kann. Ich brauche …

Der 42er Bus bog um die Ecke. Instinktiv tastete Jody in ihrer Blazertasche nach ihrer Monatskarte. Sie war noch da. Der Bus hielt an, und die Tür ging auf. Jody stieg ein und hielt dem Fahrer kurz ihre Monatskarte hin. Er grunzte. Jody setzte sich auf die erste Bank, gegenüber von drei anderen Fahrgästen.

Jody fuhr nun schon seit fünf Jahren mit dem Bus, und gelegentlich – weil sie Überstunden gemacht hatte oder im Kino gewesen war – hatte sie ihn auch spätabends nehmen müssen. Aber heute abend, mit ihrem zerzausten, schmutzigen Haar, ihrer zerrissenen Strumpfhose und ihrem zerknitterten, fleckigen Kostüm – verdreckt, verwirrt und verzweifelt –, hatte sie zum ersten Mal das Gefühl, hierherzupassen. Die Irren strahlten bei ihrem Anblick.

»Parkplatz!« rief eine Frau hinten im Bus aus. Jody sah auf.

»Parkplatz!« Die Frau trug einen geblümten Hausmantel und Mickey-Maus-Ohren. Sie zeigte aus dem Fenster und brüllte: »Parkplatz!«

Jody wandte peinlich berührt den Blick ab. Aber sie verstand nur zu gut. Sie besaß einen Wagen, einen schnellen kleinen Honda, und seit sie vor einem Monat einen Parkplatz vor ihrer Wohnung gefunden hatte, bewegte sie den Wagen nur Dienstag abends, wenn die Straßenreinigung kam – und stellte ihn sofort zurück, sobald der Straßenkehrerwagen durch war. Parzellen-Hüten war eine alte Tradition in der Stadt; man mußte einen Platz mit seinem Leben verteidigen. Jody hatte gehört, daß es in Chinatown Parkplätze gab, die schon seit Generationen in den Händen einzelner Familien waren, behütet wie die Gräber ehrenwerter Ahnen und gesichert durch das eine oder andere Schmiergeld an die chinesischen Straßenbanden.

»Parkplatz!« rief die Frau.

Jody schaute über den Mittelgang hinweg zur Bank gegenüber und begegnete dem Blick eines abgerissenen, bärtigen Mannes in einem Mantel. Er grinste schüchtern, dann zog er langsam seinen Mantel beiseite, um eine beeindruckende Erektion zu enthüllen, die aus dem Hosenstall seiner khakifarbenen Hosen ragte.

Jody erwiderte das Grinsen, zog ihre verbrannte, schwarze Hand unter ihrem Blazer hervor und hielt sie für ihn hoch. Übertrumpft schloß er seinen Mantel, lümmelte sich auf seinen Sitz und schmollte. Jody konnte gar nicht glauben, daß sie das getan hatte.

Neben dem bärtigen Mann saß eine junge Frau, die wütend einen Pullover in einen Handarbeitsbeutel hinein aufribbelte, so als würde sie ihn noch einmal stricken, sobald sie ihn ganz aufgetrennt hatte. Neben der Strickerin saß ein alter Mann mit Tweedanzug und wollener Jagdmütze, der einen Gehstock zwischen seinen Knien festhielt. Alle paar Augenblicke wurde er von einem rasselnden Hustenanfall geschüttelt. Anschließend rang er nach Luft, während er sich die Augen mit einem seidenen Taschentuch trocknete. Als er bemerkte, daß Jody ihn ansah, lächelte er entschuldigend.

»Nur eine Erkältung«, erklärte er.

Nein, es ist etwas weit Schlimmeres als eine Erkältung, dachte Jody. Du stirbst. Woher weiß ich das? Ich weiß nicht, woher ich das weiß, aber ich weiß es. Sie lächelte den alten Mann an, dann drehte sie sich um und sah aus dem Fenster.

Der Bus fuhr jetzt durch North Beach. Die Straßen wimmelten von Seeleuten, Pennern und Touristen. Um jeden konnte Jody eine schwache rote Aura und Wärmespuren sehen, die hinter ihnen her waberten, wenn sie sich bewegten. Sie schüttelte den Kopf, um ihren Blick zu klären, dann sah sie sich die Leute im Bus an. Ja, jeder von ihnen hatte eine Aura, wenn auch einige heller waren als andere. Den alten Mann in dem Tweedanzug umgab neben der Wärme-Aura auch noch ein schwarzer Ring. Jody rieb sich die Augen und dachte: Ich muß mir den Kopf gestoßen haben. Ich werde eine Computertomographie und ein EEG machen lassen müssen. Das wird ein Vermögen kosten. Der Firma wird das gar nicht gefallen. Vielleicht kann ich meinen eigenen Antrag bearbeiten und ihn durchboxen. Auf alle Fälle werde ich mich für den Rest der Woche krank melden. Und dann ist ein Einkaufsbummel fällig, wenn ich erstmal mit dem Krankenhaus und der Polizei durch bin. Ein richtig ausgedehnter Einkaufsbummel. Außerdem werde ich eine Weile nicht tippen können.

Sie blickte auf ihre verbrannte Hand und hatte abermals das Gefühl, daß sie ein wenig abgeheilt wäre. Ich werde trotzdem die Woche freinehmen, entschied Jody.

Der Bus hielt an Fisherman's Wharf und Giradelli Square. Gruppen von Touristen in neonfarbenen Nylonshorts und Alcatraz-T-Shirts stiegen ein und plapperten auf französisch und deutsch, während sie suchend mit ihren Fingern auf Stadtplänen entlangfuhren. Jody konnte Schweiß und Seife riechen, das Meer, gekochte Krebse, Schokolade und Schnaps, gebratenen Fisch, Zwiebeln, Sauerteigbrot, Hamburger und Auspuffgase – Gerüche, die die Touristen verströmten. So hungrig sie auch war, beim Geruch von Essen wurde ihr übel.

Ihr dürft während eures Besuchs in San Francisco gern auch mal duschen, wütete Jody im stillen.

Als der Bus die Van Ness hinauffuhr, stand Jody auf und drängelte sich durch die Touristen zum Ausgang. Ein paar Blocks weiter hielt der Bus an der Chestnut Street. Jody warf einen letzten Blick über ihre Schulter. Die Frau mit den Mickey-Maus-Ohren starrte friedlich aus dem Fenster. »Mann«, sagte Jody. »Seht euch nur mal all diese Parkplätze an!«

Als sie aus dem Bus ausstieg, konnte Jody die Frau rufen hören: »Parkplatz! Parkplatz!«

Jody lächelte. Warum habe ich das jetzt getan?

3. KAPITEL

Blut ist dicker als Liebe

Schnappschüsse um Mitternacht: Eine beleibte Frau mit einer Gaspistole, die einen Pudel Gassi führt; ein älteres Schwulenpärchen, das im Macho-Gang in Designer-Jeans dahinmarschiert; eine Collegestudentin, die auf ihrem Mountain-Bike vorbeiradelt – gefolgt von Strähnen einer Spliß-Dauerwelle und einem Flirren roter Wärme; Fernseher, die in Hotels und Wohnungen flimmern; das Geräusch von Wasserboilern und Waschmaschinen; der Wind, der mit den Platanenblättern raschelt und durch die Tannen pfeift; eine Ratte, die ihr Nest in einer Palme verläßt – Krallen, die den Stamm hinunterhuschen. Gerüche: Angstschweiß von der Pudel-Frau, Rosenwasser, Ozean, Baumsaft, Ozon, Öl, Auspuffgase und Blut – heiß und süß wie Eisen mit Zuckerkruste.

Es waren nur drei Blocks von der Bushaltestelle bis zu dem vierstöckigen Gebäude, in dem sie sich mit Kurt ein Apartment teilte, aber für Jody schienen es Meilen und Abermeilen. Es war nicht Erschöpfung, sondern Angst, die die Strecke verlängerte. Jody hatte gedacht, sie hätte ihre Angst vor der Stadt vor langer Zeit verloren, aber da war sie wieder: Immer wieder warf sie nervöse Blicke über die Schulter, während sie schnell und zielstrebig, ohne jedoch zu rennen, voranschritt.

Sie überquerte die Straße zu ihrem Block und sah Kurts Jeep vor dem Gebäude parken. Sie suchte nach ihrem Honda, aber er war verschwunden. Vielleicht hatte Kurt ihn genommen; aber warum? Sie hatte ihm aus Höflichkeit die Schlüssel dagelassen. Eigentlich war nicht vorgesehen, daß er den Wagen benutzte. So gut kannte Jody Kurt noch nicht.

Sie sah an dem Gebäude hoch. Die Lichter in ihrem Apartment brannten. Jody konzentrierte sich auf das Wohnzimmerfenster und konnte die Stimme von Louis Rukeyser hören, der feixend einen Überblick über die Woche an der Wall Street gab. Kurt schaute sich vor dem Zubettgehen gern aufgezeichnete Sendungen von *Wall Street Week* an. Er sagte, es würde ihn entspannen, aber Jody argwöhnte, daß es ihn antörnte, kahl werdenden Geldmanagern zuzuhören, die darüber redeten, wie sie mit Millionen jonglierten. Naja, wenn er beim Anstieg des Dow Jones einen hochbekam, sollte ihr das recht sein. Der letzte Typ, mit dem sie zusammengelebt hatte, wollte, daß sie auf ihn pinkelte.

Als sie gerade die Treppe hinaufsteigen wollte, nahm sie aus dem Augenwinkel eine Bewegung wahr. Jemand hatte sich blitzschnell hinter einem Baum versteckt. Trotz der Dunkelheit konnte Jody einen Ellenbogen und eine Schuhspitze hinter dem Baum erkennen, aber etwas anderes machte ihr angst. Da war keine Wärme-Aura. Sie nicht zu sehen war jetzt ebenso beunruhigend wie es noch vor einigen Minuten gewesen war, sie zu sehen: Jody hatte sich so an sie gewöhnt, daß sie sie erwartete. Wer immer dort hinter dem Baum stand, war ebenso kalt wie der Baum.

Jody eilte die Stufen hinauf, drückte den Summer und wartete, daß Kurt sich meldete.

»Ja«, knisterte die Sprechanlage.

»Kurt, ich bin's. Ich habe keinen Schlüssel. Laß mich rein.«

Das Schloß summte, und Jody war im Haus. Durch die Scheibe blickte sie zurück auf die Straße. Sie war verlassen. Die Gestalt hinter dem Baum war verschwunden.

Sie lief die vier Treppen zu ihrer Wohnung hinauf, wo Kurt

sie schon an der Tür erwartete. Er trug Jeans und ein Oxford-Hemd – ein durchtrainierter, blonder, dreißigjähriger Model-Typ, dessen größter Traum es war, zu den Großen an der Wall Street zu gehören. Er nahm auf Gehaltsbasis Aktienbestellungen bei einem Discount-Börsenmakler entgegen. Seine Tage verbrachte er an einer Computertastatur mit einem Kopfhörer und Anzügen, die er sich nicht leisten konnte, während er zuschaute, wie das Geld anderer Leute an ihm vorbeifloß. Er hielt seine Hände hinter dem Rücken, um die Klettband-Gelenkschoner zu verbergen, die er abends trug, um die Schmerzen der Sehnenscheidenentzündung zu lindern. Er hätte die Gelenkschoner nicht im Traum bei der Arbeit getragen; Sehnenscheidenentzündungen waren etwas für Arbeiter. Abends verbarg er seine Hände wie ein Kind mit Zahnspange, das Angst hatte zu lächeln.

»Wo bist du gewesen?« fragte er, eher wütend als besorgt.

Jody hätte ein Lächeln und Mitgefühl gebraucht, keine Rüge. Tränen sprangen ihr in die Augen. »Ich bin heute abend überfallen worden. Jemand hat mich zusammengeschlagen und unter einen Müllcontainer gestopft.« Sie breitete umarmungsheischend die Arme aus. »Sie haben mir die Hand verbrannt«, jammerte sie.

Kurt drehte ihr den Rücken zu und ging zurück in das Apartment. »Und wo warst du gestern nacht? Wo warst du heute den ganzen Tag? Dein Büro hat heute ein dutzendmal angerufen.«

Jody folgte ihm in die Wohnung. »Gestern nacht? Wovon redest du?«

»Sie haben deinen Wagen abgeschleppt. Ich konnte den Schlüssel nicht finden, als die Straßenreinigung kam. Du wirst ein Bußgeld bezahlen müssen.«

»Kurt, ich weiß nicht, wovon du redest. Ich habe Hunger, und ich habe Angst, und ich muß ins Krankenhaus. Jemand hat mich überfallen, verdammt nochmal!«

Kurt tat so, als würde er seine Videocassetten ordnen. »Wenn du keine Beziehung willst, dann hättest du nicht mit mir zusammenziehen sollen. Es ist ja nicht so, als würde ich keine anderen Gelegenheiten bei Frauen haben.«

Ihre Mutter hatte es ihr gesagt: Fang nie was mit einem Mann an, der hübscher ist als du. »Kurt, sieh dir das an.« Jody hielt ihre verbrannte Hand hoch. »Sieh her!«

Kurt drehte sich langsam um und sah sie an. Die Boshaftigkeit in seinem Gesichtsausdruck verwandelte sich in Entsetzen. »Wie hast du denn das gemacht?«

»Ich weiß es nicht, ich war bewußtlos. Ich glaube, ich habe eine Gehirnerschütterung. Meine Sicht ist ... Alles sieht seltsam aus. Würdest du mir jetzt bitte helfen?«

Kurt fing an, in einem engen Kreis um den Wohnzimmertisch zu tigern, und schüttelte dabei den Kopf. »Ich weiß nicht, was ich tun soll. Ich weiß nicht, was ich tun soll.« Er setzte sich auf die Couch und wiegte sich vor und zurück.

Vor mir sehe ich den Mann, der die Feuerwehr gerufen hat, als die Toilette verstopft war, und den bitte ich nun um Hilfe, dachte Jody. Was ist von so jemandem schon zu erwarten? Warum fahre ich bloß immer wieder auf schwache Männer ab? Was stimmt mit mir nicht? Warum tut meine Hand nicht weh? Soll ich lieber etwas essen oder in die Notaufnahme fahren?

»Das ist alles ganz furchtbar«, sagte Kurt. »Ich muß früh aufstehen. Ich habe morgen um fünf einen Termin.« Jetzt, wo er wieder auf dem vertrauten Terrain des Selbstinteresses war, hörte er auf, sich vor und zurück zu wiegen, und blickte auf. »Du hast mir immer noch nicht gesagt, wo du letzte Nacht warst.«

Neben der Tür, an der Jody stand, befand sich eine antike, eichene Blumensäule. Auf der Blumensäule stand ein schwarzer Übertopf, in dem ein vertrockneter Philodendron lebte, die Heimstatt einer Kolonie Blattläuse. Als Jody den Topf griff, konnte sie die Blattläuse in ihren winzigen Netzen rascheln hören. Sie holte mit dem Topf aus und sah Kurt blinzeln, eine langsame Bewegung des Augenlids, so als würde sich ein elektrisches Garagentor heben. Ein Herzschlag ließ die Ader an seinem Hals vortreten, als sie warf. Der Topf sauste in einem Bogen durchs Zimmer, zog die Pflanze hinter sich her wie einen Kometenschweif. Verwirrte Blattläuse segelten durch die Luft. Der Boden des Übertopfes traf auf Kurts Stirn, und Jody konnte sehen, wie sich der Topf wölbte und dann zerbarst. Tonscherben und Blumenerde regneten auf das Zimmer herab; die Pflanze faltete sich gegen Kurts Kopf, und Jody konnte hören, wie nacheinander die Stiele brachen. Kurt blieb keine Zeit, den Gesichtsausdruck zu wechseln. Er sackte bewußtlos auf der Couch zusammen. Das Ganze hatte den Bruchteil einer Sekunde gedauert.

Jody ging zur Couch und strich Blumenerde aus Kurts Haaren. An seiner Stirn befand sich eine halbmondförmige Delle, die sich vor Jodys Augen mit Blut füllte. Ihr Magen knurrte und verkrampfte sich so heftig, daß sie vor Schmerz auf die Knie sank. Meine Magenwände reißen auf, schoß es ihr entsetzt durch den Sinn.

Sie hörte Kurts Herz schlagen und das langsame Röcheln seines Atmens. Wenigstens habe ich ihn nicht umgebracht.

Der Geruch von Blut war überwältigend, erstickend süß. Ein weiterer Krampf ließ sie vornüber kippen. Sie berührte die Wunde an Kurts Stirn, dann zog sie die Hand zurück, ihre Finger naß von seinem Blut. Ich werde es nicht tun. Ich kann nicht.

Sie leckte sich die Finger ab, und jeder Muskel in ihrem Körper vibrierte. Ein enormer Druck preßte gegen ihren Gaumen, dann knisterte es in ihrem Kopf, als würde jemand die Wurzeln ihrer Eckzähne herausreißen. Sie fuhr sich mit der Zunge über den Gaumen und fühlte nadelgleiche Spitzen, die sich hinter ihren Eckzähnen durch das Zahnfleisch schoben: Ihr wuchsen neue Zähne.

Das kann doch alles nicht wahr sein, dachte sie bei sich, während sie sich rittlings auf Kurt setzte und das Blut von seiner Stirn leckte. Die neuen Zähne wurden länger. Elektrisierende Lust durchzuckte sie, und Jody wurde vor Erregung ganz anders.

Eine dünne Stimme in ihrem Hinterkopf rief immer wieder und wieder ›Nein!‹, während Jody in Kurts Hals biß und trank. Sie hörte, wie sie bei jedem Schlag von Kurts Herzen aufstöhnte. Es war ein Maschinengewehrfeuer-Orgasmus, dunkle Schokolade, Quellwasser in der Wüste, ein Halleluja-Chor und die zur Hilfe heranpreschende Kavallerie, alles auf einmal. Und das alles, während die schwache Stimme NEIN! schrie.

Schließlich löste sie sich von Kurt und rollte sich auf den Boden. Sie saß mit dem Rücken zur Couch, die Arme um die Beine geschlungen, ihr Gesicht gegen die Knie gepreßt, und Zuckungen der Lust schüttelten sie. Eine dunkle Wärme strömte durch ihren Körper, kribbelnd, so als wäre sie gerade aus einer Schneewehe in ein heißes Bad gestiegen.

Langsam verebbte die Wärme, wurde von einer herzzerreißenden Trauer ersetzt – das Gefühl eines so unwiderruflichen, tiefen Verlustes, daß Jody von seiner schieren Last betäubt war.

Ich kenne dieses Gefühl. Das habe ich schon erlebt.

Sie drehte sich um und betrachtete Kurt. Sie war ein wenig erleichtert, als sie sah, daß er noch atmete. Es waren keine Verletzungen an seinem Hals, wo sie ihn gebissen hatte. Die Wunde an seiner Stirn gerann und verschorfte. Der Geruch von Blut hing immer noch schwer in der Luft, aber jetzt wurde Jody übel davon, wie vom Gestank leerer Weinflaschen an einem verkaterten Morgen.

Sie stand auf und ging ins Badezimmer, zog sich im Gehen bereits aus. Sic drehte die Dusche auf und kämpfte sich, während das Wasser einlief, aus den Überresten ihrer Strumpfhose. Dabei stellte sie – ohne große Überraschung – fest, daß ihre verbrannte Hand gänzlich verheilt war. Ich habe mich verändert, dachte sie bei sich. Ich werde nie wieder dieselbe sein. Die Welt ist auf den Kopf gestellt. Und mit diesem Gedanken kehrte die Trauer zurück. *Das habe ich schon erlebt.*

Sie stellte sich unter die Dusche und ließ das brühendheiße Wasser über ihren Körper laufen, ohne auf das Gefühl oder das Geräusch oder die Farbe der Hitze und des Dampfes, die in dem dunklen Badezimmer wirbelten, zu achten. Der erste Schluchzer entrang sich ihrer Brust, schüttelte sie, schlug eine Bresche für die Verzweiflung. Jody rutschte an der Duschkabinenwand hinunter, hockte auf den wasserwarmen Kacheln und weinte, bis das Wasser kalt wurde. Und dann erinnerte sie sich: eine andere Dusche im Dunkeln, als die Welt sich verändert hatte.

Sie war fünfzehn und nicht verliebt gewesen, doch verliebt in die Erregung sich berührender Zungen und das grobe Tasten einer Jungenhand an ihrer Brust; verliebt in die Vorstellung von Leidenschaft und zu abgefüllt mit zu süßem Wein, den der Junge in einem Schnapsladen geklaut hatte. Sein Name war Steve Rizzoli (was keine Rolle spielte, außer, daß sie diesen Namen nie vergessen würde), und er war zwei Jahre älter – ein Möchtegern-Rebell mit Haschpfeife und Surfer-Glätte. Auf einer Decke in den Dünen von Carmel hatte er Jody dazu gebracht, ihre Jeans auszuziehen, und es ihr gemacht. Ihr, nicht mit ihr: Sie hätte auch tot sein können, was ihre Beteiligung betraf. Es war schnell und unbeholfen und hohl gewesen, bis auf den

Schmerz, der blieb und wuchs, selbst nachdem sie zu Hause war, geduscht hatte und in ihrem Zimmer lag, die nassen Haare auf dem Kissen ausgebreitet, während sie an die Decke starrte und bis zum Morgen trauerte.

Als sie aus der Dusche kam und mechanisch begann, sich abzutrocknen, dachte sie bei sich: Ich habe mich schon einmal so gefühlt; damals trauerte ich um meine Jungfräulichkeit. Worum trauere ich heute? Meine Menschlichkeit? Das ist es: Ich bin kein Mensch mehr, und ich werde es auch nie wieder sein.

Mit dieser Erkenntnis fielen alle Puzzlesteinchen an ihren Platz. Sie war zwei Nächte weg gewesen, nicht eine. Ihr Angreifer hatte sie unter den Müllcontainer geschoben, um sie vor der Sonne zu schützen, aber irgendwie hatte ihre Hand freigelegen und war verbrannt. Sie hatte den ganzen Tag verschlafen, und als sie am nächsten Abend erwachte, war sie kein Mensch mehr.

Ein Vampir.

Jody glaubte nicht an Vampire.

Sie betrachtete ihre Füße auf der Badematte. Ihre Zehen waren gerade wie die eines Babys, so als wären sie nie vom Schuhetragen zusammengedrückt und gekrümmt worden. Die Narben an ihren Knien und Ellenbogen von Unfällen in ihrer Kinderzeit waren verschwunden. Jody schaute in den Spiegel und sah, daß die feinen Krähenfüße um ihre Augen verschwunden waren, ebenso wie ihre Sommersprossen. Aber ihre Augen waren schwarz, nicht ein Millimeter der Iris war zu sehen. Jody erschauderte, doch dann wurde ihr bewußt, daß sie das alles in völliger Dunkelheit sah, und sie schaltete das Badezimmerlicht ein. Ihre Pupillen zogen sich zusammen, und ihre Augen hatten wieder dasselbe atemberaubende Grün, das sie immer gehabt hatten. Jody packte eine Handvoll ihres Haars und inspizierte die Spitzen. Kein Spliß, nicht eine abgebrochene Spitze. Sie war – soweit sie das glauben konnte – perfekt. Eine Neugeborene von sechsundzwanzig Jahren.

Ich bin ein Vampir. Sie ließ zu, daß sich der Gedanke wiederholte und langsam in ihren Verstand einsickerte, während sie ins Schlafzimmer ging und sich eine Jeans und ein Sweatshirt anzog.

Ein Vampir. Ein Monster. Aber ich fühle mich gar nicht wie ein Monster.

Als sie vom Schlafzimmer zurück ins Badezimmer ging, um sich die Haare zu trocknen, fiel ihr Blick auf Kurt, der noch immer auf der Couch lag. Er atmete rhythmisch, und eine gesunde Wärme-Aura stieg von seinem Körper auf. Kurz keimten Schuldgefühle in Jody auf, doch sie verdrängte sie.

Zum Teufel mit ihm, ich hab ihn sowieso nie wirklich gemocht. Vielleicht bin ich ja tatsächlich ein Monster!

Sie schaltete den Lockenstab ein, den sie jeden Morgen benutzte, um ihr Haar zu glätten, aber dann schaltete sie ihn wieder ab und warf ihn zurück in den Spiegelschrank. Zum Teufel mit Lockenstäben und Fönen und Pumps und Wimperntusche und Strumpfhosen mit eingearbeitetem Miederteil. Zum Teufel mit all diesen menschlichen Dingen.

Sie schüttelte ihr Haar aus, griff sich ihre Zahnbürste und ging zurück ins Schlafzimmer, wo sie eine Reisetasche mit Jeans und Sweatshirts vollpackte. Sie durchwühlte Kurts Schmuckkästchen, bis sie die Ersatzschlüssel für ihren Honda fand.

Der Radiowecker neben dem Bett zeigte fünf Uhr früh. Ich habe nicht viel Zeit. Ich muß einen Platz finden, wo ich bleiben kann, und zwar schnell.

Auf dem Weg nach draußen hielt sie an der Couch inne und küßte Kurt auf die Stirn. »Du wirst zu deinem Termin zu spät kommen«, sagte sie ihm. Er rührte sich nicht.

Sie griff sich die Tüte mit dem Geld vom Boden und stopfte sie in ihre Reisetasche, dann ging sie hinaus. Draußen sah sie sich suchend um. Sie fluchte. Der Honda war abgeschleppt worden. Sie mußte ihn erst auslösen. Aber das konnte man nur tagsüber. Scheiße. Bald würde es hell werden. Jody dachte daran, was die Sonne mit ihrer Hand gemacht hatte. Ich muß ein dunkles Plätzchen finden.

Sie trabte die Straße hinunter, fühlte sich leichtfüßiger als je zuvor. An der Van Ness lief sie in eine Motelrezeption und schlug auf die Klingel, bis ein schläfriger Portier hinter dem kugelsicheren Fenster auftauchte. Sie bezahlte bar für zwei Nächte, dann gab sie dem Portier hundert Dollar, um sicherzustellen, daß sie absolut nicht, unter keinen Umständen gestört würde.

Sobald sie im Zimmer war, verriegelte sie die Tür. Sie stemmte einen Stuhl unter die Klinke und legte sich ins Bett.

Als das erste Licht rosa über der Stadt anbrach, übermannte Jody mit einem Schlag die Erschöpfung. Ich muß meinen Wagen zurückbekommen, ging es ihr noch durch den Kopf. Ich muß einen sicheren Unterschlupf finden. Warum gerade ich? Warum das viele Geld? Warum? Ich werde Hilfe brauchen. Ich werde jemanden brauchen, der sich bei Tag frei umherbewegen kann.

Als die Sonne im Osten über den Horizont lugte, fiel sie in den Schlaf der Toten.

4. KAPITEL

Blumen und Kolbenfresser

C. Thomas Flood (Tommy für seine Freunde) erreichte gerade die Schlußgerade eines feuchten Traums, als er von dem Getrappel und Geplapper der fünf Wongs aus dem Schlaf gerissen wurde. Geishas in Strapsen trollten sich unbefriedigt ins Traumland davon, während Tommy auf den Lattenrost des Bettes über ihm starrte.

Der Raum war kaum größer als ein begehbarer Kleiderschrank. Die Betten waren in drei Etagen zu beiden Seiten eines schmalen Gangs aufgetürmt, in dem jeder der fünf Wongs gerade drängelnd versuchte, genügend Platz für sich zu ergattern, um sich eine Hose anzuziehen. Wong Zwei beugte sich über Tommys Bett, grinste entschuldigend und sagte etwas auf kantonesisch.

»Kein Problem«, erwiderte Tommy. Er drehte sich auf die Seite, achtsam darauf bedacht, sich nicht seine Morgenlatte an der Wand zu stoßen, und zog sich die Decke über den Kopf.

Privatsphäre ist schon was Wunderbares, dachte er. Wie die Liebe ist auch die Privatsphäre am deutlichsten spürbar, wenn es an ihr fehlt. Ich sollte eine Geschichte darüber schreiben – und jede Menge Geishas in Strapsen und roten Pumps einarbeiten. *»Das überfüllte Teehaus der mandeläugigen Dirnen« von C. Thomas Flood.* Ich werde sie heute schreiben, nachdem ich ein Postfach gemietet und mich nach einem Job umgesehen habe. Oder vielleicht sollte ich heute lieber hierbleiben und herausfinden, wer mir die Blumen schenkt …

Tommy fand seit vier Tagen immer frische Blumen auf

seinem Bett, und sie machten ihm langsam Sorgen. Es waren nicht die Blumen selbst, die ihm Sorgen machten: Gladiolen, rote Rosen und zwei bunte Sträuße mit großen rosa Schleifen. Er mochte Blumen irgendwie – auf eine männliche und völlig unschlaffihafte Art natürlich. Und es machte ihm auch keine Sorgen, daß er keine Vase besaß, oder einen Tisch, worauf er sie hätte stellen können. Er war einfach den Flur hinunter zum Gemeinschaftsbadezimmer gegangen, hatte den Deckel vom Spülkasten der Toilette abgenommen und die Blumen hineingestellt. Ihre Farbe bildete einen angenehmen Gegensatz zum Schmutz des Badezimmers – bis die Ratten die Blüten fraßen. Aber auch das machte ihm keine Sorgen. Was ihm Sorgen machte, war die Tatsache, daß er seit weniger als einer Woche in der Stadt war und noch niemanden kannte. Wer schenkte ihm also die Blumen?

Die fünf Wongs schossen eine Salve von Bye-byes ab und verließen den Raum. Wong Fünf zog die Tür hinter sich zu.

Ich mußt mit Wong Eins über die Unterbringung reden, dachte Tommy.

Wong Eins gehörte nicht zu den fünf Wongs, mit denen Tommy sich das Zimmer teilte. Wong Eins war der Vermieter: älter, klüger und gebildeter als die Wongs Zwei bis Sechs. Wong Eins sprach Englisch, trug einen durchgewetzten Anzug, der seit dreißig Jahren aus der Mode war, und zeigte sich fast nie ohne seinen Stock mit dem Drachenkopf aus Messing. Tommy hatte ihn kurz nach Mitternacht an der Columbus Avenue kennengelernt, neben dem brennenden Kadaver von Rosinante, Tommys 74er Volvo.

»Ich habe sie umgebracht«, sagte Tommy, während er zuschaute, wie schwarzer Rauch unter der Motorhaube hervorquoll.

»Wie schade«, erwiderte Wong Eins mitfühlend, bevor er weiter seiner Wege ging.

»Entschuldigen Sie bitte«, rief Tommy Wong nach. Tommy war gerade aus Indiana angekommen und war noch nie in einer Großstadt gewesen, also erkannte er nicht, daß Wong Eins bereits die akzeptierte großstädtische Grenze bezüglich des Kontakts mit Fremden überschritten hatte.

Wong drehte sich um und stützte sich auf seinen Drachenkopf-Stock.

»Entschuldigen Sie bitte«, wiederholte Tommy, »aber ich bin neu in der Stadt – wissen Sie zufällig, wo ich hier eine Bleibe finden kann?«

Wong zog eine Augenbraue hoch. »Du hast Geld?«

»Ein wenig.«

Wong musterte Tommy, der mit einem Koffer und einer Reiseschreibmaschine neben seinem brennenden Auto stand. Er musterte Tommys offenes, hoffnungsvolles Lächeln, sein hageres Gesicht und den dunklen Haarschopf, und das Wort »Opfer« erschien in fetten Lettern in seinem Kopf – Teil einer Kurznachricht auf Seite 3 des *Chronicle*: »Opfer in Tenderloin gefunden, totgeschlagen mit Schreibmaschine.« Wong stieß einen tiefen Seufzer aus. Es bereitete ihm Freude, jeden Tag den *Chronicle* zu lesen, und er wollte nicht die Seite 3 überspringen müssen, bis die Tragödie geschehen war.

»Du kommen mit mir«, erklärte er.

Wong ging die Columbus hinauf nach Chinatown. Tommy hastete hinter ihm her; von Zeit zu Zeit blickte er über seine Schulter zu dem brennenden Volvo zurück. »Ich habe diesen Wagen wirklich gemocht. Ich habe mit dem Wagen fünf Strafzettel wegen zu schnellen Fahrens bekommen. Sie liegen immer noch drin.«

»Zu dumm.« Wong blieb vor einer verbeulten Metalltür zwischen einem Lebensmittelladen und einem Fischgeschäft stehen. »Hast du fünfzig Mäuse?«

Tommy nickte und grub tief in der Tasche seiner Jeans.

»Fünfzig Mäuse, eine Woche«, sagte Wong. »Zweihundertfünfzig, ein Monat.«

»Eine Woche reicht«, sagte Tommy und pellte zwei Zwanziger und einen Zehner von einem sichtlich dünner werdenden Geldscheinbündel.

Wong öffnete die Tür und stieg eine schmale, unbeleuchtete Treppe hinauf. Tommy stolperte hinter ihm her, fiel ein paarmal beinahe hin. »Ich heiße Thomas C. Flood. Nun, um genau zu sein ist das der Name, unter dem ich schreibe. Die Leute nennen mich Tommy.«

»Gut«, sagte Wong.

»Und Sie sind?« Tommy blieb am Kopf der Treppe stehen und bot seine Hand zum Schütteln an.

Wong blickte auf Tommys Hand. »Wong«, sagte er.

Tommy verbeugte sich. Wong, der ihm dabei zusah, fragte sich, was, zum Teufel, er da trieb. Aber fünfzig Mäuse sind fünfzig Mäuse, dachte er bei sich.

»Badezimmer Flur runter«, erklärte Wong, während er eine Tür aufstieß und einen Lichtschalter anknipste. Fünf schläfrige Chinesen blickten von ihren Etagenbetten auf. »Tommy«, sagte Wong und zeigte auf Tommy.

»Tommy«, wiederholten die Chinesen im Chor.

»Das hier Wong«, sagte Wong und zeigte auf den Mann in dem Bett links unten.

Tommy nickte. »Wong.«

»Das hier Wong. Das da Wong. Wong. Wong. Wong«, fuhr Wong fort und hakte damit jeden der Männer ab, so als würde er die Kugeln eines Abakus' hin und her schieben, was er im Geiste auch tat: Fünfzig Mäuse, fünfzig Mäuse, fünfzig Mäuse. Er deutete auf das leere Bett rechts unten. »Du schläfst hier. Bye-bye.«

»Bye-bye«, erwiderten die fünf Wongs.

»Entschuldigen Sie bitte, Mr. Wong ...«, rief Tommy ihm nach.

Wong drehte sich um.

»Wann ist die Miete fällig? Ich mache mich morgen auf Jobsuche, aber ich habe nicht viel Bargeld.«

»Dienstag und Sonntag«, erwiderte Wong. »Fünfzig Mäuse.«

»Aber Sie sagten, es wären fünfzig Dollar pro Woche.«

»Zweihundertfünfzig pro Monat oder fünfzig pro Woche, fällig Dienstag und Sonntag.«

Wong ging weg. Tommy stopfte seinen Kleidersack und die Schreibmaschine unter das Bett und legte sich hinein. Bevor er sich so richtig in die Sorge um seinen brennenden Wagen hineinsteigern konnte, war er schon eingeschlafen. Er hatte den Volvo in einem Rutsch von Incontinence, Indiana, nach San Francisco getrieben; nur zum Tanken und zum Pinkeln hatte er angehalten. Er hatte von seinem Lenkrad aus dreimal die Sonne auf- und untergehen sehen – bis ihn schließlich an der Küste die Erschöpfung eingeholt hatte.

Tommy stammte von zwei Generationen von Fließbandarbeitern bei der Incontinence Forklift Company ab. Als er mit vierzehn verkündet hatte, daß er Schriftsteller werden würde, nahm sein Vater, Thomas Flood Sr., die Nachricht mit jener toleranten Ungläubigkeit auf, die Eltern gemeinhin für Ungeheuer unter dem Bett und imaginäre Spielkameraden reservieren. Als Tommy einen Job in einem Lebensmittelgeschäft annahm, statt in der Fabrik zu arbeiten, stieß sein Vater einen leisen, erleichterten Seufzer aus – wenigstens gehörte das Geschäft zur Gewerkschaft, also würde der Junge Sozialleistungen und eine Rente bekommen. Erst als Tommy den alten Volvo kaufte und in der Stadt das Gerücht die Runde machte, er wäre ein verkappter Kommunist, fing Tom Senior an, sich ernstlich Sorgen zu machen. Vater Floods elterliche Befürchtungen wuchsen mit jeder Nacht, in der er mitanhören mußte, wie sein einziger Sohn auf dessen tragbare Olivetti einhämmerte. Und eines Mittwochabends schüttete er schließlich beim Bier im Starlight Lanes seinen Bowling-Kumpeln sein Herz aus.

»Ich habe eine Ausgabe vom *New Yorker* unter der Matratze des Jungen gefunden«, lallte er aus einem Zwei-Liter-Budweiser-Nebel. »Ich muß den Tatsachen ins Auge sehen: Mein Sohn ist ein Weichei.«

Der Rest der Mitglieder des Bill's-Radiator-Bowlingteams senkte mitfühlend den Kopf. Insgeheim dankten sie alle Gott, daß der Kelch an ihnen vorübergegangen war und daß ihre Söhne alle mit ganzer Seele an großen Chevys und großen Titten hingen. Harley Businsky, der kürzlich durch das Bowlen eines Dreihunderters zu einer niederen Gottheit aufgestiegen war, legte einen bärengleichen Arm um Toms Schultern. »Vielleicht ist er nur ein bißchen verwirrt«, meinte Harley. »Laß uns mit dem Jungen reden.«

Als zwei neonblaue, bestickte XXXL-Bowlinghemden, gefüllt mit zwei betrunkenen XXXL-Bowlern, in sein Zimmer gestürmt kamen, kippte Tommy vor Schreck mit seinem Stuhl nach hinten über.

»Hallo, Dad«, sagte Tommy vom Boden.

»Sohn, wir müssen uns unterhalten.«

Die nächste halbe Stunde lang unterzogen die beiden Männer Tommy der väterlichen Version des Guter-Cop-böser-Cop-Spiels, oder vielleicht auch Joe McCarthy gegen den Weihnachtsmann. Ihr Verhör stellte folgende Tatsachen fest: Ja, Tommy mochte Mädchen und Autos. Nein, er war weder jetzt noch zu irgendeinem früheren Zeitpunkt Mitglied der kommunistischen Partei. Und ja, er würde eine Karriere als Schriftsteller verfolgen, auch wenn es keine gewerkschaftliche Absicherung gab.

Tommy versuchte eine Lanze für die schöngeistige Literatur zu brechen, mußte jedoch feststellen, daß seine Argumente auf taube Ohren stießen (was sicher nicht unmaßgeblich daher rührte, daß seine beiden Inquisitoren *Othello* für eine italienische Restaurant-Kette hielten). Kalter Schweiß brach ihm aus, und er fing an, die Niederlage zu akzeptieren, als er noch einen letzten Verzweiflungsschuß abfeuerte.

»Wißt ihr, daß jemand *Rambo* geschrieben hat?«

Thomas Flood Senior und Harley Businsky tauschten einen entsetzten Blick aus. Sie waren bis in ihre Grundfeste erschüttert.

Tommy setzte nach. »Und *Patton* – jemand hat *Patton* geschrieben.«

Tommy wartete. Die beiden Männer saßen hüstelnd und unbehaglich nebeneinander auf seinem Bett und versuchten, keinen Blickkontakt mit dem Jungen aufzunehmen. Überall wo sie hinsahen, waren sorgfältig mit Markern geschriebene Zitate an die Wände gepinnt; da waren Bücher, Kugelschreiber und Schreibpapier; da waren postergroße Bilder von Schriftstellern. Ernest Hemingway starrte sie mit einem durchdringenden Blick an, der zu besagen schien: »Ihr Arschlöcher hättet fischen gehen sollen.«

Schließlich sagte Harley: »Nun, wenn du Schriftsteller werden willst, dann kannst du nicht hierbleiben.«

»Wie bitte?« gab Tommy zurück.

»Du mußt in die Großstadt gehen und verhungern. Ich kann einen Kafka nicht von einer Kaserne unterscheiden, aber ich weiß, wenn man Schriftsteller werden will, muß man verhungern. Wenn du nicht verhungerst, wirst du es nie zu was bringen.«

»Ich weiß nicht, Harley«, wandte Tom Flood Senior ein, offenkundig nicht überzeugt, ob er seinen dürren Sohn wirklich verhungern sehen wollte.

»Wer hat letzten Mittwoch einen Dreihunderter gebowlt, Tom?«

»Du.«

»Und ich sage, der Junge muß in die Großstadt gehen und verhungern.«

Tom Flood sah Tommy an, als würde der Junge auf der Falltür eines Galgens stehen. »Bist du dir mit dieser Schriftsteller-Sache wirklich sicher, Sohn?«

Tommy nickte.

»Soll ich dir ein Sandwich machen?«

Hätte es da nicht ein besonders plattes Dokudrama über das Bombenattentat auf das World Trade Center im Fernsehen gegeben, wäre Tommy vielleicht in New York verhungert, aber Tom Senior ließ nicht zu, daß sein Sohn »von einem Haufen terroristischer Kameltreiber in die Luft gejagt« wurde. Vielleicht wäre Tommy auch in Paris verhungert, wenn eine oberflächliche Inspektion des Volvos nicht enthüllt hätte, daß dieser eine derart feuchte Fahrt nicht überstehen würde. Und so war Tommy schließlich in San Francisco gelandet, und obgleich er jetzt ein Frühstück vertragen hätte, machte er sich doch mehr Sorgen wegen der Blumen denn über Nahrung.

Ich sollte hierbleiben, um zu sehen, wer mir immer die Blumen hinstellt, dachte er. Den oder die Übeltäter in flagranti ertappen.

Aber er war nun seit mehr als einer Woche arbeitslos. Seine im Mittelwesten gezeugte Arbeitsmoral trieb ihn aus dem Bett.

Er trug in der Dusche seine Turnschuhe, damit seine Füße nicht in Berührung mit dem Boden kamen, dann zog er sein bestes Hemd und seine Arbeitssuche-Jeans an, griff sich ein Notizbuch und platschte die Treppe hinunter ins Herz von Chinatown.

Der Bürgersteig wimmelte von Asiaten. Männer und Frauen schoben sich geduldig an offenen Marktständen vorbei, wo lebende Fische, gebratenes Fleisch und Tausende von Gemüsesorten, deren Namen Tommy nicht kannte, feilgeboten wurden. Tommy kam an einem Stand vorbei, wo sich lebende Schnappschildkröten von über einem halben Meter Durchmesser abmühten, aus Plastikkisten zu entkommen. Im nächsten Schaufenster waren Tabletts mit Entenfüßen und -schnäbeln um einen geräucherten Schweinskopf arrangiert. Darüber hingen nackte Fasane.

Die Luft war schwer von den Gerüchen dicht gedrängter Menschen, Sojasauce, Sesamöl, Lakritz und Auspuffgasen – die allgegenwärtigen Auspuffgase. Tommy schlenderte die Grant hinauf und überquerte den Broadway nach North Beach hinein, wo die Menschenmassen ausdünnten und die Gerüche sich in ein Miasma aus warmem Brot, Knoblauch, Oregano und noch mehr Auspuffgasen verwandelten. Egal, wo er in der Stadt hinging, überall herrschte eine aromatische Mischung aus Essen und Fahrzeugen, wie die alchimistischen Gebräue irgendeines verrückten Gourmet-Mechanikers: Kung Pao Saab Turbo, Buick Skylark Carbonara, Metro-Bus süßsauer, Honda Bolognese mit Schleifender-Kupplung-Soße.

Tommy wurde von einem schrillen Kriegsgeheul aus seiner geruchlichen Versenkung gerissen. Er blickte auf und sah einen Rollerbladeläufer mit reflektierenden Knieschützern und Helm mit irrem Tempo auf sich zurasen. Ein alter Mann, der ein Stück weiter vorn auf dem Bürgersteig hockte und seine beiden Hunde mit Croissants fütterte, schaute kurz auf und warf ein Croissant quer über den Gehweg. Die Hunde jagten dem Leckerbissen nach und zogen dabei ihre Paketschnur-Leinen stramm. Tommy stockte der Atem. Der Rollerbladeläufer traf auf die Paketschnur und segelte in einem Drei-Meter-Bogen durch die Luft, bevor er in einem Knäuel aus polstergeschützten Gliedmaßen und Rädern vor Tommys Füßen auf den Bürgersteig krachte.

»Haben Sie sich etwas getan?«

Tommy bot dem Rollerbladeläufer seine Hand an, doch der winkte nur ab. »Nichts passiert.« Blut tropfte aus einer Abschürfung an seinem Kinn, und seine selbstleuchtende Sonnenbrille hing schief in seinem Gesicht.

»Vielleicht solltest du auf dem Bürgersteig etwas langsamer fahren«, rief der alte Mann.

Der Rollerbladeläufer setzte sich auf und drehte sich zu dem alten Mann um. »Oh, Euer Majestät. Das habe ich nicht gewußt. Es tut mir leid.«

»Sicherheit geht vor, Sohn«, sagte der alte Mann mit einem Lächeln.

»Ja, Sir«, erwiderte der Rollerbladeläufer. »Ich werde in Zukunft vorsichtiger sein.« Er erhob sich auf die Füße und rollte langsam davon.

Tommy starrte den alten Mann an, der sich wieder der Fütterung seiner Hunde zugewandt hatte. »Euer Majestät?«

»Oder Eure kaiserliche Hoheit«, sagte der Kaiser. »Du bist neu in der Stadt?«

»Ja, aber ...«

Eine junge Frau in Netzstrümpfen und roten Satin-Hot-Pants, die hüftschwingend vorbeitrippelte, blieb vor dem Kaiser stehen und verneigte sich leicht. »Guten Morgen, Hoheit«, sagte sie.

»Sicherheit geht vor, mein Kind«, erwiderte der Kaiser.

Sie lächelte und trippelte weiter. Tommy schaute ihr nach, bis sie um die Ecke verschwand, dann wandte er sich wieder dem alten Mann zu.

»Willkommen in meiner Stadt«, sagte der Kaiser. »Wie ist es dir bislang ergangen?«

»Ich ... ich ...« Tommy war verwirrt. »Wer sind Sie?«

»Der Kaiser von San Francisco, Protektor von Mexiko, zu deinen Diensten. Croissant?« Der Kaiser hielt Tommy eine weiße Papiertüte hin, doch Tommy schüttelte den Kopf.

»Dieser ungestüme Bursche«, erklärte der Kaiser und zeigte auf seinen Boston Terrier, »ist Bummer. Er ist ein kleiner Strolch, aber der beste Rattenfänger der Stadt.«

Der kleine Hund knurrte.

»Und das hier«, fuhr der Kaiser fort, »ist Lazarus, tot aufgefunden in der Greary Street, nach einem unglücklichen Zusammentreffen mit einem französischen Reisebus, und durch den mystisch-heilenden Geruch von leicht angegangenem Dörrfleisch dem Tod wieder aus den Klauen entrissen.«

Der Golden Retriever bot seine Pfote an. Obwohl er sich ein bißchen blöd vorkam, ergriff Tommy sie und schüttelte sie. »Freut mich, dich kennenzulernen.«

»Und du bist?« fragte der Kaiser.

»C. Thomas Flood.«

»Und das ›C‹ steht für?«

»Nun, eigentlich steht es für gar nichts. Ich bin Schriftsteller. Ich habe das ›C‹ nur meinem Künstlernamen vorangestellt.«

»Und du hast wohl daran getan.« Der Kaiser machte eine Pause, um an einem Croissant zu nagen. »Also, C, wie hat die Stadt dich bislang behandelt?«

Tommy überlegte, ob er gerade beleidigt worden war, aber er mußte feststellen, daß ihm die Unterhaltung mit dem alten Mann Spaß machte. Er hatte keine Unterhaltung von mehr als ein paar Worten gehabt, seit er in der Stadt eingetroffen war. »Ich mag die Stadt, aber ich habe einige Probleme.«

Er erzählte dem Kaiser von der Zerstörung seines Autos, von seinem anschließenden Zusammentreffen mit Wong Eins, von seiner überfüllten, dreckigen Unterkunft, und endete schließlich mit dem Geheimnis um die Blumen auf seinem Bett.

Der Kaiser seufzte mitfühlend und kratzte sich seinen

strubbeligen, ergrauten Bart. »Ich fürchte, ich bin außerstande, dir bei deinem Unterbringungsproblem behilflich zu sein; meine Mannen und ich sind in der glücklichen Lage, die ganze Stadt unser Zuhause zu nennen. Aber ich habe vielleicht einen Tip bezüglich einer Arbeit für dich, und möglicherweise einen Hinweis hinsichtlich des Rätsels um die Blumen.«

Der Kaiser hielt inne und winkte Tommy näher heran. Tommy ging in die Hocke und spitzte die Ohren. »Ja?«

»Ich habe ihn gesehen«, flüsterte der Kaiser. »Es ist ein Vampir.«

Tommy wich zurück, als hätte man ihn angespuckt. Ein Floristen-Vampir?«

»Nun, wenn man erst einmal den Vampir-Teil akzeptiert hat, dann ist der Floristen-Teil nur noch ein recht kleiner Sprung, findest du nicht auch?«

5. KAPITEL

Untot und leicht benommen

Im Zimmer nebenan bumsten Franzosen. Jody konnte jedes Stöhnen, jedes Kichern und jedes Quietschen der Bettfedern hören. Im Zimmer über ihr spuckte ein Fernseher Game-Show-Geplapper aus: »Ich nehme Perversionen für fünfhundert, Alex.«

Jody zog sich ein Kissen über den Kopf.

Es war nicht wirklich wie Aufwachen. Es gab kein langsames Hinübergleiten aus dem Traumland in die Realität, keinen angenehmen Dämmerzustand des Bewußtseins im kuscheligen Zwielicht der Schläfrigkeit. Nein, es war, als hätte jemand plötzlich die Welt angeschaltet, volle Lautstärke, so als würde ein Radiowecker die Top-Vierzig der nervtötendsten Hits der Wirklichkeit dudeln.

»Kriminelle Präsidenten für einhundert, Alex.«

Jody drehte sich auf den Rücken und starrte an die Decke. Ich hatte immer gedacht, der Tod würde das Ende von Sex und Game-Shows bedeuten, ging es ihr durch den Sinn. Es heißt doch immer »Ruhe in Frieden«, oder nicht?

»Vas-y plus fort, mon petite cochon d'amour!« *

Sie wollte sich bei jemandem beschweren, bei irgendwem. Sie haßte es, allein aufzuwachen – und allein einzuschlafen, was das betraf. Sie hatte in fünf Jahren mit zehn verschiedenen Männern zusammengelebt. Serien-Monogamie. Es war ein Problem, an dem sie gerade zu arbeiten begonnen hatte, bevor sie starb.

* »Mach's härter, mein kleines Liebes-Schwein!«

Sie stieg aus dem Bett und zog die Motelvorhänge auf. Licht von Straßenlaternen und Neonreklamen schien ins Zimmer.

Was jetzt?

Normalerweise würde sie aufs Klo gehen. Aber sie verspürte nicht das Bedürfnis.

Ich habe seit zwei Tagen nicht gepinkelt. Vielleicht werde ich nie wieder pinkeln.

Sie ging ins Badezimmer und setzte sich aufs Klo, um ihre Theorie auf die Probe zu stellen. Nichts. Sie wickelte einen der Plastikzahnputzbecher aus, füllte ihn mit Wasser und trank ihn gierig leer. Ihr Magen verkrampfte sich, und sie kotzte das Wasser in hohem Bogen gegen den Spiegel.

In Ordnung, also kein Wasser. Eine Dusche? Umziehen und ein Bummel durch die Stadt? Um was zu tun? Jagen?

Der Gedanke ließ sie erschaudern.

Werde ich Leute umbringen müssen? O mein Gott, Kurt. Was, wenn er sich verwandelte? Was, wenn er sich schon verwandelt hatte?

Sie zog eilig ihre Klamotten von letzter Nacht an, griff sich ihre Reisetasche und den Zimmerschlüssel und verließ den Raum. Im Vorbeigehen winkte sie dem Nachtportier an der Rezeption zu, und er zwinkerte und winkte zurück. Hundert Mäuse hatten sie zu Freunden gemacht.

Sie ging um die Ecke und die Chestnut hinauf. Dabei widerstand sie dem Drang zu rennen. Vor ihrem Wohnhaus blieb sie stehen und konzentrierte sich auf das Fenster ihres Apartments. Das Licht brannte, und als sie die Ohren spitzte, konnte sie Kurt telefonieren hören.

»Ja, die blöde Kuh hat mich mit einem Blumentopf k.o. geschlagen. Nein, sie hat ihn nach mir geworfen. Ich bin zwei Stunden zu spät zur Arbeit gekommen. Ich weiß nicht, sie hat irgendwas davon gefaselt, daß sie überfallen worden wäre. Sie ist seit zwei Tagen nicht in ihrer Arbeit gewesen. Nein, sie hat keinen Schlüssel; ich mußte sie mit dem Summer ins Haus lassen ...«

Also habe ich ihn nicht umgebracht. Und er hat sich nicht verwandelt, sonst hätte er nicht bei Tageslicht zur Arbeit gehen können. Er klingt wohlauf. Sauer, aber wohlauf. Ich frage mich, ob ich mich einfach entschuldigen und die ganze Sache erklären soll ...

»Nein«, sagte Kurt ins Telefon. »Ich habe ihr Namensschild vom Briefkasten abgemacht. Es ist mir im Grunde egal, sie hat sowieso nicht zu dem Image gepaßt, das ich aufbauen will. Ich habe überlegt, mich mit Susan Badistone zu verabreden: Stanford, reiche Familie, Republikanerin. Ich weiß, aber für solche Fälle hat Gott ja die Implantate erschaffen ...«

Jody drehte sich um und ging zurück zum Motel. Sie machte einen Zwischenstopp an der Rezeption, bezahlte für zwei weitere Tage, dann ging sie auf ihr Zimmer, setzte sich auf das Bett und versuchte zu weinen. Aber es wollten keine Tränen kommen.

In einem anderen Leben hätte sie eine Freundin angerufen und sich den ganzen Abend am Telefon trösten lassen. Sie hätte eine Familienpackung Eiscreme gegessen und wäre die ganze Nacht wach geblieben, um darüber nachzudenken, was sie mit ihrem Leben anfangen sollte. Am Morgen hätte sie sich auf der Arbeit krank gemeldet, dann hätte sie ihre Mutter in Carmel angerufen, um sich die Kaution für eine neue Wohnung zu leihen. Aber das war ein anderes Leben gewesen, als sie noch ein Mensch gewesen war.

Das schwache neue Selbstbewußtsein, das sie in der letzten Nacht empfunden hatte, war weg. Jetzt war sie nur noch verwirrt und verängstigt. Sie versuchte sich an alles zu erinnern, was sie je über Vampire gesehen und gehört hatte. Es war nicht viel. Sie mochte keine gruseligen

Bücher oder Filme. Viel von dem, an das sie sich erinnerte, schien falsch zu sein. Offensichtlich mußte sie nicht in einem Sarg schlafen. Aber ebenso offensichtlich war, daß sie nicht bei Tageslicht rausgehen konnte. Sie mußte nicht jede Nacht töten, und wenn sie jemanden biß, mußte er oder sie sich nicht unbedingt in einen Vampir verwandeln – in ein Arschloch vielleicht, aber nicht in einen Vampir. Doch genau betrachtet war Kurt auch schon vorher ein Arschloch gewesen, also, wie sollte sie es wissen? Warum hatte sie sich verwandelt? Sie würde eine Bibliothek aufsuchen müssen.

Ich muß mein Auto zurückbekommen, überlegte sie. Und ich brauche eine neue Wohnung. Es ist nur eine Frage der Zeit, bevor bei Tag ein Zimmermädchen hereingestolpert kommt und mich zu Asche verbrennt. Ich brauche jemanden, der sich bei Tag umherbewegen kann. Ich brauche einen Freund.

Sie hatte mit ihrer Handtasche auch ihr Adreßbuch verloren, aber das machte eigentlich nichts. Alle ihre Freundinnen steckten derzeit in Beziehungen, und obgleich jede von ihnen ihr Mitgefühl wegen ihrer Trennung von Kurt ausdrücken würde, waren sie alle doch zu sehr mit sich selbst beschäftigt, um eine wirkliche Hilfe zu sein. Sie und ihre Freundinnen standen sich nur nahe, wenn sie solo waren.

Ich brauche einen Mann.

Der Gedanke deprimierte sie.

Warum läuft alles immer wieder darauf hinaus? Ich bin eine moderne Frau. Ich kann eigenhändig Einmachgläser öffnen und Spinnen töten. Ich kann meine Finanzen verwalten und den Ölstand an meinem Auto prüfen. Ich kann meinen eigenen Lebensunterhalt verdienen. Das heißt, vielleicht auch nicht. *Wie* soll ich meinen Lebensunterhalt verdienen?

Sie warf ihre Reisetasche aufs Bett, holte die weiße Bäckereitüte mit dem Geld heraus und kippte sie auf dem Bett aus. Sie zählte die Banknoten in Bündeln, dann zählte sie die Bündel. Es waren fünfunddreißig Bündel von je zwanzig Einhundertdollarscheinen. Abzüglich der fünfhundert, die sie für das Hotel bezahlt hatte, verblieben beinahe siebzigtausend Dollar. Sie verspürte plötzlich den tiefsitzenden Drang, einen Einkaufsbummel zu machen.

Wer immer sie überfallen hatte, hatte gewußt, daß sie Geld brauchen würde. Es war kein Zufall gewesen, daß sie sich verwandelt hatte. Und es war höchstwahrscheinlich auch kein Zufall gewesen, daß er ihre Hand so liegengelassen hatte, daß sie vom Sonnenlicht verbrannt worden war. Woher hätte sie sonst wissen sollen, daß sie vor Sonnenaufgang ein Versteck finden mußte? Aber wenn er ihr hatte helfen wollen, wenn er gewollt hatte, daß sie überlebte, warum hatte er ihr dann nicht einfach gesagt, was sie tun sollte?

Sie sammelte das Geld ein und wollte es gerade wieder in die Reisetasche stopfen, als das Telefon klingelte. Sie starrte es an, beobachtete, wie das orangefarbene Lämpchen im Rhythmus des Klingelzeichens blinkte. Niemand wußte, wo sie war. Es mußte die Rezeption sein. Nach dem vierten Läuten ging sie ran.

Bevor sie hallo sagen konnte, sagte eine heisere, ruhige Männerstimme: »Übrigens, du bist nicht unsterblich. Du kannst immer noch getötet werden.«

Es klickte in der Leitung, und Jody legte den Hörer auf.

Getötet werden, hatte er gesagt, nicht, *du kannst immer noch sterben. Getötet werden.*

Sie griff sich ihre Tasche und stürzte hinaus in die Nacht.

6. KAPITEL

Die Tiere

Die Leute von der Tagschicht nannten sie die Tiere. Der Filialleiter war eines Morgens zur Arbeit gekommen und hatte entdeckt, wie einer von ihnen halbnackt an dem riesigen roten S des Safeway-Schildes baumelte, während die anderen sich besoffen auf dem Dach lümmelten und ihn mit gerösteten Marshmallows bombardierten. Der Filialleiter hatte sie angebrüllt und sie als Tiere beschimpft. Sie hatten gejohlt und ihn hochleben lassen, indem sie einander mit geschüttelten Bierdosen bespritzten.

Sie waren jetzt zu siebt, seit ihr Anführer weg war. Als sie gegen elf in den Laden kamen, setzte der Filialleiter sie davon in Kenntnis, daß sie einen neuen Schichtleiter hätten: »Der Bursche wird euch schon auf Trab bringen – der weiß, wie der Hase läuft, seine Bewerbung war sieben Seiten lang.«

Um Mitternacht saßen die Tiere an den Kassen im vorderen Teil des Ladens und teilten über einem Karton Reddi Whip ihren Kummer.

»Der Teufel soll diese Besserwisser von der Ostküste holen«, sagte Simon McQueen, der älteste. »Ich packe wie bisher meine fünfzig Kartons pro Nacht aus, und wenn er mehr will, dann soll er es eben selbst machen.« Simon sog etwas Stickstoffoxydol aus der Sprühsahnedose ein und krächzte: »Der wird sich nicht länger halten wie'n Furz in 'ner heißen Pfanne.«

Simon war siebenundzwanzig, muskulös und so sehniggespannt wie eine Banjosaite. Sein Gesicht war pockennarbig und scharf geschnitten, gekrönt von einer riesigen

Mähne braunen Haars, das er mit einer Bandanna und einem schwarzen Stetson bändigte. Er sah sich gern als Cowboy und Poet, dabei war er niemals auch nur auf Revolverschußweite an ein Pferd oder ein Buch herangekommen.

Jeff Murray, ein ehemaliger Highschool-Basketball-Star, holte eine Dose Sprühsahne aus dem offenen Karton und fragte: »Warum haben sie nicht einfach einen von uns befördert, als Eddi weggegangen ist?«

»Weil sie zu dumm zum Wasserkochen sind«, erwiderte Simon. »Dose hoch«, fügte er eilig hinzu.

»Sie haben vermutlich das getan, was sie für das beste hielten«, bemerkte Clint, ein kurzsichtiger wiedergeborener Christ im zweiten Semester, der, nachdem ihm kürzlich sein zehnjähriger Drogenmißbrauch vergeben worden war, bereitwillig allen anderen vergab.

»Dose hoch«, wiederholte Simon an Jeff gerichtet, der daraufhin die Sprühsahnedose umdrehte und die Spritzdüse drückte. Jeff inhalierte einen gewaltigen Stoß Schlagsahne, der seinen Mund und seine Kehle füllte, aus seinen Nasenlöchern herausschoß und ihm einen blaugesichtigen Hustenanfall einbrachte.

Drew, der Haschlieferant der Mannschaft und daher ihr Sanitätsoffizier, verpaßte Jeff einen gemeinen Schlag auf den Solarplexus, woraufhin der Ex-Stürmer einen Klumpen Sprühsahne von der ungefähren Größe eines kleinen Kindes ausprustete. Jeff fiel keuchend zu Boden. Der Klumpen landete sauber auf Kasse 6.

»Funktioniert genausogut wie die Heimlich-Methode« – Drew grinste – »ohne die unerwünschte Intimität.«

»Ich hab ihm nur gesagt, er soll die Dose hochhalten«, sagte Simon.

Es klopfte an der Scheibe zum Eingang des Supermarkts. Als sie sich alle umdrehten, sahen sie einen dürren, dunkelhaarigen Burschen in Jeans und Flanellhemd vor der verschlossenen Tür stehen. Tief an seiner rechten Hüfte trug er eine Etikettierpistole.

»Das wird unser Besserwisser sein.«

Simon ging zum Eingang, um die Tür aufzuschließen. Clint nahm schnell den Karton Sprühsahne und ließ ihn unter einer Kasse verschwinden. Die anderen entledigten sich ebenfalls ihrer Dosen und bauten sich neben den Kassen auf, als würden sie eine Inspektion erwarten. Sie ahnten, daß das Ende einer Ära gekommen war; das letzte Stündlein der Tiere hatte geschlagen.

»Tom Flood«, stellte sich der Neue vor und streckte Simon seine Hand hin.

Simon ergriff sie nicht, sondern starrte sie nur an, bis der Neue sie verlegen zurückzog.

»Ich bin Sime, das ist Drew.« Simon winkte den Neuen herein und schloß die Tür hinter ihm ab. »Wir werden dir eine Stechkarte besorgen.«

Der Neue folgte Simon ins Büro. Auf dem Weg blieb er jedoch stehen, um sich den Klumpen Schlagsahne auf Kasse 6 anzusehen und dann Jeff, der immer noch röchelnd auf dem Boden lag.

»Dose hoch«, sagte der Neue zu Jeff.

Simon blickte mit hochgezogener Augenbraue zum Rest der Mannschaft, dann führte er den Neuen ins Büro. Während er in den Schubladen nach einer ungebrauchten Stechkarte wühlte, fragte der Neue: »Na, Sime, bowlst du?«

Simon blickte auf und musterte das Gesicht des Neuen. Das konnte eine Falle sein. Er trat einen Schritt zurück und baute sich auf wie ein Revolverheld um zwölf Uhr mittags. »Ja, ich bowle.«

»Was nimmst du?«

»Vier-Kilo-Flugenten sind mir am liebsten.«

»Mit Netz oder ohne?«

»Ohne Netz«, erklärte Simon.

»Ja, Netze sind für Omas. Ich persönlich ziehe Sechs-Kilo-Puter vor.« Tommy grinste Simon an.

Simon grinste zurück und reichte ihm seine Hand. »Willkommen an Bord.« Er gab Tommy eine Stechkarte und führte ihn aus dem Büro. Draußen wartete die Mannschaft. »Jungs«, verkündete Simon. »Das ist Tom Flood.«

Die Mannschaft scharrte nervös mit den Füßen und beäugte Tommy.

»Er ist ein Bowler.«

Die Mannschaft entließ einen kollektiven Seufzer der Erleichterung. Simon stellte einen nach dem anderen mit Namen und Abteilung, für die derjenige zuständig war, vor. »Das auf dem Boden ist Jeff, Backmischungen, spielt Basketball. Drew, Tiefkühlkost und Bud-Meister. Troy Lee – klein, muskulös, mit einer schwarzen Satinjacke – machte eine angedeutete Verbeugung.

»Clint«, fuhr Simon fort, »Cornflakes und Säfte; er und Gott sind dicke Freunde.« Clint war hochgewachsen und dünn, mit lockigem schwarzen Haar, einer dicken Hornbrille und einem blöden, wenn auch seligen Lächeln.

Simon deutete auf einen untersetzten Mexikaner. »Gustavo wischt die Böden und hat vierzig Kinder.«

»Cinco niños«, korrigierte Gustavo ihn.

»Wie konnte mir nur so ein Fehler unterlaufen«, gab Simon zurück. »Fünf Kinder.« Er schritt die Reihe ab und kam zu einem kleinen, kahl werdenden Kerlchen in Cordhosen. »Barry kümmert sich um die Seifenmittel und das Hundefutter. Sein Haar ist ihm ausgefallen, als er mit dem Tauchen angefangen hat.«

»Leck mich, Sime.«

»Spar dir deine Spucke, Barry.« Simon ging weiter. »Dieser dunkelhäutige Bursche ist Lash, Molkereiprodukte und Non-Food-Artikel. Er behauptet, er würde an der Frisco

State BWL studieren, aber in Wirklichkeit ist er Waffenschieber für die Bloods.«

»Und Simon möchte zum Großmeister des Klans aufsteigen«, bemerkte Lash.

»Sei artig, sonst helfe ich dir nicht bei deiner Abschußarbeit.«

»Abschlußarbeit«, korrigierte ihn Lash.

»Egal.«

»Und was machst du, Sime?« fragte Tommy.

»Ich bin auf der Suche nach der perfekten Blondine. Sie muß Friseuse sein und Arlene, Karlene oder Darlene heißen. Ihre BH-Größe muß mindestens doppelt so groß wie ihr IQ sein, und sie muß irgendwann Elvis begegnet sein, nach seinem Tod. Hast du sie gesehen?«

»Nein, das sind ja ganz schön hohe Ansprüche.«

Simon baute sich vor Tommy auf, Nasenspitze an Nasenspitze. »Spuck's aus, ich biete dir als Belohnung bares Geld und ein Video, wie sie versucht, mich in Massageöl zu ertränken.«

»Nein, ich kann dir wirklich nicht helfen.«

»In diesem Fall bin ich für die Dosen und Konserven zuständig.«

»Wann kommt die Lieferung?«

»In einer halben Stunde: null Uhr dreißig.«

»Dann bleibt uns noch Zeit für ein paar Runden.«

Es gibt keine offiziellen Regeln für den Sport des Geflügel-Bowlings. Geflügel-Bowling wird weder von der NCAA noch vom Olympischen Komitee anerkannt. Es gibt keine Profiturniere, die vom amerikanischen Geflügelzüchter-Verband gesponsort wären, die Fußbekleidungs-Produzenten stellen keine Geflügel-Bowling-Schuhe her. Selbst das Gesicht des weltbesten Geflügelbowlers prangte noch nie auf einer Wheaties-Packung oder war Gast bei der *Tonight*

Show. In der Tat, bevor ESPN verzweifelt nach einem Lückenfüller für das Nachtprogramm zwischen Profi-Rasen-Darts und den Wiederholungen australischem Football gesucht hatte war das Geflügel-Bowling ein reiner Insidersport gewesen, abgeschoben in den dunklen Keller der Athletik, zusammen mit Briefkasten-Baseball und Kühe-Kloppen. Trotz dieser mangelnden offiziellen Anerkennung wird die ehrenwerte und noble Tradition des »Geier-Bosselns« jede Nacht von Supermarkt-Nachtschicht-Mannschaften in ganz Amerika praktiziert.

Clint war der offizielle Kegelaufsteller der Tiere. Sein Glaube verbot ihm das Mitspielen, da immer Wetten abgeschlossen wurden, aber seine Teilnahme war notwendig, damit er die Mannschaft nicht bei der Geschäftsleitung verpetzte. Er stellte zehn Flaschen Geschirrspülmittel in einer Dreiecksformation am Ende der Gemüseabteilung auf. Der Fleischtresen fungierte als Prellbock.

Der Rest der Mannschaft hatte sich mittlerweile die Vögel aus der Tiefkühltruhe ausgewählt und am anderen Ende des Gangs Aufstellung genommen.

»Du bist als erster dran, Tom«, erklärte Simon. »Mal sehen, was du so drauf hast.«

Tommy trat vor und wog den Truthahn in seiner rechten Hand – spürte, wie dessen eisige Kraft seine Haut versengte.

Aus dem Nichts erscholl in seinem Kopf die Titelmelodie aus *Die Stunde des Siegers.*

Tommy kniff die Augen zusammen und wählte sein Ziel, dann nahm er Anlauf und ließ den Vogel den Gang hinuntersausen. Der Mannschaft stockte kollektiv der Atem, als das sieben Kilo schwere, schlachtfrisch tiefgefrorene Geschoß butterzarter gesunder Ernährung in die Spülmittelflaschen pflügte wie ein Güterzug in ein Ballett betrunkener Großmütter.

»Abräumer!« rief Clint aus.

Simon zuckte zusammen.

»So gut ist keiner«, erklärte Troy Lee. »Keiner!«

»Das war Glück«, sagte Simon.

Tommy verkniff sich ein Schmunzeln und trat von der Linie zurück. »Wer ist der nächste?«

Simon trat vor und starrte den Gang hinunter, wo Clint mittlerweile die Kegel wieder aufstellte. Ein nervöses Zucken regte sich unter seinem linken Auge.

Aus dem Nichts erscholl in seinem Kopf die Titelmelodie aus *Zwei glorreiche Halunken.*

Die Flugente lag schwer in seiner Hand. Simon konnte beinahe fühlen, wie die Innereien vor Anspannung pulsierten – die Geflügel-Version des verräterischen Herzens. Er trat an die Linie, holte mit der Flugente in einem weiten Bogen aus und ließ sie dann mit einem explosiven Schrei nach vorn schießen. Die Flugente segelte dreiviertel der Bahn durch die Luft, bevor sie aufsetzte und durch die Spülmittelflaschen und schließlich in den Fleischtresen krachte, wo sie in einem Regen aus Funken und Rauch das Metall zermalmte und die Kabel zerriß.

Die Ladenbeleuchtung flackerte und erlosch. Die riesigen Kompressoren, die die Kühlsysteme des Supermarkts speisten, erstarben wie Flugzeugturbinen. Der Gestank von Ozon und verbrannter Isolierung trieb durch die Luft. Ein Moment stockfinsterer Stille folgte – die Tiere standen reglos und schwitzend da, so, als warteten sie auf das tödliche Geräusch eines herankommenden U-Boots. Ersatzgeneratoren schalteten die Notbeleuchtung am Ende jeden Ganges ein. Die Mannschaft blickte von Simon, der mit heruntergeklappter Kinnlade an der Linie stand, zur Flugente, die schwarz und verbrannt seitlich aus dem Fleischtresen ragte wie eine nicht explodierte Artilleriegranate.

Sie warfen einen prüfenden Blick auf ihre Uhren: Genau

sechs Stunden und achtundvierzig Minuten, um den Schaden zu reparieren und die Regale aufzufüllen, bis der Filialleiter kam, um das Geschäft zu öffnen.

»Pause!« verkündete Tommy.

Sie hockten auf einer Reihe Einkaufswagen vor dem Supermarkt, ihre Rücken gegen die Wand gelehnt, rauchten, aßen und erzählten sich – wie im Fall von Simon – Lügengeschichten.

»Das war noch gar nichts«, sagte Simon. »Als ich in einem Laden in Idaho gearbeitet habe, sind wir mit einem Gabelstapler ins Kühlregal gekracht. Achthundert Liter Milch auf dem Fußboden. Haben es mit dem Staubsauger aufgesaugt, und zehn Minuten vor Öffnung hatten wir es wieder in die Kartons gefüllt. Keiner hat was gemerkt.«

Tommy, der neben Troy Lee saß, versuchte den Mut aufzubringen, ihn um einen Gefallen zu bitten. Zum ersten Mal seit seiner Ankunft in San Francisco hatte er das Gefühl, irgendwo dazuzugehören, und er hatte Angst, sein Glück überzustrapazieren. Trotzdem, dies war jetzt seine Mannschaft, selbst wenn er seine Bewerbung ein bißchen ausgeschmückt hatte, um den Job zu bekommen.

Tommy entschied, den Sprung ins kalte Wasser zu wagen. »Troy, nichts gegen dich, aber sprichst du Chinesisch?«

»Zwei Dialekte«, erwiderte Troy. »Warum?«

»Nun, ich wohne in Chinatown. Ich teile mir das Zimmer mit fünf Chinesen. Nichts gegen dich.«

Troy schlug sich die Hand vor den Mund, als wäre er empört über Tommys Dreistigkeit. Dann sprang er in einer Kung-Fu-Pose auf die Füße, stieß einen Bruce-Lee-Hühnerlaut aus und sagte: »Fünf Chinesen leben mit dir zusammen? Mit einem käsegesichtigen, kuhäugigen, barbarischen Schwein?« Grinsend griff sich Troy eine weitere Handvoll Chips aus der Tüte. »Nichts gegen dich.«

Tommy lief vor Verlegenheit krebsrot an. »Tut mir leid. Ich habe mich nur gefragt – ich meine, ich brauche einen Dolmetscher. Da laufen einige merkwürdige Sachen in meinem Zimmer.«

Troy sprang wieder auf seinen Einkaufswagen. »Kein Problem, Mann. Wir können gleich hingehen, wenn wir hier Schluß haben – *wenn* wir nicht vorher gefeuert werden.«

»Wir werden nicht gefeuert«, erklärte Tommy mit einer Überzeugtheit, die er nicht empfand. »Die Gewerkschaft ...«

»Mein Gott!« Troy packte Tommy an der Schulter. »Sieh dir das an!« Er deutete mit einem Nicken auf die Fort Mason am Rand des Parkplatzes. Eine Frau kam auf sie zu. »Die ist aber noch spät unterwegs«, bemerkte Troy. Dann brüllte er Simon zu: »Sime, Torten-Alarm!«

»Red keinen Quatsch«, gab Simon zurück und sah auf seine Uhr. Dann schaute er in die Richtung, in die Troy zeigte. Tatsächlich kam eine Frau über den Parkplatz auf sie zu. Soweit er das auf die Entfernung beurteilen konnte, hatte sie eine recht gute Figur.

Simon kletterte von den Einkaufswagen und rückte seinen Stetson zurecht. »Zurücktreten, Jungs, der Rotschopf dort ist aus einem bestimmten Grund hergekommen, und diesen Grund habe ich hier.« Er tätschelte sich den Schritt, dann marschierte er mit übertrieben O-beinigem Gang auf die Frau zu.

»Hallo, Süße, hast du dich verlaufen, oder bist du nur auf der Suche nach deinem Traummann?«

Jeff, der wie Troy neben Tommy saß, beugte sich vor und sagte: »Simon ist der Größte. Der Kerl kriegt mehr Muschis zu sehen als alle Forty-Niners zusammen.«

»Sieht nicht so aus, als würde es heute abend klappen«, bemerkte Tommy.

Sie konnten nicht hören, was Simon zu der Frau sagte, aber es war offensichtlich, daß sie es nicht hören wollte.

Sie versuchte von ihm wegzukommen, aber Simon verstellte ihr den Weg. Sie machte einen Schritt in eine andere Richtung, und er schnitt ihr abermals den Weg ab, während er die ganze Zeit über grinsend auf sie einredete.

»Lassen Sie mich in Ruhe!« rief die Frau.

Tommy sprang von den Einkaufswagen und lief zu den beiden hinüber. »He, Simon, laß gut sein.«

Simon drehte sich um; die Frau machte Anstalten zu verschwinden. »Wir haben gerade angefangen, uns anzufreunden«, erklärte Simon.

Tommy blieb stehen und legte eine Hand auf Simons Schulter. Er senkte seine Stimme, so als wollte er ihn in ein Geheimnis einweihen. »Hör zu, Mann, auf uns wartet noch eine Menge Arbeit. Ich kann es mir nicht erlauben, dich für die ganze Nacht zu verlieren, während du diesem Babe den Sinn des Lebens erklärst. Ich brauche deine Hilfe, Kumpel.«

Simon starrte Tommy an, als hätte dieser sich gerade unsittlich entblößt. »Echt?«

»Bitte.«

Simon schlug Tommy auf den Rücken. »Auf mich kannst du dich verlassen.« Er drehte sich wieder zum Supermarkt um. »Die Pause ist vorbei, Jungs. Es gibt noch viel zu tun, packen wir's an.«

Tommy sah ihm noch einen Moment hinterher, dann lief er der Frau nach. »Entschuldigen Sie bitte!«

Sie drehte sich um und beäugte ihn argwöhnisch, blieb jedoch stehen, damit er sie einholen konnte. Er bremste auf Schrittempo ab. Als er näher kam, sah er überrascht, wie hübsch sie war. Sie sah ein wenig aus wie Maureen O'Hara in diesen alten Piratenfilmen. Sein Schriftstellerverstand schaltete sich ein, und er dachte bei sich: Diese Frau könnte mein Herz brechen. Auf dieser Frau könnte ich eine Bruchlandung machen und verbrennen. Ich könnte diese Frau verlieren, zum Trinker werden, tiefgründige Gedichte schreiben und an Tuberkulose in der Gosse verenden, alles wegen dieser Frau.

Das war keine ungewöhnliche Reaktion für Tommy. Er hatte sie oft, besonders bei Mädchen, die an den Drive-Thru-Kassen von Hamburger-Restaurants arbeiteten. Er nahm seine Tüte entgegen und fuhr weiter, eingehüllt vom Geruch der Pommes Frites und mit dem bitteren Geschmack unerwiderter Liebe auf der Zunge. Es reichte zumeist für wenigstens eine Kurzgeschichte.

Er war ein bißchen außer Atem, als er die Frau erreichte. »Ich wollte mich nur für Simon entschuldigen. Er ist ... er ist ...«

»Ein Arschloch«, fiel sie ihm ins Wort.

»Nun ja. Aber ...«

»Ist schon in Ordnung«, sagte sie. »Danke, daß Sie mir zur Hilfe geeilt sind.« Sie wandte sich zum Gehen.

Tommy schluckte schwer. Dies war der Grund, weshalb er in die Großstadt gekommen war, oder etwa nicht? Um mal was zu riskieren, oder? Um mit beiden Händen ins pralle Leben zu fassen. Ja. »Entschuldigen Sie bitte«, sagte er. Sie drehte sich wieder um. »Sie sind wirklich wunderschön. Ich weiß, das klingt wie eine blöde Anmache. Es ist eine Anmache. Aber ... aber in Ihrem Fall stimmt's. Danke. Auf Wiedersehen.«

Sie lächelte. »Wie heißen Sie?«

»C. Thomas Flood.«

»Arbeiten Sie jede Nacht hier?«

»Ich gabe gerade erst angefangen. Aber ja, von jetzt an. Fünf Nächte die Woche. Nachtschicht.«

»Also sind Sie tagsüber frei?«

»Ja, eigentlich schon. Außer, wenn ich schreibe.«

»Haben Sie eine Freundin, C. Thomas Food?«

Abermals schluckte Tommy schwer. »Ähm, nein.«

»Kennen Sie das Enrico's am Broadway?«

»Ich werde es sicher finden.« Er hoffte, daß er es finden würde.

»Ich treffe Sie dort morgen abend, eine halbe Stunde nach Sonnenuntergang, in Ordnung?«

»Sicher, denke schon. Ich meine, klar. Ich meine, welche Zeit ist das?«

»Ich weiß nicht; ich muß mir erst einen Kalender besorgen.«

»Also in Ordnung. Wir sehen uns morgen abend. Hören Sie, ich muß wieder zurück an die Arbeit. Wir stecken mitten in einer Krise, könnte man sagen.«

Sie nickte und lächelte.

Er scharrte verlegen mit den Füßen, dann ging er wieder zum Supermarkt zurück. Auf halbem Weg über den Parkplatz blieb er noch einmal stehen. »He, ich weiß ja noch gar nicht, wie Sie heißen!«

»Ich heiße Jody.«

»Nett, Sie kennenzulernen, Jody.«

»Bis morgen dann, C. Thomas«, rief sie.

Tommy winkte. Als er sich wieder umwandte, sah er, daß alle Tiere ihn kopfschüttelnd anstarrten. Simon durchbohrte ihn mit einem wütenden Blick, dann drehte er sich auf dem Absatz um und stürmte in den Supermarkt zurück.

7. Kapitel

Heimliche Verehrer und gebrochene Herzen

Nachdem er ein angemessenes Maß an Groll von der Mannschaft über sich hatte ergehen lassen, weil er seine Position ausgenutzt hatte, um die Frau auf dem Parkplatz anzumachen, konnte Tommy sie überreden, wieder an die Arbeit zu gehen. Simon, Drew und Jeff vollführten mit einem Hammer, einigen Starterkabeln und einer Dose Bondo ein mechanisches Wunder am Fleischtresen, und am Morgen lief alles wieder wie geschmiert. Tommy empfing den Filialleiter an der Tür, bewaffnet mit einem Lächeln und einem Bericht, daß seine erste Nacht einfach toll gelaufen sei. Die beste Mannschaft, die er je kennengelernt habe, sagte er.

Er fuhr mit Troy Lee nach Chinatown. Sie fanden einen Parkplatz, der nur wenige Blocks von Tommys Zimmer entfernt war, und gingen den Rest des Wegs zu Fuß. Die Sonne war erst vor einer Stunde aufgegangen, doch schon waren die Läden geöffnet und die Bürgersteige überfüllt. Lieferwagen blockierten die Straßen, während sie ihre Ladungen von frischen Fischen, Fleisch und Gemüse verteilten.

Während Tommy so mit Troy an seiner Seite durch Chinatown ging, fühlte er sich, als würde er eine Geheimwaffe besitzen.

»Was ist das für Zeug?« fragte er.

»Bok Choy – Chinakohl.«

»Und das?«

»Ginsengwurzel. Man sagt, sie sei gut für die Potenz.«

Tommy blieb stehen und zeigte auf das Schaufenster

einer Kräuterhandlung. »Das sieht aus wie Stücke von einem Geweih.«

»Das ist es auch«, erwiderte Troy. »Man macht daraus Medizin.«

Als sie an dem Fischhändler vorbeikamen, zeigte Tommy auf die riesigen Schildkröten, die versuchten, aus ihren Plastikkisten zu fliehen. »Essen die Leute die?«

»Klar, wenn sie es sich leisten können.«

»Das hier ist wie ein fremdes Land.«

»Das ist es auch«, erwiderte Troy. »Chinatown ist eine sehr eingeschworene Gemeinschaft. Ich kann gar nicht glauben, daß du hier lebst. Immerhin bin ich Chinese, und ich habe noch nie hier gelebt.«

»Hier ist es«, verkündete Tommy, als sie seine Haustür erreichten.

»In Ordnung, ich soll sie also wegen der Blumen fragen, und wonach noch?«

»Nun, nach Vampiren.«

»Jetzt hör aber auf.«

»Nein, dieser Typ, der Kaiser, er hat gesagt, es könnten Vampire sein.« Tommy stieg Troy voran die Treppe hinauf.

»Er nimmt dich auf den Arm, Tommy.«

»Er hat mir auch von dem Job bei euch im Supermarkt erzählt, und das hat gestimmt.«

Tommy öffnete die Tür, und die fünf Wongs sahen von ihren Pritschen auf. »Bye-bye«, begrüßten sie ihn.

»Bye-bye«, erwiderte Tommy.

»Nette Hütte«, sagte Troy. »Ich wette, die Miete ist unbezahlbar.«

»Fünfzig Mäuse die Woche«, erklärte Tommy.

»Fünfzig Mäuse«, sagten die fünf Wongs.

Troy schickte Tommy aus dem Zimmer. »Laß mich mal 'ne Minute mit denen allein.«

Troy schloß die Tür. Tommy wartete auf dem Flur und

lauschte auf die nasalen Banjolaute der Unterhaltung zwischen Troy und den fünf Wongs. Ein paar Minuten später kam Troy aus dem Zimmer und winkte Tommy, ihm runter auf die Straße zu folgen.

»Was ist los?« fragte Tommy, als sie wieder auf dem Bürgersteig standen.

Troy drehte sich zu ihm um. Er schien Mühe zu haben, nicht laut loszuprusten. »Diese Typen sind gerade erst hier angekommen, Mann. Es ist ziemlich schwer, sie zu verstehen, weil sie irgendeinen regionalen Dialekt sprechen.«

»Und?«

»Sie sind illegal hier, herübergeschmuggelt von Piraten. Sie schulden den Piraten dreißigtausend für die Überfahrt, und falls man sie erwischt und wieder nach China zurückschickt, schulden sie denen das Geld trotzdem noch. Das ist der Lohn von zwanzig Jahren in den Provinzen.«

»Und?« fragte Tommy. »Was hat das mit den Blumen zu tun?«

Troy kicherte. »Darauf komme ich gleich. Sie wollen amerikanische Staatsbürger werden, verstehst du? Wenn sie amerikanische Staatsbürger werden, dann können sie bessere Jobs bekommen und schneller ihre Schulden bei den Piraten abzahlen. Und man kann sie nicht wieder nach Hause schicken.«

»Und die Blumen?«

»Die Blumen kommen von den Wongs. Sie machen dir den Hof.«

»Was!?«

»Sie haben irgendwo gehört, daß in San Francisco Männer Männer heiraten. Da haben sie sich gedacht, wenn sie dich dazu bekommen könnten, sie zu heiraten, dann würden sie die Staatsbürgerschaft erhalten und könnten bleiben. Du hast geheime Verehrer, Kumpel.«

Tommy war empört. »Die halten mich für schwul?«

»Sie wissen es nicht. Ich glaube, es ist ihnen auch völlig egal. Sie haben mich gebeten, für sie um deine Hand anzuhalten.« Jetzt verlor Troy engültig die Beherrschung und fing an zu lachen.

»Was hast du ihnen geantwortet?«

»Ich habe ihnen gesagt, ich würde dich fragen.«

»Du Dreckskerl.«

»Nun, ich wollte nicht ablehnen, ohne dich vorher gefragt zu haben. Sie haben gesagt, sie würden gut für dich sorgen.«

»Sag ihnen, ich hätte abgelehnt.«

»Hast du etwa was gegen Asiaten? Bist du zu gut für uns?«

»Nein, das ist es nicht. Ich …«

»Ich werde ihnen sagen, daß du darüber nachdenkst. Hör zu, ich muß nach Hause und mich 'ne Runde aufs Ohr hauen. Ich seh dich dann heute abend auf der Arbeit.« Troy ging davon.

»Du machst heute abend die Mülltonnen sauber, Troy. Ich habe schließlich das Sagen, oder hast du das vergessen? Und du solltest besser Simon und den Jungs nichts von alledem erzählen.«

»Ganz wie du befiehlst, furchtloser Führer«, rief Troy über seine Schulter.

Tommy stand auf dem Bürgersteig und suchte nach einer besseren Drohung.

Auf halber Höhe des Blocks drehte Troy sich um und brüllte: »He, Tommy!«

»Was?«

»Du wirst eine hübsche Braut abgeben.«

Blanke Mordlust blitzte in Tommys Augen, als er Troy Lee nachsetzte.

Sonnenuntergang. Das Bewußtsein traf Jody wie ein Eimer Eiswasser.

Es fehlt mir, groggy aufzuwachen und darauf zu warten, daß der Kaffee durchläuft, dachte sie. Aufzuwachen, während die Gedanken und Sorgen schon auf Hochtouren laufen, ist scheußlich.

Was habe ich mir denn bloß dabei gedacht? Ich habe gerade mal eine halbe Stunde Zeit, um mich für ein Date zurechtzumachen! Ich habe nichts anzuziehen. Ich kann schließlich nicht in Sweatshirt und Jeans aufkreuzen, um diesen Typen zu bitten, mit mir zusammenzuziehen. Außerdem weiß ich überhaupt nichts über ihn. Was, wenn er ein Säufer ist oder ein Frauenschläger oder ein irrer Killer? Arbeiten diese Typen nicht immer nachts in Lebensmittelgeschäften? Und die Nachbarn sagen immer: »Er hat in der Nachtschicht gearbeitet und lebte sehr zurückgezogen. Wer hätte ahnen können, daß er den Zeitungsjungen zu Gulasch verarbeiten würde?« Aber er hat gesagt, ich wäre wunderschön, und jeder Mensch hat seine Fehler. Wie komme ich dazu, mich als Richter aufzuspielen. Ich bin ein…

Sie wollte nicht darüber nachdenken, was sie war.

Jody war in ihre Jeans gesprungen und versuchte nun eilig, das wenige Make-up, das sie mitgebracht hatte, auf ihr Gesicht zu verteilen.

Ich kann im Dunkeln das Kleingedruckte lesen, ich kann auf hundert Meter die Wärme-Aura einer Ratte in ihrem Versteck sehen, aber ich kann mir immer noch nicht die Wimpern tuschen, ohne mir dabei das Auge auszustechen, ging es ihr durch den Sinn.

Sie trat vom Spiegel zurück und versuchte, gegen die Selbstkritik anzukämpfen – versuchte, sich selbst objektiv zu betrachten.

Ich sehe aus wie das spezielle TV-Angebot für die Mode-Unbewußten, dachte sie. So geht das nicht.

Sie riß sich vom Spiegel los, warf noch einen letzten Blick hinein und zupfte ihr Haar zurecht, dann ging sie zur Tür, dann warf sie noch einen letzten Blick in den Spiegel, dann ging sie zur Tür, dann blieb sie stehen, um noch einen letzten Blick in den Spiegel zu werfen ...

»Nein!« sagte sie laut. Sie lief aus der Tür, die Treppe hinunter und zur Bushaltestelle an der Ecke, wo sie nervös von einem Fuß auf den anderen trat, so als würde sie bei einem Biertrink-Wettstreit auf ein freies Klo warten.

Tommy hatte den Tag damit zugebracht, den fünf Wongs aus dem Weg zu gehen. Er beobachtete das Zimmer von außen, bis er sicher war, daß sie alle gegangen waren, dann schlich er sich hinein und griff sich ein paar saubere Klamotten, duschte, zog sich um und schlich sich wieder hinaus. Er fuhr mit dem Bus zur Levis Plaza, wo er auf einer Parkbank ein Nickerchen machte, während die Tauben und Möwen um ihn herum um Krümel stritten. Der späte Nachmittag brachte eine kühle Brise von der Bucht mit, die ihn fröstelnd aufwachen ließ.

Er ging die Samson hinauf nach North Beach, während er versuchte, sich die Falte aus dem Hinterkopf zu massieren, die die Parkbankbretter hinterlassen hatten. Als er an einer Gruppe Teenager vorbeikam, die am Bordstein standen und bettelten, rief ein pummeliger Junge. »Sir, haben Sie einen Quarter für Eyeliner übrig?«

Tommy grub in seiner Jeans und gab dem Jungen sein ganzes Kleingeld. Niemand hatte ihn je zuvor »Sir« genannt.

»Oh, vielen Dank, Sir!« ereiferte sich der Junge mit hoher, weibischer Stimme. Er streckte den anderen die Faust voll Münzen hin, als hätte man ihm gerade das Heilmittel für Krebs geschenkt.

Tommy ging lächelnd weiter. Er schätzte, daß Bettler ihn

um die zehn Dollar pro Tag gekostet hatten, seit er in die Stadt gekommen war – zehn Dollar, die er eigentlich nicht übrig hatte. Er schien außerstande, den Blick abzuwenden und stur weiterzugehen wie alle anderen. Vielleicht war das etwas, das man nach einer Weile entwickelte. Vielleicht stumpfte der beständige Anblick von Elend und Verzweiflung das Mitgefühl ab. Die Bitte um Geld für Essen ließ jedesmal seinen Magen knurren, und ein Quarter war ein geringer Preis, um ihn zum Schweigen zu bringen. Die Bitte um Eyeliner sprach den Schriftsteller in ihm an, jenen Teil von ihm, der überzeugt war, daß kreative Einfälle es wert waren, belohnt zu werden.

Gestern hatte er gehört, wie ein Tourist einem Obdachlosen sagte, er solle sich endlich eine Arbeit besorgen.

»Einen Einkaufswagen diese Scheißhügel rauf und runter zu schieben *ist* Arbeit«, hatte der Obdachlose erwidert. Tommy hatte ihm einen Dollar gegeben.

Es war noch immer hell, als Tommy das Enrico's am Broadway erreichte. Er blieb kurz stehen und ließ seinen Blick über die wenigen Gäste schweifen, die auf dem Patio neben der Straße aßen. Jody war noch nicht da. Tommy ging zum Empfang und reservierte für eine halbe Stunde später einen Tisch draußen.

»Gibt es hier in der Nähe eine Buchhandlung?« frage er.

Der Oberkellner, ein schlanker, bärtiger Mann in den Vierzigern mit makellosen nachrichtensprechergrauen Haaren zog die Augenbraue hoch. Er gab Tommy mit dieser kleinen Geste das Gefühl, der letzte Dreck zu sein. »City Lights ist einen Block weiter an der Ecke zur Columbus«, sagte der Oberkellner.

»Oh, stimmt!« erwiderte Tommy und schlug sich gegen die Stirn, als wäre es ihm gerade wieder eingefallen. »Ich bin gleich wieder da.«

»Wir können unsere Freude kaum bezähmen«, bemerkte

der Oberkellner. Er drehte sich auf dem Absatz um und ging weg.

Tommy wandte sich um und marschierte den Broadway hinauf, bis er vor einem Striptease-Schuppen von einem Anreißer, einem Mann mit einem roten Frack und einem Zylinder, angesprochen wurde.

»Möpse, Möpse, Möpse. Kommen Sie herein, Sir. Die Show fängt in fünf Minuten an.«

»Nein, danke. Ich habe gleich eine Verabredung zum Abendessen.«

»Bringen Sie die kleine Lady doch mit! Diese Show kann ein ›Vielleicht‹ in eine sichere Sache verwandeln, Söhnchen. Die wird ein ganz feuchtes Höschen kriegen, bevor Sie hier wieder rausgehen.«

Tommy wand sich. »Vielleicht«, sagte er. Er eilte davon, bis ihn zwei Türen weiter der nächste Anreißer – diesmal eine vollbusige Frau in Leder und mit einem Nasenring – aufhielt.

»Die schönsten Mädchen der Stadt, Sir. Alle nackt. Alle heiß. Kommen Sie rein!«

»Nein, danke. Ich habe gleich eine Verabredung zum Abendessen.«

»Bringen Sie ...«

»Vielleicht«, sagte Tommy schnell und ging weiter.

Er wurde noch dreimal angehalten, bevor er das Ende des Blocks erreicht hatte, und jedesmal lehnte er höflich ab. Es fiel ihm auf, daß er der einzige war, der stehenblieb. Die anderen Passanten gingen einfach weiter, ohne sich um die Anreißer zu kümmern.

Daheim ist es unhöflich, jemanden zu ignorieren, der dich anspricht, dachte er bei sich, besonders wenn er dich »Sir« nennt. Ich vermute, ich muß noch viel über die Großstadt-Etikette lernen.

Ihr blieb eine Viertelstunde, bevor sie Tommy im Enrico's treffen sollte. Abzüglich einer weiteren Busfahrt und eines kurzen Fußwegs hatte sie also noch sieben Minuten, um etwas zum Anziehen zu finden. Sie betrat mit einem Bündel Hundertdollarscheine in der Hand das »Gap« an der Ecke Van Ness und Vallejo und verkündete: »Ich brauche Hilfe. Sofort!«

Zehn Verkäuferinnen, alle jung, alle in identisch legere Baumwollklamotten gekleidet, blickten von ihren Unterhaltungen auf, erspähten das Geld in Jodys Hand und hörten simultan auf zu atmen – ihre Gehirne schalteten die Körperfunktionen ab und leiteten die Energie um, die dazu benötigt wurde, die geschätzte Provision, die Judys Bargeld versprach, zu errechnen. Eine nach der anderen fingen sie wieder an zu atmen und marschierten zu ihr herüber, in ihren Augen ein betäubter, hungriger Blick: ein Rudel Zombies aus der Teenie-Version von *Die Nacht der lebenden Toten.*

»Ich trage Größe 40, und ich habe in fünfzehn Minuten ein Rendezvous«, erklärte Jody. »Ziehen Sie mich an!«

Sie stürzten über sie ein wie eine bösartige khakifarbene Welle.

Tommy saß an einem Patio-Tisch, der durch einen niedrigen, gemauerten Blumenkübel vom Bürgersteig getrennt war. Um den Muschi-Bar-Anreißern zu entgehen, hatte er auf dem halben Block von der City-Lights-Buchhandlung bis zu Enrico's achtmal die Straßenseite gewechselt. Er war noch immer etwas benommen davon, beständig den Autos auszuweichen. Er bestellte Cappuccino bei einem Kellner, der über ihm gluckte wie eine Henne, dann klappte ihm die Kinnlade herunter, als derselbe Kellner mit einer Tasse von der Größe einer großen Suppenschüssel und einem Teller mit braunen, kristallinen Würfeln zurückkam.

»Das sind Rohzuckerwürfel, Darling. Viel gesünder als das weiße Gift.«

Tommy nahm den Suppenlöffel und griff nach einem Zuckerwürfel.

»Nein, nein, nein«, tadelte der Kellner. »Wir benutzen unseren Demitassen-Löffel für unseren Cappuccino.« Er deutete auf einen kleinen Löffel, der in der Untertasse lag.

»Demitasse«, wiederholte Tommy, von Wagemut übermannt. In Indiana kam die Benutzung des Wortes »Demitasse« dem Entblößen in öffentlichen Anlagen gleich. San Francisco war eine tolle Stadt! Ein toller Ort für einen Schriftsteller! Und Schwule schienen echt nette Leute zu sein, wenn man mal von ihrer offenkundigen Besessenheit für Barbra-Streisand-Musik absah. Tommy lächelte den Kellner an. »Vielen Dank. Ich könnte vielleicht etwas Hilfe bei den Gabeln gebrauchen.«

»Ist sie was Besonderes?« fragte der Kellner.

»Ich denke, sie wird mir das Herz brechen.«

»Wie aufregend!« quiekte der Kellner. »Dann werden wir Sie ganz phantastisch aussehen lassen. Immer dran denken, die Gabeln werden der Reihe nach von innen nach außen benutzt. Der große Löffel ist zum Aufrollen der Pasta gedacht. Ist das Ihr erstes Rendezvous?«

Tommy nickte.

»Dann bestellen Sie die Ravioli – Bißgröße – kein Kleckern, kein Tropfen. Sie werden gut aussehen, wenn Sie sie essen. Und für sie bestellen Sie das Rosmarin-Hähnchen mit gerösteten Paprika und Wildpilzen in Sahnesauce – ein wunderschönes Gericht. Schmeckt scheußlich, aber beim ersten Rendezvous wird sie sowieso keinen Bissen anrühren. Sie haben nicht zufällig noch Zeit genug, schnell nach Hause zu laufen und sich umzuziehen, oder?«

Der Kellner sah Tommys Flanellhemd an, als wäre es ein ekliges, totes Tier.

»Nein, alles andere ist in der Wäsche.«

»Ach, was soll's, es besitzt einen gewissen Mr.-Green-Jeans-Charme, vermute ich.«

Tommy erspähte aus dem Augenwinkel einen roten Haarschopf und blickte auf, als Jody gerade das Café betrat. Der Kellner folgte seinem Blick.

»Ist sie das?«

»Ja«, erwiderte Tommy und winkte, um sie auf sich aufmerksam zu machen. Sie entdeckte ihn und kam auf den Tisch zu.

Jody war in einen khakifarbenen Rock, eine hellblaue Chambray-Bluse, hellblaue Leggings und hellbraune Wildlederhalbschuhe gekleidet. Sie trug einen geflochtenen Ledergürtel, einen um die Schultern geknoteten grünkarierten Schal, silberne Ohrringe, ein Armband, eine Halskette und anstelle ihrer Reisetasche einen Rucksack aus Wildleder.

Ohne den Blick von Jody zu lösen, beugte sich der Kellner vor und flüsterte Tommy ins Ohr: »Das Flanellhemd paßt sehr gut, Darling. Seit Batman hat niemand mehr ein solches Übermaß an Accessoires zur Schau getragen.« Er richtete sich auf und zog für Jody einen Stuhl vor. »Hallöchen, wir haben Sie schon erwartet.«

Jody setzte sich.

»Ich heiße Frederick«, stellte sich der Kellner mit einer leichten Verbeugung vor. »Ich werde Sie heute abend bedienen.« Er zupfte am Stoff von Jodys Schal. »Ein tolles Karomuster, Liebste. Es unterstreicht Ihre Augen. Ich bringe Ihnen sofort die Speisekarte.«

»Hallo«, sagte Jody zu Tommy. »Warten Sie schon lange?«

»Eine Weile. Ich war mir nicht ganz sicher, wann genau wir verabredet waren. Ich habe Ihnen etwas mitgebracht.« Er griff unter den Tisch und zog ein Buch aus einer City-

Lights-Tüte. »Das ist ein Kalender. Sie sagten, Sie bräuchten einen.«

»Das ist ganz lieb.«

Tommy senkte den Blick und hauchte stumm ein »Ach, das ist doch nicht nötig«.

»Nun, wohnen Sie hier in der Nähe?« fragte Jody.

»Ich bin prinzipiell auf Wohnungssuche.«

»Ach, wirklich? Sind sie schon lange in der Stadt?«

»Nicht ganz eine Woche. Ich bin hergekommen, um hier zu schreiben. Der Supermarkt ist bloß ein ... bloß ein ...«

»Job«, beendete Jody den Satz für ihn.

»Genau, bloß ein Job. Was machen Sie beruflich?«

»Ich war Sachbearbeiterin bei der Transamerica. Momentan suche ich nach etwas anderem.«

Frederick erschien am Tisch und klappte zwei Speisekarten vor ihnen auf. »Wenn ich mir die Bermerkung erlauben darf«, sagte er, »Sie beide sehen einfach süß zusammen aus. Sie strahlen so eine Landpomeranzen-Energie aus, die schlichtweg elektrisierend ist.«

Frederick ging wieder weg.

Jody sah über die Speisekarte zu Tommy. »Wurden wir gerade beleidigt?«

»Ich habe gehört, das Rosmarinhähnchen sei ganz vorzüglich«, sagte Tommy.

8. KAPITEL

Abendessen mit dem Vampir

»Ist etwas mit deinem Essen nicht in Ordnung?«

»Nein, ich bin nur einfach nicht hungrig.«

»Du wirst mir das Herz brechen, nicht wahr?«

9. KAPITEL

Nicht nur der liebe Gott sieht alles

In den paar Tagen, die er nun schon in San Francisco war, hatte Tommy über die neue Umgebung, über das Geheimnis der Blumen und die Sorgen der Arbeitssuche ganz vergessen, daß er geil war. Er war immer geil gewesen und hatte akzeptiert, daß er immer geil sein würde. Und so war er, als Jody ihm gegenübersaß und sich die Springflut der Hormone in ihm brach, recht schockiert darüber, daß er es überhaupt je hatte vergessen können.

Während des Essens ging der größte Teil des Small talks an ihm vorbei, und er kaufte Jody alle Lügen ab, die sie über ihre Eßgewohnheiten erzählte, denn sein Verstand war viel zu sehr mit einem einzigen, obsessiven Gedanken beschäftigt: Sie muß diesen Schal abnehmen, damit ich ihre Brüste sehen kann.

Als Tommy mit dem Essen fertig war, kam Frederick an den Tisch zurück. »War etwas mit dem Essen nicht in Ordnung?« fragte er Jody.

»Nein, ich war nur einfach nicht hungrig.«

Frederick zwinkerte Tommy zu und räumte ihre Teller ab. Jody lehnte sich zurück, knotete ihren Schal auf und warf ihn über die Rückenlehne ihres Stuhls. »Was für ein schöner Abend«, bemerkte sie.

Tommy riß seinen Blick von ihrer Bluse los und gab vor, auf die Straße hinauszuschauen. »Ja«, erwiderte er.

»Weißt du, ich habe noch nie vorher einen Mann um ein Rendezvous gebeten.«

»Ich auch nicht«, sagte Tommy.

Er hatte beschlossen, daß er sich ihr zu Füßen werfen und

betteln würde. Bitte, bitte, bitte, nimm mich mit nach Hause und schlaf mit mir. Du hast ja keine Ahnung, wie dringend ich es brauche. Ich habe es nur zweimal in meinem Leben gemacht, und beide Male war ich so betrunken, daß man mir am nächsten Tag erzählen mußte, was passiert ist. Bitte, bei allem, was mir heilig ist, setze diesem Leiden ein Ende und bums mich auf der Stelle oder töte mich!

»Möchtest du noch einen Cappuccino?« fragte er.

Sie schüttelte den Kopf. »Tommy, kann ich dir vertrauen? Kann ich ehrlich zu dir sein?«

»Klar.«

»Hör zu, ich möchte dich nicht überfahren, aber ich fürchte, es bleibt mir nichts anderes übrig ...«

»Ich wußte es.« Er sackte nach vorn, bis seine Stirn auf der Tischplatte aufschlug und das Geschirr klappern ließ. Er sprach ins Tischtuch. »Du hast dich gerade von einem Typen getrennt, und die Verabredung mit mir schien dir eine gute Idee zu sein, aber du denkst, daß du ihn immer noch liebst. Und ich bin ein wirklich netter Typ, und du wirst mir immer ein Freund sein. Stimmt's?«

»Nein. Das wollte ich eigentlich nicht sagen.«

»Oh, dann hast du gerade eine schlimme Beziehung hinter dir, und du bist noch nicht bereit, eine neue anzufangen. Du mußt eine Weile allein sein und herausfinden, was du wirklich willst. Stimmt's?«

»Nein ...«

»In Ordnung«, sagte Tommy ins Tischtuch. »Aber es geht alles ein bißchen schnell, und vielleicht sollten wir für eine Weile mit anderen ausgehen. Ich wußte es. Ich wußte, daß du mir das Herz ...«

Jody versetzte ihm mit einem Suppenlöffel einen Schlag auf den Hinterkopf. »Autsch!« Tommy setzte sich auf und rieb sich die wachsende Beule. »He, das hat weh getan!«

»Ist mit dir alles in Ordnung?« fragte sie, den Suppenlöffel noch immer schlagbereit in der Hand.

»Das hat wirklich weh getan.«

»Gut.« Sie legte den Löffel auf den Tisch zurück. »Ich wollte sagen, daß ich dich nicht überfahren möchte, aber du und ich brauchen beide eine Bleibe, und ich brauche etwas Hilfe bei einigen Dingen, und ich mag dich, und ich habe mich gefragt, ob du vielleicht mit mir zusammenziehen würdest?«

Tommy hörte auf, sich den Kopf zu reiben. »Sofort?«

»Wenn du keine anderweitigen Pläne hast.«

»Aber wir haben noch nicht einmal, du weißt schon ...«

»Wir können einfach nur Wohnungsgenossen sein, wenn du möchtest. Und wenn du es dir erst noch mal überlegen mußt, kann ich das verstehen, aber ich brauche wirklich deine Hilfe.«

Tommy war wie vom Donner gerührt. Noch nie hatte eine Frau so etwas zu ihm gesagt. In diesen wenigen Minuten hatte sie genügend Vertrauen zu ihm entwickelt, um der völligen Ablehnung ihre nackte Brust zu bieten. Frauen taten so was nicht, oder? Vielleicht war sie verrückt? Nun, das würde schon in Ordnung gehen; sie könnte die Zelda für seinen Scott Fitzgerald sein. Trotzdem, er hatte das Gefühl, er wäre ihr irgendeine Beichte schuldig, die ihn ebenso verletzlich machte.

»Heute haben fünf Chinesen um meine Hand angehalten«, sagte er.

Jody wußte nicht, was sie erwidern sollte, also sagte sie: »Ich gratuliere.«

»Ich habe abgelehnt.«

»Möchtest du es dir noch überlegen?«

»Nein, ich würde nie doppeltes Spiel mit dir treiben.«

»Das ist lieb, aber genau betrachtet würdest du sechsfaches Spiel mit mir treiben.«

»Tommy schmunzelte. »Ich mag dich, wirklich.«

»Dann laß uns zusammenziehen.«

Frederick erschien am Tisch. »Nun, ich kann sehen, daß zwischen Ihnen beiden alles glänzend läuft.«

»Die Rechnung, bitte«, sagte Jody.

»Sofort.« Frederick eilte etwas verschnupft zurück ins Café.

»Du wirst mir das Herz brechen, stimmt's?« sagte Tommy.

»Irreparabel. Möchtest du einen Spaziergang machen?«

»Klar, denke schon.«

Frederick kam mit der Rechnung an den Tisch zurück.

Jody holte ein Bündel Geldscheine aus ihrem Rucksack und reichte ihm eine Hundertdollarnote. Als Tommy ansetzte zu protestieren und aufsprang, um Geld aus seiner Jeanstasche zu angeln, griff Jody abermals zum Suppenlöffel und fuchtelte drohend damit herum. »Das geht auf mich.« Tommy setzte sich wieder. An Frederick gerichtet, sagte sie: »Behalten Sie das Wechselgeld.«

»Oh, Sie sind zu großzügig«, bedankte Frederick sich. Er wich mit einer halben Verbeugung vom Tisch zurück.

»Ach, und Frederick«, fügte Jody hinzu. »Batman hat weit mehr Accessoires als ich.«

»Tut mir leid, daß Sie das gehört haben«, erwiderte Frederick. »Mein übermäßig entwickelter Modegeschmack wird noch mal mein Untergang sein.« Er sah zu Tommy. »Sie haben recht, sie wird Ihnen das Herz brechen.«

»Hast du Coit Tower schon gesehen?« fragte sie, während sie spazierengingen.

»Aus der Ferne.«

»Dann laß uns hingehen. Nachts wird er von allen Seiten angestrahlt.«

Sie gingen eine ganze Weile schweigend nebeneinander

her. Jody ging auf der Innenseite und verscheuchte die Anreißer mit einem Kopfschütteln und einer abwinkenden Handbewegung. Zu einem der Anreißer sagte sie: »Vielen Dank, aber wir haben vor, unsere eigene Show auf die Beine zu stellen.«

Tommy hustete verlegen. Er sah Jody an, als hätte sie gerade die Wiederkehr Christi verkündet.

»Ich muß um Mitternacht wieder bei der Arbeit sein«, sagte er.

»Dann muß du die Uhr im Auge behalten.«

»Stimmt. Das werde ich.«

Ich kann einfach nicht glauben, daß ich so rangehe, dachte Jody bei sich. Ich höre mich all diese Dinge sagen, aber es ist, als kämen sie aus dem Mund einer Fremden. Und er stimmt einfach allem zu. Ich wäre schon vor langer Zeit zu einem Flittchen geworden, wenn ich gewußt hätte, welch phantastisches Machtgefühl es einem gibt.

Sie kamen an zwei hochgewachsenen Frauen mit riesigen Brüsten und unmöglich schmalen Hüften vorbei: sie luden Perücken, pailettenbesetzte Kleider und eine Boa Constrictor aus einem verrosteten Toyota aus. Schichtwechsel bei den Striptease-Lokalen, dachte Jody.

Tommy war ganz aus dem Häuschen. Jody sah, wie er krebsrot anlief, wie im Lokal, als sie ihn dabei erwischt hatte, wie er auf ihre Brüste starrte.

Er ist so offen wie ein kleines Kind, dachte Jody bei sich. Ein niedliches, kleines, neurotisches Kind. Ich hatte großes Glück, ihn zu finden. Wirklich großes Glück, wenn man bedenkt, was sonst so alles passiert ist.

Sie bogen in die Kearney ein, und Judy sagte: »Also, was hältst du von meinem Angebot?«

»Klingt ganz in Ordnung, wenn du dir wirklich sicher bist. Aber ich werde meinen ersten Gehaltsscheck erst in zwei Wochen bekommen.«

»Geld ist kein Problem. Ich werde die Miete zahlen.«

»Nein, ich könnte nie ...«

»Hör zu, Tommy, ich habe es ernst gemeint, als ich sagte, ich bräuchte deine Hilfe. Ich bin den ganzen Tag über beschäftigt. Du wirst uns eine Wohnung suchen und sie mieten müssen. Und dann gibt es da noch eine Menge anderer Dinge, die du für mich erledigen mußt. Zum einen wurde mein Wagen abgeschleppt, und jemand muß ihn tagsüber wieder auslösen. Ich kann auch dich bezahlen, damit du Geld hast, falls du dich dann besser fühlst.«

»Hast du mich deshalb gestern nacht auf dem Parkplatz gefragt, ob ich tagsüber frei sei?«

»Ja.«

»Es hätte also jeder sein können, solange er nur die richtige Arbeitszeit hat?«

»Dein Kumpel hat die richtige Arbeitszeit, und ihn habe ich nicht gefragt. Nein, ich fand dich süß.«

»Damit kann ich nicht umgehen.«

Er ging schweigend weiter, den Blick starr geradeaus gerichtet. Sie waren in ein Viertel mit Apartmentgebäuden gekommen, die Sicherheitsgitter vor den Fenstern und elektronische Schlösser an den Türen hatten. Ein Stück weiter vorn sah Jody die roten Wellen einer Wärme-Aura aus einem dunklen Hauseingang wallen. Sie waren zu intensiv für eine Person und zu kühl für eine Glühbirne. Jody konzentrierte sich und konnte Männer wispern hören. Mit einem Schlag fiel ihr der Telefonanruf wieder ein: *»Du bist nicht unsterblich. Du kannst immer noch getötet werden.«*

»Laß uns auf die andere Straßenseite gehen, Tommy.«

»Warum?«

»Komm einfach mit.« Sie packte ihn an seiner Jacke und zerrte ihn über die Straße. Als sie den gegenüberliegenden Bürgersteig erreicht hatten, blieb Tommy stehen und sah

Jody an, als hätte sie ihm gerade mit einem Löffel eins über den Schädel gezogen.

»Was sollte das?«

Sie gab ihm ein Zeichen, still zu sein. »Hör doch.«

Hinter ihnen lachte jemand. Lachte laut genug, daß man ihn auch ohne Jodys geschärftes Gehör wahrnehmen konnte. Jody und Tommy drehten sich um und blickten zurück. Einen Block entfernt stand ein hagerer Mann in Schwarz unter einer Straßenlaterne.

»Was ist denn so komisch?« fragte Tommy.

Jody antwortete nicht. Sie starrte auf etwas, das nicht da war. Der Mann in Schwarz gab keine Wärme-Aura ab.

»Laß uns gehen«, sagte Jody und scheuchte Tommy die Straße entlang. Als sie auf der Höhe des Türeingangs waren, wo Jody die Männerstimmen gehört hatte, schaute sie auf die andere Straßenseite hinüber und zeigte den drei Schlägern, die ihnen dort aufgelauert hatten, den Finger. Ihr Kerle seid doch nur Dreck, dachte sie bei sich. In ihren Ohren hallte noch immer das Gelächter von dem Mann in Schwarz.

Es war lange her, seit der Vampir sein eigenes Lachen gehört hatte, und als er es hörte, lachte er nur um so lauter. Das Küken hatte also einen Diener gefunden. Es war eine gute Idee gewesen, ihre Hand so hinzulegen, daß das Tageslicht sie erreichten konnte. Das Küken hatte seine Lektion schnell gelernt. So viele von ihnen waren einfach bis Tagesanbruch umhergewandert und verbrannt. Und er konnte das Schauspiel nicht einmal genießen, wenn er ihnen nicht in den Untergang folgen wollte. Diese hier war interessant: so widerstrebend, sich dem Blut hinzugeben.

Sie schienen nur zwei Instinkte zu besitzen, den Hunger und den Drang, sich zu verstecken. Und diese hier hatte den Hunger anscheinend schon beim ersten Trinken unter Kontrolle gebracht. Sie war beinahe zu gut. So viele von ihnen – wenn sie überhaupt die erste Nacht überstanden – wurden verrückt von all den neuen Sinneseindrücken. Eine Nacht, und er mußte sie mit einem gebrochenen Genick und einem Gehab-dich-wohl zur Hölle schicken. Aber nicht diese hier. Sie hatte ihn zum Lachen gebracht; sie hatte sich vor ein paar Sterblichen gefürchtet, die sie wie Insekten zertreten hätte können.

Vielleicht beschützte sie ihren neuen Diener. Vielleicht sollte er den Jungen töten, nur um zu sehen, wie sie darauf reagierte. Vielleicht, aber noch nicht jetzt. Also mußte er ihr ein anderes Steinchen in den Weg legen. Nur um das Spiel am Laufen zu halten.

Es war so schön, nach so langer Zeit wieder zu lachen.

10. KAPITEL

Träume und andere kosmetische Korrekturen

Coit Tower thronte auf Telegraph Hill wie ein riesiger Phallus. So beeindruckend er auch war, wie er hell erleuchtet über der Stadt aufragte, erfüllte er Tommy doch mit einem Gefühl der Nervosität, der Minderwertigkeit, und stellte ihn unter einen enormen Leistungsdruck. Sie hatte so gut wie zugegeben, daß sie mit ihm ins Bett gehen würde – hatte sogar angeboten, das Problem mit den Wongs zu lösen. Sie war ein wahr gewordener Traum. Es versetzte ihn in Angst und Schrecken.

Sie nahm seine Hand und ließ ihren Blick über die Stadt schweifen. »Es ist wunderschön, nicht wahr? Wir haben Glück, daß es eine klare Nacht ist.«

»Deine Hand ist eiskalt«, sagte er. Er legte seinen Arm um sie und zog sie an sich. Gott, was bin ich cool, dachte er bei sich, der geborene Casanova. Ich baggere eine ältere Frau an – eine ältere Frau mit Geld. Was jetzt? Mein Arm liegt auf ihrer Schulter wie ein toter Fisch. Ich bin ein Arsch. Wenn ich doch nur mein Gehirn ausschalten könnte, bis alles vorbei ist. Sauf dich einfach zu und tu es. Nein, nicht so. Nicht noch einmal.

Jody erstarrte. Mir ist nicht kalt, ging es ihr durch den Sinn. Mir ist nicht mehr kalt gewesen, seit ich mich verwandelt habe, und auch nicht heiß. Kurt hat immer gesagt, ich wäre kalt. Wie komisch. Ich kann Wärme um Tommy herum sehen, aber ich gebe keine ab.

»Fühl meine Stirn«, sagte sie zu Tommy.

»Jody, wir müssen es nicht tun, wenn du noch nicht bereit bist«, erklärte Tommy. »Ich meine, vielleicht sollten wir einfach nur Wohnungsgenossen sein, wie du schon gesagt hast. Ich will dich nicht zu etwas drängen.«

»Nein, fühl meine Stirn und sag mir, ob ich Fieber habe.«

»Oh.« Er legte seine Hand auf ihre Strin. »Du bist kalt wie Eis. Fühlst du dich gut?«

O mein Gott! Wie konnte ich so dumm sein? Sie riß sich von Tommy los und begann, auf und ab zu tigern. Der Kerl vor ihrer Wohnung, der lachende Mann an der Kearney Street, er war kalt gewesen. Genau wie sie. Wie viele Vampire gab es dort draußen, die sie noch nicht gesehen hatte?

»Was ist los?« fragte Tommy. »Habe ich etwas Falsches gesagt?«

Ich muß es ihm sagen, dachte sie. Er wird mir nicht vertrauen, wenn ich es vor ihm verheimliche.

Sie ergriff abermals seine Hand. »Tommy, ich denke, du solltest wissen, daß ich nicht das bin, was ich scheine.«

Er trat einen Schritt zurück. »Du bist ein Mann, stimmt's? Ich wußte es. Mein Dad hat mich gewarnt, daß mir so was hier passieren könnte.«

Vielleicht besser nicht, dachte sie bei sich.

»Nein, ich bin kein Mann.«

»Bist du sicher?«

»Bist *du* es denn?«

»Du mußt ja nicht gleich schnippisch werden.«

»Nun, wie würdest du dich fühlen, wenn ich dich fragte, ob du ein Mädchen bist?«

Tommy senkte den Kopf. »Du hast recht. Tut mir leid. Aber wie würdest du dich fühlen, wenn fünf Chinesinnen um deine Hand anhielten? So was gibt es in Indiana nicht. Ich kann nicht einmal mehr in mein Zimmer zurück.«

»Ich auch nicht«, erwiderte sie.

»Warum nicht?«

»Laß mich einen Moment nachdenken, ja?«

Sie wollte nicht wieder in das Hotel an der Van Ness

zurück. Der Vampir wußte, daß sie dort gewesen war. Aber er würde es vermutlich auch mitbekommen, wenn sie umzog.

»Tommy, wir müssen dir ein Motelzimmer besorgen.«

»Jody, ich blicke da langsam nicht mehr durch.«

»Nein, versteh es nicht falsch. Ich möchte dich nicht wieder zurück in das Zimmer zu den Wongs schicken. Ich denke, wir sollten dir ein Zimmer besorgen.«

»Ich habe doch schon gesagt, ich bekomme meinen ersten Lohn erst …«

»Geht auf meine Rechnung. Betrachte es als Vorschuß auf deinen neuen Job als mein Assistent.«

Tommy setzte sich auf den Bürgersteig und starrte den beleuchteten Schaft des Coit Towers hinauf. Ich habe keine Ahnung, was ich sein soll oder was ich tun soll, dachte er bei sich. Zuerst will sie meinen Körper, dann will sie mich als ihren Angestellten, dann will sie mich überhaupt nicht. Ich weiß nicht, ob ich sie küssen oder eine Bewerbung ausfüllen soll. Ich komme mir vor wie einer dieser nervösen kleinen Hunde bei den Elektroschock-Versuchen. Hier ist ein Knochen, Spot. Zisch! Den wolltest du doch nicht wirklich, oder?

»Ich werde tun, was du von mir willst«, sagte er.

»In Ordnung«, erwiderte Jody. »Danke.« Sie beugte sich hinunter und küßte ihn auf die Stirn.

Ich habe keine Ahnung, was ich tun soll, dachte sie bei sich. Wenn wir in ein Motel gehen und miteinander schlafen, wird er anschließend zur Arbeit gehen, und wenn er morgen früh wiederkommt, wird er zum Zimmer kommen, die Tür öffnen, und das Sonnenlicht wird mich treffen. In Flammen aufzugehen ist nicht die beste Art, um jemanden beim ersten Date zu beeindrucken. Getrennte Zimmer sind die einzige Lösung. Er wird es bald leid sein und mich verlassen, wie alle anderen.

»Tommy, kannst du morgen deine Sachen holen?«

»Was immer du sagst.«

»Ich kann es dir jetzt nicht erklären, aber ich könnte in Schwierigkeiten stecken, und ich habe eine Menge zu erledigen. Du mußt morgen etliche Dinge für mich tun. Schaffst du das, nachdem du die ganze Nacht gearbeitet hast?«

»Was immer du sagst«, sagte er.

»Ich werde dir ein Zimmer in meinem Motel besorgen. Ich werde bloß morgen abend nicht erreichbar sein. Ich treffe dich bei Sonnenuntergang an der Rezeption. Wenn du morgen früh zurückkommst, werden die Papiere für meinen Wagen auf dem Bett liegen, in Ordnung?«

»Was immer du sagst.« Tommy sah benommen aus. Er starrte in seinen Schoß.

»Ich werde dir Geld für eine Wohnung geben. Versuch, was Möbliertes zu finden. Und keine Fenster im Schlafzimmer. Versuch, die Miete unter zweitausend pro Monat zu halten.«

Tommy sah nicht auf. »Was immer du sagst.«

Ich habe die Kontrolle über seinen Verstand, dachte sie bei sich. Genau wie in den Filmen, wo der Vampir die Handlungen der Leute kontrolliert. Das will ich nicht. Ich will ihm nicht meinen Willen aufzwingen. Das ist nicht fair. Er war schon hilflos genug, aber jetzt habe ich ihn in einen Zombie verwandelt. Ich frage mich, ob überhaupt noch genug von ihm übrig ist, daß er funktionieren kann, oder ob ich ihn völlig zerstört habe.

»Tommy«, sagte sie streng, »ich möchte, daß du den Turm hinaufkletterst und herunterspringst.«

Er blickte auf. »Hast du den Verstand verloren?«

Sie schlang ihre Arme um ihn, küßte ihn und sagte: »Ach, ich bin ja so froh, daß ich dich nicht in eine willenlose Marionette verwandelt habe.«

»Na, das kann ja noch kommen«, erwiderte er.

Jody stand vor dem vierstöckigen Apartmentgebäude an der Chestnut, beobachtete es und lauschte. In Kurts Wohnung brannte kein Licht. Schon war es Kurts Wohnung, nicht Jodys, nicht ihre. In dem Moment, in dem sie Tommy zu einem Rendezvous eingeladen hatte, hatte sie alle Träume und Illusionen, die sie damit verband, ein Paar zu sein, auf Tommy übertragen. So war es bei ihr immer. Sie war nicht gern allein.

Sie und Tommy waren im Telegraph Park spazierengegangen, hatten von ihren vergangenen Leben erzählt und das Thema eines gemeinsamen zukünftigen Lebens vermieden, bis es für Tommy an der Zeit war, zur Arbeit zu gehen. Jody hatte von einer Telefonzelle aus ein Taxi gerufen und Tommy mit einem Kuß und einem Versprechen am Supermarkt abgesetzt. »Ich sehe dich dann morgen abend.«

Erst als sie am Motel aus dem Taxi stieg, fiel Jody ein, daß die Fahrzeugpapiere und die Versicherungskarte für ihren Wagen noch immer in Kurts Wohnung waren.

Warum habe ich den verdammten Schlüssel nicht mitgenommen, als ich gegangen bin?

Sie spielte mit dem Gedanken zu klingeln, aber die Vorstellung, Kurt ins Gesicht zu sehen, nach dem, was sie ihm angetan hatte ... Nein, das konnte sie vergessen. Sie mußte ohne fremde Hilfe in die Wohnung kommen. Der Weg über die beiden Feuertüren und die Sicherheitsschlösser kam nicht in Frage.

Das Gebäude war pseudo-viktorianisch, die Fassade verziert mit vorgefertigten, anschraubbaren Stuckaturen. Jody versuchte sich vorzustellen, wie sie die Vorderseite des Gebäudes hinaufkletterte, und erschauderte. Zu ihrer Erleichterung war das Wohnzimmerfenster im vierten Stock ohnehin geschlossen. Dort ging's jedenfalls nicht rein.

Es gab eine ein Meter fünfzig breite Gasse zwischen Kurts Haus und dem nächsten. Das Schlafzimmerfenster war auf dieser Seite. Hier gab es keine Stuckaturen als Fingerhalt.

Jody ging zu der Gasse und sah nach oben. Das Schlafzimmerfenster stand offen. Die Wand war so glatt wie polierter Stein. Jody schätzte den Abstand zwischen den beiden Gebäuden ab. Mit ihren Händen gegen die eine Hausfront und ihren Füßen gegen die andere würde sie sich die Mauer hinaufarbeiten können. Sie hatte in Yosemite gesehen, wie Leute auf diese Art Felsschornsteine hinaufgeklettert waren. Erfahrene Bergsteiger mit Ausrüstung. Keine Sekretärinnen, die einen Bogen um Rolltreppen machten, aus Angst, sie könnten sich einen Absatz abbrechen.

Sie konzentrierte sich auf das offene Fenster und lauschte. Die tiefen, regelmäßigen Atemzüge von zwei Schlafenden.

»Du Dreckskerl.«

Sie sprang in die Luft und stützte sich zwischen den beiden Gebäuden ab, knapp zwei Meter über dem Boden, die Füße gegen das eine, die Hände gegen das andere Haus gestemmt. Jody war überrascht, daß sie es geschafft hatte, aber so schwer war es auch gar nicht. Es war überhaupt nicht schwer. Sie probierte aus, ob die Anspannung in ihren Armen und Beinen ihr Gewicht halten würde, und es schien alles in Ordnung. Sie hielt sich mit einer Hand fest, während sie sich mit der anderen ihren Rock über die Hüften zog, dann wagte sie den ersten Schritt nach oben.

Hand, Fuß, Hand, Fuß. Als sie innehielt, um nach unten zu schauen, war sie bereits direkt unter Kurts Fenster, fast fünfzehn Meter über dem Boden – und unter ihr nur eine Mülltonne und eine streunende Katze, die ihren Sturz hätten bremsen können. Sie versuchte wieder zu Atem zu kommen, doch dann erkannte sie, daß sie gar nicht außer Atem war. Sie fühlte sich, als könnte sie sich stundenlang so halten, wenn es sein mußte. Aber die Angst vor dem Abstürzen trieb sie weiter. *Du bist nicht unsterblich. Du kannst immer noch getötet werden.*

Sie drückte mit der linken Hand das Fliegengitter am Fenster aus der Halterung, packte den Sims, dann löste sie die Anspannung in ihren Beinen und ließ sich gegen Kurts Haus schwingen. Während sie sich mit einer Hand baumeln ließ, nahm sie mit der anderen das Fliegengitter ab und setzte es drinnen auf dem Fußboden ab, dann zog sie sich auf den Fenstersims hinauf, kauerte sich darauf und sah sich im Zimmer um.

Zwei Menschen lagen im Bett. Sie konnte die Wärmeauren sehen, die sich über den Decken erhoben und von dem kalten Windzug, der vom Fenster herüberwehte, zerstreut wurden. Kein Wunder, daß ich mich immer über die Kälte beschwert habe. Jody kletterte ins Zimmer und verharrte, um zu sehen, ob einer der Schlafenden sich rührte. Nichts.

Sie schlich zum Bett und betrachtete mit beinahe wissenschaftlicher Distanziertheit die Frau. Es war Susan Badistone. Jody hatte sie bei Kurts Firmen-Picknick kennengelernt und sie auf den ersten Blick nicht leiden können. Ihr glattes blondes Haar war auf dem Kissen ausgebreitet. Jody zwirbelte eine Strähne ihrer eigenen roten Locken um ihren Finger. Das war es also, was er wollte. Und das ist eine gekaufte Nase, wenn ich je eine gesehen habe. Aber schließlich geht es ja auch nur um den äußeren Schein, stimmt's nicht, Kurt?

Jody griff die Decke und hob sie hoch genug, um darunterzuschauen. Sie hat den Körper eines zwölfjährigen Jungen. O Kurt, du hättest warten sollen, bis sie mit ihren Operationen durch war, bevor du sie mit nach Hause nimmst.

Sie ließ die Decke fallen, und Susan regte sich. Jody wich langsam vom Bett zurück. Sie hatte all ihre Papiere in einem Ziehharmonikaordner unter dem Waschbecken im Badezimmer verwahrt. Sie ging ins Badezimmer und öffnete den Schrank. Der Ordner war noch dort. Jody griff ihn und ging zum Fenster zurück.

»Wer ist da?« rief Kurt. Er setzte sich im Bett auf und starrte in die Dunkelheit.

Jody duckte sich unter das Licht, das durch das Fenster hereinströmte, und beobachtete ihn.

»Ich sagte, wer ist da?«

»Was ist denn los?« fragte Susan verschlafen.

»Ich habe was gehört.«

»Da ist nichts, Schätzchen. Du bist nur nervös wegen dem, was diese schreckliche Frau dir angetan hat.«

Ich könnte ihr ihr dürres blondes Genick brechen, dachte Jody. Mit diesem Gedanken, mit dem Wissen, daß sie es tatsächlich tun konnte, verrauchte ihr Zorn. Ich bin nicht »diese schreckliche Frau«, dachte sie. Ich bin ein Vampir, und weder Schönheitsoperationen noch Geld werden dich je zu meinesgleichen machen. Ich bin ein Gott.

Zum ersten Mal seit ihrer Verwandlung fühlte Jody sich vollkommen ruhig und wohl in ihrer eigenen Haut. Sie wartete in der Dunkelheit, bis die beiden wieder eingeschlafen waren, dann stieg sie aus dem Fenster und hängte das Fliegengitter wieder ein. Sie stellte sich auf den Fenstersims und warf den Ziehharmonikaordner aufs Dach, dann sprang sie hoch, packte die Regenrinne und zog sich ebenfalls auf das Dach.

Auf der Rückseite des Gebäudes entdeckte sie eine Stahlleiter, die bis zur Erde hinunterführte. Die Kletterpartie zwischen den beiden Häusern war vollkommen unnötig gewesen.

Na gut, kein besonders schlauer Gott, aber wenigstens ein Gott, der noch seine angeborene Nase hatte.

11. KAPITEL

Waschen, Spülen, Büßen

Die Tiere summten den Hochzeitsmarsch, als Tommy den Supermarkt betrat. Tommy war noch etwas mitgenommen von der Taxifahrt von Telegraph Hill hierher. Offenkundig war der Taxifahrer – der einen nervösen Tick und die Angewohnheit hatte, in unregelmäßigen Abständen und ohne ersichtlichen Grund »Die Arschlöcher!« zu brüllen – der Meinung, wenn man eine Hügelkuppe nahm, müßten alle vier Räder den Boden verlassen und in einem Funkenregen wieder landen, sonst könne man es gleich lassen und stattdessen lieber dem Hügel ausweichen, indem man auf zwei Rädern um eine Kurve schoß und seinen Fahrgast gegen die Türen schleuderte. Tommy war schweißgebadet, und ihm war ein bißchen flau in der Magengegend.

»Da kommt die Braut«, verkündete Troy Lee.

»Furchtloser Führer«, sagte Simon, »du siehst aus, als hättest du gerade einen Dreitüchler hinter dir.« Simon maß den Erfolg jeglichen gesellschaftlichen Ereignisses an der Anzahl der Handtücher, die benötigt wurden, um hinterher aufzuwischen. »Es gab mal eine Zeit in meinem Leben«, sagte Simon immer, »als ich nur ein Handtuch besaß und nie Spaß hatte.«

»Bist du immer noch sauer auf mich?« fragte Tommy.

»Teufel, nein«, erwiderte Simon. »Ich hatte heute abend selbst einen Dreitüchler. Hab zwei Chorsängerinnen von der Heiligen Mutter der ewigen Schuld in meinen Truck geladen und ihnen die hohe Kunst des Kaulquappenschlürfens beigebracht.«

»Das ist widerlich.«

»Nein, ist es nicht. Ich hab sie hinterher nicht geküßt.«

Tommy schüttelte den Kopf. »Ist der Laster schon gekommen?«

»Nur tausendvierhundert Kartons«, erklärte Drew. »Dir wird genug Zeit bleiben, um die Hochzeit zu planen.« Er hielt Tommy einen Stapel Brautzeitschriften hin.

»Nein, danke«, sagte Tommy.

Drew warf die Zeitschriften über seine Schulter und streckte Tommy mit seiner anderen Hand eine Dose Sprühsahne hin. »Etwas zur Beruhigung?«

»Nein, danke. Könnt ihr Jungs euch um die Lieferung kümmern? Ich hab da einiges, was ich erledigen muß.«

»Klar doch«, erklärte Simon. »Auf geht's.«

Die Mannschaft machte sich zum Lager auf. Clint blieb zurück.

»He, Tommy«, sagte er, den Kopf verlegen gesenkt.

»Ja?«

»Heute ist eine Palette mit koscheren Lebensmitteln gekommen. Du weißt schon, weil bald Chanukkah ist und so. Und, nun, eigentlich müßte es von einem Rabbi gesegnet werden.«

»Ja. Und?«

»Nun, ich habe mich gefragt, ob ich wohl ein kurzes Gebet darüber sprechen könnte. Ich meine, sie haben nicht das Blut und den Leib empfangen, aber Christus war Jude. Also ...«

»Wenn's dir Spaß macht, Clint.«

»Danke«, sagte Clint. Beseelt eilte er zum Lager davon.

Tommy ging zum Zeitungsständer neben den Kassen und sammelte einen Armvoll Frauenzeitschriften zusammen. Er warf einen Blick über seine Schulter, um sich zu vergewissern, daß ihm keiner der Tiere zuschaute, dann nahm er die Zeitschriften mit ins Büro, schloß die Tür ab, setzte sich und machte sich an seine Recherche.

Er stand kurz davor, zum ersten Mal mit einer Frau zusammenzuziehen, und er wußte nicht das geringste über Frauen. Vielleicht war Jody gar nicht verrückt. Vielleicht waren Frauen alle so, und er war nur zu dumm, um das zu wissen. Er blätterte kurz die Inhaltsverzeichnisse durch, um einen Überblick über die weibliche Psyche zu erhalten.

Da war ein Muster zu erkennen. Zellulitis, Regelbeschwerden und bindungsunfähige Männer waren die Feinde. Köstlich leichte Desserts, Ehe und multiple Orgasmen waren die Verbündeten.

Tommy kam sich wie ein Spion vor, so als würde er die Seiten im Schein einer Schreibtischlampe im Hinterzimmer irgendeiner bayrischen Burg auf Mikrofilm bannen, und jeden Moment könnte eine Frau in SS-Uniform hereinplatzen und ihm sagen, daß sie über Mittel verfüge, um ihn zum Reden zu bringen. Ehrlich gesagt, würde ihm der letztere Teil schon gefallen.

Frauen schienen über irgendeinen kollektiven Plan zu verfügen, der sich hauptsächlich darum drehte, Männer dazu zu bringen, Dinge zu tun, die sie nicht tun wollten. Er überflog einen Artikel mit dem Titel: »Bräunungsstreifen: Sexy Kontrast oder Panda-Bären-Stigma? – Ein Psychologe erklärt«, dann blätterte er zu einem zweiten mit dem Titel: »Die Vorliebe der Männer für Sport-Analogien: Wie man Vince Lombardi einsetzt, damit er die Hosen runterläßt.« (»Wenn ein Spieler ein Tor schießt, geht der Rest der Mannschaft auch nicht leer aus.«) Er las weiter: »Wenn es zwei Minuten vor Spielende ist und Joe Montana sich entscheidet, noch eimal anzugreifen, würden seine Mitspieler ihm dann sagen, daß sie nicht für ihn zur Drogerie gehen, um ihm Tampons zu holen? Ich glaube nicht.« Und: »Natürlich möchte Richard Petty keinen Helm tragen, aber er kann auch nicht ohne Schutz fahren.« Als Tommy schließlich zu den Warnungen kam, niemals Wilt Chamberlain oder Martina Navratilova als Beispiele zu benutzen, war er völlig desillusioniert. Wie sollte man mit einem so heimtückischen Geschöpf wie einer Frau umgehen?

Er blätterte die Seite um, und sein Herz sackte ihm endgültig in die Hose. »Können Sie ihm sagen, daß er im Bett eine Null ist?« Ein Psycho-Test.

Genau wegen so was bin ich Jungfrau geblieben, bis ich achtzehn war, dachte Tommy bei sich.

1. Es ist die dritte Verabredung, und Sie stehen kurz vor dem entscheidenden Moment, doch als er die letzten Hüllen fallen läßt, sehen Sie, daß er nicht so großzügig ausgestattet ist, wie Sie gedacht hatten. Wie reagieren Sie?

A) Sie zeigen mit dem Finger auf ihn und lachen.

B) Sie sagen: »Hui! Endlich mal ein richtiger Mann!« Dann drehen Sie sich um und kichern leise in sich hinein.

C) Sie sagen: »So was nennt man wohl Mikrobiologie, oder?«

D) Sie lassen sich davon nicht stören. Vielleicht geht er aus Verlegenheit eine feste Beziehung ein. Und was kümmert es Sie schon, wenn all Ihre Söhne den Spitznamen Winzmann tragen?

2. Sie entscheiden sich, aufs Ganze zu gehen, und gerade als es so richtig heiß wird, kommt er, rollt von Ihnen runter und fragt: »War es schön für dich?« Wie reagieren Sie?

A) Sie sagen: »Mein Gott, ja! Das waren die besten siebzehn Sekunden meines Lebens!«

B) Sie sagen: »Klar, so schön wie es für mich mit einem Mann eben werden kann.«

C) Sie stecken ein Vivil in Ihren Bauchnabel und sagen:

»Das ist für dich, Mr. Rammler. Du kannst es auf dem Weg nach oben haben, wenn du mit der Arbeit fertig bist.«

D) Sie lächeln und werfen seinen Autoschlüssel aus dem Fenster.

3. Nach einigem Gefummel im Dunkeln vermeint er, die richtige Stelle gefunden zu haben. Als Sie ihm sagen, daß dem nicht so ist, macht er trotzdem unbeirrt weiter. Wie reagieren Sie?

A) Sie greifen sich die Nachttischlampe und schlagen damit auf ihn ein, bis er von Ihnen abläßt.

B) Sie greifen sich die Nachttischlampe und schlagen ihn damit tot.

C) Sie greifen sich die Nachttischlampe, knipsen sie an und sagen: »Würdest du dir bitte mal ansehen, wo du da bist?«

D) Sie warten geduldig, bis er fertig ist, während Sie die ganze Zeit über wünschen, daß Sie eine Nachttischlampe hätten.

Das Telefon im Büro klingelte. Tommy klappte die Zeitschrift zu.

»Marina Safeway.«

»Tommy, bist du das?« fragte Jody.

»Ja, das ist nur meine Telefonstimme.«

»Hör zu, du hast Zimmer 212 im Van Ness Motel – das ist Ecke Chestnut und Van Ness. Der Schlüssel liegt an der Rezeption. Die Papiere und Schlüssel für meinen Wagen liegen auf dem Bett. Ich habe dir einige Unterlagen dagelassen, die du bitte zu Transamerica bringst, und dann ist da auch noch etwas Geld. Ich treffe dich kurz nach Sonnenuntergang an der Motelrezeption.«

»Welche Zimmernummer hast du?«

»Ich glaube, das sage ich dir besser nicht.«

»Warum nicht? Ich werde schon nicht reinkommen und über dich herfallen.«

»Darum geht es nicht. Ich möchte nur, daß alles seine Ordnung hat.«

Er holte tief Luft. »Jody?«

»Ja.«

»Hast du in deinem Zimmer eine Nachttischlampe?«

»Sicher, sie ist festgeschraubt. Warum?«

»Nur so«, erwiderte Tommy.

Urplötzlich brüllten die Stones aus einem voll aufgedrehten Lautsprecher hinten im Laden »Satisfaction«. Tommy konnte im Hintergrund die Tiere »Schlachtet das Schwein!« singen hören.

»Ich muß auflegen«, sagte Tommy. »Ich sehe dich dann morgen abend.«

»In Ordnung. Tommy, ich hatte heute abend viel Spaß!«

»Ich auch«, erwiderte er. Er legte auf und dachte: Sie ist böse. Böse, böse, böse. Ich muß sie unbedingt nackt sehen!

Jeff, der verhinderte Stürmer, stürzte ins Büro. »Der Laster ist entladen, Kumpel. Das Skiboot ist startklar! Wir feiern in der Gemüseabteilung eine große Party!«

Der Clark-250-Profi-Bodenreiniger mit Selbstantrieb ist ein Wunderwerk des Reinigungsmaschinenbaus. Er besitzt ungefähr die Größe eines kleinen Schreibtisches und verfügt über zwei rotierende Schrubberscheiben an der Vorderseite sowie einen eingebauten Tank, der Seife und Wasser verteilt, und einen Saugrüssel, der sie anschließend wieder aufsaugt. Die Maschine wird von zwei leistungsstarken Elektromotoren angetrieben, die die Vollgummireifen über jede ebene Oberfläche, naß oder trocken, rollen lassen. Ein Mann hinter dem Clark 250 kann in weniger als einer Stunde vierhundert Quadratmeter Boden wischen und so blitzblank bohnern, das er darin seine Seele sehen kann – das behauptete zumindest der Prospekt. Was der Prospekt hingegen nicht erwähnte, war die Tatsache, daß bei eingezogenem Saugrüssel und abgeschalteter Saugfunktion ein Mann hinter dem Clark 250 auf einem Strom aus Seifenschaum dahingleiten kann.

Die Tiere nannten die Maschine das Skiboot.

Als Tommy um die Ecke von Gang 14 bog, sah er einen hemdlosen Simon mit Cowboyhut, der auf einem eigentlich für Kartoffelchips vorgesehenen Aufsteller aus rostfreiem Stahl über dreißig Dosen Sterno Partywürstchen grillte.

»Ich liebe den Geruch von Napalm am Morgen«, sagte Simon und winkte mit einer Grillgabel. »Es ist der Geruch des Sieges.«

»Cowabunga!« brüllte Drew. Er sauste hinter dem Skiboot durch einen fünf Zentimeter hohen Seifenflockenteppich und zog dabei Lash an einer Wäscheleine hinter sich her, auf eine behelfsmäßige Sprungschanze zu. Lash traf auf die Schanze, erhob sich in die Lüfte und vollführte einen Salto, auf den Lippen den Schlachtruf: »Urlaubsgeld!«

Tommy trat beiseite, als Lash eine Bauchlandung hinlegte und mit seinem Gesicht durch den Seifenschaum pflügte. Drew schaltete den Motor runter.

»Acht-Komma-zwei«, brüllte Barry.

»Neun-Komma-eins«, sagte Tory Lee.

»Neun-Komma-sechs«, rief Drew.

»Quatro-Uno«, sagte Gustavo.

»Eine Vier-Komma-eins vom mexikanischen Richter«, sagte Simon in sein Grillgabelmikrofon. Er trug einen Seifenschaumbart, der ihn wie eine dürre, nasse Version von Onkel Remus aussehen ließ.

Tommy half Lash auf die Füße. »Alles okay mit dir?«

»Dem geht's prima«, erklärte Simon. »Sein persönlicher Trainer ist hier.« Simon griff sich eine Kokosnuß aus dem Regal und schlug mit einem riesigen Messer aus der Fleischabteilung die Spitze ab. »Dr. Drew«, sagte er und hielt Drew die Kokosnuß hin. Drew holte eine kleine Flasche Rum aus seiner Hüfttasche und kippte einiges davon in die Schale.

»Runter damit«, erklärte Simon und reichte Lash die Kokosnuß. »Schlachte das Schwein, Partner.«

Die Tiere sangen »Schlachtet das Schwein«, bis Lash die ganze Schale leergetrunken hatte. Kokosmilch und Rum liefen an seinen Mundwinkeln herab durch seinen Seifenschaumbart. Er setzte ab, um Luft zu holen, und übergab sich.

»Neun-Komma-zwei!« brüllte Barry.

»Neun-Komma-vier«, sagte Drew.

»Sechs-Komma-eins«, rief Simon. »Punktabzug für Stücke.«

»Fuego«, sagte Gustavo.

Simon wirbelte wütend zu Gustavo herum. »Fuego? Was für 'ne Scheißzahl ist denn Fuego? Du kannst als Richter disqualifiziert werden, wie du doch wohl hoffentlich weißt, oder?«

»Fuego«, wiederholte Gustavo und deutete über Simons Schulter auf den Kartoffelchipsaufsteller, wo drei Dutzend Partywürstchen in Flammen aufgegangen waren und schwarze Qualmwolken aufsteigen ließen.

Der Rauchalarm ging heulend los und übertönte die Rolling Stones.

»Die Meldung geht direkt an die Feuerwache«, brüllte Drew Tommy ins Ohr. »Die werden in einer Minute vor der Tür stehen. Es ist deine Aufgabe, sie wieder loszuwerden, Furchtloser Führer.«

»Meine Aufgabe? Warum denn meine?«

»Dafür kassiertst du hier die dicke Kohle ab.«

»Das Radio aus und löscht das Feuer«, befahl Tommy. Er drehte sich um und machte sich gerade auf den Weg zur Tür, als Clint aus dem Lagerraum kam.

»Die koscheren Waren sind alle gesegnet, und ich habe auch gleich ein Gebet über einige der nichtkoscheren Nahrungsmitteln gesprochen. Weißt du, Tom, die Jungs haben gesagt, daß du vielleicht heiraten würdest, und ich bekomme bald per Post meine Prediger-Bescheinigung, also, wenn du ...«

»Clint«, unterbrach Tommy ihn, »räum die Gemüseabteilung auf.« Er ging zum Eingang, schloß auf und trat hinaus, um auf die Feuerwehr zu warten. Über der Bucht hing Nebel. Der Lichtkegel vom Leuchtturmscheinwerfer auf Alcatraz zog träge über die Fort Mason und den Safeway-Parkplatz. Tommy vermeinte, unter einer der Straßenlaternen eine Gestalt stehen zu sehen. Ein hagerer Mensch in dunkler Kleidung.

Ein Feuerwehrwagen bog auf den Parkplatz, die Sirene war abgeschaltet, das Blaulicht durchschnitt den Nebel. Als das Scheinwerferlicht des Feuerwehrwagens über den Parkplatz zog, duckte sich die Gestalt und lief fort, immer einen Schritt schneller als das Licht. Tommy hatte noch nie jemanden so schnell rennen sehen. Der dürre Kerl schien die hundert Meter in wenigen Sekunden zurückzulegen. Der Nebel spielt mir offensichtlich einen Streich, dachte Tommy.

12. KAPITEL

Schick und hoffnungslos

Es parkten fünf Streifenwagen vor dem Van Ness Motel, als Tommy auf der gegenüberliegenden Straßenseite aus dem Bus stieg. Sie sind gekommen, um mich abzuholen, weil ich falschen Feueralarm gegeben habe, schoß es Tommy durch den Sinn. Dann fiel ihm ein, daß nur Jody wußte, daß er zu diesem Motel kommen würde. Schade, dachte er, im Knast hätte ich viel Zeit zum Schreiben gehabt.

Er überquerte die Straße und wurde am Eingang zur Rezeption von einer uniformierten Polizistin abgefangen.

»Tatortabsperrung, Sir. Sie können hier nicht rein, außer Sie sind registriert.«

»Ich wohne hier. Brauche eine Dusche«, erwiderte Tommy. Er hatte seine Lektion gelernt, daß man nicht zuviel reden sollte, als er mit dem wütenden Feuerwehrmann am Supermarkt gesprochen hatte. Die wollten nicht wissen, warum es passiert war, die wollten nur sichergehen, daß es nicht wieder passieren würde.

»Name?« fragte die Polizistin.

»C. Thomas Flood.«

»Ausweis?«

Tommy reichte ihr seinen Führerschein aus Indiana.

»Hier steht ›Thomas Flood Junior‹. Kein ›C‹.«

»›C‹ ist Künstlername. Bin Schriftsteller von Beruf«, erklärte Tommy.

Die Polizistin rückte ihren Schlagstock zurecht. »Wollen Sie hier Schwierigkeiten machen?«

»Nein, ich dachte nur, Sie ziehen eine knappe Sprechweise vor. Was ist hier los?« Tommy sah über die Schulter der Polizistin zum Manager des Motels, einem hochgewachsenen, kahl werdenden Typ in den Vierzigern, der mit einem Handtuch Fingerabdrücke von seiner kugelsicheren Scheibe am Rezeptionstresen abwischte und dabei aussah, als würde er gleich anfangen zu heulen.

»Waren Sie letzte Nacht im Motel, Mr. Flood?«

»Nein, ich komme gerade von der Arbeit im Marina Safeway. Ich bin dort Schichtleiter für die Nachtbelegschaft.«

»Dann leben Sie also in der Stadt?« Die Polizistin zog eine Augenbraue hoch.

»Ich bin erst seit ein paar Tagen hier. Ich suche noch nach einer Wohnung.«

»Wo können wir Sie erreichen, wenn die Detectives noch Fragen an Sie haben sollten?«

»Von Mitternacht bis acht Uhr früh im Supermarkt. Aber heute nacht habe ich frei. Ich vermute, ich werde hier sein. Was ist denn passiert?«

Die Polizistin drehte sich zum Motelmanager um. »Ist bei Ihnen ein C. Thomas Flood gemeldet?«

Der Motelmanager nickte und hielt einen Schlüssel hoch. »Zimmer 212«, sagte er.

Die Polizistin gab Tommy seinen Führerschein zurück. »Lassen Sie den umschreiben, wenn Sie länger in der Stadt bleiben. Sie können auf Ihr Zimmer gehen, aber bleiben Sie von den gelben Absperrbändern weg.«

Die Polizistin verließ die Rezeption. Tommy drehte sich zum Motelmanager um. »Was ist denn passiert?«

Der Motelmanager winkte Tommy näher an seinen Tresen, beugte sich vor und flüsterte durch sein Sprechloch: »Die Zimmermädchen haben heute morgen eine tote Frau im Müllcontainer gefunden – eine Frau aus der Gegend hier, kein Gast des Motels.«

»Ermordet?« flüsterte Tommy zurück.

»Sie und ihr Pudel. Es ist einfach furchtbar für das Motel. Die Polizei spricht mit allen Gästen. Sie haben auch bei Ihrer Freundin angeklopft, aber sie hat nicht aufgemacht.« Der Motelmanager reichte Tommy seinen Schlüssel und eine Visitenkarte durch den Schlitz.

»Sie soll den Detective unter der Nummer da anrufen, wenn sie zurückkommt. Würden Sie ihr die Karte bitte geben?«

»Klar«, erwiderte Tommy. Er nahm die Karte und suchte nach den passenden Worten, um den Motelmanager etwas aufzumuntern. »Äh, tut mir leid um Ihren Müllcontainer«, sagte er.

Es klappte nicht. Der Motelmanager brach in Tränen aus. »Der arme kleine Hund«, schluchzte er.

Auf dem Bett lagen ein Stapel offiziell aussehender Papiere, ein Stadtplan von San Francisco und ein dicker Umschlag voller Geld. An den Papieren war mit einer Büroklammer ein Zettel angeheftet. Darauf stand:

Lieber Tommy,
hier sind die nötigen Papiere, die Du brauchst, um meinen Honda auszulösen. Nimm etwas von dem Geld, um die Strafe zu bezahlen. Ich weiß nicht, wo die abgeschleppten Fahrzeuge stehen, aber Du kannst sicher jeden Polizisten fragen.
Du mußt zum Transamerica-Gebäude gehen und meinen letzten Gehaltsscheck abholen. (Ich habe es auf dem Stadtplan angestrichen.) Ich habe auf dem Anrufbeantworter der Personalabteilung hinterlassen, daß Du kommst.
Viel Glück bei der Wohnungssuche. Ich habe vergessen, Dir zu sagen, daß Du keine Wohnung im Tenderloin (ebenfalls auf der Karte) nehmen solltest.

Tut mir leid, daß ich so geheimnisvoll tue. Ich werde Dir heute abend alles erklären.

In Liebe,
Jody

Warum, zum Teufel, tat sie so geheimnisvoll? Tommy öffnete den Umschlag und holte ein Bündel Hundertdollarscheine heraus. Er zählte sie, dann steckte er sie zurück in den Umschlag. Viertausend Dollar. Er hatte noch nie zuvor soviel Geld auf einem Haufen gesehen. Woher hatte sie all das Geld? Ganz sicher nicht daher, daß sie bei einer Versicherungsgesellschaft Schadensansprüche bearbeitet hatte. Vielleicht war sie Drogenhändlerin. Schmugglerin. Vielleicht hatte sie es unterschlagen. Vielleicht war alles nur eine Falle. Vielleicht würde man ihn verhaften, sobald er zur Polizei kam, um ihren Wagen abzuholen. Sie hatte ganz schön Nerven, ihren Brief mit »In Liebe« zu unterschreiben. Was würde im nächsten stehen? »*Tut mir leid, daß du meinetwegen im Zuchthaus sitzt. In Liebe, Jody.*« Aber sie *hatte* so unterschrieben: »*In Liebe.*« Was bedeutete das? Meinte sie es ernst, oder war es nur Gewohnheit? Wahrscheinlich unterschrieb sie all ihre Briefe mit »In Liebe«.

Sehr geehrter Versicherungsnehmer, wir müssen Ihnen mit Bedauern mitteilen, daß Ihre Police nicht die Kosten Ihres Barium-Einlaufs deckt, da die Behandlung auf Ihren persönlichen Wunsch hin vorgenommen wurde. In Liebe, Jody. Sachbearbeiterin …«

Vielleicht auch nicht.

Vielleicht liebte sie ihn tatsächlich. Sie mußte ihm vertrauen, denn sie hatte ihm viertausend gegeben.

Er stopfte das Geld in die hintere Hosentasche, nahm die Papiere und verließ das Zimmer. Als er die Treppe zum Erdgeschoß hinunterlief, stolperte er über einen großen schwarzen Plastiksack, gefüllt mit toter Frau. Ein Assistent des Leichenbeschauers packte ihn gerade noch rechtzeitig am Arm, bevor Tommy lang hinstürzte.

»Nicht so hastig, Freundchen«, sagte der Assistent. Er war ein massiger, behaarter Typ in den Dreißigern.

»Tut mir leid.«

»Ist schon in Ordnung, Junge. Sie ist frischeversiegelt. Mein Kollege holt gerade die Bahre.«

Tommy starrte auf den schwarzen Sack. Er hatte bis jetzt erst einen Toten in seinem Leben gesehen, seinen Großvater. Der Anblick hatte ihm nicht gefallen.

»Wie ist es … ich meine, war es Mord?«

»Ich setze auf kreativen Selbstmord. Sie hat sich selbst das Genick gebrochen, sich das Blut rausgesaugt, dann hat sie den Hund abgemurkst und ist in den Müllcontainer gehüpft. Der Leichenbeschauer hält es hingegen für Mord. Sie können es sich aussuchen.«

Tommy war bleich vor Entsetzen. »Ihr wurde das Blut rausgesaugt?«

»Sind Sie Reporter?«

»Nee.«

»Ja, ihr fehlen etwa drei Liter, und es gibt keine sichtbaren Verletzungen. Der Leichenbeschauer mußte bis ins Herz bohren, um eine Blutprobe zu bekommen. Hat ihm nicht gefallen. Er ist mehr für die einfachen Fälle – Enthauptung durch Cable-Cars, schweres Einschußtrauma – Sie wissen schon.«

Tommy erschauderte. »Ich komme aus Indiana. So was passiert dort nicht.«

»So was passiert auch hier nicht, Junge.«

Ein hochgewachsener, dürrer Mann in der blauen Uniform der Leichenbeschauer kam um die Ecke, vor sich eine Rollbahre mit einem kleinen, grauen, toten Hund darauf. Er hob den Hund an seinem Straßhalsband hoch. »Was mache ich hiermit?« fragte er den behaarten Dicken. Der

Hund drehte sich langsam am Ende der Leine, wie ein pelziger Weihnachtsbaumbehang.

»In den Sack und 'n Schild an den Zeh?« erwiderte der behaarte Dicke.

»Einen Hund? So was hatten wir noch nicht.«

»Ist mir doch scheißegal. Mach, was du willst.«

»Nun«, unterbrach Tommy, »Ihnen beiden noch einen recht schönen Tag.« Er eilte zur Bushaltestelle davon. Als der Bus hielt, schaute Tommy zurück und sah, wie die beiden Männer den kleinen Hund zur Frau in den Leichensack stopften.

Tommy stieg an einem Café in der Nähe von Chinatown aus, wo er Typen mit Baskenmützen gesehen hatte, die in Notizbücher kritzelten und französische Zigaretten qualmten. Wenn man nach einem Platz suchte, wo man einfach dasitzen und eine Weile lang in den Abgrund starren konnte, sollte man immer nach Typen mit Baretts Ausschau halten, die französische Zigaretten qualmten. Sie waren wie Straßenschilder: »Existenskrise, nächste Ausfahrt rechts.« Und der Zwischenfall mit dem Leichensack hatte Tommy in die Stimmung versetzt, einige Minuten über die Sinnlosigkeit des Seins nachzugrübeln, bevor er sich auf Wohnungssuche machte. Sie hatten die arme Frau wie ein Stück Fleisch behandelt. Da hätten Leute sein sollen, die weinten und in Ohnmacht fielen und um ihr Erbe stritten. Wahrscheinlich handelte es sich um eine Art Schutzmechanismus, ein weiteres Beispiel der Fähigkeit von Großstädtern, Leid und Elend zu ignorieren.

Tommy bestellte sich an der Theke einen doppelten Mokka. Ein Mädchen mit magentaroten Haaren und drei Nasenringen schäumte ihn auf, während Tommy einen Stapel zerfledderter Zeitungen auf der Theke durchstöberte und die Anzeigenteile heraussuchte. Als er bezahlte, ertappte ihn das Mädchen dabei, wie er auf ihre Nasenringe starrte. Sie grinste. »Denken ist der Tod«, sagte sie und reichte ihm seinen Mokka.

»Einen schönen Tag noch«, erwiderte Tommy.

Er setzte sich an einen Tisch und machte sich daran, die Kleinanzeigen durchzusehen. Während er die Rubriken mit den Wohnungsangeboten las, schien das Geldbündel in seiner Tasche zu schrumpfen. Hier war der Grund, weshalb die Leute so geistesabwesend wirkten. Sie machten sich alle beständig Sorgen darüber, wie sie die Miete bezahlen sollten.

Ihm fiel ein Angebot für ein möbliertes Loft ins Auge. Er war ein Loft-Typ. Er stellte sich im Geiste vor, wie er sagte: »Nein, hab keine Zeit zum Abhängen, ich muß zurück ins Loft und schreiben.« Und: »Tut mir leid, ich habe meine Brieftasche im Loft vergessen.« Und wie er schrieb: »Liebe Mom, ich bin in ein geräumiges Loft im schicken SOMA gezogen.«

Tommy ließ die Zeitung sinken und wandte sich an den Barett-Träger am Nebentisch, der einen Baudelaire-Band las und einen Berg von Disc-Bleu-Stummeln im Aschenbecher auftürmte. »Entschuldigen Sie«, sagte Tommy, »aber ich bin neu in der Stadt. Wo finde ich denn das schicke SOMA?«

Der Barett-Träger sah in irritiert an. »Südlich der Market Street. ›South of Market‹, wie das Wort schon sagt«, erwiderte er. Dann nahm er sein Buch und seine Zigaretten und verließ das Café.

»Tut mir leid«, rief Tommy ihm nach. Vielleicht hätte ich ihn auf französisch anreden sollen …

Tommy entfaltete den Stadtplan, den Jody ihm dagelassen hatte, und fand die Market Street, dann ein Viertel mit der Bezeichnung »SOMA«. Es war nicht weit von der Stelle entfernt, wo Jody die Transamerica-Pyramide angestrichen hatte. Er faltete den Stadtplan wieder zusammen und riß die Loft-Anzeige aus der Zeitung. Es würde ein Kinderspiel werden.

Als er sich gerade zum Gehen erheben wollte, blickte er auf und sah einen unglaublich fetten Mann in einer purpurnen Samtrobe das Café betreten, in der Hand einen mit silbernen Monden und Sternen verzierten ledernen Musterkoffer. Er nahm am Nebentisch Platz und machte sich daran, verschiedene Gegenstände aus dem Musterkoffer zu holen. Tommy sah ihm fasziniert zu.

Der Kopf des fetten Mannes war rasiert, und in die Haut war ein Pentagramm eintätowiert. Der Mann breitete ein schwarzes Satintuch auf den Tisch aus, dann stellte er in die Mitte eine Kristallkugel, die auf einem mit Drachen verzierten Messinggestell stand. Als nächstes wickelte er Tarotkarten aus einem purpurnen Seidenschal und legte sie neben die Kristallkugel. Als letztes nahm er ein Schild aus dem Musterkoffer und stellte es auf dem Tisch auf. Auf dem Schild stand: »Madame Natasha. Handlesen, Tarot, Wahrsagungen $ 5.00. Alle Erlöse zugunsten der Aids-Forschung«.

Madama Natasha saß mit dem Rücken zu Tommy. Als Tommy auf das tätowierte Pentagramm starrte, drehte Madame Natasha sich zu ihm um. Tommy wandte eilig den Blick ab.

»Ich glaube, Sie sollten sich dringend wahrsagen lassen, junger Mann«, sagte Madame Natasha, seine Stimme hoch und feminin.

Tommy räusperte sich. »Ich glaube nicht an so was. Aber trotzdem vielen Dank.«

Madame Natasha schloß die Augen, so als würde er einer besonders bewegenden Musikpassage lauschen. Als er die Augen wieder öffnete, sagte er: »Sie sind neu in der Stadt. Ein wenig verwirrt und ein wenig verängstigt. Sie sind Künstler, aber Sie verdienen damit nicht Ihren Lebensunterhalt. Und Sie haben kürzlich einen Heiratsantrag ausgeschlagen. Habe ich recht?«

»Tommy grub in seiner Tasche. »Fünf Dollar?«

»Nehmen Sie Platz«, sagte Madame Natasha und winkte ihn zu einem Stuhl an seinem Tisch.

Tommy setzte sich auf den Stuhl gegenüber von Madame und reichte ihm eine Fünfdollarnote. Madame Natasha nahm seine Tarotkarten und mischte sie. Seine Hände waren klein und zierlich; seine Nägel schwarz lackiert. »Was sollen wir die Karten heute fragen?« sagte Madame.

»Ich habe da eine Frau kennengelernt. Ich möchte mehr über sie wissen.«

Madame Natasha nickte ernst und legte die Karten auf den Tisch aus. »Ich sehe keine Frau in Ihrer nahen Zukunft.«

»Wirklich?«

Madame zeigte auf eine Karte auf der rechten Seite der Auslage. »Nein. Sehen Sie die Position dieser Karte? Diese Karte steht für Ihre Beziehungen.«

»Da steht ja ›Tod‹ drauf.«

»Das bedeutet nicht notwendigerweise den physischen Tod. Die Todeskarte kann auch die Karte der Erneuerung sein und für Veränderung stehen. Ich würde sagen, daß Sie sich kürzlich von jemandem getrennt haben.«

»Nö«, sagte Tommy. Er starrte auf das stilisierte Bild des Skeletts mit der Sense. Es schien ihn auszulachen.

»Lassen Sie es uns noch einmal versuchen«, erklärte Madame Natasha. Er schob die Karten zusammen, mischte sie und legte sie abermals aus.

Tommy beobachtete die Stelle, auf die die Beziehungskarte fallen würde. Madame Natasha hielt einen Moment inne, dann drehte er die Karte um. Der Tod.

»Schau, schau, was für ein Zufall«, bemerkte Madame Natasha.

»Versuchen Sie es noch mal«, sagte Tommy.

Wieder mischte Madame Natasha die Karten, und wieder legte er sie aus. Wieder war die Beziehungskarte der Tod.

»Was hat das zu bedeuten?« fragte Tommy.

»Es könnte eine Menge bedeuten, das hängt ganz vom Umfeld ab.« Madame deutete auf die anderen Karten in der Auslage.

»Was bedeutet es in Zusammenhang mit den anderen Karten?«

»Ehrlich?«

»Natürlich. Ich will es wissen.«

»Sie sind am Arsch.«

»Was?«

»Soweit es Beziehungen betrifft?«

»Ja.«

»Sie sind am Arsch.«

»Und was ist mit meiner Schriftstellerkarriere?«

Madame Natasha konsultierte abermals die Karten, dann sagte er, ohne aufzublicken: »Am Arsch.«

»Bin ich nicht. Ich bin nicht am Arsch.«

»Doch. Am Arsch. Genauso steht's in den Karten. Tut mir leid.«

»Ich glaube nicht an so was«, erklärte Tommy.

»Trotzdem«, beharrte Madame Natasha.

Tommy stand auf. »Ich muß mich auf die Wohnungssuche machen.«

»Möchten Sie, daß ich die Karten nach Ihrem neuen Heim befrage?«

»Nein. Ich glaube nicht ans Kartenlegen.«

»Ich könnten Ihnen aus der Hand lesen.«

»Kostet das extra?«

»Nein, das ist im Preis inbegriffen.«

»In Ordnung.« Tommy hielt ihm seine Hand hin, und Madame Natasha ergriff sie geziert. Tommy schaute verlegen nach allen Seiten, um zu sehen, ob jemand sie beobachtete. Er tippte mit dem Fuß, so als wäre er in Eile.

»Meine Güte, Sie masturbieren aber häufig, stimmt's?«

Ein Typ an einem Tisch ganz in der Nähe prustete Kaffee über seinen Taschenbuch-Sartre und sah zu ihnen herüber.

Tommy riß seine Hand weg. »Nein!«

»Aber, aber, lügen Sie mich nicht an! Madame Natasha weiß alles.«

»Was hat das mit einer Wohnung zu tun?«

»Ich überprüfe nur meine Treffsicherheit. Es ist so, als würde man einen Polygraphen einstellen.«

»Nicht sehr häufig«, sagte Tommy.

»Dann muß ich meinen Empfang justieren. Ich hätte Sie als einen Handarbeiter erster Güte eingeschätzt. Das ist nichts, wofür man sich schämen müßte. Wenn man Ihre Beziehungskarte bedenkt, würde ich sagen, Ihnen bleibt gar keine andere Wahl.«

»Nun, Sie irren sich.«

»Ganz wie Sie wollen. Zeigen Sie mir noch einmal Ihre Handfläche.«

Tommy überließ ihm zögernd seine Hand.

»Oh, endlich eine gute Nachricht«, verkündete Madame Natasha. »Sie werden eine Wohnung finden.«

»Gut«, sagt Tommy und zog seine Hand zurück. »Ich muß los.«

»Wollen Sie denn nichts über die Ratten hören?«

»Nein.« Tommy drehte sich um und ging zur Tür. Als er sie erreichte, wandte er sich noch einmal um und sagte: »Ich bin nicht am Arsch.«

Der Sartre-Leser blickte von seinem Buch auf und erklärte: »Das sind wir doch alle. Das sind wir doch alle.«

13. KAPITEL

10 Tips für die Schicken und Hoffnungslosen

Wenn man weiß, daß die Zukunft düster ist, dann gibt es keinen Grund zur Eile. Tommy entschied sich, zu Fuß zum Bankenviertel zu gehen. Er schlurfte mit dem Geprügelter-Hund-Blick all jener, die das Schicksal am Arsch hatte, durch die Straßen.

Als er durch Chinatown kam, erspähte er in einem Schnapsladen drei der Wongs, die gerade Lotterielose kauften. Flugs machte sich Tommy zu seinem Zimmer auf, um seine Schreibmaschine und seine Klamotten zu holen, bevor sie zurückkehrten. Seine Laune besserte sich etwas, als er zum letzten Mal die enge Treppe hinunterstieg, aber dann traf ihn Madame Natashas Wahrsagung wieder wie ein Schlag in die Magengrube. *Ich sehe keine Frau in ihrer nahen Zukunft.*

Das war einer der Gründe, weshalb er nach San Francisco gekommen war – um eine Freundin zu finden. Eine Frau, die ihn als Künstler sehen würde. Nicht wie die Mädchen daheim, die in ihm einen abgedrehten Bücherwurm sahen. Es war alles Teil des Plans: Leb in der Stadt, schreib Geschichten, schau dir die Brücke an, fahr mit den Cable-Cars, iß Rice-A-Roni, und such dir eine Freundin – eine Frau, der er seine Gedanken mitteilen konnte, vorzugsweise, nachdem er Stunden und Aberstunden göttlichen Sex mit ihr genossen hatte. Er suchte nicht nach Perfektion, nur nach einer Frau, die ihm genug Sicherheit gab, daß er in ihrer Nähe unsicher sein konnte. Aber nicht jetzt. Jetzt war er verloren.

Er betrachtete die Skyline und erkannte, daß er falsch gesteuert hatte und etliche Blocks von der Pyramide entfernt in das Bankenviertel gekommen war. Er folgte einem Zickzack-Kurs von Block zu Block, wobei er Blickkontakten mit den Männer und Frauen in Geschäftskleidung auswich, die ihrerseits dem Blickkontakt auswichen, indem sie alle paar Schritte auf ihre Uhren sahen. Natürlich, dachte Tommy bei sich, die können auf ihre Uhren sehen. Die haben ja auch eine Zukunft.

Er kam ein wenig außer Atem am Fuß der Pyramide an, die Arme verkrampft vom Tragen seiner Habseligkeiten. Er setzte sich auf eine Betonbank neben einem Brunnen und beobachtete eine Weile die vorbeigehenden Menschen.

Sie waren alle so zielstrebig. Sie mußten alle irgenwohin, mußten Leute treffen. Ihr Haar war perfekt frisiert. Sie rochen gut. Sie trugen hübsche Schuhe. Er blickte auf seine eigenen ausgetretenen Lederturnschuhe. *Am Arsch.*

Jemand setzte sich neben ihn auf die Bank. Tommy zwang sich, nicht aufzusehen, denn es würde bestimmt nur wieder jemand sein, der ihm ein Minderwertigkeitsgefühl gab. Er starrte auf die Stelle auf dem Beton zu seinen Füßen, als ein Boston Terrier an der Stelle auftauchte und ihm eine Fontäne Hundeschnodder gegen sein Hosenbein nieste.

»Bummer, das ist unhöflich«, tadelte der Kaiser. »Kannst du denn nicht sehen, daß unser Freund schmollt.«

Tommy blickte hoch in das Gesicht des Kaisers. »Euer Hoheit. Hallo.« Der Mann hatte die buschigsten Augenbrauen, die Tommy je gesehen hatte, so als würden zwei graue Stachelschweine auf seiner Stirn hocken.

Der Kaiser tippte sich an seine Krone – die aus Metallstücken von Bierdosen bestand, die mit gelbem Garn zusammengehalten wurden. »Hast du die Stelle bekommen?«

»Ja, sie haben mich noch am selben Tag eingestellt. Vielen Dank für den Tip.«

»Es ist ehrliche Arbeit«, sagte der Kaiser. »Es liegt eine gewisse Noblesse darin. Nicht wie diese Tragödie hier.«

»Welche Tragödie?«

»Diese armen Seelen. Diese armen, traurigen Seelen.« Der Kaiser deutete auf die Passanten.

»Ich verstehe nicht«, sagte Tommy.

»Ihre Zeit ist vorbei, und sie wissen nicht, was sie tun sollen. Man hat ihnen gesagt, wonach sie streben, und sie haben es geglaubt. Sie können ihren Traum nur am Leben erhalten, indem sie mit ihresgleichen zusammen sind, die denselben Illusionen nachhängen.«

»Sie haben sehr hübsche Schuhe«, bemerkte Tommy.

»Sie müssen das richtige Aussehen haben, sonst würden sich ihre Gefährten auf sie stürzen wie ausgehungerte Hunde. Sie sind die gefallenen Götter. Die neuen Götter sind Produzenten, Schöpfer, Handelnde. Die neuen Götter sind kinnlose Techno-Kinder, die lieber Zucker essen und Science-fiction-Filme sehen als sich darüber Gedanken zu machen, welche Schuhe sie tragen. Und diese armen Seelen gehen verzweifelt ihrem sinnlosen Tagwerk nach, in der Hoffnung, daß eine geheimnisvolle Botschaft erscheinen wird, um sie vor den neuen, seltsamen, brillanten Göttern und ihrer Silicon-Chip-Realität zu retten. Natürlich werden einige von ihnen überleben, aber die meisten werden untergehen. Für unkreatives Denken sind Maschinen besser geeignet. Die armen Seelen, man kann beinahe hören, wie sie schwitzen.«

Tommy schaute auf den gutgekleideten Strom von Geschäftsleuten, dann auf den zerschlissenen Mantel des Kaisers, dann auf seine eigenen Turnschuhe, dann wieder zum Kaiser. Aus irgendeinem Grund fühlte er sich besser als noch vor wenigen Minuten. »Diese Menschen liegen Ihnen wirklich am Herzen, stimmt's?«

»Das ist mein Schicksal.«

Eine attraktive Frau in einem grauen Kostüm und Pumps trat zum Kaiser und reichte ihm eine Fünfdollarnote. Sie trug ein Seidenhemdchen unter ihrer Jacke, und Tommy konnte die obere Kante ihres Spitzen-BHs sehen, als sie sich vorbeugte. Er war wie hypnotisiert.

»Euer Hoheit«, sagte sie, »heute gibt es im Café Suisse chinesischen Hähnchensalat als Tagesgericht. Ich denke, das wäre genau das richtige für Bummer und Lazarus.«

Lazarus wendelte mit dem Schwanz. Bummer kläffte, als er seinen Namen hörte.

»Sehr aufmerksam von dir, mein Kind. Meine Mannen werden sich freuen.«

»Einen schönen Tag noch«, sagte sie und ging weiter. Tommy starrte auf ihre Waden.

Zwei Männer kamen vorbei, vertieft in einen Streit über Preise und Gewinne. Sie hielten in ihrer Unterhaltung inne und nickten dem Kaiser zu.

»Geht mit Gott«, sagte der Kaiser. Er wandte sich wieder an Tommy. »Bist du noch immer auf der Suche nach einer Bleibe, oder nur noch auf der Suche nach einer Frau?«

»Ich verstehe nicht.«

»Du trägst deine Einsamkeit wie ein Banner vor dir her.«

Tommy hatte das Gefühl, sein Ego hätte gerade einen rechten Haken gegen den Unterkiefer eingefangen. »Um ehrlich zu sein, habe ich eine Frau kennengelernt, und ich werde heute nachmittag eine Wohnung mieten.«

»Tut mir leid«, erwiderte der Kaiser. »Da habe ich mich wohl getäuscht.«

»Nein, haben Sie nicht. Ich bin am Arsch.«

»Wie bitte?«

»Ein Wahrsager hat mir gesagt, daß es keine Frau in meiner Zukunft gäbe.«

»Madame Natasha?«

»Woher wissen Sie das?«

»Du darfst nicht zuviel auf Madame Natashas Prophezeiungen geben. Er stirbt, und das verdunkelt seine seherischen Fähigkeiten. Die Seuche.«

»Das tut mir leid«, sagte Tommy. Um ehrlich zu sein, war er erleichtert, aber dann überkamen ihn Schuldgefühle wegen der Ursache, die dahinterstand. Er hatte kein Recht, sich in Selbstmitleid zu ergehen. Der Kaiser hatte nichts außer seinen Hunden, und dennoch galt seine ganze Anteilnahme seinen Mitmenschen. Ich bin der letzte Dreck, dachte Tommy bei sich. Er sagte: »Euer Hoheit, ich habe jetzt etwas Geld, wenn Sie was brauchen …«

Der Kaiser hielt den Schein hoch, den die Frau ihm gegeben hatte. »Wir sind gut versorgt, mein Sohn.« Er stand auf und zog an den Stricken, mit denen Bummer und Lazarus angeleint waren. »Und ich sollte mich besser auf den Weg machen, bevor meine Mannen vor Hunger rebellieren.«

»Ich wohl auch, denke ich.« Tommy erhob sich ebenfalls und wollte schon die Hand zum Schütteln ausstrecken, dann verbeugte er sich statt dessen. »Vielen Dank für Ihre Gesellschaft.«

Der Kaiser zwinkerte, drehte sich auf dem Absatz um und machte sich daran, seine Truppen fortzuführen. Plötzlich blieb er jedoch stehen und wandte sich noch einmal zurück. »Und faß nichts mit einer scharfen Kante an, solange du in dem Gebäude bist, hast du gehört, Sohn? Keine Schere, keinen Brieföffner, nichts.«

»Warum?« fragte Tommy.

»Es ist die Form des Gebäudes, eine Pyramide. Sie wollen nicht, daß die Leute davon erfahren, aber sie haben einen Vollzeitangestellten, dessen einzige Aufgabe es ist, herumzugehen und Brieföffner abzustumpfen.«

»Sie nehmen mich auf den Arm.«

»Sicherheit geht vor«, erklärte der Kaiser.

»Vielen Dank.«

Tommy holte tief Luft und wappnete sich für seinen Angriff auf die Pyramide. Als er aus der Sonne unter die massigen Betonstützpfeiler trat, schauderte er trotz seines Flanellhemds, so als hätte der Beton die klamme Kälte des nächtlichen Nebels gespeichert und strahlte sie nun wieder ab wie eine Kühlschrankspule. Als Tommy schließlich den Empfang erreichte, fröstelte er. Ein Wachmann beäugte ihn argwöhnisch.

»Kann ich Ihnen helfen?«

»Ich suche die Personalabteilung von Transamerica.«

Der Wachmann rümpfte die Nase, als hätte man Tommy in eine Kloake getunkt. »Haben Sie einen Termin?«

»Ja.« Tommy wedelte mit Jodys Papieren unter der Nase des Wachmanns.

Der Wachmann griff zum Telefon und tippte gerade eine Nummer, als ein zweiter Wachmann hinter ihm herankam und ihm den Hörer aus der Hand nahm. »Er ist in Ordnung«, sagte der zweite Wachmann. »Schick ihn hoch.«

»Aber ...«

»Er ist ein Freund des Kaisers.«

Der erste Wachmann legte auf und sagte: »Einundzwanzigste Etage, Sir.« Er zeigte auf die Fahrstühle.

Tommy fuhr mit dem Aufzug nach oben, dann folgte er den Schildern, bis er die richtige Abteilung fand. Eine geschäftig aussehende ältere Frau wies ihn an, im Vorzimmer Platz zu nehmen, sie würde sich gleich um ihn kümmern. Dann gab sie sich alle Mühe, so zu tun, als wäre er urplötzlich vom Planeten gesogen worden.

Tommy setzte sich auf ein schwarzes Ledersofa, das unter seinem Gewicht ächzte, nahm sich eine Illustrierte von dem schwarzen, steinernen Couchtisch und wartete. Während der nächsten Stunde las er eine Haushaltstip-Kolumne (»Gemahlener Kaffee im Katzenklo sorgt dafür, daß sich Ihr Heim jedesmal mit dem köstlichen Aroma von frisch aufgebrühtem Espresso füllt, wenn Mieze dem Ruf der Natur folgt«); einen Artikel über Computer-Junkies (»Bruce ist jetzt seit sechs Monaten von der Maus runter, und er sagt, er will jetzt eine neue Datei in seinem Leben öffnen«); eine Kritik des Musicals *Jonestown!* (Andrew Lloyd Webbers Version des Kool-Aid-Jingles ist sowohl beruhigend als auch ergreifend. Donny Osmond glänzt als James Jones.«). Er borgte sich Tipp-Ex von der geschäftig aussehenden Frau und besserte die abgeschabten Stellen an seinen Turnschuhen aus, dann trocknete er sie unter der Halogen-Leselampe, die wie ein Roboterarm aussah, der die Sonne festhielt. Als Tommy anfing, Parfümproben aus der *GQ* zu reißen und sie sich auf seine Socken zu reiben, sagte die Frau ihm, er könne jetzt hineingehen.

Er griff sich seine Schuhe und ging auf Socken in das Büro. Eine zweite geschäftig aussehende Frau, die der ersten geschäftig aussehenden Frau verblüffend ähnlich sah – einschließlich der kleinen Kette an ihrer Lesebrille –, wies ihn an, ihr gegenüber Platz zu nehmen, während sie Jodys Unterlagen durchsah. Sie ignorierte ihn.

Sie zog einen Computermonitor zu Rate, tippte irgend etwas ein, dann wartete sie, während der Computer irgend etwas tat. Tommy zog seine Schuhe an und wartete.

Sie sah nicht auf.

Er räusperte sich. Sie tippte weiter.

Er griff nach unten, öffnete seinen Koffer und holte seine Reiseschreibmaschine heraus. Die Frau blickte nicht auf.

Sie tippte und sah auf den Monitor.

Tommy nahm die Abdeckung von der Schreibmaschine, spannte einen Bogen Papier ein und tippte einige Worte.

»Was machen Sie da?« fragte sie.

Tommy tippte. Er blickte nicht auf.

Die Frau hob die Stimme. »Ich sagte, was machen Sie da?«

Tommy tippte weiter, dann blickte er schließlich auf. »Entschuldigen Sie bitte, ich habe Sie nicht beachtet. Was haben Sie gesagt?«

»Was machen Sie da?« wiederholte sie.

»Es ist ein Brief. Ich werde ihn Ihnen vorlesen. ›Hat denn niemand sonst gesehen, daß sie alle Satans Sklaven waren? Ich mußte die Welt von ihrer Verderbtheit reinwaschen. Ich bin die Hand Gottes. Wieso sonst hätte mich der Wachdienst mit einem Sturmgewehr in meinem Koffer ins Gebäude gelassen? Ich bin ein göttliches Werkzeug.‹« Tommy hielt inne und sah hoch. »Mehr habe ich bis jetzt nicht, aber ich denke, ich werde mit einer Entschuldigung an meine Mom aufhören. Wie finden Sie es?«

Sie lächelte, als hätte sie mit Blähungen zu kämpfen, und reichte ihm einen Umschlag. »Das ist Jodys letzter Gehaltsscheck. Wünschen Sie ihr alles Gute von uns. Und Ihnen noch einen schönen Tag, junger Mann.«

»Ihnen auch«, erwiderte Tommy. Er nahm seine Sachen und verließ pfeifend das Büro.

Das schicke SOMA besaß für Tommy doch große Ähnlichkeit mit einem Industrieviertel: zwei- und dreistöckige Gebäude mit stählernen Rolladentoren und vergitterten Fenstern. Die unteren Geschosse beherbergten fremdländische Restaurants, unterirdische Diskotheken, Autowerkstätten und hier und dort eine Gießerei. Tommy blieb vor einer stehen, um zwei langhaarigen Männern zuzuschauen, die Bronze in eine Form gossen.

Künstler, dachte Tommy. Er hatte noch nie einen richtigen Künstler gesehen, und obgleich diese beiden eher wie Rocker aussahen, wollte er doch unbedingt mit ihnen sprechen. Er wagte einen zaghaften Schritt durch die Tür.

»Hallo!« sagte er.

Die Männer kämpften mit einer riesigen Kelle, deren langen Metallgriff sie beide mit Asbesthandschuhen festhielten. Einer sah hoch. »Raus!« sagte er.

»In Ordnung, ich sehe, daß Sie beide beschäftigt sind. Tschüs«, erwiderte Tommy. Er stellte sich auf den Bürgersteig und sah noch einmal auf seinen Stadtplan. Er war irgendwo hier mit dem Makler verabredet. Tommy sah rechts und links die Straße hinauf. Bis auf einen Typ, der besoffen an der Ecke schlief, war die Straße verlassen. Tommy überlegte gerade, ob er den Typen aufwecken und fragen sollte, ob dies tatsächlich der schicke Teil von SOMA wäre, als ein grüner Jeep vorfuhr und mit quietschenden Reifen neben ihm hielt. Die Fahrerin, eine Frau in den Vierzigern mit zerzaustem grauen Haar, kurbelte das Fenster herunter. »Mr. Flood?« sagte sie.

Tommy nickte.

»Ich bin Alicia DeVries. Lassen Sie mich eben parken, dann zeige ich Ihnen das Loft.«

Sie setzte rückwärts in eine Lücke, die gut fünfzehn Zentimeter zu kurz für den Jeep schien, ließ die Räder bedenkenlos auf den Kantstein rollen, dann sprang sie aus dem Wagen, wobei sie eine Handtasche hinter sich herzog, die ungefähr so groß wie Tommys Koffer war. Sie trug Sandalen, ein kurzärmliges Oberteil und eine bunte guatemalesische Baumwollhose. Aus ihrem Haar ragten an allen möglichen und unmöglichen Stellen Eßstäbchen, so als wäre sie dafür gewappnet, es jederzeit ohne Vorwarnung mit einem Chop-Suey-Notfall aufzunehmen.

Sie warf einen Blick auf Tommys Koffer. »Sie sehen aus, als könnten Sie gleich heute noch einziehen. Hier entlang.«

Sie hastete an Tommy vorbei zu einer Feuertür neben der Gießerei. Tommy konnte die Patchouli-Wolke riechen, die sie hinter sich herzog.

»Dieses Viertel ist das, was Soho vor zwanzig Jahren war«, erklärte sie. »Sie haben Glück, daß Sie sich jetzt für ein Loft interessieren, bevor sie in Eigentumswohnungen umgewandelt und für eine Million und mehr verkauft werden.«

Sie schloß die Tür auf und erklomm die Treppe. »Dieses Haus besitzt unglaubliche Energie«, sagte sie, ohne nach hinten zu sehen. »Ich würde hier liebend gern selbst einziehen, aber der Immobilienmarkt ist im Moment ganz unten, und ich würde dafür meine Wohnung in den Heights verkaufen müssen.«

Tommy schleppte seinen Koffer die Treppe hinauf, immer hinter ihr her.

»Sind Sie Maler, Mr. Flood?«

»Ich bin Schriftsteller.«

»Oh, ein Schriftsteller! Ich schreibe selbst gelegentlich. Irgendwann werde ich mir einmal ein Wochenende freinehmen und ein Buch schreiben, wenn ich die Zeit dazu finde. Irgend etwas über weibliche Beschneidung, denke ich. Vielleicht etwas über die Ehe. Aber was ist da schon für ein Unterschied, stimmt's?« Sie blieb auf dem Absatz am Kopf der Treppe stehen und schloß eine weitere Feuertür auf.

»Da wären wir.« Sie stieß die Tür auf und winkte Tommy hinein. »Ein großzügiger Arbeitsbereich und ein Schlafzimmer nach hinten raus. Unten arbeiten zwei Bildhauer, und nebenan lebt ein Maler. Ein Schriftsteller würde das Haus wirklich abrunden. Wie stehen Sie zu weiblicher Beschneidung, Mr. Flood?«

Tommy hinkte noch immer schätzungsweise drei Themen hinterher, also blieb er auf dem Treppenabsatz stehen, während sein Gehirn aufholte. Leute wie Alicia waren der Grund dafür, daß Gott entkoffeinierten Kaffee erschaffen hatte. »Ich finde, jeder sollte ein Hobby haben«, sagte er ins Blaue hinein.

Alicia bockte wie ein überhitztes Maschinengewehr. Sie

schien ihn zum ersten Mal richtig anzusehen, und was sie sah, schien ihr nicht zu gefallen. »Es ist Ihnen doch bewußt, daß wir eine sehr hohe Kaution verlangen, *wenn* wir Sie als Mieter akzeptieren?«

»In Ordnung«, sagte Tommy. Er ließ Alicia auf dem Treppenabsatz stehen und betrat das Loft.

Das Loft hatte ungefähr die Größe eines Handballfeldes. In der Mitte war eine Kücheninsel, und eine gesamte Wand wurde von deckenhohen Fenstern eingenommen. Auf der freien Fläche neben der Küche tummelten sich ein alter Teppich, ein Futon und ein niedriger Plastik-Couchtisch. Die rückwärtige Wand wurde von leeren Bücherregalen gesäumt, die nur von der Tür zum Schlafzimmer unterbrochen waren.

Die Bücherregale gaben den Ausschlag. Hier wollte Tommy leben. Er konnte vor seinem geistigen Auge schon sehen, wie die Regale mit Kerouac und Kesey und Hammett und Ginsberg und Twain und London und Bierce und jedem anderen Schriftsteller, der in der Großstadt gelebt und geschrieben hatte, gefüllt waren. Ein Regal wäre für die Bücher reserviert, die er schreiben würde: Hardcover in dreißig Sprachen. Auf dem Regal würde auch eine Büste von Beethoven stehen. Tommy mochte Beethoven nicht sonderlich, aber er fand, er sollte eine Büste von ihm haben.

Er widerstand dem Drang »Ich nehme sie!« zu brüllen. Es war schließlich Jodys Geld. Er mußte erst nachsehen, ob das Schlafzimmer Fenster hatte. Er öffnete die Tür und ging hinein. Der Raum war so dunkel wie eine Höhle. Er fand den Lichtschalter, und eine Lichtleiste entlang der Wand ging an. Auf dem Boden lagen eine alte Matratze und ein rostiges Bettgestell. Die Wände waren aus nackten Mauersteinen. Keine Fenster.

Durch eine weitere Tür kam man in ein Badezimmer mit einem freistehenden Waschbecken und einer riesigen

Wanne mit Löwenfüßen und Rostflecken. Keine Fenster. Er war so aufgeregt, daß er sich fast in die Hose gemacht hätte.

Er lief zurück in den Wohnbereich, wo Alicia stand, eine Hand in die Hüfte gestemmt, und ihn im Geiste in die Schublade für chauvinistische Barbarei steckte.

»Ich nehme sie«, erklärte Tommy.

»Sie müssen erst eine Bewerbung ...«

»Ich gebe Ihnen viertausend Dollar, bar auf die Hand.« Er zog das Geldbündel aus seiner Jeans.

»Wie viele Schlüssel werden Sie brauchen?«

14. KAPITEL

Wenn Verlorene sich finden

Das Bewußtsein flammte auf wie ein Blitzlicht des Schmerzes: ein dumpfes Pochen in ihrem Kopf, scharfe Dolche in ihren Knien und ihrem Kinn. Jody lag zusammengesackt in der Dusche. Das Wasser lief noch – war den ganzen Tag auf sie herabgeprasselt. Sie kroch auf allen vieren aus der Dusche und zerrte Handtücher vom Ständer.

Sie hockte auf dem Badezimmerboden und trocknete sich ab, tupfte das Wasser mit kratzigem Frottee ab. Ihre Haut fühlte sich weich, beinahe wund an. Die Handtücher waren klamm von vierzehen Stunden im Dampf. Die Decke tropfte, und an den Wänden lief Kondenswasser herunter. Jody stützte sich gegen das Waschbecken und erhob sich mühsam auf die Füße, dann öffnete sie die Tür und taumelte durch das Zimmer zum Bett.

Sei vorsichtig damit, was du dir wünscht, dachte sie bei sich. Ihr Ärger darüber, ein bißchen zu wach aufzuwachen, einfach aus dem Schlaf zu schießen, fiel ihr wieder ein. Sie hatte nicht daran gedacht, daß sie auf dieselbe Weise einschlafen würde. Sie mußte bei Sonnenaufgang unter der Dusche gewesen, auf den Boden der Dusche gesackt und dort den ganzen Tag über liegengeblieben sein.

Sie setzte sich auf dem Bett auf und tastete vorsichtig ihr Kinn ab. Schmerz schoß durch ihren Kiefer. Sie mußte mit dem Kinn auf den Seifenhalter geschlagen sein, als sie das Bewußtsein verloren hatte. Ihre Knie hatten ebenfalls blaue Flecke.

Blaue Flecke? Irgend etwas stimmte nicht. Jody sprang auf und eilte zur Kommode. Sie knipste das Licht an und beugte sich zum Spiegel vor, dann schrie sie auf. Ihr Kinn war blau angelaufen, mit einem gelben Rand. Ihr Haar war unentwirrbar zerzaust, und sie hatte eine kahle Stelle, wo das Wasser auf ihre Kopfhaut geprasselt war.

Jody wich zurück und ließ sich benommen auf das Bett plumpsen. Irgend etwas stimmte nicht, ganz und gar nicht, und das waren nicht nur die Verletzungen. Es war das Licht. Warum hatte sie das Licht angeknipst? Gestern nacht hätte schon der Lichtschein, der unter der Badezimmertür hindurchdrang ausgereicht, damit sie sich hätte sehen können. Aber es ging noch weiter. Da war eine Spannung in ihrem Mund, ein Druck, wie damals, als sie als Kind eine Zahnspange bekommen hatte.

Sie fuhr sich mit der Zunge über die Zähne und fühlte Spitzen, die sich direkt hinter ihren Eckzähnen durch die Gaumenplatte bohrten.

Ich brauche dringend … Sie konnte es nicht einmal über sich bringen, es zu denken. Es wird noch schlimmer werden. Viel schlimmer.

Jetzt konnte sie auch den Hunger spüren, nicht in ihrem Magen, sondern in ihrem ganzen Körper, so als würden ihre Adern in sich zusammenfallen. Und ihre Muskeln waren angespannt, so als würden in ihrem Körper Klaviersaiten strammgezogen, die ihre Bewegungen entschlossener machten und ihr das Gefühl gaben, als ob sie jeden Moment durch ein Fenster springen könnte.

Ich muß mich beruhigen. Beruhigen. Beruhigen.

Sie wiederholte das Mantra immer wieder, während sie aufstand und zum Telefon ging. Es schien unendlich Kraft zu kosten, die Null zu drücken und zu warten, bis der Portier sich meldete.

»Hallo, hier ist Zimmer 210. Wartet da ein Herr in der Lobby? Ja, das ist er. Würden Sie ihm bitte sagen, ich käme in ein paar Minuten hinunter?«

Sie legte auf und ging ins Badezimmer, wo sie die Dusche abstellte und den Spiegel abwischte. Als sie nochmals ihr Spiegelbild betrachtete, mußte sie mit den Tränen kämpfen.

Das wird harte Arbeit, dachte sie. Sie wandte den Kopf so, daß sie die kahle Stelle sehen konnte. Sie war klein genug, daß Jody sie mit einem neugezogenen Scheitel und ein paar Haarnadeln verdecken konnte. Ihr lädiertes Kinn bedurfte allerdings vermutlich einer Erklärung.

Sie fuhr sich mit den Fingern durchs Haar, um die ersten Kletten zu entwirren. Dabei mußte sie gegen die Verspannung in ihren Armen ankämpfen, die mit jeder Minute stärker zu werden schien. Eine große Motte kam summend ins Badezimmer geflogen und stürzte sich auf die Lampe über dem Spiegel. Bevor Jody wußte, wie ihr geschah, hatte sie die Motte schon aus der Luft gefangen und verschluckt.

Jody starrte ihr Spiegelbild an. Sie war entsetzt über die rothaarige Fremde, die gerade ein Motte verspeist hatte. Aber in ihr breitete sich eine wohlige Wärme aus, wie von einem guten Brandy. Der blaue Fleck an ihrem Kinn verblaßte zusehends.

Das erste, was sie sah, als sie um die Ecke der Lobby bog, war Tommys Grinsen.

»Richtig gut«, sagte er. »Du bist passend zum Umzug angezogen. Ich mag es, wenn du das Haar so hochgesteckt trägst.«

Jody lächelte und stand unbeholfen vor ihm, während sie überlegte, daß sie ihn eigentlich mit einer Umarmung begrüßen müßte, aber gleichzeitig Angst hatte, ihm zu nah zu kommen. Sie konnte ihn riechen, und er roch wie Nahrung. »Du hast eine Wohnung gefunden?«

»Ein unbeschreibliches Loft, in SOMA. Es ist sogar möbliert.« Er sah aus, als würde er gleich vor Aufregung platzen. »Ich habe das ganze Geld verbraucht; ich hoffe, das geht in Ordnung.«

»Sicher«, erwiderte Jody. Sie wollt nur schnellstens irgendwo mit ihm allein sein.

»Hol deine Sachen«, sagte er. »Ich möchte dir das Loft zeigen.«

Jody nickte. »Ich brauche nur eine Minute. Laß den Portier schon mal ein Taxi rufen.«

Sie wandte sich zum Gehen, aber Tommy hielt sie am Arm zurück. »He, ist mit dir alles in Ordnung?«

Sie winkte ihn auf Flüsterweite heran. »Ich bin so scharf auf dich, daß ich es kaum ertragen kann.«

Sie zog sich zurück und lief die Treppe zu ihrem Zimmer hinauf. Dort angekommen, sammelte sie ihre wenigen Habseligkeiten zusammen und warf einen letzten prüfenden Blick in den Spiegel. Sie trug Jeans und die Chambraybluse von letzter Nacht. Sie knöpfte die Bluse auf und vollführte einen Zwangsjacken-Befreigungsakt mit ihrem BH, dann knöpfte sie die Bluse wieder halb zu. Sie stopfte den BH in ihren Rucksack und schloß zum letzten Mal das Zimmer ab.

Als sie in die Lobby zurückkehrte, wartete Tommy schon draußen an einem blauen DeSoto-Taxi. Er hielt ihr die Wagentür auf, stieg ein und nannte dem Fahrer die Adresse.

»Du wirst begeistert sein«, sagte er. »Da bin ich ganz sicher.«

Sie rückte näher an ihn heran und zog seinen Arm zwischen ihre Brüste. »Ich kann es kaum erwarten«, erwiderte sie. Eine kleine Stimme in ihrem Kopf fragte: Was machst du denn da? Was hast du mit ihm vor? Doch die Stimme war so leise und fremd, daß sie von jemandem draußen auf der Straße hätte kommen können.

Tommy zog sich von ihr zurück und grub in seiner

Jeanstasche, bis er einen Umschlag fand. »Da ist dein Scheck drin. Ich habe ihn nicht aufgemacht.«

Sie nahm den Umschlag und steckte ihn in ihren Rucksack, dann schmiegte sie sich wieder an ihn.

Tommy rutschte zur Tür und deutete mit einem Nicken auf den Fahrer, der sie im Rückspiegel beobachtete. »Vergiß ihn«, flüsterte Jody. Sie leckte Tommys Hals und erschauderte ob des Geschmacks und der Wärme seines Fleischs.

»Ich konnte deinen Wagen nicht auslösen. Das kann nur der Besitzer persönlich.«

»Ist egal«, erwiderte sie und liebkoste die Stelle unter seinem Kiefer.

Das Taxi hielt, und der Fahrer drehte sich zu ihnen um. »Sechs Dollar zehn«, erklärte er.

Jody warf einen Zwanziger auf den Vordersitz, griff über Tommy hinweg und öffnete die Tür, sprang hinaus und zerrte ihn hinter sich her aus dem Taxi. »Los, sag schon. Wo ist es?«

Tommy hatte gerade genug Zeit, auf die Tür zu zeigen, bevor sie ihn auch schon darauf zustieß. Ungeduldig kletterte sie halb auf seinen Rücken, während er die Tür aufschloß, dann schoß sie an ihm vorbei und zerrte ihn die Treppe hinauf.

»Du bist wirklich mächtig aufgeregt, stimmt's?« fragte er.

»Es ist toll.« Sie blieb an der Feuertür am Kopf der Treppe stehen. »Mach auf«, befahl sie.

Tommy schloß die Tür auf und öffnete sie mit einem Stoß. »Da wären wir!«

Jody trat ein, packte Tommys Hemdfront und zog ihn hinter sich her.

»Sieh dir nur mal all diese Bücherregale an«, sagte er.

Sie riß ihm das Hemd vom Leib und küßte ihn leidenschaftlich.

Er entwand sich ihr zum Luftholen und sagte: »Das Schlafzimmer hat keine Fenster, genau wie du es wolltest.«

»Wo?« fragte sie heiser.

Er deutete auf die offenstehende Tür, und Jody schubste ihn hindurch. Tommy fiel bäuchlings auf die nackte Matratze. Sie drehte ihn herum, hakte ihre Hände in den Hosenbund seiner Jeans und riß sie ihm mit einem Ruck herunter.

»Das Loft gefällt dir also?« fragte er.

Sie riß sich ihre Bluse auf und drückte Tommy mit einer Hand aufs Bett, während sie sich aus ihrer eigenen Jeans wand. Sie legte sich auf Tommy und erstickte seine nächste Frage mit einem überwältigenden Kuß, der ihn jeden Widerstand aufgeben ließ. Als ihre Reißzähne hervorbrachen, zog sich Jody kurz aus dem Kuß zurück, dann führte sie den stöhnenden Tommy in sich ein. Jody stieß ein kehliges Knurren aus, drückte seinen Kopf zur Seite und biß ihm in den Hals.

»Autsch!« rief Tommy. Sie hielt ihn auf dem Bett fest und knurrte.

Staub von der alten Matratze füllte die Luft und wurde von der Bewegung ihrer Körper aufgewirbelt.

»O Mann!« rief Tommy aus und grub seine Finger in ihren Hintern. Jody antwortete ihm mit einem katzengleichen Schrei, während sie kam, dann sackte sie auf seine Brust und leckte das Blut ab, das aus der Bißwunde in seinem Hals tropfte.

Jody zuckte und erschauderte, während er keuchend immer wieder und wieder »O Mann!« stammelte. Nach ein paar Minuten rollte sie sich von ihm herunter, streckte sich auf dem Bett aus und genoß das warme, satte Gefühl, das sie durchströmte.

Tommy rieb sich den Hals. »Das war toll«, sagte er. »Das war unglaublich. Du bist ...«

Jody drehte sich zu ihm um. »Tommy, ich muß dir etwas sagen.«

»Du bist wunderschön«, sagte er.

Jody lächelte ihn an. Der Drang war nun erloschen, und sie fühlte sich schuldig. Ich hätte ihn töten können, ging es ihr durch den Sinn.

Tommy streckte die Hand aus und berührte ihre Lippe. »Was ist das da an deinen Zähnen? Hast du dich verletzt?«

»Es ist Blut, Tommy. Es ist dein Blut.«

Er tastete abermals seinen Hals ab, der völlig verheilt war. »Mein Blut?«

»Tommy ich habe so etwas noch nie zuvor getan. Ich bin so noch nie gewesen.«

»Ich auch nicht. Es war toll!«

»Ich bin ein Vampir.«

»Das ist schon in Ordnung«, sagte Tommy. »In der Highschool war ich mit einem Mädchen zusammen, das mir einen Knutschfleck verpaßt hat, der sich über die ganze Seite meines Halses zog.«

»Nein, Tommy. Ich bin wirklich ein Vampir.« Sie sah ihm ernst in die Augen, ohne den Blick abzuwenden. Sie wartete.

»Verarsch mich nicht, in Ordnung« sagte er.

»Tommy, hast du schon mal gesehen, daß jemand so eine Jeans heruntergerissen hat?«

»Das war meine animalische Anziehungskraft, stimmt's?«

Jody stand vom Bett auf, ging zur Schlafzimmertür und schloß sie, so daß kein Licht aus dem Wohnbereich mehr hereindrang. »Kannst du noch was sehen?«

»Nein«, erwiderte er.

»Halt ein paar Finger hoch. Sag mir nicht, wie viele.«

Er tat es.

»Drei«, sagte Jody. »Noch mal.«

Er tat es.

»Sieben.«

»Mann«, sagte er. »Bist du telepathisch veranlagt?«

Sie machte die Tür wieder auf. Licht schien herein.

»Du hast einen unglaublichen Körper«, sagte Tommy.

»Danke. Ich muß fünf Kilo abnehmen.«

»Laß es uns noch mal tun, diesmal ohne unsere Schuhe.«

»Tommy, du mußt mir zuhören. Es ist sehr wichtig. Ich nehme dich nicht auf den Arm. Ich bin ein Vampir.«

»Komm schon, Jody, komm her. Ich zieh dir die Schuhe aus.«

Jody blickte zur Decke. Sechs Meter über ihnen waren nackte Stahlträger. »Paß auf.« Sie sprang hoch, packte einen der Stahlträger und ließ sich baumeln. »Siehst du.«

»Mann«, sagte Tommy.

»Hast du ein Buch dabei?«

»In meinem Koffer.«

»Hol es.«

»Sei vorsichtig. Du könntest runterfallen.«

»Hol das Buch, Tommy.«

Tommy ging in den Wohnbereich; er sah zu Jody hoch, als er unter ihr hindurchging. Er kam mit einem Kerouac-Band zurück.

»Und was jetzt? Komm da bitte runter. Du machst mich nervös.«

»Schließ die Tür und schlag das Buch auf.«

Er schloß die Tür, und das Zimmer war wieder stockdunkel. Jody las laut eine halbe Seite, bevor er die Tür wieder öffnete.

»Mann«, sagte er.

Sie ließ den Stahlträger los und landete auf dem Boden. Tommy wich vor ihr zum Bett zurück und setzte sich.

»Wenn du jetzt gehen möchtest, kann ich das verstehen«, erklärte sie.

»Als wir uns geliebt haben ... da warst du ganz kalt innen drin.«

»Hör zu, ich wollte dir nicht weh tun.«

Tommy machte große Augen. »Du bist wirklich ein Vampir, stimmt's?«

»Tut mir leid. Ich brauchte Hilfe. Ich brauchte jemanden.«

»Du bist wirklich ein Vampir.« Diesmal war es eine schlichte Aussage.

»Ja, Tommy. Das bin ich.«

Er überlegte einen Moment, dann sagte er: »Das ist die coolste Sache, die ich je gehört habe. Laß es uns noch mal ohne die Schuhe tun.«

Teil Zwei

Nestbau

15. KAPITEL

Fragen und Fritten

Sie zogen ihre Schuhe aus und machten es noch mal. Das zweite Mal war weniger stürmisch, und sie versuchten, einander mit ihren jeweiligen Repertoires an Matratzentricks zu beeindrucken. Jody gab sich Mühe, nicht zu erfahren zu wirken, und Tommy zog alles heran, was er je gelesen hatte, von *Penthouse* bis *National Geographic*, um nicht zu unerfahren zu wirken, während er gegen den Drang ankämpfte, bei jeder einzelnen von Jodys Berührungen »echt irre« auszurufen. Auf beiden Seiten lief zuviel über den Kopf ab, und hinterher dachten sie beide: Nun, es war ganz nett. Jodys Reißzähne blieben in den Gaumen zurückgezogen.

»Was hast du da am Ende gerufen?« fragte sie.

»Das war ein Bantu-Liebesschrei. Ich glaube, übersetzt bedeutet er soviel wie: ›Oh, Baby, polier mir die Tellerlippe.‹«

»Interessant«, sagte Jody.

Sie lagen eine Weile schweigend da und fühlten sich unbehaglich und ein bißchen verlegen. Was sie auch immer an körperlicher Intimität geteilt hatten, fand keinen Widerhall in ihren Gefühlen. Sie waren Fremde.

Tommy fand, er sollte irgend etwas Persönliches beichten, irgend etwas, das dem immensen Vertrauen ebenbürtig war, das sie ihm gegenüber bewiesen hatte, als sie ihm ihr Geheimnis verriet. Gleichzeitig war er neugierig und ein bißchen verängstigt. Es war ja doch etwas weitgreifender, als wenn sie ihm eine verborgene Tätowierung gezeigt hätte. Sie war also ein Vampir. Wie sollte man da etwas Ebenbürtiges finden? Worunter sollte man das verbuchen?

Unter »Abenteuer«, dachte er bei sich. Ich wollte Abenteuer erleben, und hier sind sie!

»Tommy«, sagte sie, ohne ihn dabei anzusehen, mehr oder weniger an die Decke gerichtet, »ich kann es verstehen, wenn du nicht bleiben willst, aber ich würde mich freuen, wenn du es tätest.«

»Ich habe noch nie mit jemandem zusammengewohnt. Das ist alles neu für mich. Ich meine, du hast mir dabei vermutlich etliches an Erfahrung voraus.«

»Nun, in dieser speziellen Kombination eigentlich nicht. Ich habe mit ein paar Männern zusammengelebt.«

»Ein paar?«

»Zehn, glaube ich. Aber nicht unter diesen Umständen.«

»Zehn? Du mußt ja uralt sein. Versteh das nicht falsch. Ich meine, ich wußte natürlich, daß du älter bist, aber ich dachte, es wären nur ein paar Jahre. Nicht Jahrhunderte.«

Sie drehte sich um und sah ihm in die Augen. »Ich bin sechsundzwanzig.«

»Sicher, du siehst aus wie sechsundzwanzig. Aber vermutlich siehst du schon seit Jahren so aus. Vermutlich hast du Bilder von dir und Abraham Lincoln und so was, stimmt's?«

»Nein, ich bin sechsundzwanzig. Ich bin seit etwa sechs Monaten sechsundzwanzig.«

»Aber wie lange ... ich meine ... Wurdest du schon so geboren ...«

»Ich bin erst seit vier Tagen Vampir.«

»Also bist du sechsundzwanzig.«

»Genau das habe ich ja gesagt.«

»Und du hast mit zehn Typen zusammengelebt?«

Sie stand vom Bett auf und machte sich daran, ihre Kleidungsstücke einzusammeln. »Hör zu, ich besitze nicht gerade das beste Urteilsvermögen, was Männer angeht. In Ordnung?«

Er kehrte ihr den Rücken zu. »Nun, vielen Dank.«

»Dich meine ich doch nicht. Ich meinte, in der Vergangenheit.«

Er setzte sich auf die Bettkante und ließ den Kopf hängen. »Ich komme mir so benutzt vor.«

»Benutzt?« Sie sprang mit einem Satz über das Bett und baute sich vor ihm auf. »Benutzt?« Sie legte einen Finger unter sein Kinn und drückte es sanft hoch, bis er sie ansah. »Ich habe dir das größte Geheimnis anvertraut, das ich je hatte. Ich habe dir angeboten, mein Leben mit dir zu teilen.«

»Ach, als ob das so ein exklusives Privileg wäre.« Er drehte den Kopf weg und schmollte weiter.

Jody griff sich einen Schuh vom Boden und wollte Tommy gerade eins damit überbraten, als ihr einfiel, was sie mit Kurt gemacht hatte. Sie ließ den Schuh wieder fallen. »Warum führst du dich wie ein solches Arschloch auf?«

»Du hast mein Blut getrunken.«

»Ja, nun, es tut mir leid.«

»Du hast nicht einmal gefragt.«

»Und du hast dich nicht gerade gewehrt.«

»Ich dachte, es wäre so'n Sex-Ding.«

»Das war es auch.«

»Das war es?« Er hörte auf zu schmollen und sah zu ihr auf. »Macht dich das scharf?«

Warum sind Männer nie auf die toxische Strahlung der Ruhe nach dem Sex vorbereitet? dachte Jody bei sich. Warum können sie es nicht einfach hinnehmen, ohne sich in distanzierte Winseler oder aggressive Wichser zu verwandeln? Sie begreifen einfach nicht, daß das Schmusen hinterher nichts mit warmen, kuscheligen Gefühlen zu tun hat; es ist die intelligenteste Art, die postkoitale Depression durchzustehen.

»Tommy, ich bin so heftig gekommen, daß sich meine Zehen aufgerollt haben. Kein Mann hat das je zuvor bei mir geschafft.« Wie oft habe ich das schon gesagt? dachte sie.

»Wirklich?«

Sie nickte.

Er lächelte stolzerfüllt. »Laß es uns noch einmal tun.«

»Nein, wir müssen reden.«

»In Ordnung. Aber dann ...«

»Zieh dich an.«

Tommy trollte sich nackt aus dem Schlafzimmer, um sich eine frische Jeans aus seinem Koffer zu holen. Während er sich anzog, gingen ihm die grenzenlosen Möglichkeiten des Lebens durch den Sinn. Vor gerade mal einer Woche hatte er in die Mündung eines Lebens in einer kleinen Industriestadt geblickt – ein Job mit Gewerkschaftsbindung, eine Reihe von auf Raten gekauften Fords, eine Hypothek, zu viele Kinder und eine Frau, die fett werden würde. Sicher, die Vorstellung, Verantwortung zu tragen und eine Familie zu gründen – dafür zu sorgen, daß es ihnen nie an etwas fehlte – besaß etwas Hehres. Aber als sein Vater ihm an seinem achtzehnten Geburtstag gesagt hatte, er müßte sich langsam um seine Rente kümmern, da hatte Tommy das Gefühl gehabt, seine Zukunft würde ihn ersticken wie eine Anakonda. Sein Vater hatte ihm klipp und klar erklärt, daß er ihm kein Geld fürs College geben würde – Tommy könnte, nachdem er in der großen Stadt gewesen und verhungert war, zurückkommen, eine Arbeit in der Fabrik annehmen und endlich das Leben eines Erwachsenen führen. Aber nicht jetzt. Jetzt war er ein Großstädter, ein Teil der großen Welt; er hatte eine Beziehung mit einem Vampir, und die Gefahr, ein normales, langweiliges Leben zu führen, war endgültig vorbei. Er wußte, daß er Angst haben sollte, aber er war zu euphorisch, um darüber nachzudenken.

Er schlüpfte in seine Jeans und lief zurück ins Schlafzimmer, wo Jody sich ebenfalls anzog. »Ich habe Hunger«, verkündete er. »Laß uns was essen gehen.«

»Ich kann nicht essen«, erklärte sie.

»Gar nicht?«

»Soweit ich weiß, nicht. Ich kann noch nicht einmal ein Glas Wasser bei mir behalten.«

»Irre. Brauchst du jeden Tag Blut?«

»Ich glaube nicht.«

»Muß es ... ich meine, kannst du Tiere nehmen, oder müssen es Menschen sein?«

Jody dachte an die Motte, die sie gegessen hatte, und kam sich vor, als hätte sie gerade einen Cocktail aus zwei Teilen Scham und fünf Teilen Ekel mit einem Schuß Übelkeit getrunken. »Ich weiß es nicht, Tommy. Ich habe leider keine Betriebsanleitung mitgeliefert bekommen.«

Er tigerte im Zimmer umher wie ein hyperaktives Kind. »Wie ist es passiert? Hast du Satan deine Seele verkauft? Werde ich mich auch in einen Vampir verwandeln? Gehörst du irgendeinem Satanskult an oder so was?«

»Hör zu, ich weiß es nicht«, fuhr sie ihn wütend an. »Ich weiß überhaupt nichts. Ich ziehe mich jetzt an, und dann können wir ausgehen, damit du was zu essen bekommst. Dann erkläre ich dir alles, in Ordnung?«

»Du mußt mir ja nicht gleich den Kopf abreißen.«

»Vielleicht tue ich das aber«, fauchte sie, selbst überrascht über die Schärfe ihrer Worte.

Tommy wich von ihr zurück, die Augen weit aufgerissen vor Angst. Jody kam sich mies vor. Warum habe ich das gesagt? Ich verliere zu leicht die Beherrschung – ich zeige diesem Penner im Bus meine verbrannte Hand, ich schlage Kurt k.o., ich esse eine Motte, und jetzt bedrohe ich Tommy; und nichts davon scheint Absicht gewesen zu sein. Es war so, als würde Vampirismus eine krampflose, doch gemeine Variante des prämenstrualen Syndroms mit sich bringen.

»Es tut mir leid, Tommy. Das ist alles sehr schwer für mich gewesen.«

»Ist schon in Ordnung.« Er hob die Jeans auf, die sie zerfetzt hatte, und leerte die Taschen. »Ich vermute, die ist hin.« Er holte die Visitenkarte heraus, die der Motelmanager ihm gegeben hatte. »He, hab ich ganz vergessen, dir zu sagen: Dieser Cop will mit dir reden.«

Jody erstarrte mitten im Schuhezubinden. »Ein Cop?«

»Ja, beim Motel wurde letzte Nacht eine alte Frau umgebracht. Als ich heute morgen dorthin gekommen bin, sind da eine Million Cops rumgetobt. Sie wollten mit jedem reden, der im Motel wohnt.«

»Wie wurde sie umgebracht, Tommy? Weißt du das?«

»Jemand hat ihr das Genick gebrochen und ...« Er verstummte, starrte sie an und wich abermals zur Badezimmertür zurück.

»Was?« fragte sie. »Ihr Genick war gebrochen und was?«

»Sie hat eine Menge Blut verloren«, flüsterte er. »Aber es waren keine Verletzungen zu sehen.« Er stürzte ins Badezimmer und schlug die Tür zu.

Jody konnte hören, wie er den Schlüssel umdrehte. »Ich habe sie nicht umgebracht, Tommy.«

»Das ist schön«, sagte er.

»Mach die Tür auf. Bitte.«

»Ich kann nicht, ich pinkle.« Er drehte den Wasserhahn auf.

»Tommy, komm raus, ich werde dir nichts tun. Laß uns was essen gehen, und ich erkläre dir alles.«

»Geh schon mal vor«, erwiderte er. »Ich komme dann nach. Mann, das war aber wirklich höchste Eisenbahn. Muß der ganze Kaffee gewesen sein, den ich heute getrunken habe.«

»Tommy, ich schwöre, ich habe nichts davon gewußt, bis du es mir erzählt hast.«

»Guck mal«, sagte er durch die Tür, »ich habe das Kruzifix wiedergefunden, das ich letzte Woche verloren habe. Und was ist das da. Meine Glücksphiole mit Weihwasser.«

»Tommy, hör auf damit. Ich werde dir nichts tun. Ich will niemandem etwas tun.«

»Oh, und mein Knoblauchkranz! Ich hatte mich schon gefragt, wo der wohl hingekommen ist.«

Jody packte den Türknauf und zog mit einem Ruck daran. Der Rahmen splitterte, und Jody hielt die lose Tür in der Hand. Tommy hechtete in die Badewanne und spähte über den Rand zu ihr herüber.

»Laß uns was essen gehen«, sagte Jody. »Wir müssen reden.«

Zögernd erhob er sich aus der Badewanne, bereit, sich augenblicklich in den Abfluß zu stürzen, sobald sie einen Schritt in seine Richtung machte. Sie wich zurück.

Er blickte auf den zerstörten Türrahmen. »Wir werden unsere Kaution verlieren; das ist dir doch klar, oder?«

Jody warf die Tür beiseite und bot ihm ihre Hand an, um ihm aus der Wanne zu helfen. »Kann ich dir eine Portion Fritten spendieren? Ich sehe es so gern, wenn du Pommes Frites ißt.«

»Das ist völlig abgedreht, Jody.«

»Verglichen mit was?«

Sie gingen zur Market Street, wo selbst um zehn Uhr abends die Bürgersteige noch wimmelten von Pennern und Nutten und Gruppen von Fußpflegern und Fußpflegerinnen, die einer Tagung im Moscone Convention Center entflohen waren, um sich im Herzen der Stadt Burger, Pizzas und Bier zu gönnen. Jody beobachtete die Wärmeschemen, die den Obdachlosen folgten, während Tommy Münzen austeilte wie ein Politessen-Engel, der für das lebenslange Austeilen von Knöllchen Buße tat.

Er ließ einen Quarter in die Handfläche eines fingerlosen Handschuhs fallen, der von einer Frau getragen wurde, die vorgab, ein Roboter zu sein, aber eher aussah wie ein frisch aus Gossendreck geschaffener Golem. Jody bemerkte eine schwarze Aura um die Frau, so wie sie sie bei dem alten Mann im Bus gesehen hatte; Jody konnte Krankheit und den Eiter offener Wunden riechen, und sie riß Tommy förmlich weiter.

Ein paar Schritte weiter sagte sie: »Du mußt ihnen nicht allen Geld geben, nur weil sie darum bitten.«

»Ich weiß, aber wenn ich ihnen Geld gebe, sehe ich nicht ihre Gesichter, wenn ich einschlafe.«

»Es hilft nicht wirklich. Sie gibt es nur für Schnaps oder Drogen aus.«

»Wenn ich sie wäre, würde ich das auch tun.«

»Da hast du nicht ganz unrecht«, erwiderte Jody. Sie nahm seinen Arm und führte ihn in einen Hamburger-Imbiß namens No Guilt: orangefarbene Resopaltische auf grauer Auslegware, riesige, von hinten beleuchtete Transparent-Reklamen von fetttriefenden Speisen und Familien, die fröhlich gemeinsam ihre Arterien verstopften. »Ist das hier in Ordnung?«

»Perfekt«, gab Tommy zurück.

Sie nahmen sich einen Tisch am Fenster, und Tommy bestellte sich zwei Burger und eine Portion Fritten.

»Erzähl mir von der Frau, die getötet wurde«, sagte sie.

»Sie hatte einen Hund, einen kleinen grauen Hund. Man hat beide in dem Müllcontainer hinter dem Motel gefunden. Sie war alt. Jetzt wird sie immer alt sein.«

»Wie bitte?«

»Menschen bleiben immer so alt wie zu dem Zeitpunkt, zu dem sie gestorben sind. Mein großer Bruder ist an Leukämie gestorben, als ich sechs war. Er war acht. Wenn ich jetzt an ihn denke, ist er immer noch acht, und er ist immer noch mein großer Bruder. Er verändert sich nie, und auch der Teil von mir, der sich an ihn erinnert, verändert sich nie. Verstehst du? Wie ist das bei dir?«

»Ich habe keine Geschwister.«

»Nein, ich meine, wirst du so bleiben, wie du bist? Wirst du immer so aussehen wie jetzt?«

»Ich habe noch nicht darüber nachgedacht. Ich vermute, das könnte stimmen. Ich weiß, daß ich sehr schnell heile, seit es passiert ist.«

Die Kellnerin brachte Tommys Essen. Er spritzte Ketchup auf seine Fritten und ging zum Angriff über. »Erzähl mir davon«, sagte er mit vollem Mund.

Jody begann zögernd zu reden, während sie neidisch jeden Bissen beobachtete, der in seinem Mund verschwand. Sie erzählte ihm zuerst von ihrem Leben vor dem Überfall, über ihre Kindheit und Jugend in Monterey und davon, daß sie das örtliche College geschmissen hatte, als ihr das Leben zu öde schien. Dann vom Umzug nach San Francisco, von ihren Jobs und den wenigen großen Lektionen des Lebens, die sie gelernt hatte. Sie erzählte ihm ausführlich vom Abend des Überfalls, und während sie davon erzählte, wurde ihr bewußt, wie wenig sie begriff, was mit ihr geschehen war. Sie erzählte ihm, wie sie aufgewacht war und daß sich ihre Körperkräfte und Sinne verändert hatten, und als sie ihm beschreiben wollte, wie sie sich verändert hatten, gingen ihr die Worte aus – einiges von dem, was sie gesehen und gefühlt hatte, ließ sich einfach nicht mit Worten beschreiben. Sie erzählte ihm von dem Anruf im Motel und davon, daß sie von dem anderen Vampir verfolgt wurde. Als sie geendet hatte, war sie verwirrter als zuvor.

»Also bist du nicht unsterblich«, sagte Tommy. »Er hat gesagt, du kannst immer noch getötet werden.«

»Ja, das heißt es wohl; aber ich scheine nicht zu altern. Alle Narben, die aus meiner Kindheit stammen, sind weg, genau wie die Falten in meinem Gesicht. Mein Körper scheint ein bißchen straffer geworden zu sein.«

Tommy grinste. »Du hast einen phantastischen Körper.«

»Fünf Kilo weniger könnten nicht schaden«, gab Jody zurück. Plötzlich stockte ihr der Atem, und sie machte große Augen, so als wäre ihr gerade wieder eingefallen, daß sie eine Stange Dynamit im Backofen vergessen hatte. »O mein Gott!«

»Was ist?« Tommy sah sich erschreckt um, weil er dachte, sie hätte etwas Beängstigendes, Bedrohliches entdeckt.

»Das ist ja furchtbar!«

»Was?« beharrte Tommy.

»Mir ist gerade klar geworden – ich werde immer ein Pummel bleiben. Ich besitze Jeans, in die ich nie hineinkommen werde. Ich werde bis in alle Ewigkeit fünf Kilo zuviel auf den Rippen haben.«

»Na und? Jede Frau, mit der ich je zu tun hatte, dachte, sie müßte fünf Kilo abnehmen.«

»Aber sie haben eine Chance, sie haben Hoffnung. Ich dagegen bin verloren.«

»Du könntest eine Trinkdiät machen«, sagte Tommy.

»Sehr witzig.« Sie zwickte sich in die Hüfte, um ihre Behauptung zu bestätigen. »Fünf Kilo. Wenn er doch nur noch eine Woche mit seinem Überfall gewartet hätte! Ich hatte gerade eine Joghurt- und Grapefruit-Diät angefangen. Ich hätte es geschafft! Dann wäre ich bis in alle Ewigkeit schlank gewesen.« Ihr wurde bewußt, daß sie sich in eine Neurose hineinsteigerte, und sie wandte ihre Aufmerksamkeit wieder Tommy zu. »Wie geht es überhaupt deinem Hals?«

Tommy rieb sich die Stelle, wo sie ihn gebissen hatte.

»Dem geht es gut. Ich kann die Bißwunde schon nicht einmal mehr fühlen.«

»Fühlst du dich schwach?«

»Nicht mehr als sonst auch.«

Jody schmunzelte. »Ich weiß nicht, wieviel ich ... ich meine, ich kann es nicht messen oder so was.«

»Nein, mir geht's gut. Es war irgendwie ganz schön scharf. Ich frage mich nur, warum es so schnell verheilt ist.«

»So scheint es immer zu sein.«

»Laß uns was versuchen.« Er hielt ihr seine Hand ans Gesicht. »Leck meinen Finger.«

Sie schob seine Hand weg. »Tommy, iß einfach auf, und dann können wir nach Hause gehen und es da tun.«

»Nein, es ist ein Experiment. Mir reißen immer die Nägel ein, vom Kartonaufschneiden im Supermarkt. Ich möchte sehen, ob du sie heilen kannst.« Er berührte mit dem Finger ihre Unterlippe. »Komm schon, leck drüber.«

Sie streckte zögernd ihre Zunge aus und leckte seine Fingerspitze, dann nahm sie seinen Finger in den Mund und lutschte daran.

»Irre«, sagte Tommy. Er zog seinen Finger aus ihrem Mund und betrachtete ihn. Sein vormals gespaltener Nagel war verheilt. »Das ist phantastisch. Guck mal.«

Jody studierte seinen Nagel. »Es hat funktioniert.«

»Mach's noch einmal.« Er schob ihr einen anderen Finger in den Mund.

Sie spuckte ihn aus. »Hör auf damit.«

»Komm schon.« Er drückte den Finger gegen ihre Lippen. »Bittebitte.«

Ein dicker Mann in einem Forty-Niners-Sweatshirt beugte sich vom Nebentisch zu ihnen herüber und knurrte: »Könntest du wohl damit aufhören, Kumpel? Ich bin mit Kindern hier.«

»Entschuldigung«, sagte Tommy und wischte sich Vampirspucke an seinem Hemd ab. »Wir haben nur was ausprobiert.«

»Nun, das hier ist nicht der richtige Ort dafür, verstanden?«

»Schon gut«, sagte Tommy.

»Siehst du?« flüsterte Jody. »Ich hab es dir ja gesagt.«

»Laß uns nach Hause gehen«, sagte Tommy. »Ich habe eine Blase an meinem großen Zeh.«

»Kommt nicht in Frage, Schreiberling.«

»Es ist gut für die Linie«, gurrte Tommy und stieß mit seinem Turnschuh gegen ihren Fuß. »Viel Geschmack, wenig Kalorien.«

»Vergiß es.«

Tommy seufzte kapitulierend. »Nun, ich vermute, wir haben ganz andere Sorgen als meinen großen Zeh oder deine Gewichtsprobleme.«

»Zum Beispiel?«

»Zum Beispiel die Tatsache, daß ich gestern nacht beim Supermarkt einen Typen gesehen habe, von dem ich glaube, daß er der andere Vampir ist.«

16. KAPITEL

Neckische Spiele

Als sie zurückkamen, schlief ein Penner auf dem Bürgersteig gegenüber dem Loft. Tommy, gesättigt von Fast-Food und voller Begeisterung, zweimal hintereinander Sex gehabt zu haben, wollte dem Mann einen Dollar geben. Doch Jody hielt ihn zurück und schubste ihn die Treppe hinauf. »Geh schon nach oben«, sagte sie. »Ich komme gleich nach.«

Sie stellte sich in die Tür und beobachtete den Penner, um zu sehen, ob er sich irgendwie rührte. Er strahlte keine Wärme-Aura ab, und Jody befürchtete das Schlimmste. Sie wartete darauf, daß er sich aufrichtete und wieder über sie lachte. Sie fühlte sich stark und ein wenig übermütig von der Infusion mit Tommys Blut, und so mußte sie den Drang bezwingen, den Vampir zu stellen, sich einfach vor ihm aufzubauen und ihn anzuschreien. Statt dessen flüsterte sie nur: »Arschloch«, und schloß die Tür. Wenn sein Gehör so geschärft wie das ihre war – und davon war sie überzeugt –, dann hatte er sie verstanden.

Sie fand Tommy im Bett, tief und fest schlafend.

Armer Kerl, dachte sie, er ist durch die ganze Stadt gelaufen, um meine Angelegenheiten zu erledigen. Er hat vermutlich keine fünf Stunden geschlafen, seit wir uns kennengelernt haben.

Sie deckte ihn zu, küßte ihn auf die Stirn und ging zum Fenster im vorderen Raum, um den Penner auf der gegenüberliegenden Straßenseite zu beobachten.

Tommy träumte gerade von einer nackten Rothaarigen, die unter Begleitung von Bebop-Musik vorlas, als er aufwachte und sie neben sich schlafen sah. Er legte seinen Arm um sie und zog sie an sich, aber sie rührte sich nicht, stöhnte nicht wohlig und kuschelte sich auch nicht an ihn. Sie war vollkommen entrückt!

Er drückte den kleinen Beleuchtungsknopf seiner Armbanduhr und sah nach, wie spät es war. Schon fast Mittag. Das Zimmer war so dunkel, daß der Schemen des Zifferblatts noch einen Moment vor seinen Augen schwebte, nachdem er den Knopf losgelassen hatte. Tommy ging ins Badezimmer und tastete herum, bis er den Lichtschalter gefunden hatte. Eine einzelne Neonröhre klickte und flackerte und ging schließlich an. Ihr fahles, grünes Licht schien bis ins Schlafzimmer hinüber.

Sie sieht tot aus, dachte er bei sich. Friedlich, aber tot. Dann betrachtete er sich selbst im Badezimmerspiegel. Ich sehe auch tot aus.

Er brauchte eine Weile, bis ihm klar wurde, daß das Neonlicht und nicht seine Vampirfreundin jegliches Leben aus seinem Gesicht gesogen hatte. Er setzte eine ernste Miene auf und überlegte, was man wohl in hundert Jahren über ihn schreiben würde, wenn er wirklich berühmt und wirklich tot war.

Wie so viele große Schriftsteller vor ihm war Flood für seine sorgenvolle Miene und kränkliche Gesichtsfarbe, besonders bei Neonbeleuchtung, bekannt. Jene, denen es vergönnt war, ihn näher zu kennen, sagten, daß man schon in diesen frühen Jahren ahnen konnte, daß dieser ernste junge Mann einmal große Berühmtheit erlangen würde, sowohl als Meister des geschliffenen Wortes, als auch als einer der größten Liebhaber seiner Zeit. Er hinterließ der Welt eine Fülle brillanter Romane und gebrochener Herzen, und obgleich es allgemein bekannt ist, daß sein Liebesleben schließlich auch sein Untergang war, empfand er doch keine Reue, wie seine Dankesrede anläßlich der Verleihung des Literatur-Nobelpreises demonstriert: »Ich bin meinem Penis in die Hölle gefolgt und mit einer Geschichte zurückgekehrt.«

Tommy verbeugte sich tief vor dem Spiegel, sorgsam darauf bedacht, daß die Nobelpreisauszeichnung nicht gegen das Waschbecken schlug, dann begann er ein Interview mit sich selbst.

»Ich denke, es war kurz nach meinem ersten erfolgreichen Umsteigen im Nahverkehrsnetz, als ich erkannte, daß die Stadt mir gehört«, sprach er deutlich und langsam in seine Zahnbürste. »Hier schrieb ich einige meiner bedeutendsten Werke, und hier lernte ich auch meine erste Frau kennen, die liebliche, aber tief gestörte Jody ...«

Tommy winkte das Zahnbürsten-Mikrofon beiseite, so als wäre die Erinnerung zu schmerzlich, aber in Wirklichkeit versuchte er, sich an Jodys Nachnamen zu erinnern. Ich sollte ihren Mädchennamen kennen, dachte er bei sich, allein schon aus historischen Gründen.

Er sah zum Schlafzimmerfenster hinüber, wo die liebliche, aber tief gestörte Jody nackt und halb zugedeckt im Bett lag. Es wird ihr nichts ausmachen, wenn ich sie aufwecke, überlegte er. Sie muß ja schließlich nicht arbeiten oder so was.

Er näherte sich dem Bett und berührte ihre Wange. »He, wach auf.« Sie reagierte nicht.

Er rüttelte sie leicht. »Jody, Schatz.«

Nichts.

»He«, sagte er und packte sie bei den Schultern. »He, wach auf.« Sie reagierte nicht.

Er zog ihr die Decke weg, wie sein Vater es immer an kalten Wintermorgen bei ihm getan hatte, wenn er nicht zur Schule gehen wollte. »Aus den Federn, Soldat – Arsch in die Höhe und Füße auf den Boden«, bellte er in seinem besten Kommißton.

Sie sah wirklich toll aus, wie sie da so nackt im Zwielicht vom Badezimmer lag. Leichte Erregung machte sich bei ihm bemerkbar.

Wie würde ich mich fühlen, wenn ich aufwachen würde und sie würde mich gerade lieben? überlegte er. Nun, ich denke, ich wäre angenehm überrascht. Ich denke, es wäre besser als mit dem Duft von bratendem Speck und der Aussicht auf die Sonntagsbeilage aufzuwachen. Ja, ich bin sicher, daß es ihr gefallen wird.

Er legte sich zu ihr ins Bett und wagte einen zaghaften Kuß. Sie war ein wenig kalt und vollkommen reglos, aber er war sicher, daß es ihr gefiel. Er fuhr mit einem Finger durch das Tal zwischen ihren Brüsten und über ihren Bauch.

Was, wenn sie nicht aufwachte? Was, wenn wir es tun, und sie wacht überhaupt nicht auf? Wie würde ich mich fühlen, wenn ich aufwachen würde und sie würde mir erzählen, daß wir es getan hätten während ich schlief? Ich hätte nichts dagegen. Ich wäre ein wenig traurig, daß ich es verpaßt hätte, aber ich wäre ihr nicht böse. Ich würde sie nur fragen, ob es mir Spaß gemacht hat. Aber Frauen sind anders.

Er kitzelte sie, um ihr eine Reaktion zu entlocken. Wieder rührte sie sich nicht.

Sie ist so kalt. Es könnte ein bißchen morbid sein, wenn sie sich gar nicht bewegt. Vielleicht sollte ich doch lieber warten. Ich sage ihr, daß ich darüber nachgedacht und entschieden hätte, daß es nicht höflich wäre. Das wird ihr gefallen.

Er stieß einen tiefen Seufzer aus, stand auf und deckte sie zu. Ich sollte ihr etwas kaufen, überlegte er.

Jody schoß aus dem Schlaf auf und biß auf etwas. Sie öffnete die Augen und sah Tommy auf der Bettkante sitzen. Sie lächelte.

Sie griff nach dem Ding in ihrem Mund.

Tommy hielt ihre Hand fest. »Beiß nicht zu. Es ist ein Thermometer.« Er warf einen Blick auf seine Uhr, dann zog er das Thermometer aus Jodys Mund und las es ab. »Fünfunddreißig Grad. Du bist auf dem Weg.«

Jody setzte sich auf und sah auf das Thermometer. »Auf dem Weg wohin?«

Er lächelte verlegen. »Auf dem Weg zur normalen Körpertemperatur. Ich habe dir eine Heizdecke gekauft. Du liegst jetzt seit sechs Stunden drunter.«

Jody strich mit der Hand über die Decke. »Du hast mich aufgewärmt?«

»Echt cool, was?« strahlte Tommy. »Ich bin auch in der Bibliothek gewesen und habe Bücher ausgeliehen. Ich habe den ganzen Nachmittag gelesen.« Er griff nach einem Stapel Bücher und machte sich daran, ihre Titel vorzulesen und sie dann Jody jeweils zu reichen. »*Handbuch des Vampirismus, Vampire – Mythen und Legenden, Jäger der Nacht* – ein gruseliger Titel, was?«

Jody hielt die Bücher, als wären sie aus madigem Fruchtfleisch. Die Illustrationen auf den Einbänden zeigten monströse Kreaturen, die sich aus Särgen erhoben, Frauen in verschiedensten Zuständen der Entkleidung überfielen und sich auf Burgen herumtrieben, die auf kahlen Bergspitzen thronten. Die Lettern der Titel troffen von Blut. »Die sind alle über Vampire?«

»Das sind nur die Sachbücher, die sie im Bestand hatten. Ich habe noch einen ganzen Haufen über Fernleihe bestellt. Du mußt dir erst mal die Romane ansehen.« Er hob einen weiteren Stapel hoch.

»*Der Todeskuß der Sonja Blue; Biß für Biß; Ich bin die*

Dunkelheit; Dracula; Draculas Traum; Draculas Erbe; Der Fürst der Finsternis – es muß an die hundert Romane geben.«

Jody starrte etwas überwältigt auf die Bücher. »Die Bilder auf den Titeln scheinen ein gemeinsames Thema zu besitzen.«

»Ja«, erwiderte Tommy. »Vampire scheinen eine Vorliebe für Reizwäsche zu haben. Verspürst du einen besonderen Drang nach sexy Dessous?«

»Eigentlich nicht.« Jody hatte es immer für etwas lächerlich gehalten, einen Haufen Geld für etwas auszugeben, das man nur lang genug anhatte, damit jemand es einem ausziehen konnte. Wenn man nach den Bildern auf den Einbänden ging, betrachteten Vampire Dessous offensichtlich als Garnierung.

»In Ordnung«, sagte Tommy, während er sich ein Notizbuch vom Boden griff und etwas abhakte. »Kein Dessousfetischismus. Ich habe eine Liste mit Vampireigenschaften gemacht und dahinter Kästchen zum Abhaken für ›wahr‹ und ›falsch‹. Da du den Einführungsvortrag verpaßt hast, werden wir sie wohl einzeln ausprobieren müssen.«

»Welchen Einführungsvortrag?«

Tommy legte seinen Kugelschreiber ab und sah sie an, als hätte sie sich gerade mit einem übervollen Einkaufswagen und einem Verrechnungsscheck an der Expreß-Kasse angestellt. »Jeder weiß doch, daß es in Vampirromanen immer einen erklärenden Vortrag gibt. Gewöhnlich wird er von einem alten Professor mit einem Akzent gehalten, aber manchmal kommt er auch von einem anderen Vampir. Und du hast den Vortrag offenkundig verpaßt.«

»Scheint so«, gab Jody zurück. »Ich muß gerade damit beschäftigt gewesen sein, Frauen in Reizwäsche zu jagen.«

»Das ist schon in Ordnung«, sagte Tommy und wandte sich wieder der Liste zu. »Offenkundig mußt du nicht in deiner Heimaterde schlafen.« Er hakte den Punkt ab. »Und wir wissen, daß nicht jeder, den du beißt, zwangsläufig zum Vampir wird.«

»Nein, zu einem Idioten vielleicht ...«

»Wie auch immer«, sagte Tommy und ging in der Liste weiter. »Nächster Punkt. Sonnenlicht ist schlecht für dich.« Er machte ein Häkchen. »Du kannst ein Haus betreten, ohne eingeladen worden zu sein. Was ist mit fließendem Wasser?«

»Was soll damit sein?«

»Vampire sollen angeblich kein fließendes Wasser überqueren können. Hast du irgendwelches fließendes Wasser überquert?«

»Ich habe ein paarmal geduscht.«

»Dann wird das wohl falsch sein. Laß mich mal deinen Atem riechen?« Er beugte sich dicht zu ihr.

Sie drehte den Kopf weg und hielt sich die Hand vor den Mund. »Tommy, ich bin gerade aufgewacht. Laß mich zuerst meine Zähne putzen.«

»Vampire sollen angeblich den ›fauligen Atem eines Raubtiers‹ haben, oder, in einigen Fällen, ›Atem wie der Verwesungsgestank eines Gebeinhauses‹. Komm schon, laß mich mal schnüffeln.«

Widerstrebend hauchte Jody ihm ins Gesicht. Er richtete sich wieder auf und betrachtete die Liste.

»Nun?« fragte sie.

»Ich überlege noch. Ich muß das Wörterbuch aus meinem Koffer holen.«

»Wofür?«

»Ich bin nicht sicher, was ein Gebeinhaus ist.«

»Darf ich mir die Zähne putzen, während du es nachschlägst?«

»Nein, warte damit, vielleicht muß ich noch mal schnüffeln.« Er ging zu seinem Koffer und grub das Wörterbuch aus. Während er »Gebeinhaus« nachschlug, hielt sich Jody die Hand vor den Mund und roch ihren eigenen Atem. Er war ganz schön eklig.

»Hier ist es«, verkündete Tommy und legte seinen Finger auf das Wort. »›Substantiv. Ein Mausoleum oder Leichenschauhaus. Ein Gebäude, in dem Leichen beerdigt oder aufbewahrt werden. Siehe Morgenatem.‹ Ich denke, wir können das als ›wahr‹ abhaken.«

»Darf ich mir jetzt die Zähne putzen?«

»Klar doch. Willst du auch duschen?«

»Würde ich gern. Warum?«

»Darf ich dir helfen? Ich meine, du bist weit attraktiver, wenn du nicht Zimmertemperatur hast.«

Sie lächelte. »Du verstehst es wirklich, einer Frau Komplimente zu machen.« Sie stand aus dem Bett auf und ging ins Badezimmer. Tommy wartete auf dem Bett.

»Na, komm schon«, rief sie, während sie das Wasser aufdrehte.

»Entschuldigung«, sagte er. Er sprang auf und kämpfte sich eilig aus seinem Hemd.

An der Badezimmertür stemmte sie ihm die Hand gegen die Brust und versperrte ihm den Weg. »Einen Moment, Mister. Ich habe eine Frage an Sie.«

»Schieß los.«

»Männer sind Schweine: wahr oder falsch?«

»Wahr!« rief Tommy aus.

»Richtig! Sie haben gewonnen!« Sie warf sich in seine Arme und küßte ihn.

17. KAPITEL

Wer anderen eine Grube gräbt, stellt sich selbst ein Bein

Simon McQueen war einmal auf den Rücken einer Tonne wütenden Rindfleischs namens Muffin gestiegen und prompt vor den Augen eines verblüfften Rodeo-Publikums ungespitzt in den Boden gestampft worden und hatte es trotzdem noch geschafft, eine verhunzte Version von »I've Got Friends in Low Places« zu singen und einer Sanitäterin in den Hintern zu kneifen, während man ihn auf einer Trage wegbrachte. Simon McQueen hatte einmal mit einer Bande von Skinheads einen Streit vom Zaun gebrochen und es geschafft, drei von ihnen k.o. zu schlagen, bis ein Messer im Bauch und ein Springerstiefel gegen den Kopf ihn kampfunfähig machten. Simon war aus einem Flugzeug gesprungen, vom Dach einer lutheranischen Kirche gefallen, hatte mit einem Pickup einen Streifenwagen plattgewalzt, eine halbe Tonne Marihuana in einer ausgestopften Kuh aus Mexiko über die Grenze geschmuggelt und war aufgrund einer Wette halb nach Alcatraz Island hinübergeschwommen, bis die Küstenwache ihn aus der Bucht gefischt und wiederbelebt hatte. Simon hatte all das ohne ein Wimpernzucken getan. Aber heute nacht, während er sich mit tief ins Gesicht gezogenem schwarzen Stetson in seinen hautengen Wranglers und seinen aus bedrohten Tierarten hergestellten Tony-Lama-Stiefeln mit den silbernen Sporen auf Kasse 3 lümmelte, hatte Simon McQueen Angst. Angst, daß schon bald eines seiner beiden großen Geheimnisse ans Licht kommen würde.

Die anderen Tiere tauschten Geschichten über ihre Wochenendabenteuer aus, bei denen sie die Ausmaße der Saufereien und die Maße ihrer Puppen schamlos übertrieben, während Clint Gott erklärte, daß sie nicht wußten, was sie taten.

Simon setzte sich auf, schob den Stetson aus seinem Gesicht und sagte: »Ihr würdet doch nicht mal eine heiße Muschi erkennen, wenn ein Schild daran hängen würde.«

Die Tiere verstummten, und jeder einzelne suchte gerade nach einer neuen, interessanten Formulierung, um Simon zu sagen, daß er sie am Arsch lecken könne, als Tommy zur Tür hereinkam.

»Furchtloser Führer!« rief Lash aus.

Simon war extrem ärgerlich über diese zusätzliche Ablenkung von seinen Sorgen. »Was war los, bist du noch mal kurz in die Castro Street gegangen, um zu konvertieren?«

Tommy winkte ab. »Nein, Sime – ich darf dich doch Sime nennen, oder? Siehst du, letzte Nacht, ungefähr um diese Zeit« – er warf einen Blick auf seine Uhr –, »hat eine nackte Rothaarige an der Decke meines neuen Lofts gebaumelt und mir Kerouac vorgelesen. Wenn ich jetzt sterbe, weiß ich, daß ich nicht umsonst gelebt habe. Ich bin bereit zum Abladen. Wie sieht's mit dem Laster aus?«

»Ist ein großer«, antwortete Troy Lee. »Dreitausend Kartons. Aber die Scheiße ist, der Scanner ist kaputt. Wir müssen die Bestellbücher benutzen.«

Troys Bemerkung traf Simon wie der Schmerz von festgesetzten Blähungen. Er überlegte, sich krank zu melden und nach Hause zu gehen, aber ohne seine Hilfe würden die Tiere niemals bis zum Morgen mit dem Entladen fertig werden. Angst stieg wie ein Kloß in seiner Kehle hoch. Er konnte die Bestellbücher nicht benutzen. Simon McQueen konnte nicht lesen.

»Dann laß sie uns holen«, sagte Tommy.

Die Tiere stürzten sich mit einer Begeisterung auf die Arbeit, die sie ansonsten fürs Sau-Rauslassen reservierten. Papierschneider surrten, Etikettierpistolen klickten, und Pappen türmten sich zu hohen Bergen am Ende der Gänge.

Zusätzlich zum Entladen und Auspacken einer überdurchschnittlich großen Lieferung mußten sie noch eine Stunde zusätzlich einplanen, um ihre Bestellungen aufzuschreiben. Normalerweise wurden die Bestellungen über einen Barcode-Scanner gemacht, aber da der Scanner kaputt war, mußte jeder von ihnen einen riesigen Bestellordner durchgehen und die benötigten Waren per Hand eintragen. Um fünf hatten sie den größten Teil der Lieferung in den Regalen, und Simon McQueen überlegte, seinen Papierschneider ausrutschen zu lassen und sich ins Bein zu schneiden, damit er Zuflucht in der Notaufnahme suchen konnte. Aber das könnte ein Geheimnis ans Tageslicht bringen, das noch schlimmer als sein Analphabetentum war.

Tommy kam mit dem Bestellbuch in Simons Gang. »Du solltest dich besser dranmachen, Sime.« Er hielt ihm den Ordner und einen Bleistift hin.

»Ich muß noch hundert Kartons auspacken«, erwiderte Simon, ohne aufzublicken. »Laß einen der anderen anfangen.«

»Nein, du hast den größten Bereich. Fang an.« Tommy stupste Simon mit dem Bestellbuch an der Schulter.

Simon sah hoch, dann ließ er seinen Papierschneider fallen und nahm zögernd den Ordner aus Tommys Hand. Er klappte ihn auf und starrte auf die Seite, dann auf das Regal, dann wieder auf das Bestellbuch.

»Bestell nicht soviel von den Säften, wir haben noch eine ganze Menge hinten im Lager«, sagte Tommy.

Simon nickte und blickte auf den Ordner, dann auf das Gemüseregal vor ihm.

»Du bist auf der falschen Seite, Simon«, bemerkte Tommy.

»Ich weiß«, fauchte Simon. »Ich suche noch.« Er blätterte die Seiten durch, dann hielt er auf der Seite mit den Backmischungen inne und betrachtete nachdenklich das Gemüseregal. Er konnte Tommys Blick auf sich spüren und wünschte, das miese-kleine-schwule-bücherlesende-Arschloch würde endlich verschwinden und ihn in Ruhe lassen.

»Simon.«

Simon sah mit flehendem Blick auf.

»Gib mir das Buch«, sagte Tommy. »Ich denke, ich werde heute nacht für alle die Bestellung machen. Dann habt ihr Jungs mehr Zeit zum Auspacken, und ich muß den Laden sowieso noch besser kennenlernen.«

»Ich kann das schon«, gab Simon zurück.

»Ich weiß«, erwiderte Tommy und nahm das Bestellbuch. »Aber warum willst du dein Können für diesen Mist verschwenden?«

Als Tommy wegging, atmete Simon zum ersten Mal in dieser Nacht tief durch. »Flood«, rief er, »ich geb nach der Schicht das Bier aus.«

Tommy blickte nicht zurück. »Ich weiß«, rief er zurück.

Jody stand am Fenster des dunklen Lofts und beobachtete leise fluchend den schlafenden Penner auf der gegenüberliegenden Straßenseite. Verschwinde, du Dreckskerl, wütete sie im stillen. Doch gleichzeitig empfand sie auch ein gewisses Maß an Sicherheit, weil sie genau wußte, wo ihr Feind war. Solange er dort auf dem Bürgersteig lag, konnte Tommy im Supermarkt nichts passieren.

Sie hatte noch nie das Bedürfnis verspürt, jemanden zu beschützen. Es war immer sie gewesen, die nach Schutz gesucht hatte, nach einer starken Schulter zum Anlehnen. Nun war sie diese starke Schulter, zumindest nach Sonnenuntergang. Sie hatte Tommy zur Haustür gebracht und mit ihm gewartet, bis das Taxi kam, um ihn zur Arbeit zu bringen. Während sie dem Taxi hinterherschaute, dachte sie: So muß sich meine Mutter gefühlt haben, als sie mich zum ersten Mal in den Schulbus gesetzt hat – nur daß Tommy keine Barbie-Pausenbrotdose hat. Sie behielt den Vampir im Auge, der auf dem gegenüberliegenden Bürgersteig lag.

Stunden vergingen, während sie am Fenster stand und sich immer wieder dieselbe Frage stellte, ohne eine Lösung für ihr Problem oder eine Erklärung für das Verhalten des Vampirs zu finden. Was wollte er? Warum hatte er die alte Frau getötet und sie in den Müllcontainer gelegt? Wollte er Jody angst machen, ihr drohen, oder war es irgendeine Art Botschaft?

»Du bist nicht unsterblich. Du kannst immer noch getötet werden.«

Wenn er sie umbringen wollte, warum tat er es dann nicht einfach? Warum tat er so, als wäre er ein schlafender Penner, während er sie beobachtete und abwartete?

Er mußte sich einen Unterschlupf suchen, bevor die Sonne aufgeht. Wenn ich nur länger aushalten könnte als er, vielleicht … vielleicht was? Ich kann ihn nicht verfolgen, sonst erwischt die Sonne mich auch.

Sie ging ins Schlafzimmer und holte den Kalender, den Tommy ihr geschenkt hatte, aus ihrem Rucksack. Die Sonne würde um 6 Uhr 12 aufgehen. Jody sah auf ihre Uhr. Ihr blieb noch eine Stunde.

Sie wartete bis sechs am Fenster, dann eilte sie aus dem Loft, um den Vampir zu stellen. Als sie aus der Tür ging, griff sie instinktiv nach dem Lichtschalter, nur um festzustellen, daß das Licht gar nicht brannte. Falls ich das hier überleben sollte, werde ich in Zukunft eine Menge an Strom sparen, dachte sie bei sich.

Sie ließ die Tür am Kopf der Treppe unverschlossen, dann

sprang sie die Stufen hinunter und stellte die große Feuertür mit einer Limo-Dose auf, die sie auf der Treppe gefunden hatte. Vielleicht wäre es nötig, daß Jody schnell wieder ins Haus zurück mußte, und dann wollte sie nicht von Schlüsseln und Schlössern aufgehalten werden.

Ihre Muskeln spannten sich an, und der Kampf-oder-Flucht-Instinkt lief brennend durch ihre Adern, während sie sich dem Vampir näherte. Als sie bis auf ein paar Schritte an ihn herangekommen war, stieg ihr ein fauliger Gestank in die Nase, ein Verwesungsgestank; er ging von dem Vampir aus. Sie blieb stehen und schluckte schwer.

»Was wollen Sie von mir?« fragte sie.

Der Vampir rührte sich nicht. Sein Gesicht wurde von dem hohen Kragen seines Mantels verdeckt.

Jody trat einen weiteren Schritt vor. »Was erwarten Sie von mir?«

Der Gestank war jetzt stärker. Jody konzentrierte sich auf die Hände des Vampirs, versuchte, irgendeine Bewegung zu erahnen, die sie vor einem Angriff warnen würde. Es gab keine.

»Antworten Sie mir!« donnerte sie. Sie baute sich vor ihm auf und riß ihm den Kragen vom Gesicht weg. Sie sah die glasigen Augen und einen Knochen, der aus dem Hals ragte. Im selben Moment preßte sich eine Hand über ihren Mund, und Jody wurde von den Füßen gerissen.

Sie versuchte, hinter sich zu greifen und ihrem Angreifer das Gesicht zu zerkratzen, aber er riß sie zur Seite. Als sie den Mund zum Schreien öffnete, schoben sich zwei Finger zwischen ihre Lippen. Jody biß zu. Ein Schrei ertönte, und sie war frei.

Sie wirbelte kampfbereit zu ihrem Angreifer herum, seine abgetrennten Finger noch immer in ihrem Mund.

Der Vampir stand vor ihr und hielt sich seine blutende Hand.

»Miststück«, sagte er. Dann grinste er.

Jody schluckte seinen Finger hinunter und fauchte ihn an. »Leck mich, du Arschloch. Komm doch her!« Sie ging in Kauerstellung und winkte ihn heran.

Der Vampir grinste noch immer. »Das Vampirblut hat dich mutig gemacht, Küken. Aber übertreib es nicht.«

Seine Hand hatte aufgehört zu bluten und verschorfte vor Jodys Augen. »Was wollen Sie?« fragte ihn Jody.

Der Vampir blickte zum Himmel auf, der sich rosa verfärbte und mit der Dämmerung drohte.

»Im Moment möchte ich einen Platz zum Schlafen finden«, sagte er, ein wenig zu gelassen. Er riß den Schorf von seinen Fingern und spritzte eine Blutfontäne in Jodys Gesicht. »Bis wir uns wiedersehen, meine Liebste.« Er wirbelte herum und lief über die Straße in eine Gasse.

Jody stand da und schaute ihm hinterher, sie zitterte vom unterdrückten Drang zu kämpfen. Sie drehte sich um und sah auf den Penner: ein simples Ablenkungsmanöver. Sie konnte ihn nicht hier liegen lassen, bis die Polizei ihn fand – nicht so nah beim Loft.

Sie blickte zum heller werdenden Himmel auf, dann warf sie sich den toten Penner über die Schulter und eilte zurück zum Loft.

Tommy lief die Treppe hinauf und stürmte in das Loft, begierig darauf, Jody von seiner Entdeckung zu berichten, daß Simon nicht lesen konnte, aber als er durch die Tür kam, warf ihn ein durchdringender Verwesungsgeruch zurück, wie von einem aufgeblähten, überfahrenen Tier.

Was hat sie denn jetzt wieder angestellt? schoß es ihm durch den Sinn.

Er riß die Fenster auf, um zu lüften, dann ging er zum Schlafzimmer, sorgsam darauf bedacht, die Tür nur gerade so weit zu öffnen, daß er hindurchschlüpfen konnte, ohne

Sonnenlicht hereinzulassen. Der Gestank war hier noch stärker. Tommy würgte, als er das Licht einschaltete.

Jody lag auf dem Bett, die Heizdecke bis unters Kinn gezogen. Getrocknetes Blut hatte sich auf ihrem Gesicht verkrustet. Tommy lief es kalt den Rücken herunter, so stark wie damals, als sein Vater ihn in das Geheimnis der Sportstadien-Hot-Dogs eingeweiht hatte. (»Schnauzen und Arschlöcher«, hatte Dad während eines Baseballspiels gesagt. »Mir läuft es kalt den Rücken herunter«, hatte Tommy erwidert.)

Auf dem Kissen neben Jodys Bett lag ein Zettel. Tommy schlich sich heran und schnappte sich ihn, dann wich er rücklings zur Tür zurück, um ihn zu lesen.

Tommy,
entschuldige bitte, wie ich aussehe. Die Sonne geht gleich auf, und ich will nicht wieder in der Dusche überrascht werden. Ich erkläre dir alles heute abend. Ruf Sears an und laß dir die größte Gefriertruhe liefern, die sie haben. Geld ist in meinem Rucksack.
Du hast mir letzte Nacht gefehlt.

In Liebe,
Jody

Tommy verließ rückwärts das Zimmer.

18. KAPITEL

Willst du mein Sklave sein?

Als Tommy auf dem Futon aufwachte, fühlte er sich so zerschlagen wie nach einer zweitägigen Schlacht. Das Loft war dunkel bis auf das Licht der Straßenlaternen, das durch das Fenster hereindrang. Er konnte Jody im anderen Zimmer duschen hören. In der Küche summte die neue Gefriertruhe. Tommy rollte stöhnend vom Futon herunter. Seine Muskeln knarrten wie rostige Scharniere, und sein Kopf fühlte sich an, als wäre er mit Watte ausgestopft – wie ein leichter Kater –, nicht von den paar Bierchen, die er sich nach der Arbeit mit den Tieren genehmigt hatte, sondern von den verbalen Prügeln, die er von dem Elektrogeräteverkäufer bei Sears hatte einstecken müssen.

Der Verkäufer, ein kugelrundes Sensibelchen namens Lloyd, der den letzten existenten Trainingsanzug des Planeten trug (rauchblau mit marineblauen Streifen), hatte seinen Angriff mit einer fünfminütigen Wehklage über das Verschwinden der Feinrippunterwäsche begonnen (so als könnte eine konzertierte Aktion eines Greenpeace-Teams in weißen Vinylschuhen und Goldketten die Feinrippunterwäsche von der Schwelle der Ausrottung retten), dann stürzte er sich in einen halbstündigen Vortrag über die Tragödien, die all jene armen Seelen trafen, die es versäumten, erweiterte Garantien für ihre Kenmore-Freezemaster abzuschließen. »Und so«, schloß Lloyd, »hat er am Ende nicht nur seine Arbeit, sein Heim und seine Familie verloren, sondern es ist auch die ganze Tiefkühlkost verdorben, die die Kinder im Waisenhaus hätte retten können, und alles nur, weil er siebenundachtzig Dollar sparen wollte.«

»Ich nehme sie«, sagte Tommy. »Ich nehme die längste Garantie, die Sie anbieten.«

Lloyd legte eine väterliche Hand auf Tommys Schulter. »Sie werden es nicht bereuen, Sohn. Ich persönlich halte ja nichts davon, Druck auszuüben, aber die Typen, die diese Garantien nach Lieferung verkaufen, sind wie die Mafia – sie rufen Sie zu jeder Tages- und Nachtzeit an, sie verfolgen Sie, sie spüren Sie überall auf, und sie ruinieren Ihr Leben, wenn Sie nicht nachgeben. Ich habe einmal einem Mann eine Mikrowelle verkauft, der dann neben einem Pferdekopf in seinem Bett aufgewacht ist.«

»Bitte«, flehte Tommy, »ich unterschreibe alles, aber Sie müssen das Teil auf der Stelle liefern. In Ordnung?«

Lloyd schüttelte Tommys Hand, um den Geldstrom in Gang zu setzen. »Willkommen zu einem besseren Leben durch Tiefkühlkost.«

Tommy setzte sich auf dem Futon auf und betrachtete die gigantische Gefriertruhe, die im Zwielicht der Küche summte. Warum? fragte er sich. Warum habe ich die gekauft? Wofür braucht sie die? Ich habe sie noch nicht einmal nach einer Erklärung gefragt, ich habe nur blind ihre Anweisungen befolgt. Ich bin ein Sklave, wie Renfield in *Dracula*. Wie lange noch, bis ich anfange, Käfer zu essen und den Mond anzuheulen?

Er stand auf und ging in Unterwäsche und einer Socke ins Schlafzimmer; der Verwesungsgestank war stark genug, daß Tommy würgen mußte. Es war der Gestank gewesen, der ihn dazu getrieben hatte, lieber auf dem Futon im Wohnzimmer zu schlafen als sich zu Jody ins Bett zu legen. Er war mit Bram Stokers *Dracula* eingeschlafen, den er las, um mehr Verständnis für die Liebe seines Lebens zu erlangen.

Sie ist der Teufel, dachte er bei sich, während er auf den Dampf starrte, der unter der Badezimmertür hervorquoll.

»Jody, bist du das?« fragte er den Dampf. Der Dampf quoll ungerührt weiter hervor.

»Ich bin unter der Dusche«, rief Jody aus der Dusche. »Komm rein.«

Tommy öffnete die Badezimmertür. »Jody, wir müssen uns unterhalten.« Dicke Dampfschwaden füllten das Badezimmer – Tommy konnte kaum die Türen der Duschwand erkennen.

»Mach die Tür zu. Da draußen stinkt es.«

Tommy trat näher an die Dusche. »Ich mache mir Sorgen, wie es gerade mit uns läuft«, erklärte er.

»Hast du die Gefriertruhe gekauft?«

»Ja, und genau die gehört auch zu den Dingen, über die ich mit dir reden möchte.«

»Du hast die größte gekauft, die sie hatten, ja?«

»Ja, und einen zusätzlichen Zehn-Jahres-Garantie- und Servicevertrag.«

»Und es ist eine niedrige Truhe, kein Schrank?«

»Ja, verdammt noch mal, Jody. Aber du hast mir nicht einmal gesagt, warum ich sie kaufen sollte, und ich habe es einfach getan. Seit ich dich kennengelernt habe, ist es so, als hätte ich überhaupt keinen eigenen Willen mehr. Ich habe den ganzen Tag geschlafen. Ich schreibe nicht mehr. Ich bekomme kaum noch das Tageslicht zu sehen.«

»Tommy, du arbeitest von Mitternacht bis acht Uhr morgens. Wann solltest du denn schlafen, deiner Meinung nach?«

»Dreh mir nicht die Worte im Mund herum. Ich werde keine Käfer für dich essen.« Sie ist der Teufel, dachte er bei sich.

»Seifst du mir den Rücken ein?« Sie schob die Duschwand auf, und Tommy starrte fasziniert auf das Wasser, das in Sturzbächen zwischen ihren Brüsten herunterlief. »Nun?« sagte sie und reckte aufreizend eine Hüfte vor.

Tommy streifte seine Unterhose herunter, zog seine Socke aus und stieg in die Dusche. »In Ordnung, aber ich esse keine Käfer.«

Nach einem nackten Sprint durch das Schlafzimmer saßen sie auf dem Futon, trockneten sich ab und betrachteten die neue Gefriertruhe.

»Sie ist ganz schön groß«, bemerkte Jody.

»Ich habe ein Dutzend Tiefkühlmenüs gekauft, damit sie nicht so leer aussieht.«

»Du mußt sie wieder herausnehmen. Leg sie in das Gefrierfach vom Kühlschrank«, sagte Jody.

»Warum? Ich glaube nicht, daß sie da reinpassen.«

»Ich weiß, aber ich habe etwas, das ich in die Gefriertruhe legen muß, und ich denke nicht, daß du deine Tiefkühlmenüs dazulegen möchtest.«

»Zu was?«

»Nun, dir ist doch sicher der Gestank im Schlafzimmer aufgefallen, oder?«

»Dazu wollte ich gerade kommen. Was ist das?«

»Es ist eine Leiche.«

»Du hast jemanden umgebracht? Tommy rutschte von ihr weg auf den Fußboden.

»Nein, ich habe niemanden umgebracht. Laß es mich erklären.«

Sie erzählte ihm von dem Penner – wie sie sich an ihn angeschlichen hatte, weil sie ihn für einen Vampir hielt, und vom Kampf.

»Denkst du, er wollte dich töten?« fragte Tommy.

»Ich glaube nicht. Es ist eher so, als ob er mir seine Überlegenheit oder so was beweisen will. So als wollte er mich auf die Probe stellen.«

»Und du hast ihm die Finger abgebissen?«

»Ich wußte mir nicht anders zu helfen.«

»Wie hat es sich angefühlt?«

»Ehrlich?«

»Natürlich.«

»Es war toll. Es war ein unbeschreiblicher Rausch.«

»Besser als mein Blut zu trinken?«

»Anders.« Tommy kehrte ihr den Rücken zu und schmollte. Jody rutschte zu ihm hinüber und küßte sein Ohr.

»Es war ein Kampf, Tommy. Ich bin nicht gekommen oder so was, aber ich schwöre, ich habe mich stärker gefühlt, nachdem ich ... nachdem ich sie runtergeschluckt hatte.«

»Deshalb warst du also heute morgen, als ich nach Hause kam, ganz blutverschmiert?«

»Ja, es war schon fast Morgengrauen, als ich die Leiche endlich hier oben hatte.«

»Das ist wieder so etwas«, sagte Tommy. »Warum hast du dieses stinkende Ding mit hier rauf gebracht?«

»Die Polizei hat schon eine Leiche beim Motel gefunden, und sie haben meinen Namen. Jetzt stell dir vor, sie finden eine zweite, die auf dieselbe Art getötet wurde, direkt vor unserer Wohnung. Ich denke nicht, daß sie das verstehen würden.«

»Also werden wir das Ding in der Gefriertruhe aufbewahren?«

»Nur bis ich mir überlegt habe, was ich mit ihm mache.«

»Es gefällt mir nicht, wenn du ›ihm‹ sagst.«

»Dann eben, bis ich mir überlegt habe, was ich ›*damit*‹ mache.«

»Da draußen gibt es eine große Bucht.«

»Und wie sollen wir die Leiche dorthin schaffen, ohne gesehen zu werden?«

»Mir fällt schon was ein.«

Jody stand auf, wickelte sich in ein Handtuch und ging

zurück ins Schlafzimmer. »Ich werde sie jetzt in die Gefriertruhe packen; du solltest besser deine Tiefkühlmenüs umquartieren.« An der Tür blieb sie stehen. »Und ich habe keine sauberen Klamotten mehr. Du wirst ins Waschcenter gehen müssen.«

»Warum gehst du nicht selbst?«

Jody musterte ihn ernst. »Tommy, du weißt doch, daß ich bei Tag nicht raus kann.«

»O nein«, gab Tommy zurück. »Komm mir nicht wieder damit! Ich kenne kein einziges Waschcenter, das nicht die ganze Nacht über geöffnet hat. Außerdem kann ich nicht dein Vollzeitsklave sein. Ich brauche Zeit zum Schreiben. Und vielleicht bekomme ich bald einen Schüler.«

»Was für einen Schüler?«

»Ein Typ von der Arbeit – Simon – er kann nicht lesen. Ich werde ihm anbieten, es ihm beizubringen.«

»Das ist süß von dir«, sagte Jody. Sie schüttelte ihr Haar aus, ließ ihr Handtuch auf den Boden fallen und warf sich in eine Playmate-Pose. »Bist du sicher, daß du nicht die Wäsche übernehmen willst?«

»Kommt nicht in Frage. Du hast keine Macht über mich.«

»Bist du sicher?« Sie leckte sich sinnlich die Lippen. »Unter der Dusche hast du noch ganz anders geredet.«

Ich werde ihrer bösen Macht widerstehen, schwor Tommy sich. Ich werde nicht nachgeben. Er stand auf und machte sich daran, seine Klamotten zusammenzusammeln. »Mußt du dich nicht um eine Leiche kümmern?«

»Also gut«, gab Jody zurück. »Ich werde die Wäsche waschen, während du heute nacht arbeitest.« Sie drehte sich um und ging ins Schlafzimmer.

»Gut. Ich bin hier draußen und suche nach leckeren Käfern«, murmelte Tommy.

Um Mitternacht schlurfte Jody die Treppe hinunter, auf dem Rücken eine Mülltonne voll schmutziger Wäsche. Als sie auf den Bürgersteig hinaustrat und sich umdrehte, um die Tür abzuschließen, wurde ihr bewußt, daß sie nicht die leiseste Ahnung hatte, wo sie in dieser Gegend ein Waschcenter finden würde. Das stählerne Rolltor der Gießerei war offen. Drinnen machten die beiden vierschrötigen Bildhauer eine mannsgroße Gipsform zum Gießen bereit. Jody überlegte, die beiden nach dem Weg zu fragen, hielt es dann aber doch für ratsamer, abzuwarten und sie kennenzulernen, wenn Tommy bei ihr war. Das Innere der Gießerei war glühendrot von der Hitze der geschmolzenen Bronze im Schmelztiegel, so daß es für Jodys wärmeempfindliche Sicht wie die Werkstatt der Hölle anmutete.

Jody stand einen Moment da und beobachtete die Hitzewellen, die über der Tür hervorquollen und sich dann in wirbelnden Paisleymustern am Nachthimmel auflösten wie sterbende Geister. Sie wünschte von ganzem Herzen, sie könnte sich zu jemandem umdrehen und dieses Erlebnis teilen, aber natürlich war da niemand. Und wenn da jemand gewesen wäre, dann hätte er nicht sehen können, was Jody sah.

Unter den Blinden kann der Einäugige ziemlich einsam sein, ging es ihr durch den Kopf.

Sie seufzte tief und machte sich in Richtung Market Street auf, als sie das laute Stakkato-Klacken von Zehennägeln hinter sich hörte. Sie ließ die Wäsche fallen und wirbelte herum. Ein Boston Terrier knurrte und nieste sie an, dann wich er einige Schritte zurück und bekam einen Kläffanfall, der an Hunde-Apoplexie grenzte. Seine Glupschaugen drohten ihm aus dem Schädel zu fallen.

»Bummer, hör auf damit!« rief eine Stimme von der Ecke.

Jody schaute hoch und sah einen weißhaarigen alten

Mann auf sich zukommen. Er trug einen Topf auf dem Kopf und hielt ein spitzes Holzschwert in der Hand. Ein Golden Retriever trottete neben ihm her – auch er trug einen Topf auf dem Kopf, und um seinen Leib waren zwei Mülltonnendeckel geschnallt, je einer auf einer Seite. Er sah aus wie ein kompaktes, pelziges Wikingerschiff.

»Bummer, komm her!«

Der kleine Hund wich noch ein paar Schritte zurück, dann drehte er sich um und lief zu dem Mann. Jody bemerkte, daß der kleine Hund eine Tortenbodenform über seinen Ohren trug, die von einem Gummiband gehalten wurde.

Der alte Mann hob den Terrier mit seiner freien Hand hoch und trat zu Jody. »Es tut mir leid«, sagte er. »Die Soldaten sind für die Schlacht gegürtet, doch ich fürchte, manchmal sind sie ein wenig übereifrig in ihrem Tatendrang. Ist Ihnen was passiert?«

Jody lächelte. »Mir geht es gut. Ich bin nur etwas erschrocken.«

Der alte Mann verbeugte sich. »Erlauben Sie mir, mich vorzustellen ...«

»Sie sind der Kaiser, nicht wahr?« Jody lebte seit fünf Jahren in der Stadt. Sie hatte vom Kaiser gehört, aber bis jetzt hatte sie ihn immer nur aus der Ferne gesehen.

»Zu Ihren Diensten«, sagte der Kaiser. Der Terrier knurrte argwöhnisch, und der Kaiser stopfte den kleinen Hund kopfüber in die übergroße Tasche seines Mantels, dann knöpfte er sie zu. Gedämpftes Knurren drang aus der Tasche.

»Ich muß mich für meinen kleinen Kameraden entschuldigen. Es mangelt ihm nicht an Mut, aber manchmal an Manieren. Das hier ist Lazarus.«

Jody nickte dem Retriever zu, der ein kehliges Knurren ausstieß und einen Schritt zurückwich, wobei seine Mülltonnendeckel auf dem Bürgersteig schepperten.

»Hallo. Ich bin Jody. Freut mich, Sie kennenzulernen.«

»Ich hoffe, Sie werden mir meine Vermessenheit verzeihen«, sagte der Kaiser, »aber ich denke nicht, daß es für eine junge Frau sicher ist, nachts allein auf der Straße zu sein. Besonders in dieser Gegend.«

»Warum gerade in dieser Gegend?«

Der Kaiser trat dichter an sie heran und flüsterte. »Es dürfte Ihnen zweifellos aufgefallen sein, daß die Mannen und ich für die Schlacht gerüstet sind. Wir jagen einen gemeinen, mordenden Unhold, der in der Stadt sein Unwesen treibt. Ich möchte Ihnen keine unnötige Angst machen, aber das letzte Mal haben wir ihn in ebendieser Straße gesehen. Um genau zu sein, hat er vor nicht einmal zwei Nächten einen Freund von mir direkt dort auf der gegenüberliegenden Straßenseite getötet.«

»Sie haben ihn gesehen?« fragte Jody. »Haben Sie die Polizei gerufen?«

»Die Polizei ist in diesem Fall keine Hilfe«, erklärte der Kaiser. »Wir haben es hier nicht mit einem der üblichen Wald-und-Wiesen-Schurken zu tun, an die wir in dieser Stadt gewöhnt sind. Er ist ein Vampir.« Der Kaiser hob sein Holzschwert und prüfte die Spitze mit seinem Finger.

Jody war entsetzt. Sie rang nach Fassung, aber auf ihrem Gesicht zeigte sich ihre Furcht.

»Jetzt habe ich Ihnen angst gemacht«, sagte der Kaiser.

»Nein ... nein, mit mir ist alles in Ordnung. Es ist nur ... Euer Majestät, es gibt keine Vampire.«

»Ganz wie Sie wollen«, erwiderte der Kaiser. »Doch ich halte es für ratsam, daß Sie Ihre Erledigungen verschieben, bis es wieder hell ist.«

»Ich muß meine Wäsche waschen, sonst habe ich morgen nichts Sauberes zum Anziehen.«

»Dann lassen Sie uns Ihre Eskorte sein.«

»Nein, wirklich, Euer Majestät, ich komme schon zurecht. Aber wo wir gerade dabei sind, wo ist denn das nächste Waschcenter?«

»Es gibt eins nicht weit von hier, aber es ist in Tenderloin. Selbst während des Tages wären Sie dort allein nicht sicher. Ich muß wirklich darauf bestehen, daß Sie warten, bis es hell ist, meine Liebe. Vielleicht haben wir bis dahin den Unhold schon vernichtet.«

»Nun«, sagte Jody, »wenn Sie unbedingt darauf bestehen. Ich wohne hier in diesem Haus.« Sie angelte den Schlüssel aus ihrer Jeans und öffnete die Tür. Dann wandte sie sich wieder zum Kaiser. »Vielen Dank.«

»Sicherheit geht vor«, erklärte der Kaiser. »Schlafen Sie gut.« Der kleine Hund in seiner Tasche knurrte.

Jody ging ins Haus und schloß die Tür, dann wartete sie, bis sie den Kaiser weggehen hörte. Sie wartete noch weitere fünf Minuten, bevor sie wieder hinaus auf die Straße trat.

Sie schulterte ihren Wäschebeutel und machte sich in Richtung Tenderloin auf, während sie dachte: Das ist ja toll. Wie lange wird es wohl noch dauern, bis die Polizei auf den Kaiser hört? Tommy und ich werden umziehen müssen, und dabei haben wir uns noch nicht einmal eingerichtet! Und ich hasse Wäschewaschen. Ich hasse es! Ich werde unsere Wäsche künftig in die Reinigung geben, wenn Tommy das nicht übernimmt. Und wir werden uns eine Putzfrau zulegen – irgendeine nette, zuverlässige Frau, die bereit ist, nach Sonnenuntergang zu kommen. Und ich kaufe kein Klopapier! Ich brauche es nicht, und ich werde es auch nicht kaufen. Und es muß etwas wegen dieses beschissenen Vampirs unternommen werden. Gott, wie ich Wäschewaschen hasse!

Sie war zwei Blocks gegangen, als ein Mann aus einem Hauseingang trat und ihr den Weg verstellte. »He, Momma, du brauchst wohl Hilfe.«

Sie wirbelte herum und brüllte mit solcher Bösartigkeit:

»Leck mich am Arsch, du Saftsack!«, daß der Mann mit einem Aufschrei zurück in den Hauseingang sprang und ihr dann ein klägliches »'tschuldigung!« nachrief, als sie vorbeiging.

Ich sortiere nicht vor, wütete Jody im stillen weiter. Es geht alles in die 30-Grad-Wäsche. Ist mir doch egal, ob die weißen Sachen grau werden; ich sortiere jedenfalls nicht vor. Und woher soll ich wissen, wie man Blutflecke herausbekommt? Wer bin ich denn? Miss Haushaltstips? Gott, ich hasse Wäschewaschen!

Die Kleidungsstücke tummelten sich spielend umeinander wie Stoffdelphine. Jody hockte auf einem Klapptisch gegenüber des Trockners, sah sich die Show an und dachte über die Warnung des Kaisers nach. Er hatte gesagt: »Ich denke nicht, daß es für eine junge Frau sicher ist, nachts allein auf der Straße zu sein.« Jody konnte ihm da nur beipflichten. Vor gar nicht allzulanger Zeit hätte sie Todesängste ausgestanden, wenn sie des nachts allein in Tenderloin gewesen wäre. Sie konnte sich noch nicht einmal daran erinnern, je bei Tag hier durchgekommen zu sein. Wo war diese Angst hin? Was war mit ihr passiert, daß sie sich einem Duell mit einem Vampir stellen, ihm die Finger abbeißen und eine Leiche eine Treppe hinauftragen und unter das Bett stopfen konnte, ohne mit der Wimper zu zucken? Wo waren die Angst und die Abscheu hin? Jody konnte nicht sagen, daß sie ihr fehlten, sie fragte sich nur, was damit passiert war.

Es war ja nicht so, als ob sie überhaupt keine Angst mehr hätte. Sie hatte Angst vor dem Tageslicht, Angst davor, daß die Polizei ihr auf die Schliche kam, und davor, daß Tommy sie zurückwies und verließ. Neue Ängste und vertraute Ängste, aber die Dunkelheit machte ihr keine Angst mehr, nicht die Zukunft, und noch nicht einmal der alte Vampir

– und nachdem sie sein Blut geschmeckt hatte, wußte sie jetzt, daß er sehr, sehr alt war. Sie betrachtete ihn als ihren Feind, und ihr Verstand schmiedete Pläne, um ihn zu besiegen, aber sie hatte keine wirkliche Angst mehr vor ihm: Sie war neugierig, aber sie hatte keine Angst.

Der Trockner blieb stehen – die Stoffdelphine fielen herunter und starben, als hätten sie sich in Thunfischnetzen verfangen. Jody sprang vom Tisch, machte die Luke auf und befühlte die Wäsche, um zu sehen, ob sie noch klamm war. In dem Moment hörte sie Schritte auf dem Bürgersteig vor dem Waschcenter. Sie drehte sich um und sah den hochgewachsenen Schwarzen, den sie zurück in den Hauseingang gescheucht hatte, ins Waschcenter kommen, gefolgt von zwei kleineren Männern. Alle drei trugen silberne L.A.Raiders-Jacken, Basketballstiefel und hatten ein fieses Grinsen im Gesicht.

Jody drehte sich wieder zum Trockner um und fing an, ihre nasse Wäsche in die Mülltüte zurückzustopfen. Ich sollte sie zusammenfalten, dachte sie.

»He, Fotze«, sagte der hochgewachsene Mann.

Jody sah zur Rückwand des Waschcenters, aber die einzige Tür war vorne, hinter den drei Männern. Jody drehte sich um und blickte zu ihnen hoch. »Ihr seid Fans von den Raiders?« sagte sie lächelnd. Sie spürte den Druck in ihrer Gaumenplatte: Ihre Reißzähne wuchsen.

Die drei Männer trennten sich und bewegten sich um den Klapptisch, um Jody zu umzingeln. In einem anderen Leben wäre dies ihr schlimmster Alptraum gewesen. In diesem Leben lächelte sie nur, als zwei der Männer von hinten ihre Arme packten.

Sie sah Schweißperlen auf der Stirn des hochgewachsenen Mannes, als er sich ihr näherte und die Hand ausstreckte, um ihr die Bluse herunterzufetzen. Jody riß ihren rechten Arm los und packte das Handgelenk des hochgewachsenen Mannes, gerade als die Schweißperlen herunterzulaufen begannen. Sie brach seinen Arm, und Knochensplitter bohrten sich durch Haut und Muskel, während sie ihn mit dem Kopf voran durch die Glasluke des Trockners schleuderte. Sie griff über ihre Schulter, packte einen der Raider-Fans bei den Haaren und ließ sein Gesicht auf den Boden krachen, dann wirbelte sie zu ihrem letzten Angreifer herum und rammte ihn gegen die Kante des Klapptisches, so daß sein Rückgrat direkt oberhalb der Hüften brach und er rücklings über die Reihe von Waschmaschinen segelte.

Begleitet vom Summen der Neonröhren und dem Stöhnen des Mannes mit dem gebrochenen Rückgrat, verstaute Jody den Rest ihrer Wäsche in der Mülltüte. Die Klamotten werden ganz zerknittert sein, wenn ich nach Hause komme, überlegte sie. Nächstes Mal soll Tommy die Wäsche machen.

Als sie die Tür erreichte, fuhr sie sich mit der Zunge über ihre Zähne und stellte zu ihrer Erleichterung fest, daß die Reißzähne sich zurückgezogen hatten. Sie blickte über ihre Schulter auf das Schlachtfeld und brüllte: »Hoch leben die Forty-Niners!« Der Mann mit dem gebrochenen Rückgrat stöhnte.

19. KAPITEL

Vampirversuche

Die ersten paar Wochen war es Tommy nicht wohl dabei, einen Toten in der Gefriertruhe zu haben, aber nach einer Weile wurde der Tote zu einem festen Bestandteil der Wohnung, ein vertrautes, überfrostetes Gesicht bei jedem Tiefkühlmenü. Tommy gab ihm den Namen Peary, nach einem arktischen Entdecker.

Während des Tages, nachdem er von der Arbeit nach Hause gekommen war und bevor er zu Jody ins Bett stieg, tigerte Tommy im Loft herum und sprach zuerst mit sich selbst, dann, nachdem er sich an den Gedanken gewöhnt hatte, mit Peary.

»Weißt du, Peary«, sagte Tommy eines Morgens, nachdem er zwei Seiten einer Kurzgeschichte in seine Schreibmaschine gehackt hatte, »es fällt mir schwer, meine Stimme in dieser Geschichte zu finden. Wenn ich über ein kleines Farmermädchen in Georgia schreibe, das barfuß auf einem Feldweg zur Schule geht, dann klinge ich wie Harper Lee, aber wenn ich über ihren armen Vater schreibe, der zu Unrecht im Zuchthaus sitzt, weil er Brot für seine Familie gestohlen hat, dann klinge ich ein bißchen wie Mark Twain. Und wenn das kleine Mädchen heranwächst und ein Mafia-Don wird, verfalle ich mehr in einen Sydney-Collins-Krantz-Stil. Was soll ich bloß tun?«

Peary, ausgestreckt in seiner geschlossenen und dunklen Truhe, antwortete nicht.

»Und wie soll ich mich auf Literatur konzentrieren, wenn ich all diese Vampirbücher für Jody lese? Sie versteht nicht, daß ein Schriftsteller eine seltene Blume ist – daß ich nicht wie die anderen bin. Ich sage ja nicht, daß ich anderen Menschen überlegen bin, nur sensibler, vermute ich. Und ist dir aufgefallen, daß sie nie den Einkauf übernimmt? Was macht sie denn die ganze Nacht über, wenn ich auf der Arbeit bin?«

Tommy gab sich wirklich alle Mühe, Jodys Lage zu verstehen, und hatte sogar eine Reihe von Experimenten ersonnen, mit deren Hilfe er die Grenzen ihrer neuen Lage zu ergründen hoffte. Am Abend, wenn sie aufgewacht waren und nachdem sie zusammen geduscht und sich ein-, zweimal geliebt hatten, begann die wissenschaftliche Versuchsreihe.

»Mach schon, Schatz, versuch's wenigstens«, sagte Tommy, kurz nachdem er *Dracula* gelesen hatte.

»Ich versuch's ja«, gab Jody zurück. »Aber ich weiß nicht, was ich versuchen soll!«

»Konzentrier dich«, sagte Tommy. »Pressen.«

»Was meinst du mit ›pressen‹? Ich gebäre hier nicht, Tommy. Wo soll ich denn pressen?«

»Versuch, dir Fell wachsen zu lassen. Versuch, deine Arme in Flügel zu verwandeln.«

Jody schloß die Augen und konzentrierte sich – strengte sich so an, daß Tommy zu sehen vermeinte, wie ihr Gesicht etwas Farbe bekam.

»Das ist lächerlich«, sagte sie schließlich. Und es wurde entschieden, daß Jody sich nicht in eine Fledermaus verwandeln konnte.

»Nebel«, sagte Tommy. »Versuch, dich in Nebel zu verwandeln. Wenn du mal deinen Schlüssel vergißt, kannst du einfach unter der Tür hindurchwabern.«

»Es funktioniert nicht.«

»Versuch's weiter. Du weißt doch, wie sich dein Haar im Abfluß der Dusche sammelt, oder? Nun, wenn der Abfluß verstopft, kannst du einfach hinunterwabern und den Klumpen rausholen.«

»Na, wenn das kein Anreiz ist.«

»Versuch's doch mal!«

Sie versuchte es und versagte, und am nächsten Tag brachte Tommy statt dessen Abflußreiniger aus dem Supermarkt mit nach Hause.

»Aber ich könnte mit dir in den Park gehen und eine Frisbee-Scheibe für dich werfen.«

»Ich weiß, aber ich kann es nicht.«

»Ich würde dir auch jede Menge Gummiknochen kaufen – sogar eine Quietsche-Ente, wenn du möchtest.«

»Tut mir leid, Tommy, aber ich kann mich wirklich nicht in einen Wolf verwandeln.«

»Im Buch kann Dracula kopfüber die Burgmauer hinunterklettern.«

»Wie schön für ihn.«

»Du könntest es an unserem Haus versuchen. Es sind nur drei Stockwerke.«

»Da kann man immer noch ganz schön tief fallen.«

»Du wirst nicht runterfallen. Im Buch fällt er auch nicht runter.«

»Aber im Buch fliegt er auch, oder nicht?«

»Ja.«

»Und das haben wir schon versucht, oder?«

»Nun, ja.«

»Dann würde ich sagen, das Buch ist Fiktion, würdest du mir da nicht zustimmen?«

»Laß uns was anderes versuchen; ich hole die Liste.«

»Gedankenlesen. Projiziere deine Gedanken in meinen Verstand.«

»In Ordnung, ich projiziere. Was denke ich?«

»Das kann ich an deinem Gesicht ablesen.«

»Du könntest dich irren. Was denke ich?«

»Ich soll aufhören, dir mit diesen Experimenten auf den Geist zu gehen.«

»Und?«

»Du möchtest, daß ich die Wäsche wasche.«

»Und?«

»Mehr empfange ich nicht.«

»Du solltest aufhören, mich mit Knoblauch einzureiben, während ich schlafe.«

»Du kannst Gedanken lesen!«

»Nein, Tommy, aber als ich heute abend aufgewacht bin, habe ich wie eine Pizzeria gerochen. Hände weg vom Knoblauch!«

»Du weißt also nichts von den Kruzifixen?«

»Du hast mich mit einem Kruzifix berührt?«

»Du warst nicht in Gefahr. Ich hatte einen Feuerlöscher bei mir, für den Fall, daß du in Flammen aufgegangen wärst.«

»Ich finde es nicht nett, daß du Experimente mit mir machst, während ich schlafe. Wie würdest du es finden, wenn ich dich mit irgendwelchem Zeug einreiben würde, während du schläfst?«

»Nun, kommt darauf an. Was schwebt dir denn so vor?«

»Faß mich einfach nicht mehr an, während ich schlafe, in Ordnung? Eine Beziehung beruht auf gegenseitigem Vertrauen und Respekt.«

»Dann kann ich den Hammer und den Pflock wohl abhaken, oder?«

»Tommy!«

»K-Mart hatte Hammer im Sonderangebot. Du hast dich gefragt, ob du unsterblich wärst. Ich hätte es nicht ausprobiert, ohne dich vorher zu fragen.«

»Was meinst du, wie lange wird es wohl dauern, bevor du vergißt, wie Sex ist?«

»Tut mir leid, Jody. Ehrlich.«

Die Frage der Unsterblichkeit ließ Jody tatsächlich nicht los. Der alte Vampir hatte gesagt, sie könnte getötet werden, aber es war nicht gerade einfach, das auszuprobieren. Natürlich war es Tommy – nach einer langen Unterhaltung mit Peary, um nicht an seiner Geschichte über das kleine Südstaaten-Mädchen schreiben zu müssen –, dem schließlich ein Versuch einfiel.

Und so erwachte Jody eines Abends im Badezimmer, während Tommy gerade vollauf damit beschäftigt war, Eiswürfel aus einer Schale in die altmodische Badewanne zu füllen.

»In der Highschool war ich mal einen Sommer lang Rettungsschwimmer«, erklärte er.

»Und?«

»Ich mußte Wiederbelebungsmaßnahmen lernen. Ich habe den halben Sommer damit zugebracht, vollgepißtes Swimmingpool-Wasser aus erschöpften Neunjährigen zu pumpen.«

»Und?«

»Ertrinken.«

»Ertrinken?«

»Ja, wir ertränken dich. Wenn du unsterblich bist, kann dir nichts passieren. Wenn nicht, wird dich das kalte Wasser frisch halten, und ich kann dich wiederbeleben. Auf Peary stapeln sich noch gut dreißig Schalen mit Eiswürfeln. Könntest du ein paar holen?«

»Tommy, ich weiß nicht, ob wir das tun sollten.«

»Du willst es doch wissen, oder nicht?«

»Aber eine Wanne mit Eiswasser?«

»Ich bin alle Möglichkeiten durchgegangen – Pistolen, Messer, eine Spritze mit Kaliumnitrat. Das hier ist die einzige Methode, die fehlschlagen kann, ohne dich wirklich umzubringen. Ich weiß, daß du es wissen willst, aber ich will dich dabei nicht verlieren.«

Jody war gerührt. »Das ist das Netteste, was je jemand zu mir gesagt hat.«

»Nun, du würdest mich ja auch nicht umbringen wollen, oder?« Tommy war ein wenig besorgt darüber, daß Jody alle vier Tage sein Blut trank. Nicht daß er sich krank oder schwach fühlte; ganz im Gegenteil, jedesmal wenn sie ihn biß, war er energiegeladener, stärker, wie es schien. Im Supermarkt konnte er zweimal so viele Kartons ausladen, und sein Verstand schien schärfer, reger. Er kam gut mit seiner Geschichte voran. Langsam freute er sich darauf, gebissen zu werden.

»Na, dann komm schon«, sagte er. »In die Wanne mit dir.«

Jody trug ein Seidennachthemd, das sie zu Boden gleiten ließ. »Du bist sicher, wenn's nicht klappt ...«

»Dir wird nichts passieren.«

Sie ergriff seine Hand. »Ich vertraue dir.«

»Ich weiß. Und jetzt in die Wanne mit dir.«

Jody stieg in das kalte Wasser. »Es ist recht kühl«, bemerkte sie.

»Ich dachte nicht, daß du es fühlen könntest.«

»Ich kann Temperaturschwankungen fühlen, aber sie machen mir nichts aus.«

»Damit werden wir als nächstes experimentieren. Tauch unter.«

Jody legte sich in die Wanne, ihr Haar ausgebreitet auf dem Wasser wie scharlachroter Seetang.

Tommy sah auf seine Uhr. »Nachdem du untergetaucht bist, darfst du nicht die Luft anhalten. Es wird schwer sein, aber saug das Wasser in deine Lunge. Ich lasse dich vier Minuten drin, dann hole ich dich wieder raus.«

Jody atmete ein paarmal tief durch und sah ihn dabei an. Panik blitzte in ihren Augen. Tommy beugte sich herunter und küßte sie. »Ich liebe dich«, sagte er.

»Wirklich?«

»Natürlich.« Er drückte ihren Kopf unter Wasser.

Sie kam wieder hoch. »Ich dich auch«, sagte sie. Dann tauchte sie wieder unter.

Sie versuchte, das Wasser einzuatmen, aber ihre Lunge weigerte sich, und so hielt Jody einfach die Luft an. Vier Minuten später packte Tommy sie unter den Achselhöhlen und zog sie hoch.

»Ich hab's nicht getan«, sagte sie.

»Himmel, Jody, ich schaff das nicht noch mal.«

»Ich habe die Luft angehalten.«

»Vier Minuten lang?«

»Ich glaube, ich hätte es stundenlang gekonnt.«

»Versuch's noch mal. Du mußt das Wasser einatmen, sonst wird du nie sterben.«

»Vielen Dank, Trainer.«

»Bitte schön.«

Sie tauchte ab und atmete einmal tief durch, noch bevor sie darüber nachdenken konnte. Sie lauschte auf das Klirren der Eiswürfel an der Oberfläche und beobachtete das Badezimmerlicht, das sich durch das Wasser brach, gelegentlich durchbrochen von Tommys Gesicht, wenn er zu ihr herunterschaute. Da war keine Panik, kein Ersticken – Jody verspürte nicht einmal die Klaustrophobie, die sie erwartet hatte. Um ehrlich zu sein, war es sogar recht angenehm.

Tommy zog sie hoch, und sie hustete kräftig Wasser aus, dann fing sie wieder an, normal zu atmen.

»Bist du in Ordnung?«

»Mir geht's gut.«

»Du bist wirklich ertrunken!«

»So schlimm war es nicht.«

»Versuch's noch mal.«

Diesmal ließ Tommy sie zehn Minuten unter Wasser, bevor er sie wieder hochzog.

Nachdem der Husten vorüber war, sagte sie: »Ich vermute, das war's.«

»Hast du den langen Tunnel mit dem Licht am Ende gesehen? Alle deine verstorbenen Verwandten, die auf dich warten? Die feurigen Tore der Hölle?«

»Nö, nur Eiswürfel.«

Tommy drehte sich um und ließ sich auf die Badezimmermatte plumpsen, den Rücken zur Wanne. »Ich komme mir vor, als wäre ich es, der gerade ertrunken ist!«

»Ich fühle mich phantastisch.«

»Das wäre es dann wohl, denke ich. Du bist unsterblich.«

»Vermutlich. Soweit wir es überprüfen können. Kann ich jetzt aus der Wanne raus?«

»Klar.« Er reichte ihr über die Schulter ein Handtuch. »Jody, wirst du mich verlassen, wenn ich alt werde?«

»Du bist neunzehn.«

»Ja, aber nächstes Jahr werde ich zwanzig sein, dann einundzwanzig; dann werde ich pürierte Brechbohnen essen und mich vollsabbern und dich alle fünf Sekunden nach deinem Namen fragen, und du wirst sechsundzwanzig und knackig sein, und du wirst mich jedesmal hassen, wenn du meine Inkontinenz-Windeln wechseln mußt.«

»Was für eine erhebende Vorstellung!«

»Nun, du wirst es hassen, stimmt's?«

»Gehen dir da nicht ein wenig die Pferde durch? Deine Blasenkontrolle ist klasse; ich habe dich sechs Bier trinken sehen, ohne daß du einmal aufs Klo mußtest.«

»Sicher, jetzt, aber ...«

»Hör zu, Tommy, könntest du das Ganze mal von meinem Standpunkt aus betrachten? Es ist auch das erste Mal, daß ich mir wirklich Gedanken darüber machen muß. Ist dir klar, daß ich niemals blaue Haare haben und mit kleinen Trippelschritten gehen werde? Ich werde niemals immer ganz langsam und vorsichtig fahren und stundenlang über meine Wehwehchen klagen. Ich werde niemals zu Denny's gehen und all die Gratis-Marmeladedöschen klauen und sie in meiner riesigen Handtasche hamstern.«

Tommy sah sie an. »Darauf hast du dich gefreut?«

»Darum geht es nicht, Tommy. Ich mag unsterblich sein, aber ich habe einen großen Teil meines Lebens verloren. Wie zum Beispiel Pommes Frites. Es fehlt mir, Pommes Frites zu essen. Ich bin Irin, mußt du wissen. Seit der großen Hungersnot werden die Angehörigen meines Volkes nervös, wenn sie nicht alle paar Tage Fritten essen. Hast du darüber mal nachgedacht?«

»Nein, hab ich nicht.«

»Ich weiß nicht einmal, was ich bin. Ich weiß nicht, warum ich hier bin. Ich wurde von irgendeiner geheimnisvollen Kreatur erschaffen, und ich habe nicht die leiseste Ahnung, warum oder was er von mir will oder was ich tun soll. Ich weiß nur, daß er auf eine Weise in meinem Leben herumpfuscht, die ich nicht verstehe. Hast du auch nur die leiseste Vorstellung, wie das ist?«

»Um ehrlich zu sein, ich weiß genau, wie das ist.«

»Wirklich?«

»Natürlich, jeder tut das. Wo wir gerade dabei sind, der Kaiser hat mir erzählt, daß sie heute eine weitere Leiche gefunden haben. In einem Waschcenter in Tenderloin. Gebrochenes Genick und kein Tropfen Blut mehr.«

20. KAPITEL

Engel

Wäre Inspector Alphonse Rivera ein Vogel gewesen, dann wäre er eine Krähe. Er war schlank und dunkel, mit markanten Zügen und schwarzen Augen, in denen Argwohn und Tücke funkelten. Dank seines krähengleichen Aussehens durfte er bei verdeckten Ermittlungen immer wieder die Rolle von Koks-Dealern übernehmen. Mal als Kubaner, mal als Mexikaner und einmal als Kolumbianer war er öfter Mercedes gefahren und hatte mehr Armani-Anzüge getragen als die meisten echten Drogenhändler, aber nach zwanzig Jahren bei der Drogenkommission, bei drei verschiedenen Einheiten, war er zum Morddezernat gewechselt mit der Behauptung, er müsse endlich mit einer besseren Klasse von Menschen arbeiten – nämlich den toten.

O die Freuden des Morddezernats! Simple Verbrechen der Leidenschaft, die meisten binnen achtundvierzig Stunden aufgeklärt oder auf immer ungelöst. Keine verdeckten Operationen, keine Koffer voller Steuerzahlergeld, keine Verkleidungen, nur einfache Schlußfolgerungen – manche von ihnen sehr einfach: eine tote Frau in der Küche; ein betrunkener Ehemann mit einer rauchenden Achtunddreißiger in der Diele; und Rivera, in seinem billigen italienischen Anzug von der Stange, würde dem frischgebackenen Witwer sanft die Waffe abnehmen, während dieser nur immer wieder und wieder »Leber und Zwiebeln« murmelte. Eine Leiche, ein Verdächtiger, eine Tatwaffe und ein Motiv: Fall gelöst und weiter zum nächsten, sauber und schnell. Bis jetzt.

Wenn man mein Glück auf Flaschen ziehen könnte,

würde es als chemischer Kampfstoff eingestuft, dachte Rivera verbittert. Er las abermals den Bericht des Rechtsmediziners. »Todesursache: Bruch des fünften und sechsten Wirbels (gebrochenes Genick). Der Tote hat große Mengen Blut verloren – keine sichtbaren Verletzungen.« Für sich genommen war es ein einzigartig nichtssagender Bericht, aber er stand nicht allein. Es war die zweite Leiche innerhalb eines Monats, die einen hohen Blutverlust ohne sichtbare Verletzungen aufwies.

Rivera blickte über den Schreibtisch zu seinem Partner, Nick Cavuto, der eine Kopie des Berichtes las.

»Was hältst du davon?« fragte Rivera.

Cavuto kaute an einer unangezündeten Zigarre. Er war ein vierschrötiger, kahl werdender, baßstimmiger Cop der dritten Generation – sechs Grade härter als sein Vater und Großvater, da er schwul war. »Ich denke, wenn du noch ausstehenden Urlaub hast, dann solltest du ihn jetzt nehmen«, sagte er.

»Also sind wir am Arsch.«

»Ist noch zu früh, um am Arsch zu sein. Ich würde sagen, wir haben gerade einen sabberigen Zungenkuß bekommen und arbeiten uns langsam nach unten vor.«

Rivera schmunzelte. Er mochte es, daß Cavuto alles so klingen ließ, als ob es aus einem Bogart-Film stammte. Der ganze Stolz des bärigen Detectives war eine komplette Sammlung signierter Erstausgaben von Dashiell Hammetts Romanen. »Wo sind die Zeiten hin, als Polizeiarbeit noch mit einer 38er und einem Totschläger erledigt wurde?« war Cavutos Lieblingsspruch. »Computer sind für Schlappschwänze.«

Rivera wandte sich wieder dem Bericht zu. »Sieht so aus, als wäre der Typ sowieso in einem Monat tot gewesen: ein zehn Zentimeter großer Tumor an der Leber. Bösartige Geschwulst von der Größe einer Grapefruit.«

Cavuto schob die Zigarre in den anderen Mundwinkel. »Die Alte am Van Ness Motel stand auch kurz davor, den Löffel abzugeben. Fortgeschrittene Verkalkung der Herzkranzgefäße. Zu schwach für einen Bypass. Sie hat Nitropillen gefuttert, als wären es Smarties.«

»Der Euthanasie-Killer«, bemerkte Rivera.

»Dann gehen wir also davon aus, daß es sich um denselben Täter handelt?«

»Was immer du sagst, Nick.«

»Zwei Morde mit demselben Modus operandi und kein Motiv. Mir gefällt nicht einmal, wie sich das anhört.« Cavuto massierte sich die Schläfen, so als wolle er die Anspannung aus seinen Tränenkanälen melken. »Du warst während der Night-Stalker-Morde in San Junipero. Wir konnten damals nicht einmal zum Pinkeln gehen, ohne über einen Reporter zu stolpern. Ich schlage deshalb vor, wir behalten die Sache hübsch für uns. Soweit es die Zeitungen betrifft, wurden die Opfer ausgeraubt. Keine Verbindung.«

Rivera nickte. »Ich brauch 'ne Zigarette. Nehmen wir uns doch mal diese Typen vor, die vor zwei Wochen in dem Waschcenter überfallen wurden. Vielleicht besteht da eine Verbindung.«

Cavuto stemmte sich aus seinem Stuhl hoch und griff sich seinen Hut vom Schreibtisch. »Wer dafür gestimmt hat, daß das Revier rauchfreie Zone wird, gehört standrechtlich erschossen.«

»Ist das nicht eine Initiative des Präsidenten gewesen?«

»Dann erst recht. Dieser Schlappschwanz.«

Tommy starrte an die Decke und rang nach Luft, während er sich gleichzeitig bemühte, seinen rechten Fuß aus einem hoffnungslosen Gewirr von Laken zu befreien. Jody strich mit ihrem Finger über seine schweißgebadete Brust.

»Du schwitzt nicht mehr, oder?« fragte er.

»Anscheinend nicht.«

»Und du bist noch nicht einmal außer Atem. Mache ich etwas falsch?«

»Nein, es war toll. Ich gerate nur außer Atem, wenn … wenn ich …«

»Wenn du mich beißt.«

»Ja.«

»Hattest du …«

»Ja.«

»Bist du sicher?«

»Und du?«

»Nein, ich habe nur so getan.« Tommy grinste.

»Wirklich?« Jody blickte auf die feuchte Stelle (auf ihrer Seite, natürlich).

»Was denkst du, warum ich so außer Atem bin? Es ist nicht leicht, den Teil mit dem Ejakulieren zu spielen.«

»Mich hast du jedenfalls überzeugt.«

»Siehst du.«

Er griff nach unten und wickelte das Laken von seinem Fuß, dann legte er sich wieder hin. Jody zwirbelte die verschwitzten Locken seines Haars zu kleineren Hörnern.

»Jody«, sagte Tommy zaghaft.

»Hmmm?«

»Wenn ich alt bin, ich meine, wenn wir dann noch zusammen sind …«

Sie riß an seinen Haaren.

»Autsch. In Ordnung, wir werden noch zusammen sein. Hast du je von Satyriasis gehört?«

»Nein.«

»Nun, das passiert mit ganz alten Männern. Sie laufen die ganze Zeit mit einem Ständer herum, jagen Teenager und bespringen alles, was sich bewegt, bis man sie schließlich in eine Zwangsjacke stecken muß.«

»Mann, interessante Krankheit.«

»Ach ja?«

»Wart doch einfach ab, wie's kommt, in Ordnung?«

»Ich freue mich schon darauf.«

Rivera hielt dem Gewirr aus Gips und Schläuchen, das auf den Namen LaOtis Small hörte, einen Plastikbecher Orangensaft hin. LaOtis schlürfte durch einen Strohhalm, dann schob er ihn mit seiner Zunge weg. Der Gipsverband reichte von unterhalb der Knie bis zu seinem Scheitel, mit Löchern für sein Gesicht und die angeschlossenen Schläuche. Cavuto stand neben dem Krankenhausbett und machte sich Notizen.

»Du und deine Freunde haben also gerade Wäsche gewaschen, als eine unbewaffnete, rothaarige Frau euch angegriffen und so zugerichtet hat, daß ihr alle drei ins Krankenhaus mußtet? War's so?«

»Sie war'n Ninja, Mann. Ich kenne mich da aus. Ich krieg über Kabel den Kick-Boxen-Kanal.«

Cavuto kaute an einer unangezündeten Zigarre, während er Small mit hochgezogener Augenbraue betrachtete. »Dein Freund James sagt uns, sie wäre zwei Meter groß gewesen und hätte gute neunzig Kilo gewogen.«

»Nein, Mann, sie war höchstens einsfünfundsechzig, einssiebzig.«

»Und dein anderer Kumpel« – Cavuto suchte den Namen in seinem Notizbuch – »Kid Jay, sagt uns, daß es eine Gang von Mexikanern war.«

»Nein, Mann, das träumt der nur; es war nur eine einzige Ninja-Tussi.«

»Eine ein Meter fünfundsechzig große Frau hat euch drei kräftige Jungs also so zugerichtet?«

»Ja. Wir sitzen da so und denken nichts Böses. Sie kommt rein und fragt nach Kleingeld. James sagt nein, er muß noch was in den Trockner stecken, und da ist sie plötzlich ausgerastet. Sie ist ein Ninja.«

»Vielen Dank, LaOtis, du warst uns eine große Hilfe.« Cavuto warf Rivera einen Blick zu, und sie verließen das Krankenzimmer.

Im Flur sagte Rivera: »Wir suchen also nach einer Gang von rothaarigen Ninja-Mexikanern.«

»Denkst du, da steckt ein Körnchen Wahrheit in dem ganzen Mist?« fragte Cavuto.

»Sie waren alle bewußtlos, als sie eingeliefert wurden, und offenkundig haben sie ihre Geschichten nicht abgesprochen. Wenn wir also all das rausstreichen, was nicht übereinstimmt, dann bleibt am Ende eine Frau mit langen roten Haaren.«

»Glaubst du wirklich, daß eine Frau die drei so in die Mangel nehmen und zwei anderen das Genick brechen kann, ohne daß die sich wehren?«

»Auf keinen Fall«, erwiderte Rivera. Sein Pieper meldete sich. Rivera sah auf die Nummer. »Ich muß mich auf dem Revier melden.«

Cavuto blieb stehen. »Mach das. Ich gehe noch mal zu LaOtis rein. Wir treffen uns vor der Notaufnahme.«

»Immer sachte, Nick, der Typ liegt im Streckverband.«

Cavuto grinste breit. »Ganz schön erregend, findest du nicht?« Er drehte sich um und schlurfte zurück zu LaOtis' Zimmer.

Jody ging mit Tommy zur Market Street, schaute zu, wie er einen Hamburger und Fritten aß, und setzte ihn in den 42er Bus zur Arbeit. Es war öde gewesen, die Zeit totzuschlagen, während Tommy arbeitete. Jody hatte ausprobiert, im Loft zu bleiben, hatte sich Late-Night-Talkshows und alte Filme über Kabel angesehen, hatte Illustrierte gelesen und ein bißchen aufgeräumt, aber spätestens um zwei Uhr nachts übermannte sie das Eingesperrte-Katze-Gefühl, und sie ging raus und schlenderte durch die Straßen.

Manchmal mischte sie sich unter die Obdachlosen und die Schwärme von Tagungsteilnehmern auf der Market, dann wieder fuhr sie mit dem Bus nach North Beach und schaute sich auf dem Broadway an, wie die Seemänner und die Punks betrunken oder stoned umhertorkelten oder die Nutten und die Zuhälter ihren Geschäften nachgingen. Hier, auf diesen bevölkerten Straßen, fühlte sie sich am einsamsten. Immer wieder wollte sie sich zu jemandem umwenden und auf ein einzigartiges Wärmemuster oder die dunkle Aura, die sie um Kranke sah, aufmerksam machen; wie ein Kind, das einem die Wolkentiere zeigte, die über den Sommerhimmel zogen. Aber niemand außer ihr konnte sehen, was sie sah, niemand hörte die geflüsterten Angebote, die nachdrücklichen Ablehnungen oder das Rascheln von Geld, das in Gassen und Türeingängen den Besitzer wechselte.

In anderen Nächten schlich Jody durch dunkle Gassen und lauschte der Symphonie von Geräuschen, die niemand sonst hörte, roch das Spektrum an Gerüchen, die Jodys Wortschatz längst erschöpft hatten. Jede Nacht kamen mehr namenlose Anblicke und Gerüche und Geräusche dazu, sie stürzten so schnell und vielfältig auf sie ein, daß Jody schließlich aufgab, ihnen Namen zu geben.

So muß es sein, wenn man ein Tier ist, dachte sie. Nur Sinneseindrücke, direkt, unmittelbar und wortlos; Erinnerung und Wiedererkennen, aber keine Worte. Ein Dichter, der meine Sinne hätte, könnte ein ganzes Leben mit dem Versuch zubringen zu beschreiben, wie es ist, wenn man ein Haus atmen hört, oder das Altern von Beton riecht. Aber wofür? Warum ein Lied schreiben, wenn niemand die Noten spielen oder den Text verstehen kann? Ich bin einsam.

Cavuto kam durch die Doppeltür der Notaufnahme und gesellte sich zu Rivera, der neben dem braunen Dienst-Ford stand und eine Zigarette rauchte.

»Worum ging's?« fragte Cavuto.

»Wir haben schon wieder einen. Genickbruch. In SOMA. Älterer Jahrgang, männlich.«

»Scheiße«, entfuhr es Cavuto, während er die Wagentür aufriß. »Wie steht's mit dem Blutverlust?«

»Sie wissen es noch nicht. Dieser ist noch warm.« Rivera schnippte seine Zigarette auf den Parkplatz und stieg in den Wagen. »Hast du noch was aus LaOtis rausbekommen?«

»Nichts Wichtiges. Sie haben nicht ihre Wäsche gewaschen, sondern haben nach der Kleinen gesucht, aber an der Ninja-Geschichte hält er fest.«

Rivera ließ den Motor an und sah zu Cavuto. »Du hast ihn doch nicht in die Mangel genommen?«

Cavuto zog einen Füller aus seiner Handtasche und hielt ihn hoch. »Mächtiger als das Schwert.«

Rivera zuckte innerlich zusammen bei dem Gedanken, was Cavuto LaOtis mit dem Füller angetan haben könnte. »Du hast doch keine Spuren hinterlassen, oder?«

»Jede Menge«, grinste Cavuto.

»Nick, du kannst so was nicht ...«

»Entspann dich«, fiel Cavuto ihm ins Wort. »Ich habe nur ›Vielen Dank für die Informationen! Ich wette, daß da etliche Haftbefehle draus werden‹ auf seinen Gips geschrieben. Dann habe ich unterschrieben und ihm gesagt, ich würde es nicht wegkratzen, bevor er mir nicht die Wahrheit erzählt hat.«

»Hast du es weggekratzt?«

»Nö.«

»Wenn seine Freunde das sehen, bringen sie ihn um.«

»Scheiß auf das Arschloch«, gab Cavuto zurück. »Der kann mich mal mit seinen rothaarigen Ninja-Bräuten.«

Vier Uhr in der Früh. Jody schaute zu, wie Neon-Bierreklamen summend Farbe über die taufeuchten Bürgersteige der Polk Street warfen. Die Straße war verlassen, also spielte sie zum Zeitvertreib Wahrnehmungsspiele – sie schloß die Augen und lauschte auf das leise Scharren ihrer Turnschuhe, das beim Gehen von den Gebäuden widerhallte. Wenn sie sich konzentrierte, konnte sie mehrere Blocks gehen, ohne die Augen aufzumachen. Sie brauchte nur auf das Umspringen der Ampeln an den Ecken horchen und die leichten Veränderungen des Luftzugs an den Kreuzungen fühlen. Wenn sie das Gefühl hatte, gleich gegen etwas zu rempeln, schlurfte sie einfach, und der Widerhall gab ihr vor ihrem geistigen Auge ein grobes Bild von den Wänden und Masten und Kabeln um sie herum. Wenn sie ganz still stehenblieb, konnte sie ihre Sinne ausschicken und in ihrem Kopf eine Karte der gesamten Stadt erschaffen – Geräusche zogen die Linien, und Gerüche fügten die Farben ein.

Sie lauschte gerade auf die Fischerboote, die am Kai eine Meile entfernt im Leerlauf dümpelten, als sie Schritte hörte und die Augen aufschlug. Eine einzelne Gestalt war zwei Blocks vor ihr um die Ecke gekommen und ging mit gesenktem Kopf die Polk entlang. Jody trat in einen Hauseingang eines geschlossenen russischen Restaurants und beobachtete den Mann. Er strahlte Trauer in schwarzen Wellen ab.

Sein Name war Phillip. Seine Freunde nannten in Philly. Er war dreiundzwanzig. Er war in Georgia aufgewachsen und mit sechzehn von zu Hause weggelaufen und nach San Francisco gekommen, damit er sich nicht mehr als etwas ausgeben mußte, was er nicht war. Er war nach San Francisco gekommen, um Liebe zu finden. Nach den anonymen Abenteuern mit reichen älteren Männern, nach den Erlebnissen in den Bars und Badehäusern und nachdem er herausgefunden hatte, daß er keine Mißgeburt war, daß es andere Menschen wie ihn gab, nachdem die letzten Reste der Verwirrung und der Scham sich gesetzt hatten wie roter Georgia-Staub, hatte er Liebe gefunden.

Er hatte mit seinem Geliebten in einem Apartment im Castro-Viertel gelebt. Und in jenem Apartment hatte er auf der Kante eines gemieteten Krankenhausbetts gesessen, eine Spritze mit Morphium aufgezogen und sie seinem Geliebten injiziert und dann seine Hand gehalten, bis er starb. Später hatte er die Bettpfannen und die Infusionsständer und die Maschine, die den Schleim aus der Lunge seines Geliebten absaugte, weggeräumt und alles auf den Müll geworfen. Der Arzt hatte gesagt, er solle sie aufbewahren – daß er sie noch brauchen würde.

Sie beerdigten Phillys Geliebten am Morgen. Sie nahmen das bestickte Tuch, das über den Sarg gebreitet war, und falteten es und reichten es ihm, wie man einer Soldatenwitwe die Flagge reichte. Er durfte das Tuch eine Weile behalten, bis es in das Quilt eingearbeitet wurde. Er trug es jetzt in seiner Tasche.

Von der Chemotherapie war ihm das Haar ausgefallen. Seine Lunge tat ihm weh, und seine Füße schmerzten; die Sarkome, die seinen Körper übersäten, waren an seinen Füßen und in seinem Gesicht am schlimmsten. Seine Gelenke brannten, und er konnte kein Essen bei sich behalten. Aber er konnte immer noch gehen. Also ging er.

Er ging um vier Uhr in der Früh mit gesenktem Kopf die Polk Street entlang, weil er es konnte. Er konnte immer noch gehen.

Als er an den Eingang eines russischen Restaurants kam, trat Jody vor ihn, und er blieb stehen und sah sie an.

Irgendwo, ganz tief in seinem Innern, fand er ein übriggebliebenes Lächeln. »Bist du der Todesengel?« fragte er.

»Ja«, erwiderte sie.
»Es ist schön, dich zu sehen«, sagte Philly.
Sie breitete ihre Arme für ihn aus.

21. KAPITEL

Engelsstaub

Die Ladefläche von Simons Pickup wimmelte von bierseligen Tieren, die den Morgennebel genossen und über den Familienstand der neuen Kassiererin spekulierten. Sie hatte Tommy angelächelt, als sie zur Arbeit gekommen war, und hatte die Tiere damit in eine psychosexuelle Brunft getrieben.

»Sie sah aus, als würde sie von zwei U-Booten durch den Laden geschleppt«, sagte Simon.

»Geile Möpse«, erklärte Troy Lee. »Richtig geile Möpse.«

»Könnt ihr Typen denn nichts anderes an einer Frau sehen als ihre Titten und ihren Hintern?«

»Nö«, gab Troy zurück.

»Auf keinen Fall«, sagte Simon.

»Aus dir spricht der Mann mit der festen Beziehung«, erklärte Lash.

»Ja«, pflichtete Simon ihm bei. »Wie kommt's, daß wir dich nie mit dem kleinen Frauchen sehen?«

»Möwe!« brüllte Barry.

Blitzschnell zog Simon eine Schrotflinte unter einer Plane auf der Ladefläche hervor, folgte der über ihnen hinwegfliegenden Möwe und feuerte.

»Wieder daneben!« brüllte Barry.

»Du kannst sie nicht alle erwischen, Simon«, tröstete ihn Tommy, dessen Ohren noch vom Knall klingelten. »Warum deckst du nicht einfach den Pickup nachts zu?«

»Man löhnt nicht für zwanzig auf Hochglanz polierte Lackschichten, um sie dann zuzudecken.«

Die Schrotflinte verschwand unter der Plane, und der Filialleiter kam durch die Vordertür des Supermarkts gelaufen. »Was war das? Was war das?« Er ließ seinen Blick hektisch über den Parkplatz schweifen, so als erwarte er, jemanden mit einer Schrotflinte zu sehen.

»Fehlzündung«, sagte Simon.

Der Filialleiter suchte nach einem motorisierten Missetäter.

»Die sind Richtung Marina verschwunden«, sagte Tommy.

»Nun, sagen Sie mir Bescheid, wenn sie zurückkommen«, trug der Filialleiter ihnen auf. »Es gibt schließlich eine Lärmschutzverordnung in dieser Stadt.« Er wandte sich wieder zum Laden um.

»He, Boß«, rief Simon. »Die Neue, wie heißt sie noch?«

»Mara«, antwortete der Filialleiter. »Und ihr Typen laßt sie in Ruhe! Sie hat eine schwere Zeit hinter sich.«

»Is' sie solo?« fragte Troy.

»Sie ist tabu«, gab der Filialleiter zurück. »Ich meine es ernst. Sie hat vor ein paar Monaten ihr Kind verloren.«

»Ja, Boß«, erwiderten die Tiere im Chor. Der Filialleiter kehrte in den Supermarkt zurück.

Simon riß eine Bierdose aus ihrem Sechserpackring. Er hielt eine zweite für Tommy hoch. »Noch ein kühles Helles, Furchtloser Führer?«

»Nein, ich muß nach Hause.«

»Ich auch«, sagte Simon. »Ich muß die Vogelscheiße von meiner Karre waschen. Soll ich dich mitnehmen?«

»Klar. Können wir noch kurz in Chinatown halten? Ich muß noch etwas für Jody besorgen.«

Simon schüttelte den Kopf. »Du machst mir Sorgen, Sohn. Es hat schon Männer gegeben, die haben so unter dem Pantoffel gestanden, daß sie zerquetscht wurden.« Er leerte sein Bier und zerquetschte die Dose. »Raus aus dem

Pickup, Mädels; der Furchtlose Führer und ich müssen noch Tampons kaufen.«

»Zieh!« brüllte Troy.

Ein halbes Dutzend Bierdosen flogen in die Luft. Die Schrotflinte kam wieder zum Vorschein, und Simon feuerte zwei schnelle Schüsse ab. Die Bierdosen fielen unbeschadet auf den Parkplatz. Die Schrotflinte verschwand unter der Plane. Der Filialleiter kam durch die Vordertür des Supermarkts gelaufen.

»Ich hab's gesehen, Boß«, rief Simon. »Es war ein babyblauer 72er Nova mit einem ausgestopften Hamster an der Antenne. Alarmieren Sie die Polizei!«

Jodys Hände waren mit fettigem Staub bedeckt: die Überreste von Philly. Die Leiche war Sekunden, nachdem Jody mit dem Trinken fertig war, zu Staub zerfallen, so daß nur noch ein Haufen leerer Kleidungsstücke übrigblieb. Nachdem sie einen Moment lang auf den Kleiderhaufen gestarrt hatte, schüttelte Jody den Schock ab und sammelte die Klamotten zu einem Bündel zusammen, das sie in eine nahegelegene Gasse trug.

Der Blut-Schub raste durch ihre Adern wie ein hundertprozentiger Espresso. Jody lehnte sich gegen einen Müllcontainer, das Kleiderbündel wie eine Erste-Hilfe-Decke an die Brust gepreßt. Die Gasse kippte in ihrem Blickfeld ab, dann richtete sie sich wieder aus, dann drehte sie sich, bis Jody ganz schlecht war.

Als die Gasse wieder zur Ruhe kam, durchwühlte Jody die Kleidungsstücke, bis sie eine Brieftasche fand. Sie öffnete sie und zog den Inhalt heraus. Dieses Lumpenbündel war ein Mensch gewesen: Phillips Burns stand auf dem Führerschein. Er trug zerknickte Fotos von Freunden, ein Bibliotheksausweis, den Abholschein einer Reinigung, eine Scheckkarte und sechsundfünfzig Dollar bei sich – Phillip

Burns als praktisches, tragbares Paket. Jody steckte die Brieftasche ein, warf die Klamotten in den Müllcontainer, dann wischte sie sich die Hände an ihrer Jeans ab und taumelte aus der Gasse.

Ich habe jemanden umgebracht, dachte sie. Mein Gott, ich habe jemanden umgebracht. Was sollte ich empfinden?

Sie ging Block um Block entlang, ohne darauf zu achten, wohin ihre Füße sie trugen, während sie nur auf den Rhythmus ihrer eigenen Schritte lauschte, überdeckt vom Rauschen des Blutschubs in ihrem Kopf. Philly war in ihre Schuhe gerieselt, und Jody setzte sich an den Bordstein, um ihn auszukippen.

Was ist das? dachte sie. Was soll das bloß sein? Das ist jedenfalls nicht, was ich war, bevor ich Vampir wurde. Was *ist* das? Das ist unmöglich. Das ist doch kein Mensch! Ein Mensch kann nicht in Sekunden in Staub zerfallen. Was ist das also?

Sie zog ihre Strümpfe aus und schüttelte sie.

Das ist reine Magie, dachte sie. Das hier ist nicht irgendeine Geschichte aus einem von Tommys Büchern. Das hier ist nicht natürlich, und was immer ich auch bin, es ist nicht natürlich. Ein Vampir ist Magie, nicht Wissenschaft. Und wenn das passiert, wenn ein Vampir tötet, warum findet die Polizei dann Leichen? Warum liegt dann ein Toter in meiner Gefriertruhe?

Sie zog ihre Schuhe und Strümpfe wieder an und ging weiter. Es wurde langsam hell, und sie beschleunigte ihre Schritte, dann fing sie, nachdem sie einen Blick auf ihre Uhr geworfen hatte, an zu laufen. Sie hatte es sich zur Gewohnheit gemacht, für jeden Morgen den Sonnenaufgang im Kalender nachzuschlagen, damit sie nicht zu weit von zu Hause entfernt davon überrascht wurde. Von ihren fünf Jahren in der Stadt kannte sie alle großen Straßen, aber sie mußte auch die Gassen und die dunklen Schleichwege kennenlernen. Sie konnte es sich nicht leisten, daß jemand sie derart schnell rennen sah.

Während sie rannte, meldete sich eine Stimme in ihrem Kopf. Es war ihre eigene Stimme, aber auch wieder nicht ihre eigene Stimme. Es war die Stimme, die keine Worte für das hatte, was ihre Sinne wahrnahmen, und doch alles verstand. Es war die Stimme, die ihr befahl, sich vor dem Sonnenlicht zu verstecken, sich zu schützen, zu kämpfen oder zu fliehen. Die Vampirstimme.

»Töten ist deine Bestimmung«, sagte die Vampirstimme.

Der menschliche Teil von ihr war entsetzt. »Nein! Ich wollte ihn nicht töten.«

»Scheiß auf ihn. Es ist so, wie es sein soll. Sein Leben gehört dir. Es fühlt sich doch gut an, nicht wahr?«

Jody hörte auf, dagegen anzukämpfen. Es fühlte sich tatsächlich gut an. Sie drängte den menschlichen Teil in ihr beiseite und gab dem Raubtier die Zügel in die Hand, um der Sonne einen Wettlauf um ihr Leben zu liefern.

Nick Cavuto tigerte um den Kreideumriß des Körpers herum, als wolle er gleich »Himmel und Hölle« auf der Leiche spielen. »Weißt du«, sagte Cavuto und sah zu Rivera hinüber, der am gelben Absperrband stand und versuchte, sich eines Reporters vom *Chronicle* zu erwehren, »dieser Kerl geht mir auf den Sack.«

Rivera entschuldigte sich bei dem Reporter und stellte sich zu Cavuto neben die Leiche. »Nick, nicht so laut«, flüsterte er.

»Dieser tote Kerl macht mir das Leben schwer«, sagte Cavuto. »Mein Vorschlag ist, wir erschießen ihn und greifen uns seine Brieftasche. Schlichte Schußwunde, Motiv Raub.«

»Er hatte keine Brieftasche«, wandte Rivera ein.

»Na siehst du, Raub. Hoher Blutverlust infolge von

Schußverletzung, hat sich das Genick gebrochen, als er auf dem Boden aufschlug.«

Der Reporter spitzte die Ohren. »Es war also ein Raubmord?«

Cavuto bedachte den Reporter mit einem bösen Blick und legte seine Hand auf seine 38er. »Rivera, was meinst du zu einem Mord mit anschließendem Selbstmord? Der Schmierfink da drüben hat dem Typen hier das Lebenslicht ausgeblasen, dann hat er die Waffe gegen sich selbst gerichtet – Fall abgeschlossen, und wir können endlich frühstücken gehen.«

Der Reporter wich von der Absperrung zurück.

Zwei Assistenten des Leichenbeschauers schoben eine Rollbahre mit einem Leichensack heran. »Seid ihr hier fertig?« fragte einer von ihnen Cavuto.

»Ja«, erwiderte Cavuto. »Schafft ihn weg.«

Die beiden Männer breiteten den Leichensack aus und hievten den Toten hinein. »He, Inspector, wollen Sie das Buch hier für die Spurensicherung haben?«

»Welches Buch?« Rivera drehte sich um. Eine Taschenbuchausgabe von Kerouacs *Unterwegs* lag in dem Kreideumriß, den die Leiche ausgefüllt hatte. Rivera streifte sich ein Paar weiße Baumwollhandschuhe über und zog einen Beweisstückbeutel aus seiner Jackentasche. »Da haben wir ja des Rätsels Lösung, Nick! Der Kerl war ein Schnelleser. Hat sich bei 'ner besonders ergreifenden Passage das Genick gebrochen.«

Jody schaute zum heller werdenden Himmel, schlüpfte in eine Gasse und verlangsamte ihr Tempo zu einem Trotten. Sie war nur noch einen Block von zu Hause entfernt und würde es gut vor Sonnenaufgang schaffen. Sie sprang über einen Müllcontainer, nur so zum Spaß, dann stakste sie durch einen Kistenstapel wie ein Football-Stürmer durch umgestürzte Verteidiger. Der Blutschub gab ihr Stärke, sie war flink auf den Füßen, ihr Körper bewegte sich, wich aus und sprang aus eigenem Antrieb – kein Überlegen, nur fließende Bewegungen und perfekte Balance.

Sie war in ihrem ganzen Leben nicht sportlich gewesen: Das letzte Kind, das beim Ballspielen in eine Mannschaft gewählt wurde, eine glatte 4 in Sport, keine Chancen als Cheerleaderin, die ungelenke Ein-Schritt-Tänzerin mit dem Rhythmusgefühl eines überzüchteten Ariers. Doch nun genoß sie die Bewegung und die Stärke, auch wenn ihre Instinkte sie drängten, endlich Schutz vor dem Licht zu suchen.

Sie hörte die Stimmen der Polizisten, bevor sie die blauen und roten Lichter der Streifenwagen über die Mauern am Ende der Gasse hüpfen sah. Angst verkrampfte ihre Muskeln, und sie wäre beinahe mitten im Ausschreiten hingefallen.

Sie schlich näher heran und sah, daß die Streifenwagen und der Leichenwagen vor dem Loft geparkt waren. Die Straße wimmelte nur so von Cops und Reportern. Jody sah auf ihre Uhr und wich zurück in die Gasse. Fünf Minuten bis zum Sonnenaufgang.

Sie schaute sich suchend nach einem Versteck um. Da war der Müllcontainer, sogar einige große Abfalltonnen, drei Stahltüren mit schweren Vorhängeschlössern und ein Kellerfenster mit Stahlgitter. Jody lief zum Fenster und rüttelte an den Gitterstäben. Sie bewegten sich kaum merklich. Jody sah auf ihre Uhr. Zwei Minuten. Sie stemmte ihren Fuß gegen die Backsteinwand und zerrte mit den Händen am Gitter. Verrostete Bolzen rissen aus dem Mörtel, und die Stäbe bewegten sich einen weiteren Zentimeter. Jody spähte durch das Fenster, aber das Drahtglas war blind von Schmutz und Alter. Sie riß abermals an den Gitterstäben, und diesmal kreischten sie protestierend und brachen aus der Mauer. Jody ließ das Gitter fallen und holte gerade zu einem Tritt gegen die Scheibe aus, als sie ein Geräusch hinter dem Fenster hörte.

O mein Gott, da ist jemand drin!

Sie schaute hektisch zum Müllcontainer, der knappe zwanzig Meter entfernt stand. Sie sah auf ihre Uhr. Wenn die Uhr richtig ging, war Sonnenaufgang. Jody war ...

Hinter ihr zersplitterte die Scheibe. Zwei Hände reckten sich blitzschnell durch das Fenster, packten sie an den Knöcheln und zogen sie in den Keller, während sie das Bewußtsein verlor.

»Diese Schildkröten haben einen Hau weg«, erklärte Simon.

»Ist schon in Ordnung, Simon«, sagte Tommy.

Sie waren in einem Fischgeschäft in Chinatown, wo Tommy versuchte, zwei riesige Schnappschildkröten von einem alten Chinesen mit Gummischürze zu kaufen.

»Du nicht kennen Schildklöte!« beharrte der Alte. »Diese plima, 1A-Schildklöte. Du haben keine blasse Ahnung von Schildklöte.«

Die Schildkröten lagen in orangefarbenen Kisten, damit sie nicht weglaufen konnten. Der alte Mann spritzte sie mit einem Gartenschlauch ab, um sie naß zu halten.

»Und ich sage dir, diese Schildkröten haben einen Hau weg«, beharrte Simon. »Ihre Augen sind ganz glasig. Diese Schildkröten sind stoned.«

»Wirklich, Simon, es ist schon in Ordnung«, sagte Tommy.

Simon drehte sich zu Tommy um und flüsterte: »Du mußt mit diesen Typen handeln. Sie verlieren jegliche Achtung vor dir, wenn du es nicht tust.«

»Schildklöte nicht stoned«, erklärte der Alte. »Du wollen Schildklöte, du zahlen vielzig Mäuse.«

Simon schob seinen schwarzen Stetson aus der Stirn und seufzte. »Hör zu, Hop Sing, in dieser Stadt kannst du in den Knast wandern, wenn du Schildkröten auf Drogen verkaufst.«

»Keine Dlogen, leck mich, Cowboy. Vielzig Mäuse odel velschwinde.«

»Zwanzig.«

»Dleißig.«

»Fünfundzwanzig, und du nimmst sie aus.«

»Nein«, meldete sich Tommy zu Wort. »Ich will sie lebend.«

Simon sah Tommy an, als hätte er gerade einen neonbunten Furz gelassen. »Ich versuche hier zu handeln.«

»Dleißig«, sagte der Alte. »Wie sie sind.«

»Siebenundzwanzig«, sagte Simon.

»Achtundzwanzig oder geh nach Hause«, gab der Alte zurück.

Simon wandte sich an Tommy. »Bezahl ihn.«

Tommy pellte die Geldscheine von einem Bündel und reichte sie dem Alten, der sie in seine Schürze steckte. »Dein Cowboy-Fleund nicht kennen Schildklöte.«

»Vielen Dank«, sagte Tommy. Er und Simon hoben die Kisten mit den Schildkröten hoch und verstauten sie auf der Ladefläche von Simons Pickup.

Als sie einstiegen, sagte Simon »Man muß wissen, wie man mit diesen kleinen Arschlöchern umgeht. Seit wir die Atombombe auf sie geworfen haben, scheißen sie sich an.«

»Wir haben die Atombombe auf die Japaner abgeworfen, Simon, nicht auf die Chinesen.«

»Geschenkt. Du hättest ihn zwingen sollen, daß er sie für dich ausnimmt.«

»Nein, ich will sie lebend für Jody.«

»Du bist ein echter Charmeur, Flood. Viele andere Typen hätten das Lösegeld in Pralinen und Blumen bezahlt.«

»Lösegeld?«

»Sie hat deinen Schniedel als Geisel, oder nicht?«

»Nein, ich wollte ihr nur etwas schenken – als nette Geste.«

Simon seufzte tief und massierte sich den Nasensattel, als hätte er Kopfschmerzen. »Sohn, wir müssen uns mal ernsthaft unterhalten.«

Simon hatte klare Vorstellungen darüber, wie man mit Frauen umgehen sollte, und auf dem Weg nach SOMA ließ er sich in epischer Breite über das Thema aus, während Tommy ihm zuhörte und bei sich dachte: Wenn Frauen über ihn Bescheid wüßten, würden sie Simon zum Cosmo-Alptraum-Mann des nächsten Jahrzehnts wählen.

»Weißt du«, sagte Simon, »als ich klein war, in Texas, da sind wir über die Melonenfelder gegangen und haben gegen jede einzelne der verdammten Wassermelonen getreten, bis wir eine fanden, die so reif war, daß sie einfach aufgeplatzt ist. Dann haben wir reingegriffen und das Herz rausgegessen und sind zur nächsten weitergezogen. Genauso muß man es mit den Frauen machen, Flood.«

»Man muß sie treten wie Wassermelonen?«

»Genau. Nimm doch mal diese neue Kassiererin. Sie ist scharf auf dich, Junge. Aber du denkst: Ich hab meine Tussi zu Hause, also brauche ich sie nicht. Richtig?«

»Richtig«, bestätigte Tommy.

»Falsch. Du hast eine zu Hause, der du Geschenke kaufst und für die du Süßholz raspelst und dich durchs Haus schleichst, um sie ja nicht zu stören, schlicht gesagt, für die du dich wie ein rückgratloser Schniedelsklave aufführst. Aber wenn du es dieser neuen Kassiererin besorgst, dann hast du deiner Alten was voraus. Du kannst tun, was du willst, wann du willst, und wenn sie sauer wird und dich nicht ranläßt, gehst du zurück zu deiner Kassiererin. Deine

Alte muß sich mehr ins Zeug legen. Das ist Wettbewerb. Angebot und Nachfrage. Gott segne Amerika, es ist Schniedelkapitalismus.«

»Ich komm da nicht mit. Ich dachte, es wäre wie der Anbau von Wassermelonen.«

»Geschenkt. Der Punkt ist, du stehst unter dem Pantoffel, Flood. Du kannst keine Selbstachtung haben, wenn du unter dem Pantoffel stehst. Und du kannst keinen Spaß haben.« Simon bog in Tommys Straße und fuhr mit den Rädern über den Bordstein. »Da ist irgendwas los.«

In der Straße vor dem Loft standen vier Streifenwagen, und ein Leichenwagen fuhr gerade ab.

»Warte hier«, sagte Tommy. Er stieg aus und ging zu den Cops hinüber. Ein lateinamerikanischer Cop mit scharfgeschnittenen Gesichtszügen und einem Anzug kam ihm entgegen und hielt ihn in der Mitte der Straße auf. Das Etui mit seiner Polizeimarke hing aufgeklappt an seinem Gürtel; in der Hand trug er eine Plastiktüte. Darin sah Tommy eine zerknickte Ausgabe von *Unterwegs*. Er erkannte die Kaffeeflecken auf dem Einband.

»Diese Straße ist abgesperrt, Sir«, erklärte der Cop. »Polizeiliche Ermittlungen.«

»Aber ich wohne da vorn«, sagte Tommy und zeigte auf das Loft.

»Wirklich?« erwiderte der Cop und zog eine Augenbraue hoch. »Wo kommen Sie her?«

»Was, zum Teufel, ist hier los, Pancho?« schnauzte Simon und trat hinter Tommy. »Ich hab den Wagen voller verendender Schildkröten, und ich hab nicht den ganzen beschissenen Tag Zeit.«

»O Gott«, sagte Tommy und ließ den Kopf hängen.

22. KAPITEL

Eine Verbeugung vor der Königin der Verdammten

Es dauerte nur fünf Minuten, die Polizei davon zu überzeugen, daß Tommy die ganze Nacht über auf der Arbeit gewesen war und nichts gesehen hatte. Simon hatte den größten Teil des Redens übernommen. Tommy war so schockiert, sein Buch in der Hand des Cops zu sehen, daß er nicht einmal die einfachsten Fragen beantworten konnte. Er war allerdings in der Lage, den Cop davon zu überzeugen, daß sein Schockzustand daher rührte, daß man vor seiner Wohnung eine Leiche gefunden hatte. Manchmal zahlte es sich aus, den »Ich bin gerade von einem Rübenlaster aus Indiana gefallen«-Deppen raushängen zu lassen.

Sie schleppten die Schildkröten die Treppe hinauf und stellten die Kisten auf dem Fußboden des Küchenbereichs ab.

»Wo ist denn das kleine Frauchen?« fragte Simon, während er die riesige Gefriertruhe beäugte.

»Vermutlich schläft sie noch«, erwiderte Tommy. »Nimm dir ein Bier aus dem Kühlschrank. Ich sehe mal nach ihr.«

Tommy drückte die Schlafzimmertür auf, dann schlüpfte er hindurch und schloß sie hinter sich. Ich muß aufpassen, daß Simon hier nicht reinkommt, dachte er bei sich. Er wird wollen, daß Jody aufsteht und ...

Das Bett war leer.

Tommy lief ins Badezimmer und schaute in der Wanne nach, für den Fall, daß Jody wieder einmal unter der Dusche vom Sonnenaufgang überrascht worden war, aber abgesehen von einem Rostring war die Wanne leer. Er schaute unter dem Bett nach, fand aber nichts außer einer alten Socke, dann riß er die Kleiderschranktür auf und schob die Bügel beiseite. Panik stieg in ihm auf und kam als ein Schrei heraus: »Nein!«

»Ist mit dir alles in Ordnung?« rief Simon aus der Küche herüber.

»Sie ist nicht hier!«

Simon öffnete die Tür. »Nette Bude, Flood. Hast du Geld geerbt oder so was?« fragte Simon. Dann bemerkte er den panischen Ausdruck auf Tommys Gesicht. »Was ist los?«

»Sie ist nicht hier!«

»Na und, dann ist sie vermutlich früh aufgestanden, um Doughnuts zu holen.«

»Sie kann während des Tages nicht rausgehen«, entfuhr es Tommy, bevor ihm bewußt wurde, was er da sagte. »Ich meine, sie steht nie früh auf.«

»Mach dir doch nicht gleich in die Hosen. Ich dachte, du wolltest mir das Lesen beibringen. Laß uns ein paar Bierchen kippen und irgendein Scheißbuch lesen, in Ordnung?«

»Nein, ich muß nach ihr suchen. Sie könnte draußen in der Sonne ...«

»Bleib cool, Flood. Sie kommt schon allein klar. Schlimmstenfalls ist sie bei einem anderen Typen. Dann bist du ein freier Mann.« Simon hob ein Buch vom Stapel neben dem Bett auf. »Laß uns das hier lesen. Wie heißt das?«

Tommy hörte nicht zu. Vor seinem geistigen Auge sah er Jodys verbrannten Körper irgendwo in einer Gosse liegen. Wie konnte sie das zulassen? Hatte sie denn nicht in den Kalender gesehen? Er mußte nach ihr suchen. Aber wo? Man kann eine Stadt von der Größe von San Francisco nicht absuchen.

Simon warf das Buch auf den Stapel zurück und wandte sich zur Schlafzimmertür. »Also schön, Slick, ich verschwinde. Danke für das Bier.«

»In Ordnung«, sagte Tommy. Dann stürzte ihn die Vorstellung, den Tag allein und mit Warten zu verbringen in eine weitere Panikattacke. »Nein, Simon! Warte. Wir werden lesen.«

»Das ganz oben auf dem Stapel«, sagte Simon. »Wie heißt das?«

Tommy hob es auf. »*Der Fürst der Finsternis* von Anne Rice. Soll ganz gut sein, habe ich gehört.«

»Dann hol dir ein Bier, und laß uns die Welt des geschriebenen Wortes erobern.«

Rivera saß mit rotgeränderten Augen und zerknittert an seinem Schreibtisch und ging noch einmal seine Notizen durch. Egal, wie er sie zusammenmischte, sie ergaben keinen Sinn, zeigten kein Muster. Die einzige Verbindung zwischen den Opfern war ihre Todesart – kein Motiv. Den Autopsiebericht würden sie frühestens in zwölf Stunden bekommen, aber es bestand kein Zweifel daran, daß die Morde von ein und derselben Person begangen worden waren.

Nick Cavuto kam mit einer Schachtel Doughnuts und einer Ausgabe des *San Francisco Examiner* in die Wachstube. »Die Arschlöcher haben ihm einen Namen gegeben. Der *Examiner* nennt ihn den ›Halsbrecher‹. Wenn sie dem Killer erst einmal einen Namen gegeben haben, verdoppeln sich unsere Probleme. Hast du was rausgefunden?«

Rivera deutet auf die Notizen, die auf seinem Schreibtisch ausgebreitet waren, und zuckte mit den Achseln. »Ich habe die Schnauze voll, Nick. Ich kann nicht einmal mehr meine eigene Schrift lesen. Sieh du es dir an.«

Cavuto nahm einen Doughnut aus der Schachtel und

setzte sich Rivera gegenüber hin. Er griff sich eine Handvoll Blätter und machte sich daran, sie durchzusehen. Plötzlich hielt er inne und blätterte zurück. Er sah hoch. »Du hast heute morgen mit diesem Flood-Jungen gesprochen, stimmt's?«

Rivera starrte auf die Doughnuts. Bei der Vorstellung, einen davon zu essen, drehte sich ihm der Magen um. »Ja, er wohnt gegenüber von der Stelle, wo wir die Leiche gefunden haben. Er arbeitet im Marina Safeway – war zur Tatzeit auf der Arbeit.«

Cavuto zog eine Augenbraue hoch. »Der Junge hat in dem Motel gewohnt, wo wir die alte Frau gefunden haben.«

»Du nimmst mich auf den Arm.«

Cavuto hielt Rivera die Notizen hin. »Hier, die Liste der Gäste. Eine Uniformierte hat mit dem Jungen gesprochen. Er hat gesagt, er wäre auf der Arbeit gewesen, aber keiner hat es überprüft.«

Rivera sah mit schmerzverzerrtem Gesicht hoch. »Ich kann nicht glauben, daß ich das übersehen habe. Der Junge war ein bißchen nervös, als ich mit ihm gesprochen habe. Zumeist hat sein Freund für ihn geredet.«

Cavuto sammelte die Zettel zusammen. »Geh nach Hause. Dusch ausgiebig und leg dich ins Bett. Ich rufe den Filialleiter des Safeways an und überprüfe, ob der Junge zum Zeitpunkt der Morde tatsächlich auf der Arbeit war. Wir gehen heute abend hin und unterhalten uns mal mit dem Jungen.«

»In Ordnung, dann laß ihn uns aber als erstes fragen, wie er das Blut aus den Leichen rausbekommt.«

Tommy hatte zwei Stunden damit zugebracht, Simon den Unterschied zwischen Vokalen und Konsonanten zu erklären, bevor er aufgab und den Cowboy nach Hause schickte, damit er seinen Pickup polieren und *Sesamstraße* gucken konnte. Vielleicht war Simon nicht zum Lesen bestimmt. Vielleicht war er dazu bestimmt, ganz Instinkt und nicht Verstand zu sein. In gewisser Hinsicht bewunderte Tommy ihn. Simon machte sich keine Sorgen, er nahm die Dinge, wie sie kamen. Simon war wie der starke, freie und sorglose Cassady zu Tommys grübelndem, vergeistigtem Kerouac. Vielleicht würde er Simon in die Geschichte über das kleine Mädchen in den Südstaaten einbauen. Die Geschichte, an der er schreiben würde, wenn er sich nicht um Jody Sorgen machen würde.

Er saß den ganzen Tag auf der Couch, las *Der Fürst der Finsternis,* bis er sich nicht mehr konzentrieren konnte, dann tigerte er in der Wohnung umher, sah auf seine Uhr und klagte Peary, der geduldig in der Gefriertruhe zuhörte, sein Leid.

»Weißt du, Peary, es ist sehr rücksichtslos von ihr, mir keine Nachricht zu hinterlassen. Ich habe keine Ahnung, was sie treibt, während ich auf der Arbeit bin. Sie könnte ein Dutzend Affären haben, und ich würde es nicht einmal erfahren.«

Er sah achtmal im Kalender nach, wann die Sonne untergehen würde.

»Ich weiß, ich weiß, bis ich Jody kennengelernt habe, habe ich nie wirklich etwas erlebt. Deshalb bin ich ja hergekommmen, stimmt's? In Ordnung, ich bin unfair, aber vielleicht wäre ich mit einer normalen Frau besser dran. Jody versteht einfach nicht, daß ich nicht so bin wie die anderen Typen. Daß ich etwas Besonderes bin. Ich bin ein Schriftsteller. Ich kann mit Streß nicht so fertigwerden wie andere Typen – ich nehme es persönlich.«

Tommy wärmte sich ein Tiefkühlmenü auf und ließ den Gefriertruhedeckel offen, damit Peary ihn besser hören konnte.

»Ich muß an die Zukunft denken, verstehst du. Wenn ich

erstmal ein berühmter Schriftsteller bin, muß ich zu Lesungen fahren. Sie kann nicht mitkommen. Was soll ich denen sagen: ›Nein, tut mir leid, ich kann nicht fahren. Wenn ich wegfahre, wird meine Frau verhungern‹?«

Er tigerte um die Schildkröten herum, die in ihren Kisten strampelten. Eine von ihnen hob ihren knochigen Kopf und beäugte Tommy.

»Ich weiß, wie ihr euch fühlt. Wie es ist, immer darauf zu warten, daß euch jemand verspeist. Denkt ihr, ich wüßte nicht, wie man sich da fühlt?«

Als er ihnen nicht länger ins Auge sehen konnte, trug er die Schildkröten ins Badezimmer, dann kehrte er ins Wohnzimmer zurück und versuchte noch ein paar Kapitel von *Der Fürst der Finsternis* zu lesen.

»Das stimmt nicht«, erklärte er Peary. »Hier steht, Vampire hätten keinen Sex mehr, nachdem sie sich verwandelt haben. Natürlich geht es nur um männliche Vampire. Aber was ist, wenn sie es nur vortäuscht? Sie könnte frigide sein, bis auf die Momente, wenn sie mein Blut trinkt.«

Er steigerte sich gerade in ein ausgewachsenes sexuelles Minderwertigkeitsgefühl hinein – etwas, das ihm vertraut und beinahe tröstlich war –, als das Telefon klingelte. Tommy riß den Hörer von der Gabel.

»Hallo.«

Eine Frauenstimme, überrascht, doch bemüht, es nicht zu zeigen, sagte: »Hallo. Könnte ich bitte Jody sprechen?«

»Sie ist nicht hier«, erwiderte Tommy. »Sie ist auf der Arbeit«, fügte er eilig hinzu.

»Ich habe bei ihrer Firma angerufen, und die haben mir gesagt, daß sie ihre Stelle vor über einem Monat aufgegeben hat.«

»Ähm, sie hat eine neue Stelle. Ich habe die Nummer leider nicht.«

»Nun, wer immer Sie sind«, sagte die Frau, die nun alle

Höflichkeit fahren ließ, »würden Sie ihr bitte sagen, daß Sie noch immer eine Mutter hat. Und sagen Sie ihr, daß es ein Gebot des Anstands ist, seine Mutter zu informieren, wenn man eine neue Telefonnummer hat. Und sagen Sie ihr, daß ich wissen muß, was Sie für die Feiertage geplant hat.«

»Ich sage es ihr«, erklärte Tommy.

»Sind Sie der Börsenmakler? Wie war der Name noch... Kurt?«

»Nein, ich bin Tommy.«

»Nun, es sind nur noch zwei Wochen bis Weihnachten, Tommy – wenn Sie dann noch aktuell sein sollten, werden wir uns kennenlernen.«

»Ich freue mich schon darauf«, sagte Tommy. So wie ich mich auf eine Wurzelresektion freue, dachte er im stillen.

Jodys Mom legte auf. Tommy schob den Hörer auf die Gabel zurück und sah auf seine Uhr. Nur noch eine Stunde bis zum Sonnenuntergang. »Sie lebt«, sagte er zu Peary, »ich bin ganz sicher. Wenn sie ihre Mutter überlebt hat, dann kann sie alles überleben.«

Sie hörte Dampf durch Rohre rauschen, Ratten in Papierfetzen rascheln, Spinnen Netze spinnen, die Schritte eines schwergewichtigen Mannes und das Tappen und Hecheln von Hunden. Sie öffnete die Augen und schaute sich um. Sie lag auf dem Rücken auf dem Kellerboden, allein. Überall standen Pappkartons herum. Mondschein und Geräusche drangen durch das zerbrochene Fenster herein.

Sie stand auf und stieg auf eine Kiste, um aus dem Fenster zu sehen. Sie wurde von einem Kläffen und einem Niesen und der knurrenden Schnauze eines glupschäugigen Hundes mit einer Tortenbodenform auf dem Kopf begrüßt.

»Igitt!« Sie wischte sich den Schnodder von der Wange.

Der Kaiser fiel auf die Knie und griff durch das Fenster zu

ihr herein. »Um Himmels willen, ist mit Ihnen alles in Ordnung, meine Teuerste?«

»Ja, mir geht es gut. Mir geht es gut.«

»Haben Sie sich verletzt? Soll ich die Polizei rufen?«

»Nein, vielen Dank. Könnten Sie mir wohl heraushelfen?« Sie wäre ja einfach mit einem Satz durch das Fenster gesprungen, aber vor den Augen des Kaisers war das keine gute Idee. Sie ergriff seine Hand und ließ sich von ihm durch das Fenster ziehen.

Als sie mit beiden Füßen in der Gasse stand, klopfte sie sich den Staub von ihrer Jeans. Bummer hatte einen Kläffanfall. Der Kaiser hob den kleinen Hund hoch und stopfte ihn in seine übergroße Manteltasche.

»Ich muß mich für Bummers Benehmen entschuldigen. Es gibt eigentlich keine Entschuldigung, aber er ist das Opfer von Inzucht. Da ich selbst zum Adel gehöre, mache ich Zugeständnisse. Wenn es Ihnen ein Trost ist, es ist einzig Bummers Beharrlichkeit zu verdanken, daß wir überhaupt in diese Gasse gekommen sind und Sie gefunden haben.«

»Nun, vielen Dank«, sagte Jody. »Ich weiß nicht genau, was passiert ist.«

»Sehen Sie nach, ob Sie noch all Ihre Wertsachen haben, meine Teuerste. Sie sind offensichtlich einem Schurken in die Hände gefallen. Vielleicht sollten wir Ihnen ärztliche Hilfe zukommen lassen.«

»Nein, ich bin nur ein wenig mitgenommen. Ich muß einfach nur nach Hause.«

»Dann erlauben sie bitte mir und meinen Mannen, Sie zu Ihrer Haustür zu eskortieren.«

»Nein, ist schon in Ordnung. Mein Loft ist gleich da vorn am Ende der Gasse.«

Der Kaiser hielt warnend einen Finger hoch. »Bitte, meine Teuerste! Sicherheit geht vor.«

Jody zuckte mit den Achseln. »Nun, also gut. Danke.«

Bummer strampelte und nieste in der zugeknöpften Tasche des Kaisers. »Kriegt er da drin überhaupt Luft?«

»Bummer geht es gut. Er ist nur ein bißchen überdreht, seit wir in den Krieg gezogen sind. Es ist seine erste Schlacht, verstehen Sie.«

Jody sah auf das gefährlich spitze Holzschwert des Kaisers. »Wie steht die Schlacht?«

»Ich glaube, wir sind den Mächten des Bösen dicht auf den Fersen. Der Unhold wird vernichtet werden, und der Sieg wir unser sein.«

»Das ist schön«, erwiderte Jody.

Als Tommy sie die Treppe hinaufkommen hörte, schleuderte er sein Buch quer durchs Zimmer, rannte zur Tür und riß sie auf. Jody stand auf dem Treppenabsatz.

»Hallo«, sagte sie.

Tommy war hin und her gerissen, ob er sie in die Arme nehmen oder die Treppe hinunterstoßen sollte. Und so stand er einfach nur da. »Hallo«, sagte er.

Jody küßte ihn auf die Wange und ging an ihm vorbei in das Loft. Tommy überlegte, wie er reagieren sollte. »Ist mit dir alles in Ordnung?« Wenn er sich erst einmal vergewissert hatte, daß ihr nichts passiert war, würde er ihr die Leviten lesen, weil sie den ganzen Tag weggewesen war.

Sie ließ sich wie ein Mehlsack auf den Futon plumpsen. »Ich habe eine furchtbare Nacht hinter mir.«

»Wo warst du?«

»Ich war in einem Keller, etwa einen halben Block von hier entfernt. Ich hätte angerufen, aber ich war tot.«

»Das ist nicht witzig. Ich habe mir Sorgen gemacht! Sie haben letzte Nacht vor dem Haus eine Leiche gefunden.«

»Ich weiß, ich habe draußen die Cops umherwimmeln sehen, kurz vor Morgengrauen. Deshalb konnte ich ja nicht ins Haus kommen.«

»Die Cops hatten meine Ausgabe von *Unterwegs* in einem Beutel. Ich glaube, ich stecke in Schwierigkeiten.«

»Steht dein Name drin?«

»Nein, aber natürlich ist es übersät mit meinen Fingerabdrücken. Wie ist es da bloß hingekommen?«

»Der Vampir hat es hingelegt, Tommy.«

»Und wie ist er da rangekommen? Er war hier oben im Loft!«

»Ich weiß es nicht. Er versucht uns angst zu machen. Er läßt die Leichen in unserer Nähe zurück, damit die Polizei uns mit den Morden in Verbindung bringt. Er müßte überhaupt keine Leichen zurücklassen, Tommy. Er tötet diese Menschen auf eine Weise, die Spuren hinterläßt.«

»Was meinst du damit, er müßte überhaupt keine Leichen zurücklassen?«

»Tommy, komm her. Setz dich. Ich muß dir etwas erzählen.«

»Mir gefällt dein Tonfall nicht. Es sind schlechte Nachrichten, stimmt's? Jetzt kommt das große Geständnis, stimmt's? Du warst letzte Nacht mit einem anderen Typen zusammen.«

»Setz dich und halt den Mund, bitte.«

Tommy setzte sich, und sie erzählte ihm alles. Erzählte ihm, wie sie getötet hatte, wie die Leiche zu Staub zerfallen war und wie sie in den Keller gezerrt worden war.

Als sie zu Ende war, saß Tommy einen Moment da und starrte sie argwöhnisch an, dann rutschte er auf dem Futon von ihr weg. »Du hast das Geld des Mannes an dich genommen?«

»Es schien mir nicht richtig, es einfach wegzuwerfen.«

»Aber damit, ihn umzubringen, hattest du keine Probleme, ja?«

»Nein, hatte ich nicht. Ich kann es nicht erklären. Es war so, als sollte ich es tun.«

»Wenn du Hunger hattest, dann hättest du es mir sagen sollen. Es macht mir wirklich nichts aus.«

»So war das nicht, Tommy. Hör zu, ich weiß nicht, wie ich damit umgehen soll – emotional, meine ich. Ich fühle mich nicht so, als hätte ich jemanden getötet. Aber worum es geht, ist, daß die Leiche zu Staub zerfallen ist. Es gab keine Leiche. Die Menschen, die der Vampir tötet, sterben nicht an seinem Biß. Er bricht ihnen das Genick, bevor sie sterben. Er macht das absichtlich, um mir angst zu machen. Ich befürchte, daß er vielleicht dir etwas antun könnte, um mir eins auszuwischen. Ich vermute das schon eine ganze Weile, aber ich wollte dir nichts davon sagen. Wenn du mich jetzt verlassen möchtest, kann ich das verstehen.«

»Ich habe nichts davon gesagt, daß ich dich verlassen will. Ich weiß nicht, was ich tun soll. Wie würdest du dich fühlen, wenn ich dir erzählen würde, *ich* hätte jemanden umgebracht?«

»Das käme darauf an. Dieser Mann wollte sterben. Er hatte große Schmerzen. Er wäre sowieso gestorben.«

»Möchtest du, daß ich gehe?«

»Natürlich nicht. Aber du mußt versuchen, das alles zu verstehen.«

»Ich versuche es ja. Ich tue nichts anderes mehr. Was glaubst du denn, warum ich all diese Experimente gemacht habe? Du tust so, als wäre es leicht für mich. Ich bin halb wahnsinnig geworden vor Sorge um dich, und du hast nur ein paar Schritte entfernt in einem Keller gelegen. Was hat es damit überhaupt auf sich? Wer hat dich in den Keller gezogen?«

»Ich weiß es nicht.«

»Wer immer es war, er hat dir das Leben gerettet. War es der Vampir?«

»Ich sagte schon, ich weiß es nicht.«

Tommy ging durch das Zimmer und hob die Taschenbuchausgabe von *Der Fürst der Finsternis* auf. »Dieser Typ, Lestat, er weiß, wenn ein anderer Vampir in der Nähe ist. Er kann es spüren. Kannst du es spüren?«

»Klar, deshalb haben wir ja auch einen Toten in der Gefriertruhe. Nein, ich kann es nicht spüren.«

Tommy hielt das Buch in die Höhe. »Hier drinnen gibt es eine vollständige Geschichte der Vampir-Rasse. Ich denke, Anne Rice kennt einen echten Vampir.«

»Das hast du auch von Bram Stoker gedacht. Und ich habe Stunden damit zugebracht, auf einem Stuhl zu stehen und zu versuchen, mich in eine Fledermaus zu verwandeln.«

»Nein, hier ist es anders. Lestat ist nicht böse, er mag Menschen. Er tötet nur Mörder, die keine Reue empfinden. Er weiß, wenn andere Vampire in der Nähe sind. Lestat kann fliegen.«

Jody sprang auf und riß ihm das Buch aus der Hand. »Und Anne Rice kann schreiben, Tommy, aber ich halte dir das nicht vor.«

»Du mußt ja nicht gleich persönlich werden.«

»Hör zu, Tommy, vielleicht steckt da ein Körnchen Wahrheit in einem dieser Bücher, die du liest, aber woher sollen wir wissen, was stimmt? Na? Niemand hat mir eine Scheiß-Betriebsanleitung mitgegeben, als ich diese Reißzähne bekam. Ich tue mein Bestes.«

Tommy wandte den Blick von ihr ab und sah auf seine Schuhe. »Du hast recht, es tut mir leid. Ich bin verwirrt und ein bißchen verängstigt. Ich weiß ja auch nicht, was ich tue. Zum Teufel, Jody, du könntest jetzt Aids haben oder so was.«

»Ich habe kein Aids. Ich weiß es.«

»Woher weißt du das? Wir können dich ja wohl kaum ins Krankenhaus schicken, damit du einen Test machen läßt.«

»Ich weiß es einfach, Tommy. Ich könnte es fühlen,

wenn es so wäre. Mit Ausnahme von Sonnenlicht und normalem Essen bin ich nicht einmal mehr gegen irgend etwas allergisch. Handlotionen und Seifen, in deren Nähe ich früher nicht einmal kommen durfte, ohne daß ich mich kratzen mußte, können mir nichts mehr anhaben. Ich habe selbst ein paar Versuche an mir unternommen. Mein Körper läßt nicht zu, daß mir irgend etwas schadet. Ich bin immun. Außerdem ...« Jody hielt inne und wartete grinsend darauf, daß er nachfragte.

»Außerdem was?«

»Er hat ein Kondom benutzt.«

Tommy starrte wieder auf seine Schuhe, er sagte nichts, dann sah er zu ihr hoch und lachte. »Das ist echt krank, Jody.«

Sie nickte und lachte.

»Ich liebe dich«, sagte er und kam zu ihr herüber, um sie in die Arme zu nehmen.

»Ich dich auch«, sagte sie und erwiderte die Umarmung.

»Das ist wirklich krank, weißt du das?«

»Ja«, erwiderte sie. »Tommy, ich möchte diesen wunderbaren Moment ja nicht zerstören, aber ich muß dringend unter die Dusche.« Sie küßte ihn und schubste ihn sanft von sich, dann entschwand sie in Richtung Badezimmer.

»Äh, Jody«, rief er ihr nach, »ich habe dir heute in Chinatown ein Geschenk gekauft.«

Es gibt eine Erklärung dafür, dachte sie bei sich, während sie im Badezimmer stand und die Schildkröten anstarrte. Es gibt einen guten Grund, daß da zwei riesige Schnappschildkröten in meiner Wanne sind.

»Gefallen sie dir?« Tommy stand in der Tür hinter ihr.

»Die sind also für mich, ja?« Sie versuchte zu lächeln. Versuchte es wirklich.

»Ja, Simon hat mir geholfen, sie nach Hause zu schaffen.

Im Bus wären sie mir sicher zu schwer gewesen. Sind sie nicht toll?«

Jody sah abermals auf die Wanne, wo die Schildkröten gerade versuchten, übereinander zu kriechen. Ihre Krallen quietschten auf dem Porzellan, wenn sie sich bewegten.

»Ich weiß nicht, was ich sagen soll«, sagte Jody.

»Ich dache mir, wir könnten sie mit Fisch und so 'nem Zeug füttern, und du hättest dann immer einen Blutvorrat zu Hause. Außer mir, meine ich.«

Sie drehte sich um und musterte Tommy. Ja, er meinte es ernst. Er meinte es wirklich ernst. »Du hast nicht ...«

»Sie heißen Scott und Zelda. Zelda fehlt eine Zehe an ihrem hinteren Fuß. Daran kann man sie unterscheiden. Gefallen sie dir? Du wirkst ein bißchen zurückhaltend.«

Ein bißchen, dachte sie bei sich. Du hättest mir keine Blumen oder Schmuck kaufen können, wie die meisten Typen, oder? Du mußtest es mit Reptilien sagen. »Du hast wohl nicht zufällig den Kassenbon aufgehoben, oder?«

Enttäuschung breitete sich auf Tommys Gesicht aus. »Sie gefallen dir nicht.«

»Nein, sie sind toll. Aber ich möchte wirklich dringend duschen. Und ich weiß nicht, ob ich mich vor ihnen ausziehen möchte.«

»Oh«, sagte Tommy und seine Miene hellte sich auf. »Ich bringe sie rüber ins Wohnzimmer.«

Er zog ein Handtuch von der Stange und beugte sich über die Wanne, um Zelda mit dem Frotteetuch einzufangen. »Man muß sehr vorsichtig sein; sie können einem glatt einen Finger abbeißen.«

»Wie nett«, bemerkte Jody. Aber sie konnte nichts Nettes daran finden. Bei der Vorstellung, eine dieser ledrigen Kreaturen in der Badewanne zu beißen, bekam sie eine Gänsehaut.

Tommy beugte sich blitzschnell in die Wanne und kam

mit Zelda wieder hoch, die trotz der dicken Umhüllung aus Frottee noch nach seinem Gesicht schnappte. »Sie mag es nicht, wenn man sie hochhebt.« Zeldas Krallen rissen am Handtuch und an Tommys Hemd, als sie in der Luft mit ihren Beinen ruderte. Tommy legte die Schildkröte auf dem Rücken auf dem Fußboden ab und machte das Handtuch bereit, um damit Scott aus der Wanne zu greifen. »Lestat kann Tiere zu sich rufen, wenn er hungrig ist. Vielleicht kannst du sie abrichten.«

»Hör mit diesem Lestat-Mist auf, Tommy. Ich werde keine Schildkröten aussaugen.«

Er drehte sich zu ihr um, rutschte jedoch aus und fiel in die Wanne. Scott schnappte zu; er verfehlte knapp Tommys Arm und verbiß sich in den Ärmel seines Jeanshemds. »Alles in Ordnung. Alles in Ordnung. Er hat mich nicht erwischt.«

Jody zog Tommy aus der Wanne. Scott hing immer noch an seinem Ärmel und war entschlossen, nicht loszulassen.

Schildkröten haben eine Abneigung gegen große Höhen. Sie mögen es noch nicht einmal, einen Meter vom Boden entfernt zu sein. Das ist der Hauptgrund, weshalb sie sich so lange der Evolution widersetzt haben – simple Höhenangst. Der Gedankengang von Schildkröten sieht folgendermaßen aus: Klar, erst verwandeln sich unsere Schuppen in Federn, und bevor man sich versieht, fliegen wir umher und zwitschern und hocken auf Bäumen. Haben wir alles schon gesehen. Vielen Dank, aber da bleiben wir doch lieber hier unten im Schlamm, wo wir hingehören. Uns wird man nicht mit Karacho gegen ein Panoramafenster fliegen sehen.

Scott ließ den Ärmel nicht los, nicht, solange Tommy stand. »Hilf mir«, sagte Tommy. »Nimm ihn weg.«

Jody suchte nach einer Stelle an der Schildkröte, wo sie zupacken konnte – sie streckte mehrere Male die Hände aus, zog sie dann aber wieder zurück. »Ich will ihn nicht anfassen.«

Das Telefon klingelte.

»Ich geh ran«, rief Jody und lief aus dem Badezimmer.

Tommy ging mit Scott in Richtung Tür, achtsam darauf bedacht, daß seine Füße in sicherem Abstand von Zeldas Kiefern waren. »Ich hab vergessen, dir zu sagen ...«

»Hallo«, sagte Jody in den Hörer. »Oh, hallo, Mom.«

23. KAPITEL

Mom und Schildkrötensuppe

»Sie ist in der Stadt«, sagte Jody. »Sie kommt in ein paar Minuten vorbei.« Jody legte den Hörer zurück auf die Gabel.

Tommy tauchte in der Badezimmertür auf. Scott baumelte noch immer an seinem Ärmel. »Das ist nicht dein Ernst.«

»Du hast einen Manschettenknopf verloren«, bemerkte Jody.

»Ich glaube nicht, daß er freiwillig loslassen wird. Haben wir eine Schere?«

Jody griff Tommys Ärmel, ein paar Zentimeter über der Stelle, in die Scott sich verbissen hatte. »Bist du bereit?«

Als Tommy nickte, riß ihm Jody mit einem Ruck den Ärmel aus der Schulternaht. Scott kroch eilig ins Schlafzimmer, den Ärmel noch immer fest in seinem Maul.

»Das war mein bestes Hemd«, schmollte Tommy, während er seinen nackten Arm betrachtete.

»Tut mir leid, aber wir müssen hier jetzt Ordnung schaffen und uns eine Geschichte ausdenken.«

»Von wo aus hat sie angerufen?«

»Sie war im Fairmont Hotel. Wir haben schätzungsweise zehn Minuten.«

»Also wird sie nicht bei uns übernachten.«

»Machst du Witze? Meine Mutter unter demselben Dach mit Leuten, die in Sünde leben? Nicht in diesem Leben, Schildkröten-Bubi.«

Tommy steckte den »Schildkröten-Bubi« ungerührt weg. »Benutzt deine Mutter Ausdrücke wie ›in Sünde leben‹?«

»Ich vermute, sie hat ihn als gestickten Sinnspruch über

dem Telefon hängen, damit sie auch ja nicht vergißt, ihn jeden Monat zu sagen, wenn ich anrufe.«

Tommy schüttelte den Kopf. »Wir sind geliefert. Warum hast du sie diesen Monat nicht angerufen? Sie hat gesagt, du würdest sie immer anrufen.«

Jody tigerte umher, während sie nachzudenken versuchte. »Weil ich meine Gedächtnisstütze nicht bekommen habe?«

»Welche Gedächtnisstütze?«

»Meine Tage. Ich rufe sie immer an, wenn ich meine Tage bekomme – um alle unangenehmen Dinge auf einen Schlag abzuhaken.«

»Wann hattest du das letze Mal deine Tage?«

Jody überlegte einen Moment. Es war gewesen, bevor sie sich verwandelt hatte. »Ich weiß nicht, vor acht, neun Wochen. Tut mir leid, ich kann gar nicht glauben, daß ich es vergessen habe.«

Tommy ging zum Futon, setzte sich und vergrub seinen Kopf in den Händen. »Was machen wir jetzt?«

Jody setzte sich neben ihn. »Ich vermute, zum Renovieren haben wir wohl keine Zeit mehr.«

In den nächsten zehn Minuten, während sie im Loft aufräumten, versuchte Jody Tommy darauf vorzubereiten, was ihm gleich bevorstand. »Sie mag keine Männer. Mein Vater hat sie wegen einer jüngeren Frau verlassen, als ich zwölf war, und jetzt hält Mutter alle Männer für Verbrecher. Aber Frauen mag sie auch nicht wirklich, da sie ja von einer hintergangen wurde. Sie war eine der ersten Frauen, die ihren Abschluß in Stanford gemacht haben, und sie bildet sich eine Menge darauf ein. Sie sagt, ich hätte ihr das Herz gebrochen, als ich nicht nach Stanford gegangen bin. Seitdem ist es stetig bergab gegangen. Es gefällt ihr nicht, daß ich in der Großstadt lebe, und sie hat noch nie ein gutes Wort für irgendeinen meiner Jobs, meiner Männer oder meinen Kleidungsstil übrig gehabt.«

Tommy, der gerade die Küchenspüle schrubbte, hielt inne und sah hoch. »Worüber soll ich also mit ihr reden?«

»Es wäre vermutlich das beste, wenn du still dasitzen und reumütig aussehen würdest.«

»So sehe ich immer aus.«

Jody hörte, wie die Haustür aufging. »Sie ist da. Geh und zieh dir schnell ein anderes Hemd an!«

Tommy eilte ins Schlafzimmer. Bereits im Laufen zog er sich sein einärmeliges Hemd aus. Ich bin noch nicht soweit, dachte er. Ich muß noch einiges an mir machen, bevor ich präsentierfähig bin.

Jody öffnete die Tür; sie kam ihrer Mutter zuvor, die schon die Hand zum Klopfen erhoben hatte.

»Mom!« sagte Jody mit all der Begeisterung, die sie sich abringen konnte. »Du siehst toll aus!«

Frances Evelyn Stroud stand im Treppenhaus und musterte ihre Tochter mißbilligend. Sie war eine kleine, untersetzte Frau, eingehüllt in etliche Lagen Wolle und Seide unter einem eierschalenfarbenen Kaschmirmantel. Ihr Haar war graublond gesträhnt, so toupiert und in Form gesprayt, daß es den Blick auf zwei Perlenohrringe von der Größe von Pingpongbällen freigab. Ihre Augenbrauen waren ausgezupft und neu aufgemalt worden, ihre Wangenknochen waren hoch und mit Rouge betont, ihre Lippen mit einem feinen Strich umrandet, mit einem Pinsel ausgemalt und verkniffen. Sie hatte dieselben leuchtendgrünen Augen wie ihre Tochter, nur daß in ihnen jetzt stummer Tadel blitzte. Sie war einmal hübsch gewesen, doch nun war sie in jenes Zwischenstadium der Wechseljahre eingetreten, in dem man eine Frau allgemein als gutaussehend bezeichnete.

»Darf ich reinkommen?« fragte sie.

Die Worte rissen Jody aus ihrer halbherzigen Geste einer angebotenen Umarmung, und sie ließ die Arme sinken. »Natürlich«, sagte sie und trat zur Seite. »Schön, dich zu sehen«, erklärte sie, als sie die Tür hinter ihrer Mutter schloß.

Tommy stürzte aus dem Schlafzimmer in die Küche und kam schlitternd auf Socken zum Halten. »Hallo«, sagte er. Jody legte ihrer Mutter eine Hand auf den Rücken. Frances zuckte bei der Berührung kaum wahrnehmbar zusammen. »Mutter, das ist Thomas Flood. Er ist Schriftsteller. Tommy, das ist meine Mutter, Frances Stroud.«

Tommy näherte sich Frances und bot ihr seine Hand an. »Freut mich, Sie kennenzulernen ...«

Frances umklammerte ihre Gucci-Handtasche, dann zwang sie sich, seine Hand anzunehmen. »Mrs. Stroud«, sagte sie, um der Unerfreulichkeit vorzugreifen, ihren Vornamen aus Tommys Mund zu hören.

Jody beendete den peinlichen Moment, damit sie zum nächsten übergehen konnten. »Also, Mom, kann ich dir deinen Mantel abnehmen? Möchtest du dich setzen?«

Frances Stroud gab ihrer Tochter den Mantel, als würde sie einem Räuber ihre Kreditkarten geben, so als wolle sie gar nicht wissen, wohin er verschwand, da sie ihn ohnehin nie wiedersehen würde. »Ist das eure Couch?« fragte sie und deutete mit einem Nicken auf den Futon.

»Nimm Platz, Mutter; wir holen dir etwas zu trinken. Wir haben ...« Jody wurde bewußt, daß sie keine Ahnung hatte, was sie im Hause hatten. »Tommy, was haben wir?«

Tommy hatte nicht erwartet, daß die Fragerei so schnell beginnen würde. »Ich sehe nach«, sagte er. Er lief eilig in die Küche und riß einen Schrank auf. »Wir haben Kaffee, normal und koffeinfrei.« Er wühlte sich hinter den Kaffee, den Zucker, den Kaffeeweißer. »Wir haben Ovaltine und ...« Er riß die Kühlschranktür auf. »Bier, Milch, Johannisbeersaft und Bier – jede Menge Bier – ich meine, nicht wirklich eine Menge, aber doch einiges, und ...« Er öffnete die Gefriertruhe. Peary starrte durch eine Lücke zwischen den Tiefkühlmenüs zu ihm auf. Tommy schlug den Gefriertruhendeckel zu. »... das wär's. Hier ist nichts drin.«

»Koffeinfreien, bitte«, sagte Mutter Stroud. Sie wandte sich zu Jody, die gerade zurückkam, nachdem sie den Kaschmirmantel ihrer Mutter zusammengeknüllt in die Ecke des Garderobenschranks gestopft hatte. »Also, du hast deine Stelle bei Transamerica aufgegeben. Arbeitest du zur Zeit, Liebes?«

Jody setzte sich ihrer Mutter gegenüber in den Korbsessel vor dem Korbcouchtisch. (Tommy hatte entschieden, das Loft ganz im Pier-1-Imports-Billigramsch-Stil einzurichten. Als Resultat davon war das Loft nur einen Deckenventilator und einen Kakadu davon entfernt, wie ein thailändischer Puff auszusehen.)

»Ich arbeite jetzt im Marketing«, sagte Jody. Es klang seriös. Es klang professionell. Es klang wie eine Lüge.

»Du hättest es mir sagen und mir so die Peinlichkeit ersparen können, Transamerica anzurufen, nur um festzustellen, daß du entlassen wurdest.«

»Ich habe gekündigt, Mutter. Ich bin nicht entlassen worden.«

Tommy, der sein Bestes gab, unsichtbar zu werden, dienerte sich zwischen die beiden, um den Entkoffeinierten zu servieren, den er mit Milch und Zucker auf einem Weidentablett arrangiert hatte. »Und Sie, Mr. Flood, Sie sind Schriftsteller? Was schreiben Sie denn so?«

Tommy wurde munterer. »Ich arbeite zur Zeit an einer Kurzgeschichte über ein kleines Mädchen, das in den Südstaaten aufwächst. Ihr Vater sitzt im Zuchthaus.«

»Sie stammen also aus den Südstaaten?«

»Nein, aus Indiana.«

»Oh«, sagte sie, als hätte Tommy gerade eingestanden, von Ratten großgezogen worden zu sein. »Und welche Universität haben Sie besucht?«

»Ich, ähm, ich bin eher so etwas wie ein Autodidakt. Ich halte Erfahrung für den besten Lehrmeister.« Tommy bemerkte, daß er schwitzte.

»Ich verstehe«, sagte Frances. »Und wo kann ich Ihre Werke lesen?«

»Ich habe noch nicht veröffentlicht.« Er wand sich. »Aber ich arbeite daran«, füge er eilig hinzu.

»Also haben Sie noch einen anderen Job. Arbeiten Sie auch im Marketing?«

Jody griff ein. Sie konnte sehen, wie Tommy der kalte Schweiß ausbrach. »Er ist Filialleiter des Marina Safeway, Mutter.« Es war nur eine kleine Lüge, nichts im Vergleich zu dem Lügenteppich, den sie über die Jahre für ihre Mutter gewebt hatte.

Mutter Stroud schwenkte ihren Skalpellblick auf ihre Tochter. »Weißt du, Jody, es ist noch nicht zu spät, sich in Stanford zu bewerben. Du wärst ein bißchen älter als die anderen Erstsemester, aber ich könnte meine Kontakte spielen lassen.«

Wie macht sie das? fragte Jody sich. Wie schafft sie es bloß, mir binnen Minuten das Gefühl zu geben, ich wäre nicht besser als ein Hundehaufen? Warum tut sie das?

»Mutter, ich denke, ein Studium kommt für mich nicht mehr in Frage.«

Mutter Stroud nahm ihre Tasse hoch, als wollte sie einen Schluck trinken, dann hielt sie inne. »Natürlich, Liebes. Du willst ja schließlich nicht deine Karriere und deine Familie vernachlässigen.«

Es war ein verbaler Tiefschlag, ausgeführt mit artiger, erlesener Boshaftigkeit. Jody war, als würde etwas in ihr fallen, wie Zyanidkapseln in Säure. Ihr Schuldgefühl plumpste durch die Galgenfalltür und zuckte ein letztes Mal an seinem gebrochenen Genick. Sie bereute nur die zehntausend Sätze, die sie mit »Ich liebe dich Muttter, aber …« begonnen hatte. Das sagt man, damit einen die Leute nicht für kaltschnäuzig und unmenschlich halten, dachte Jody. Dafür ist es jetzt zu spät.

»Vielleicht hast du recht, Mutter«, sagte sie. »Wenn ich nach Stanford gegangen wäre, hätte ich vielleicht verstanden, warum ich nicht mit einem angeborenen Wissen über Kochen und Saubermachen und Kindererziehung und das Vereinbaren von Beruf und Familie zur Welt gekommen bin. Ich habe mich schon immer gefragt, ob es ein Mangel an Bildung oder ein genetischer Defekt ist.«

Mutter Stroud war ungerührt. »Über die Erbanlagen auf der Seite deines Vaters kann ich nichts sagen, Liebes.«

Tommy war dankbar, daß Mutter Strouds Aufmerksamkeit sich von ihm abgewandt hatte, doch er konnte sehen, wie sich der Blick in Jodys Augen veränderte, von verletzt zu wütend wechselte. Er wollte ihr zu Hilfe eilen. Er wollte Frieden schließen. Er wollte sich in einer Ecke verstecken. Er wollte in die Bresche springen und dieser Frau zeigen, was eine Harke ist. Er wog seine höfliche Erziehung gegen die Anarchisten, Rebellen und Bilderstürmer ab, die seine Vorbilder waren. Er war Schriftsteller, und seine Waffen waren Worte. Sie würde keine Chance gegen ihn haben. Er würde sie vernichten.

Und das hätte er auch getan. Er holte gerade tief Luft, um sich für die erste verbale Salve zu wappnen, als er ein Stück Jeansstoff unter dem Futonrahmen verschwinden sah: sein abgetrennter Hemdsärmel. Ihm stockte der Atem; er sah zu Jody. Jody lächelte und schwieg.

»Dein Vater war mit einem Sportstipendium auf Stanford, mußt du wissen«, sagte Mutter Stroud. »Sonst hätten sie ihn nie angenommen.«

»Da hast du sicher recht, Mutter«, erwiderte Jody. Sie lächelte höflich, während sie nicht ihrer Mutter lauschte, sondern dem melodischen Kratzen von Schildkrötenkrallen auf dem Teppich. Als sie sich auf das Geräusch konzentrierte, konnte sie das langsame, kalte Schlagen von Scotts Herz hören.

Mutter Stroud nippte an ihrem Kaffee und blickte über den Tassenrand. Tommy wartete. »Und, wirst du lange in der Stadt bleiben?« fragte Jody.

»Ich bin nur zum Einkaufen hergekommen. Ich sponsore eine Wohltätigkeitsveranstaltung für die Monterey Symphony, und ich brauchte ein neues Abendkleid. Natürlich hätte ich auch etwas in Carmel gefunden, aber das hätten alle schon mal gesehen. Das ist der Fluch, wenn man dort lebt, wo jeder jeden kennt.«

Jody nickte, als würde sie das nur zu gut verstehen. Es gab nichts, was sie mit dieser Frau verband, jetzt nicht mehr. Frances Evelyn Stroud war eine Fremde, eine unangenehme Fremde. Jody fühlte sich enger mit der Schildkröte unter dem Futon verbunden.

Unter dem Futon erspähte Scott ein Schuppenmuster auf Mutter Strouds Schuhen. Er hatte noch nie italienische Pumps aus Kroko-Imitat gesehen, aber er kannte Schuppen. Wenn man friedlich im Schlamm am Grund eines Teiches vergraben lag und Schuppen sah, bedeutete das Futter. Und dann biß man zu.

Frances Stroud stieß einen schrillen Schrei aus, sprang auf und zog mit einem Ruck ihren rechen Fuß aus ihrem Schuh, während sie nach vorn in den Korbcouchtisch fiel. Jody fing ihre Mutter an den Schultern auf und stellte sie auf die Füße. Frances stieß Jody weg und wich quer durch das Zimmer zurück, während sie sah, wie eine Schnappschildkröte unter dem Futon hervorkam und fröhlich an ihrem Pump kaute.

»Was ist das? Was ist das für ein Vieh? Das Vieh frißt meinen Schuh! Haltet es auf! Bringt es um!«

Tommy sprang mit einem Satz über den Futon und warf sich auf die Schildkröte. Er bekam gerade noch den Absatz des Schuhs zu fassen, bevor dieser verschwand. Scott grub seine Krallen in den Teppich und wich nach hinten zurück. Tommy tauchte mit dem Absatz in der Hand wieder hinter dem Futon auf.

»Ich habe einen Teil gerettet.«

Jody ging zu ihrer Mutter. »Ich wollte schon den Kammerjäger rufen, Mutter. Wenn ich füher gewußt hätte ...«

Mutter Stroud atmete in empörten Japsern. »Wie kannst du nur so leben?«

Tommy hielt ihr den Absatz hin.

»Den will ich nicht. Rufen Sie mir ein Taxi.«

Tommy überlegte einen Moment, ob er die Gelegenheit nutzen sollte, dann ließ er sie jedoch verstreichen und ging zum Telefon.

»Du kannst nicht ohne Schuhe rausgehen, Mutter. Ich hole dir etwas, was du überziehen kannst.« Jody ging ins Schlafzimmer und kam mit ihrem ausgelatschtesten Paar Turnschuhe zurück. »Hier, Mutter, die werden dich zurück zum Hotel bringen.«

Voller Angst, sich irgendwo hinzusetzen, lehnte Mutter Stroud sich gegen die Tür und stieg in die Turnschuhe. Jody schnürte sie für sie zu und steckte den nicht aufgefressenen Pumps in die Handtasche ihrer Mutter. »Das hätten wir.« Sie trat zurück. »Also, wie werden wir die Feiertage verbringen?«

Mutter Stroud schüttelte nur den Kopf, den Blick starr auf Scott gerichtet. Die Schildkröte hatte sich zwischen den Beinen des Couchtischs verkeilt und schleifte ihn mit sich durch die Wohnung.

Draußen fuhr ein Taxi vor und hupte. Mutter Stroud riß

ihren Blick von der Schildkröte los und sah ihre Tochter an. »Ich werde über die Feiertage in Europa sein. Ich muß jetzt gehen.« Sie öffnete die Tür und zwängte sich rückwärts hindurch.

»Tschüs, Mom«, sagte Jody.

»Nett, Sie kennengelernt zu haben, Mrs. Stroud«, rief Tommy ihr nach.

Als das Taxi wegfuhr, wandte Tommy sich zu Jody und sagte: »Nun, das ist ja recht gut gelaufen, findest du nicht? Ich glaube, sie mag mich.«

Jody lehnte an der Tür und starrte auf den Boden. Sie sah hoch und begann still zu kichern. Einen Augenblick später stand sie vorübergebeugt da und lachte schallend.

»Was ist?« fragte Tommy.

Jody sah zu ihm auf. Tränen liefen ihr übers Gesicht. »Ich glaube, ich bin jetzt bereit, deine Familie kennenzulernen, findest du nicht auch?«

»Ich weiß nicht. Sie könnten etwas bestürzt darüber sein, daß du keine Methodistin bist.«

24. KAPITEL

Die Rückkehr des Frühstücks

Der Kaiser lag mit ausgebreiteten Armen am Ende eines Piers im Saint-Francis-Jachtclubhafen und beobachtete die Wolken, die über die Bucht zogen. Bummer und Lazarus lagen neben ihm, die Beine in die Luft gereckt, und dösten. Wenn die Hunde nicht gelächelt hätten, hätte man meinen können, die drei wären dort gekreuzigt worden.

»Kameraden«, sagte der Kaiser, »es scheint mir jetzt doch so, als ob etwas Wahres an diesem Otis-Redding-Song wäre, wo er davon singt, am Pier zu sitzen und auf die Bucht zu schauen. Nach einer langen Nacht des Vampirjagens ist dies die angenehmste Art, den Tag zu verbringen. Bummer, ich denke, das verlangt nach einer Belobigung. Als du uns hierher geführt hast, dachte ich, du würdest nur unsere Zeit verschwenden.«

Bummer antwortete nicht. Er träumte von einem Park voller großer Bäume und mundgerechter Postboten. Seine Beine zuckten, und jedesmal, wenn er einen der winzigen Postbotenköpfe knackte, stieß er ein schläfriges *Wuff* aus. Im Traum schmecken Postboten wie Hähnchen.

»Aber so angenehm es hier auch ist«, fuhr der Kaiser fort, »es birgt doch den Beigeschmack von Schuld, von Verantwortung. Zwei Monate jagen wir diesen Unhold nun schon, und wir sind ihm noch nicht näher als am Anfang. Und doch liegen wir hier und genießen den Tag. Ich kann die Gesichter der Opfer in diesen Wolken sehen.«

Lazarus rollte sich auf den Bauch und leckte die Hand des Kaisers.

»Du hast recht, Lazarus, ohne Schlaf werden wir nicht

für die Schlacht bereit sein. Vielleicht hat Bummer mehr Weisheit bewiesen, als wir dachten, als er uns hierherführte.«

Der Kaiser schloß die Augen und ließ sich vom sanften Klatschen der Wellen gegen den Pier in den Schlaf lullen.

Hundert Meter entfernt lag eine dreißig Meter lange Jacht vor Anker, registriert in den Niederlanden. Unter Deck, in einer wasserdichten Kammer aus rostfreiem Stahl, verschlief der Vampir den Tag.

Tommy hatte gerade eine Stunde geschlafen, als ein Hämmern an der Haustür im Erdgeschoß ihn weckte. Er stieß Jody in der Dunkelheit des Schlafzimmer an, doch sie schlief den Schlaf der Untoten. Er sah auf seine Uhr: 7 Uhr 30.

Das Loft bebte von den Schlägen. Tommy kroch aus dem Bett und wankte in Unterwäsche zur Tür. Das Morgenlicht, das durch die Fenster des Lofts hereinschien, blendete ihn einen Moment lang, und er stieß sich auf dem Weg durch die Küche sein Schienbein an der Ecke der Gefriertruhe.

»Ich komme ja schon«, brüllte er. Es klang, als würde jemand mit einem Hammer auf die Tür einschlagen.

Er vollführte einen Quasimodo-Schritt und rutschte auf dem Hintern die Treppe hinunter, eine Hand um sein verletzes Schienbein geklammert. Unten angekommen, öffnete er die Haustür einen Spaltweit, Simon spähte herein. Tommy konnte einen Hammer in seiner Hand sehen, zu einem weiteren Schlag erhoben.

»Kumpel, wir müssen uns mal zusammensetzen«, erklärte Simon.

»Ich schlaf noch, Sime. Jody schläft auch.«

»Nun, jetzt bist du auf. Weck dein kleines Frauchen, wir brauchen ein Frühstück.«

Tommy öffnete die Tür ein Stück weiter und sah Drew

hinter Simon stehen und ihm ein bekifftes, blödes Grinsen schenken. »Furchtloser Führer!«

Alle Tiere waren da und warteten, Einkaufstüten in der Hand.

So muß Anne Frank sich gefühlt haben, als die Gestapo vor der Tür stand, ging es Tommy durch den Sinn.

Simon drängte sich durch die Tür, so daß Tommy einen Schritt zurückhüpfen mußte, um sich nicht auch noch die Zehen zu stoßen. »He!«

Simon blickte auf Tommys von einer Erektion ausgebeulte Jockeyshorts. »Ist das nur die übliche Morgenlatte, oder bist du gerade beschäftigt?«

»Ich hab doch gesagt, ich habe geschlafen.«

»Du bist noch jung, er kann noch wachsen. Gräm dich nicht.«

Tommy blickte auf sein beleidigtes Glied, während Simon an ihm vorbei die Treppe hinaufstürmte, gefolgt vom Rest der Tiere. Clint und Lash blieben stehen und halfen Tommy auf die Füße.

»Ich habe geschlafen«, erklärte Tommy jammernd. »Es ist mein freier Tag.«

Lash klopfte Tommy kameradschaftlich auf die Schulter. »Ich schwänze heute die Uni. Wir dachten, du könntest moralische Unterstützung gebrauchen.«

»Weshalb? Mir geht's gut.«

»Letzte Nacht sind Cops in den Laden gekommen und haben nach dir gefragt. Wir haben ihnen aber nicht deine Adresse gegeben.«

»Cops?« Tommy wachte auf. Er konnte hören, wie oben im Loft Bierdosen geöffnet wurden. »Was wollten die Cops von mir?«

»Sie wollten deine Stechkarte sehen. Sie wollten nachprüfen, ob du in 'ner Reihe von Nächten gearbeitet hast. Sie haben nicht gesagt, warum. Simon hat versucht sie abzulenken, indem er dich beschuldigt hat, Anführer einer schwarzen Terrorgruppe zu sein.«

»Das war nett von ihm.«

»Ja, er ist ein wahrer Schatz. Er hat der neuen Kassiererin Mara, erzählt, daß du in sie verliebt wärst, aber zu schüchtern bist, es ihr zu sagen.«

»Vergib ihm«, sagte Clint fromm. »Er weiß nicht, was er tut.«

Simon tauchte am Treppenabsatz auf. »Flood, hast du die Braut betäubt, oder was? Sie wacht einfach nicht auf.«

»Bleibt vom Schlafzimmer weg!« Tommy schüttelte Lash und Clint ab und stürmte die Treppe hinauf.

Cavuto kaute an einer unangezündeten Zigarre. »Laß uns zur Wohnung des Jungen fahren und ihn mal ein bißchen unter Druck setzen.«

Rivera blickte von einem Stapel grüngestreifter Computerausdrucke hoch. »Warum? Er hat gearbeitet, als all die Morde passiert sind.«

»Weil er alles ist, was wir haben. Was ist mit den Fingerabdrücken auf dem Buch – irgendwas dabei rausgekommen?«

»Auf dem Umschlag waren etwa ein Dutzend gute Abdrücke, aber sie sind nicht im Computer erfaßt. Das Interessante ist, keiner der Abdrücke gehörte dem Opfer. Er hat das Buch nicht angefaßt.«

»Was ist mit dem Jungen; sind es seine?«

»Wissen wir nicht, seine Abdrücke wurden noch nie registriert. Laß gut sein, Nick. Der Junge hat die Leute nicht umgebracht.«

Cavuto fuhr sich mit der Hand über seinen kahlen Schädel, als würde er nach einer Beule suchen, die eine Antwort enthielt. »Laß ihn uns verhaften und seine Fingerabdrücke nehmen.«

»Unter welcher Anklage?«

»Fragen wir ihn! Du weißt doch, was die Chinesen sagen: ›Schlag ein Kind jeden Tag; wenn du nicht weißt, warum, das Kind wird es schon wissen.‹«

»Hast du je an Adoption gedacht, Nick?« Rivera blätterte die letzte Seite des Ausdrucks um und warf ihn dann in den Papierkorb neben dem Schreibtisch. »Der Computer hat nichts ausgespuckt. Bei allen ungeklärten Fällen mit hohem Blutverlust gab es Verstümmelungen. Keine Vampire.«

Zwei Monate lang hatten sie vermieden, dieses Wort auszusprechen. Doch jetzt war es da. Cavuto holte ein Streichholz hervor, riß es an seiner Schuhsohle an und hielt es an die Spitze seiner Zigarre. »Rivera, wir werden für den Täter nie wieder das V-Wort benutzen. Du erinnerst dich nicht an den Night Stalker. Diese beschissene Halsbrecher-Sache, die sich die Presse ausgekocht hat, ist schon schlimm genug.«

»Du solltest hier drin nicht rauchen«, bemerkte Rivera. »Die Körnerfresser werden Beschwerde einreichen.«

»Die können mich mal. Ich kann nicht nachdenken, ohne zu rauchen. Laß uns die Sexualtäter überprüfen. Wir suchen nach Vorstrafen für Vergewaltigung und Überfälle, bei denen Blut abgezapft wurde. Dieser Kerl könnte sich zu Mord hochgearbeitet haben. Dann vergleichen wir die Liste mit den Transvestiten.«

»Den Transvestiten?«

»Ja, ich will diese Sache mit der Rothaarigen ad acta legen. Eine Spur zu haben, ruiniert unsere makellose Statistik.«

Sie erwachte zu einem Miasma von Gerüchen, die sie wie ein Totschläger trafen: angebrannte Eier, Bratfett, Bier, Ahornsirup, abgestandener Haschischrauch, Whiskey, Erbrochenes und Männerschweiß. Die Gerüche riefen Erinnerungen an die Zeit vor ihrer Verwandlung wach – Erinnerungen an Highschool-Partys und besoffene Surfer, die mit dem Gesicht in einer Lache von Erbrochenem lagen. Kater-Erinnerungen. Da sie direkt nach dem Besuch ihrer Mutter hochkamen, riefen sie auch Schuldgefühle und Ekel und den Drang, sich wieder ins Bett fallen zu lassen und die Decke über den Kopf zu ziehen, in ihr hervor.

Ich vermute, es gibt da einige Aspekte des Menschseins, die ich nicht vermisse, dachte sie.

Sie zog sich eine Trainingshose und eines von Tommys Hemden über und öffnete die Schlafzimmertür. Es sah aus, als ob das Frachtschiff *Spiegeleier und Speck* in der Küche auf Grund gelaufen wäre. Jede horizontale Fläche war mit Frühstückstreibgut bedeckt. Jody stieg vorsichtig durch die Überreste, um keinen der Teller, Bratpfannen, Kaffeebecher oder Bierdosen umzustoßen, die auf dem Fußboden verstreut waren. Hinter der Gefriertruhe und der Küchentheke entdeckte sie den Überlebenden des Schiffbruchs.

Tommy lag schnarchend auf dem Futon, eine leere Bushmill's-Flasche neben seinem Kopf.

Jody stand einen Moment lang da und ging ihre Möglichkeiten durch. Einerseits wollte sie einen Wutanfall bekommen, Tommy aufwecken und ihn anschreien, weil er ihr Heim den einfallenden Barbarenhorden preisgegeben hatte. Ein selbstgerechter Zornesausbruch war höchst verlockend. Andererseits war Tommy bis heute immer sehr rücksichtsvoll gewesen. Und er *würde* das alles aufräumen. Außerdem wäre der Kater, der ihm bevorstand, eine größere Strafe, als sie in einer Woche austeilen könnte. Und ganz nebenbei war sie auch gar nicht *so* wütend. Es schien keine Rolle zu spielen. Es war nur Unordnung. Es war eine schwere Entscheidung.

Ach, zum Teufel damit, warum aus einer Mücke einen

Elefanten machen? entschied sie schließlich. Ich werde ihm einfach Kaffee kochen und ihn mit dem »Ich-bin-so-enttäuscht-von-dir«-Blick strafen.

»Tommy«, sagte sie. Sie setzte sich auf die Kante des Futons und rüttelte ihn sanft. »Liebling, wach auf! Du hast das Haus zerstört, und ich möchte, daß du dafür leidest.«

Tommy öffnete ein blutunterlaufenes Auge und stöhnte. »Mir ist schlecht«, brachte er heraus.

Jody hörte ein krampfartiges Blubbern in Tommys Magen, und bevor sie noch darüber nachdenken konnte, hatte sie ihn schon unter den Achselhöhlen gepackt und schleppte ihn durch das Zimmer zur Küchenspüle.

»O mein Gott!« rief Tommy aus. Wenn er noch mehr sagen wollte, dann wurde es von dem Geräusch übertönt, mit dem sich sein Mageninhalt in die Spüle entleerte. Jody hielt ihn aufrecht und lächelte leise das Lächeln der selbstgerecht Nüchternen.

Nachdem er sich ausgekotzt hatte, sah Tommy keuchend zu ihr hoch. »Soll ich dir einen Drink holen?« fragte Jody ihn fröhlich.

»O mein Gott!« Sein Kopf tauchte wieder in die Spüle ab, und das Würgen begann von neuem. Jody klopfte ihm den Rücken und gurrte »Mein armes Baby«, bis er wieder zum Luftholen hochkam.

»Wie steht's mit Frühstück?« fragte sie.

Und wieder tauchte er in die Spüle ab.

Nach fünf Minuten ließ das Würgen nach, und Tommy hing schlaff über dem Rand der Spüle. Jody drehte den Wasserhahn auf und benutzte das Geschirrspülmittel, um ihm das Gesicht abzuwaschen. »Ich vermute, du und die Jungs hatten heute morgen eine kleine Party, was?«

Tommy nickte, ohne aufzublicken. »Ich wollte sie nicht reinlassen. Es tut mir leid. Ich bin ein Schwein.«

»Ja, das bist du, Liebling.« Sie raufte ihm das Haar.

»Ich mach es wieder sauber.«

»Ja, das wirst du«, erwiderte sie.

»Es tut mir wirklich leid.«

»Ja, das tut es. Möchtest du zurück zum Futon und dich hinsetzen?«

»Wasser«, sagte Tommy.

Sie ließ Wasser in ein Glas laufen und stützte Tommy, während er es trank, dann hielt sie ihn über die Spüle, als das Wasser wieder hochkam.

»Bist du jetzt fertig?« fragte sie.

Er nickte.

Sie schleppte ihn ins Badezimmer und wusch ihm das Gesicht, wobei sie ein wenig heftiger als nötig rubbelte, wie eine wütende Mutter, die einem schokoladeverschmierten Kleinkind mit Spucke das Gesicht abrieb. »Jetzt setzt du dich hin, und ich mache dir einen Kaffee.«

Tommy taumelte zurück ins Wohnzimmer und plumpste auf den Futon. Jody fand die Filtertüten im Schrank und machte sich ans Kaffeekochen. Sie öffnete den Schrank wieder, um nach einer Tasse zu suchen, aber die Tiere hatten alle aufgebraucht. Sie lagen überall im Loft verstreut, umgekippt oder halbvoll mit Whiskey, verwässert von geschmolzenen Eiswürfeln.

Eiswüfeln?

»Tommy!«

Er stöhnte und hielt sich den Kopf. »Schrei nicht so.«

»Tommy, habt ihr Jungs die Eiswürfel aus der Gefriertruhe genommen?«

»Ich weiß nicht. Simon hat den Barkeeper gespielt.«

Jody schlug den Deckel zu und stürmte zu Tommy.

»Verdammt noch mal, Tommy, wie konntest du so unvorsichtig sein?«

»Schrei mich nicht an. Bitte, schrei mich nicht an. Ich mache ja alles sauber.«

»Leck mich doch am Arsch. Jemand war an der Gefriertruhe. Jemand hat die Leiche gesehen.«

»Ich glaube, ich muß kotzen.«

»Sind sie ins Schlafzimmer gekommen, während ich geschlafen habe? Haben sie mich gesehen?«

Tommy wiegte seinen Kopf in den Händen, so als würde er jeden Moment auseinanderplatzen und sein Gehirn über den Fußboden verspritzen. »Sie mußten aufs Klo. Aber es ist alles in Ordnung; ich hab dich zugedeckt, damit du kein Licht abbekommst.«

»Du Idiot!« Sie griff sich einen Kaffeebecher und holte damit aus, doch dann beherrschte sie sich im letzten Moment. Sie mußte hier raus, bevor sie ihm etwas antat. Sie zitterte, als sie den Becher auf der Küchentheke abstellte.

»Ich gehe jetzt erst mal weg, Tommy. Räum hier auf.« Sie drehte sich um und verschwand im Schlafzimmer, um sich anzuziehen.

Als sie, noch immer bebend vor Zorn, wieder herauskam, stand Tommy in der Küche und machte eine Armesündermiene.

»Wirst du wieder nach Hause kommen, bis ich zur Arbeit gehe?«

Sie blitzte ihn wütend an. »Ich weiß nicht. Ich weiß nicht, wann ich zurückkomme. Warum hast du nicht einfach ein Schild an die Tür gehängt: ›Vampir zu besichtigen‹? Es ist mein Leben, das du hier aufs Spiel setzt, Tommy!«

Er antwortete nicht. Sie drehte sich auf dem Absatz um, verließ das Loft und schlug die Tür hinter sich zu.

»Ich werde die Schildkröten für dich füttern«, rief er ihr hinterher.

Teil Drei

Jäger

25. KAPITEL

Erkennen Sie Ihren Typ

Tommy fegte durch das Loft, sammelte Bierdosen und Frühstücksteller ein und trug sie in die Küche. »Miststück!« sagte er zu Peary. »Gemeines Miststück. Es ist ja nicht so, als ob ich Erfahrung mit so was hätte. Es gibt ja schließlich keine *Cosmo*-Artikel darüber, wie man für einen Vampir sorgt. Blutsaugendes, die Tage verschlafendes, Schildkröten hausendes, gruseliges, kein Klopapier kaufendes, rücksichtsloses Miststück!«

Er ließ eine Ladung Geschirr in die Spüle fallen. »Ich habe schließlich nicht darum gebeten. Ein paar Freunde sind zum Frühstücken vorbeigekommen, und sie dreht völlig durch. Habe ich mich etwa angestellt, als ihre Mutter ohne Vorwarnung hereingeschneit ist? Habe ich auch nur ein Wort verloren, als sie einen Toten mit nach Hause gebracht und ihn unter dem Bett versteckt hat? Nichts gegen dich, Peary. Beschwere ich mich darüber, daß sie die Tage verschläft? Oder über ihre Eßgewohnheiten? Nein, ich habe nicht ein Wort darüber verloren.

Es ist ja nicht gerade so, als wäre ich in die Stadt gekommen und hätte gesagt: ›Oh, ich kann's gar nicht abwarten, eine Frau zu finden, deren einziger Spaß im Leben es ist, mir die Körperflüssigkeiten auszusaugen.‹ In Ordnung, vielleicht habe ich das gesagt, aber so etwas wie das hier habe ich nicht gemeint.«

Tommy knotete eine Mülltüte voller Bierdosen zu und warf sie in die Ecke. Das Scheppern hallte in seinem Kopf wider und erinnerte ihn an seinen Kater. Er preßte seine pochenden Schläfen und ging ins Badezimmer, wo er würgte, bis er glaubte, daß sein Magen sich von innen nach außen kehrte. Er stemmte sich von der Kloschüssel hoch und wischte sich die Augen. Zwei Schnappschildkröten beäugten ihn aus der Wanne.

»Was glotzt ihr denn so?«

Scott klappte die Kinnlage herunter und fauchte. Zelda tauchte in dem dreißig Zentimeter hohen, dreckigen Wasser unter und schwamm zur einen Ecke der Wanne.

»Ich brauche eine Dusche. Ihr zwei beide müßt euch eine Weile anderweitig amüsieren.«

Tommy fand ein Handtuch und fing die beiden Schildkröten aus der Wanne, dann stieg er hinein und ließ die Dusche laufen, bis das Wasser kalt wurde. Während er sich anzog, beobachtete er Scott und Zelda dabei, wie sie im Schlafzimmer umherwanderten, gegen Wände liefen, dann zurücksetzen und weiterkrochen, bis sie eine andere Wand rammten.

»Euch geht's beschissen, stimmt's. Keiner hat euch lieb? Nun, es sieht nicht so aus, als ob Jody Verwendung für euch haben wird. Aber wer hat denn auch schon mal von einem Vampir mit einem schwachen Magen gehört? Es gibt keinen Grund, daß es uns allen beschissen gehen muß.«

Tommy hatte die Plastikkisten, in denen er Scott und Zelda getragen hatte, als Wäschekörbe benutzt. Er kippte die schmutzige Wäsche auf den Boden und legte nasse Handtücher in die Kisten. »Auf geht's, Jungs. Wir gehen in den Park.«

Er setzte Scott in eine Kiste und trug ihn die Treppe hinunter zum Bürgersteig. Dann ging er nach oben, um Zelda zu holen und ein Taxi zu rufen. Als er wieder auf die Straße kam, stand einer der Rocker/Bildhauer vor der Gießerei und tupfte sich mit einer Bandanna den Schweiß aus dem Bart.

»Du wohnst oben, stimmt's?« Der Bildhauer war etwa

fünfunddreißig, langhaarig und bärtig. Er trug eine speckige Jeans und eine Jeansweste, ohne Hemd darunter. Sein Bierbauch ragte aus der Weste und hing über seinen Gürtel wie ein großer, behaarter Sack mit Pudding.

»Ja, ich bin Tom Flood.« Tom stellte die Kiste ab und streckte seine Hand aus. Der Bildhauer packte sie so fest, daß Tommy vor Schmerz zusammenzuckte.

»Ich bin Frank. Mein Partner heißt Monk. Er ist drinnen.«

»Monk?«

»Abkürzung für Monkey. Wir arbeiten in Messing und Bronze.«

»Oh«, sagte Tommy und nickte, als hätte er verstanden, während er sich seine gequetschte Hand massierte.

»Was sind denn das für Schildkröten?« fragte Frank.

»Haustiere«, erklärte Tommy. »Sie werden zu groß für die Wohnung, also fahre ich mit dem Taxi rüber zum Golden Gate Park und setze sie im Teich aus.«

»Ist deine Alte deshalb so sauer abgebraust?«

»Ja, sie will sie nicht mehr im Haus haben.«

»Scheißweiber«, sagte Frank mitfühlend. »Meine letzte Tussi hat mir immer in den Ohren gelegen, weil ich meinen Hobel im Wohnzimmer stehen habe. Den Hobel hab ich immer noch.«

Offenkundig sollte Tommy nach Franks Ansicht Jody in einer Kiste aus dem Haus tragen. Frank hielt ihn für einen Schwächling. »Ich hab mich da nicht reingehängt«, erklärte Tommy achselzuckend, »sie haben ihr gehört. Mir sind sie egal.«

»Ich könnte zwei Schildkröten gebrauchen, wenn du das Geld für's Taxi sparen willst.«

»Wirklich?« Tommy hatte die Vorstellung, die Kisten in ein Taxi zu laden, sowieso nicht gefallen. »Ihr wollt sie aber doch nicht essen, oder? Ich meine, mir ist das egal, aber …«

»Nee, niemals, Mann.«

Ein blaues Taxi fuhr vor und hielt an. Tommy gab dem Fahrer ein Zeichen, dann drehte er sich wieder zu Frank um. »Ich habe sie mit Hamburgern gefüttert.«

»Cool«, sagte Frank.

»Ich muß los.« Tommy öffnete die Taxitür und sah noch ein letztes Mal zu Frank. »Kann ich sie besuchen?«

»Jederzeit«, erwiderte Frank. »Nachher.« Er bückte sich und hob die Kiste mit Zelda hoch.

Tommy stieg in das Taxi. »Marina Safeway«, sagte er. Er würde zwei Stunden zu früh zur Arbeit kommen, aber er wollte nicht im Loft bleiben und eine weitere Tirade riskieren, sollte Jody zurückkommen. Er konnte die Zeit ja mit Lesen oder so was totschlagen.

Als das Taxi losfuhr, schaute er aus dem Rückfenster und sah, wie Frank gerade die zweite Kiste ins Haus trug. Tommy war zumute, als hätte er gerade seine Kinder ausgesetzt.

Ich vermute, es hat sich nicht alles verändert, als ich mich verändert habe, dachte Jody. Ohne zu wissen, wie sie dort hingekommen war, fand sie sich bei Macy's am Union Square wieder. Es war so, als ob irgendein instinktives Navigationssystem, aktiviert durch Konflikte mit Männern, sie dorthin geführt hatte. In der Vergangenheit hatte sie sich Dutzende Male hier wiedergefunden, ausgestattet mit einer Handtasche voller tränennasser Kleenexe und einer Handvoll Kreditkarten, die sich ihrem Limit entgegenneigten. Es war eine weitverbreitete und sehr menschliche Reaktion. Sie entdeckte andere Frauen, die dasselbe taten: Kleiderständer durchsahen, Stoffe befühlten, Preise verglichen, ihre Tränen und ihre Wut niederkämpften und tatsächlich glaubten, wenn die Verkäufer ihnen sagten, sie sähen atemberaubend aus.

Jody fragte sich, ob Kaufhäuser wohl wußten, welcher Prozentanteil ihrer Einnahmen aus häuslichem Unfrieden stammte. Als sie an einem Aufsteller mit sündhaft teuren Kosmetika vorbeiging, entdeckte sie ein Schild mit der Aufschift: »Mélange-Jungcreme – Weil er nie verstehen wird, warum Sie es wert sind«. Ja, die wußten Bescheid. Die Gerechten und die Verletzten werden Trost in einem Einkauf bei Macy's finden.

Es waren noch zwei Wochen bis Weihnachten, und die Geschäfte am Union Square blieben bis spät in den Abend geöffnet. Alle Gänge waren mit Lametta und Lichterketten geschmückt, und jeder Gegenstand, der nicht zum Verkauf bestimmt war, war mit unechtem Immergrün, roten und grünen Schleifen und verschiedensten Plastikvarianten von Schnee verziert. Horden von tütenbeladenen Käufern wälzten sich durch die Gänge wie ein Ballett der fröhlichen Schlittenglöckchenversion des Bataaner Todesmarsches, immer darauf bedacht, in Bewegung zu bleiben, damit nicht irgendein übereifriger Dekorateur sie mit Schaufensterpuppen verwechselte und mit Schnee aus der Dose besprühte.

Jody beobachtete die Wärme-Auren der Lichter, atmete den Duft von Fudge und kandierten Äpfeln und tausend verschiedenen Parfüms und Deos ein, lauschte auf das Surren der Motoren, die unter der Weihnachtsliederbeschallung kleine elektrische Elfen und Rentiere zum Leben erweckten – und es gefiel ihr.

Weihnachten ist als Vampir besser, dachte sie bei sich.

Früher hatten die Menschenmassen sie gestört, aber jetzt schienen sie wie ... wie Schlachtvieh: harmlos und unwissend. Für den Jäger in ihr schienen selbst die Frauen in Pelzmänteln, die Jody früher mächtig auf die Nerven gegangen waren, nicht nur harmlos, sondern sogar über die anderen erhaben in dieser neugefundenen Welt sinnlicher Erfahrungen.

Ich würde mich gern nackt auf Nerz wälzen, dachte sie bei sich. Sie runzelte über sich selbst die Stirn. Allerdings nicht mit Tommy. Jedenfalls noch eine Weile nicht.

Sie bemerkte, daß ihr Blick über die Menschenmenge wanderte und nach jener dunklen Aura Ausschau hielt, die die Sterbenden – ihre Beute – verriet, dann rief sie sich selbst zur Ordnung und erschauerte. Sie blickte über die Köpfe der Leute hinweg, so wie man im Fahrstuhl Blickkontakt vermied, und sah aus dem Augenwinkel einen schwarzen Schimmer.

Es war ein Cocktailkleid, schlicht drapiert an einer ausgezehrten Venus-von-Milo-Schaufensterpuppe mit einer Weihnachtsmannmütze. Das KS, das Kleine Schwarze: das Modeäquivalent zu Atomwaffen; öffentlich getragene Reizwäsche, deren Wirkung nicht auf dem beruhte, was sie war, sondern was sie nicht war. Man mußte tolle Beine und eine ebenso tolle Figur besitzen, um ein KS zu tragen. Jody verfügte über beides. Aber man mußte auch Selbstbewußtsein besitzen, und das hatte sie sich nie antrainieren können. Jody blickte auf ihre Jeans und ihr Sweatshirt, dann auf das Kleid, dann auf ihre Tennisschuhe. Sie drängelte sich durch die Menge zu dem Kleid.

Eine mollige, geschmackvoll gekleidete Verkäuferin näherte sich Jody von hinten. »Kann ich Ihnen helfen?«

Jodys Blick war starr auf das Kleid gerichtet, so als wäre es der Stern von Bethlehem und sie hätte die Hände voll mit Weihrauch und Myrrhe. »Ich möchte das Kleid in Größe 38 probieren.«

»Sehr wohl«, sagte die Verkäuferin. »Ich bringe Ihnen Größe 40 und auch eins in 42.«

Jody sah die Verkäuferin zum ersten Mal an und bemerkte, daß die Frau auf ihr Sweatshirt starrte, als würde ihm gleich Tentakeln wachsen, um sie damit zu erdrosseln.

»38 reicht völlig«, sagte Jody.

»38 könnte ein bißchen knapp sitzen«, erwiderte die Frau.

»Das soll es ja gerade«, gab Jody zurück. Sie lächelte höflich, während sie sich im Geiste vorstellte, wie sie der Verkäuferin ganze Büschel ihres geschmackvoll gefärbten Haars ausriß.

»Lassen Sie uns einmal die Größe vergessen«, sagte die Verkäuferin und gab sich alle Mühe, das Preisschild so zu halten, daß Jody es sehen konnte. Sie blickte verstohlen zu Jody, um ihre Reaktion zu sehen.

»Er bezahlt«, sagte Jody, nur um sie zu ärgern. »Es ist ein Geschenk.«

»Oh, wie nett«, erwiderte die Verkäuferin und versuchte sich ein Lächeln abzuringen, war aber offensichtlich angewidert. Jody konnte es nur zu gut verstehen. Vor sechs Monaten hätte sie die Art von Frau gehaßt, die sie vorgab zu sein. »Es ist wie geschaffen für elegante Weihnachtsfeiern«, bemerkte die Verkäuferin.

»Um ehrlich zu sein, ist es für eine Beerdigung.« Jody konnte sich nicht erinnern, je soviel Spaß beim Einkaufen gehabt zu haben.

»Oh, tut mir leid.« Die Verkäuferin schaute betroffen drein und preßte sich mitfühlend die Hände ans Herz.

»Ist schon in Ordnung; ich habe die Verstorbene nicht sonderlich gut gekannt.«

»Ich verstehe«, sagte die Verkäuferin.

Jody senkte den Blick. »Seine Frau«, erklärte sie.

»Ich hole das Kleid«, sagte die Verkäuferin. Sie drehte sich um und eilte davon.

Tommy war erst einmal zur Öffnungszeit im Safeway gewesen: an dem Tag, als er sich um die Stelle beworben hatte. Nun schien ihm alles viel zu geschäftig und viel zu still, ohne das Gebrüll von den Stones oder Pearl Jam aus den Lautsprechern. Er hatte irgendwie das Gefühl, als wären Fremde in sein Reich eingedrungen. Er haßte die Kunden, die das Werk der Tiere zunichte machten, indem sie Waren aus den Regalen nahmen.

Als er am Büro vorbeikam, nickte er dem Filialleiter zu und ging weiter zum Pausenraum, um dort die Zeit totzuschlagen, bis seine Schicht anfing. Der Pausenraum war ein fensterloses Kabuff hinter der Fleischabteilung, ausgestattet mit Plastikstühlen, einem Resopalklapptisch, einer Kaffeemaschine und einer Anzahl von Plakaten mit Sicherheitswarnungen. Tommy wischte ein paar Krümel von einem Stuhl, fand einen kaffeefleckigen *Reader's Digest* unter einer Packung alter Bärentatzen und setzte sich hin, um zu lesen und zu schmollen.

Er las: »Ein Bär hat Mom geholt! – Drama bei unbeschwerter Urlaubsreise« und »Ich bin Joes Zwölffingerdarm«; und er fing an, sich nach der Toilette und dem Mittleren Westen zu sehnen – zwei Dinge, die er mit *Reader's Digest* assoziierte –, als er auf einen Artikel mit dem Titel: »Fledermäuse: Unsere verkannten beflügelten Freunde« stieß. Er fühlte, wie sein Zwölffingerdarm vor Interesse bebte.

Jemand kam in den Pausenraum, und Tommy sagte, ohne aufzublicken: »Hast du gewußt, daß eine Fledermaus, wenn sie sich von Menschen statt von Insekten ernähren würde, in einer einzigen Nacht die ganze Einwohnerschaft von Minneapolis auffressen könnte?«

»Nein, das wußte ich nicht«, antwortete eine Frauenstimme.

Tommy blickte von seiner Zeitschrift auf und sah die neue Kassiererin, Mara, die sich gerade einen Stuhl unter dem Tisch hevorzog. Sie war hochgewachsen und ein wenig dürr, aber mit großen Brüsten: eine blauäugige Blondine von etwa zwanzig. Tommy hatte einen der Packer erwartet, deshalb starrt er sie einen Moment lang an, während er die Gangart wechselte. »Oh, hallo. Ich bin Tom Flood. Ich gehöre zur Nachtschicht.«

»Ich habe Sie schon gesehen«, sagte sie. »Ich bin Mara. Ich bin neu hier.«

Tommy lächelte. »Freut mich, Sie kennenzulernen. Ich bin heute etwas früher gekommen, um noch einigen Papierkram zu erledigen.«

»*Reader's Digest?*« Sie zog eine Augenbraue hoch.

»Oh, das hier? Nein, für gewöhnlich lese ich so was nicht. Ich hatte nur einen Artikel über Fledermäuse entdeckt und beschlossen, in zu lesen. Sie sind unsere verkannten beflügelten Freunde, wußten Sie das?« Er blickte auf die Seite, als wollte er sein Interesse untermauern. »Wußten Sie zum Beispiel, daß die Vampir-Fledermaus das einzige Säugetier ist, das man erfolgreich eingefroren und lebendig wieder aufgetaut hat?«

»Tut mir leid, Fledermäuse erzeugen bei mir eine Gänsehaut.«

»Bei mir auch«, sagte Tommy und warf das Heft weg. »Lesen Sie?«

»Ich habe die Beatautoren gelesen. Ich bin gerade erst hierhergezogen, und ich möchte ein Gefühl für die Literatur dieser Stadt bekommen.«

»Sie nehmen mich auf den Arm. Ich lebe auch erst seit ein paar Monaten hier. Es ist eine tolle Stadt.«

»Ich hatte noch keine Gelegenheit, sie mir richtig anzusehen. Der Umzug und alles. Ich habe eine schlimme Zeit durchgemacht und muß mich erst eingewöhnen.«

Sie sah ihn beim Sprechen nicht an. Tommy nahm zuerst an, sie täte es, weil sie ihn abstoßend fand, aber dann erkannte er, daß sie nur schüchtern war.

»Waren Sie schon in North Beach? Dort haben in den Fünfzigern die ganzen Beatautoren gelebt.«

»Nein, ich finde mich hier noch nicht zurecht.«

»Oh, Sie müssen unbedingt zu City Lights Books gehen und zu Enrico's. Und die Bars in North Beach haben alle Bilder von Kerouac und Ginsberg an den Wänden. Man glaubt fast, Jazzmusik zu hören.«

Endlich sah Mara ihn an und lächelte. »Sie interessieren sich auch für die Beatautoren?« Ihre Augen waren groß, strahlend und kristallblau. Er mochte sie.

»Ich bin Schriftsteller«, erklärte Tommy. Nun war es an ihm, den Blick abzuwenden. »Ich meine, ich möchte Schriftsteller werden. Zuerst habe ich in Chinatown gewohnt, das liegt direkt neben North Beach.«

»Vielleicht könnten Sie mir erklären, wie ich zu einigen der interessanten Orte komme.«

»Ich könnte es Ihnen zeigen«, sagte Tommy. Sobald er es gesagt hatte, wollte er das Angebot zurücknehmen. Jody würde ihn umbringen.

»Das wäre wunderbar, wenn es Ihnen auch wirklich nichts ausmacht. Außer den anderen Kassiererinnen kenne ich niemanden in der Stadt, und die haben alle eine Familie zu Hause.«

Tommy war verwirrt. Der Filialleiter hatte gesagt, daß sie kürzlich ein Kind verloren hätte. Tommy hatte angenommen, sie sei verheiratet. Er wollte nicht so erscheinen, als würde er sie anbaggern. Er wollte sie nicht wirklich anbaggern. Aber wenn er noch solo wäre, ohne feste Bindung …

Nein, Jody würde es nicht verstehen. Da er nie zuvor eine Freundin gehabt hatte, war er auch noch nie in Versuchung gekommen, einen Seitensprung zu wagen. Er hatte keine Ahnung, wie er damit umgehen sollte. »Ich könnte Sie und Ihren Mann ein bißchen herumführen, und Sie beide könnten sich dann einen schönen Abend in der Stadt machen«, sagte er.

»Ich bin geschieden«, erwiderte Mara. »Ich war nicht sehr lange verheiratet.«

»Tut mir leid«, sagte Tommy.

Mara schüttelte den Kopf. »Es ist eine kurze Geschichte. Ich wurde schwanger, und wir haben geheiratet. Das Baby ist gestorben, und er hat mich verlassen.« Sie sagte es ohne Gefühl, so als hätte sie sich emotional von dem Erlebnis distanziert – so als wäre es jemand anderem passiert. »Ich versuche einen Neuanfang.« Sie sah auf ihre Uhr. »Ich gehe besser wieder nach vorn. Wir sehen uns.«

Sie stand auf und ging zur Tür.

»Mara«, rief Tommy, und sie drehte sich um. »Ich würde dir gern die Stadt zeigen, wenn du möchtest.«

»Das würde mir gefallen. Vielen Dank. Ich arbeite den Rest der Woche tagsüber.«

»Kein Problem«, sagte Tommy. »Wie wär's mit morgen abend? Ich habe keinen Wagen, aber wir können uns in North Beach bei Enrico's treffen, wenn dir das paßt.«

»Schreib mir die Adresse auf.« Sie holte einen Zettel und einen Kugelschreiber aus ihrer Handtasche und reichte sie ihm. Er schrieb die Adresse auf und gab ihr Zettel und Stift zurück.

»Um welche Uhrzeit?« fragte sie.

»Sieben, denke ich.«

»Also um sieben«, sagte sie und verließ den Aufenthaltsraum.

Ich bin tot, dachte Tommy.

Jody drehte sich vor dem Spiegel und bewunderte, wie gut daß KS paßte. Es war am Rücken tief ausgeschnitten und hatte ein Dekolleté, das bis zum Brustbein reichte und von einem transparenten schwarzen Netz zusammengehalten wurde. Die Verkäuferin stand stirnrunzelnd neben ihr, in der Hand das gleiche Kleid in größeren Größen.

»Sind Sie sicher, daß Sie es nicht doch einmal in 40 anprobieren wollen, meine Liebe?«

»Nein, das hier paßt genau«, erklärte Jody. »Ich brauche noch schwarze Strümpfe dazu.«

Die Verkäuferin kämpfte gegen eine Grimasse an und rang sich ein professionelles Lächeln ab. »Haben Sie auch passende Schuhe?«

»Vorschläge?« fragte Jody, ohne den Blick von ihrem Spiegelbild abzuwenden. Vor ein paar Monaten hätte ich mich nicht tot in so einem Fummel sehen lassen, dachte sie. Ach, zum Teufel, jetzt lasse ich mich in allem tot sehen.

Bei dem Gedanken mußte Jody unwillkürlich lachen. Die Verkäuferin nahm es persönlich und ließ ihr höfliches Lächeln fallen. »Ich vermute, wir könnten die Aufmachung mit einem Paar italienischer *Bums-mich*-Pumps und einem blutroten Lippenstift vervollständigen«, bemerkte sie mit einem angewiderten Unterton.

Jody drehte sich zu der adretten Frau um und bedachte sie mit einem vielsagenden Lächeln. »Sie verfügen da wohl über einschlägige Erfahrung, stimmt's?«

Nach einem Besuch in der Schuhabteilung fand Jody sich am Parfümerietresen wieder, wo ein aufdringlicher Schwuler sie zu einer »Computer-Farbberatung« überredete. Er starrte ungläubig auf den Monitor.

»O, du meine Güte. Wie aufregend!«

»Was denn?« fragte Jody ungeduldig. Sie wollte einfach nur einen Lippenstift kaufen und endlich hier raus. Sie hatte ihre Einkaufslust befriedigt, indem sie die Verkäuferin in der Abendmoden-Abteilung dazu gebracht hatte, in Tränen auszubrechen.

»Sie sind mein erster Winter«, erklärte Maurice. (Sein Name war Maurice, so stand es auf seinem kleinen Schild.)

»Wissen Sie, ich hatte schon tausend Herbste, und vor Frühlingen kann ich mich gar nicht retten, aber ein Winter ... Wir werden viel Spaß miteinander haben!«

Maurice machte sich daran, Proben von Lidschatten, Lipenstiften, Wimperntusche und Puder neben der Winter-Farbpalette auf dem Tresen aufzutürmen. Er öffnete ein Wimpertusche-Röhrchen und hielt die Bürste neben Jodys Gesicht. »Diese hier heißt Elm Blight und gleicht der Farbe von abgestorbenen Bäumen im Schnee. Es paßt wunderbar zu Ihren Augen. Nur zu, meine Liebe, probieren Sie's aus.«

Während Jody sich mit Hilfe des Vergrößerungsspiegels auf dem Tresen die Wimpern tuschte, las Maurice ihr die Typ-Beschreibung der Winterfrau vor.

»Die Winterfrau ist so ungezügelt wie ein Eisregen, so frisch wie Neuschnee. Auch wenn einige sie als kalt ansehen, so schlägt doch ein feuriges Herz unter der Eisköniginnenschale. Sie liebt die nackte Schlichtheit japanischer Kunst und die gewagte Komplexität russischer Literatur. Sie zieht gerade Linien geschwungenen vor, grübelt lieber statt zu schmollen und hört lieber Rock-and-Roll statt Country and Western. Ihr Getränk ist der Wodka, ihre Automarke ist deutsch, ihr Schmerzmittel ist Advil. Die Winterfrau mag ihre Männer schwach und ihren Kaffee stark. Sie neigt zu Anämie, Hysterie und Selbstmord.« Maurice trat vom Tresen zurück und verbeugte sich tief, so als hätte er gerade eine Rezitation beendet.

Jody sah vom Spiegel auf und blinzelte; die Wimpern ihres rechten Auges bildeten ein sternenförmiges *Uhrwerk Orange*-Muster gegen ihre blasse Haut. »Das können die alles an meiner Farbpalette ablesen?«

Maurice nickte und zückte einen Zobelpinsel. »Hier, meine Liebe, versuchen Sie mal dieses Rouge, um Ihre wundervollen Wangenknochen hervorzuheben. Es heißt American Rust und hat die Farbe eines 63er Rambler, der viel auf mit Salz gestreuten Straßen gefahren wurde. Hundertprozent Winter.«

Jody beugte sich über den Tresen, um Maurice Zugriff auf ihre Wangen zu erlauben.

Eine halbe Stunde später schaute sie in den Spiegel – der nunmehr auf seine nicht vergrößernde Seite herumgedreht war – und schürzte die Lippen. Zum ersten Mal sah sie wirklich wie ein Vampir aus.

»Ich wünschte, ich hätte eine Kamera«, überschlug sich Maurice. »Sie sind ein Winter-Meisterwerk!« Er reichte ihr eine kleine Tüte voller Kosmetika. »Das macht dann dreihundert Dollar.«

Jody bezahlte ihn. »Kann ich mich hier irgendwo umziehen? Ich möchte so gern sehen, wie ich in meiner neuen Aufmachung aussehe.«

Maurice deutete quer durch das Geschäft. »Dahinten ist eine Umkleidekabine. Und vergessen Sie nicht Ihr Gratisgeschenk, die Needless-Notion-Lotion-Serie im Wert von fünfzig Dollar.« Maurice hielt eine imitierte Gucci-Plastik-Kulturtasche voller Fläschchen hoch.

»Vielen Dank.« Jody nahm die Tasche und trollte sich in Richtung Umkleidekabine. Auf halbem Weg durch das Geschäft vernahm sie die Stimme der adretten Verkäuferin aus der Abendmoden-Abteilung. Als Jody sich umdrehte, sah sie die Frau mit Maurice tuscheln. Jody konzentrierte sich und konnte über die Menschenmenge und die Weihnachtsmusik-Beschallung hinweg verstehen, was sie sagten.

»Wie ist es gelaufen?« fragte die Verkäuferin.

Maurice grinste. »Sie sieht jetzt aus wie eine aufgedonnerte Barbiepuppe.«

Die Frau und Maurice rieben sich hämisch die Hände.

Schnepfen, dachte Jody.

26. KAPITEL

Am Ende der Nacht ...

Der Kaiser hielt ein Streichholz an das Ende einer kubanischen Zigarre und zog, bis die Spitze wie eine Revolution loderte.

»Ich stimme nicht mit ihrer Ideologie überein«, sagte der Kaiser, »aber eins muß man den Marxisten wirklich lassen – sie verstehen es, eine gute Zigarre zu rollen.«

Bummer nieste und knurrte die Zigarre an, dann schüttelte er sich heftig und bespritzte den Kaiser und Lazarus mit einem feinen Sprühregen.

Der Kaiser kraulte den Boston Terrier hinter den Ohren. »Beruhig dich, mein kleiner Kamerad, du könntest ein Bad gebrauchen. Wenn wir unseren Feind besiegen, dann durch Ritterlichkeit und Mut, nicht durch unseren Gestank.«

Kurz nach Sonnenuntergang hatte ein Mitglied des Jachtclubs dem Kaiser die Zigarre geschenkt und ihn eingeladen, die Duschanlage des Clubs zu benutzen. Sehr zum Leidwesen des Club-Hausmeisters hatte der Kaiser seine Dusche mit Bummer und Lazarus geteilt, die den Abfluß hoffnungslos mit Fell und dem Zeug und dem Dreck, aus dem Helden gemacht sind, verstopften. Nun verbrachten sie den Abend auf demselben Pier, auf dem sie geschlafen hatten. Der Kaiser genoß seine Zigarre, während die Soldaten Wache standen.

»Wie wird unser nächster Schritt aussehen? Müssen wir darauf warten, daß der Unhold abermals zuschlägt, bevor wir seine Spur aufnehmen können?«

Bummer sann über die Frage nach, ging die Worte in seinem Hundegehirn durch und suchte nach einem »Futter«-

Wort. Als er es nicht fand, machte er sich daran, seine Eier abzulecken, um den störenden Geruch von Deo-Seife loszuwerden. Nachem er das gewünschte Gleichgewicht erlangt hatte (d.h. seine beiden Enden rochen ungefähr gleich), tappte er umher und markierte die Poller gegen von See kommende Eindringlinge. Als die Grenzen seines Reviers klar umrissen waren, machte er sich auf die Suche nach etwas Totem, in dem er sich wälzen konnte, um die letzten Indizien der Dusche zu tilgen. Der richtige Geruch war ganz nah, aber er trieb über das Wasser heran.

Bummer ging auf den Geruch zu, bis er am Ende des Piers stand. Er sah eine kleine, weiße Wolke über den Schandeckel einer hundert Meter entfernt vor Anker liegenden Jacht quellen. Bummer bellte, damit die Wolke wußte, daß sie sich besser von ihm fernhalten sollte.

»Beruhig dich, mein kleiner Kamerad«, sagte der Kaiser.

Lazarus schüttelte sich das Wasser aus den Ohren und gesellte sich zu Bummer am Ende des Piers. Die Wolke war nun auf halbem Weg zwischen Jacht und Pier, bewegte sich pulsierend und brodelnd über das Wasser auf sie zu. Lazarus senkte seinen Kopf und knurrte. Bummer stimmte mit einem schrillen Winseln in die Harmonie mit ein.

»Was ist denn, meine Getreuen?« fragte der Kaiser. Er drückte die Zigarre an seiner Schuhsohle aus und verwahrte die Überreste sicher in seiner Brusttasche, bevor er, steif vom Sitzen, zum Ende des Piers humpelte.

Die Wolke hatte mittlerweile fast den Pier erreicht. Lazarus bleckte die Zähne und knurrte sie an. Bummer wich vom Rand des Piers zurück, unsicher, ob er wegrennen oder sich dem Feind stellen sollte.

Der Kaiser schaute über das Wasser und entdeckte die Wolke. Sie war nicht ausgefranst an den Rändern, sondern scharf umrissen, eher wie eine feste Masse Gel denn wie Wasserdampf. »Das ist nur Nebel, meine Getreuen …«

Er entdeckte ein Gesicht, das sich aus der Wolke herausbildete, dann verwandelte es sich vor seinen Augen in eine riesige Hand, die sich schließlich brodelnd zu einem Hundekopf umformte.

»Auch wenn ich kein Fachmann bin, was das Wetter angeht, so wage ich doch die Vermutung, daß dies keine gewöhnliche Nebelbank ist.«

Die Wolke wallte in die Form einer riesigen Schlange, die sich knapp zehn Meter hoch über dem Wasser aufrichtete, bereit zum Zuschlagen. Bummer und Lazarus feuerten eine Bellkanonade ab.

»Meine Herren, lasset uns zu den Duschen gehen. Ich habe mein Schwert neben dem Waschbecken vergessen.« Der Kaiser machte kehrt und rannte den Pier hinunter, Bummer und Lazarus dicht auf seinen Fersen. Als er das Clubhaus erreichte, drehte er sich um und sah die Wolke über den Rand des Piers kriechen. Der Kaiser stand da und schaute gebannt zu, wie sich die Wolke in die feste Gestalt eines hochgewachsenen, dunklen Mannes kondensierte.

Die Tiere trudelten gegen Mitternacht im Supermarkt ein. Zu Tommys großer Freude schienen sie alle einen mindestens ebensogroßen Kater wie er selbst zu haben. Drew – hochgewachsen, hager und todernst – wies sie alle an, sich auf die Kassen zu setzen und seine ärztliche Diagnose abzuwarten. Er ging von einem Mann zum anderen und sah sich ihre Zunge und das Weiße ihrer Augen an. Dann ging er zum Büro; auf dem Weg schien er einen Moment in Grübelei zu versinken. Schließlich betrat er das Büro und kam mit dem Lieferschein des eingetroffenen Lasters wieder heraus.

Drew las die Anzahl der Kartons, dann nickte er, zog ein Tablettenröhrchen aus seiner Hemdtasche und reichte es Tommy. »Nimm eine und reich sie weiter. Wer hat den Tequila getrunken?«

Simon, der sich seinen schwarzen Stetson über die Augen gezogen hatte, hob mit einem leisen Stöhnen die Hand.

»Du nimmst zwei, Simon. Das ist Valium Stärke 5.«

»Hausfrauen-Heroin«, bemerkte Simon.

»Jeder trinkt jetzt eine Dose Gatorade, einen Schluck Pepto und schmeißt drei Aspirin, etwas Vitamin B und zwei Vivarin ein«, verkündete Drew.

»Ich traue diesem rezeptfreien Zeug nicht«, erklärte Barry, der kahl werdende Taucher.

»Ich bin noch nicht fertig«, gab Drew zurück. Er zog ein Aluminium-Zigarrenröhrchen aus seiner Hemdtasche, schraubte den Verschluß ab und kippte es auf seine Handfläche. Ein langer, gelber Papierkegel rutschte heraus. Drew hielt ihn Tommy hin. Das Ding roch wie eine Mischung aus Stinktier und einem Eukalyptus-Hustenbonbon. Tommy sah Drew fragend an. »Was ist das?«

»Mach dir darüber keine Sorgen. Ist vom jamaikanischen Ärzteverband empfohlen. Hat jemand Feuer?«

Simon warf Drew sein Zippo zu, der es an Tommy weiterreichte. Tommy zögerte, bevor er den Joint anzündete. Er sah zu Drew. »Das ist nur Pot, stimmt's? Das ist nicht irgendeine verrückte Bring-die-Familie-mit-einer-Kettensäge-um-und-erstick-dann-an-deinem-eigenen-Erbrochenen-Designerdroge, oder?«

»Nicht, wenn es vorschriftsmäßig eingenommen wird«, erwiderte Drew.

»Oh, in Ordnung.« Tommy ließ das Zippo aufflammen, zündete den Joint an und inhalierte tief. Seine Augen tränten, sein Gesicht verzerrte sich zu einer Fratze, seine Gliedmaßen verkrampften sich, während er den Rauch in der Lunge hielt und ansetzte, den Joint an Lash, den schwarzen BWLer, weiterzureichen.

Etwas schlug gegen die Eingangstür, gefolgt von einem drängenden Klopfen, das die Scheiben erbeben ließ. Tommy ließ den Joint fallen und prustete eine Wolke aus Rauch und Spucke in Lashs Gesicht. Die Tiere brüllten und drehten sich um, nicht so sehr erschrocken über den Lärm, als vielmehr gemartert von dem Angriff auf ihren kollektiven Kater.

Draußen vor der Tür hämmerte der Kaiser mit seinem Holzschwert auf den Rahmen ein. Die Hunde sprangen bellend um seine Füße, als hätten sie einen Waschbären auf dem Dach des Supermarkts in die Enge getrieben.

Noch immer außer Atem grub Tommy in seiner Tasche nach dem Ladenschlüssel und ging zur Tür. »Ist alles in Ordnung. Ich kenne ihn.«

»Den kennt jeder«, sagte Simon. »Verrückter alter Spinner.« Tommy schloß auf und schob die Türflügel auseinander. Der Kaiser fiel in den Laden. Bummer und Lazarus sprangen über ihr Herrchen und verschwanden den Gang hinunter. Der Kaiser strampelte auf dem Boden, und Tommy mußte ein paar Schritte zurücktreten, damit ihn das Holzschwert nicht an den Schienbeinen erwischte.

»Beruhigen Sie sich«, sagte Tommy. »Es passiert Ihnen nichts.«

Der Kaiser erhob sich mühsam auf die Füße und packte Tommy bei den Schultern. »Wir müssen unsere Steitkräfte verbünden! Das Ungeheuer ist nah. Laßt uns keine Zeit verlieren!«

Tommy sah zu den Tieren hinüber und grinste. »Er ist wirklich in Ordnung.« Dann sagte er zum Kaiser: »Jetzt mal ganz mit der Ruhe, in Ordnung? Kann ich Ihnen etwas zu essen besorgen?«

»Dafür ist keine Zeit. Wir müssen gegen ihn in die Schlacht ziehen.«

»Vielleicht hat Drew etwas, um ihn wieder runterzuholen«, rief Simon. Drew hatte den Joint aufgehoben und war gerade dabei, ihn wieder anzuzünden.

Tommy schob die Tür wieder zu und schloß ab, dann nahm er den Kaiser beim Arm und führte ihn in Richtung Büro. »Sehen Sie, euer Majestät, jetzt sind Sie hier drin. Sie sind in Sicherheit. Und jetzt werden wir uns hinsetzen und mal sehen, ob wir Licht in die Sache bringen können.«

»Verschlossene Türen können ihn nicht aufhalten. Er kann sich in Nebel verwandeln und durch die kleinste Ritze dringen.« Der Kaiser sprach zu den Tieren. »Bewaffnet euch, solange noch Zeit ist.«

»Wer?« fragte Lash. »Von wem redet er?«

Tommy räusperte sich. »Der Kaiser glaubt, daß ein Vampir in der Stadt sein Unwesen treibt.«

»Du nimmst mich auf den Arm«, sagte Barry.

»Ich habe ihn gerade gesehen«, erklärte der Kaiser, »im Jachthafen. Er hat sich vor meinen Augen aus einer Dampfwolke in menschliche Gestalt verwandelt. Er ist dicht hinter mir.«

Tommy tätschelte beruhigend den Arm des alten Mannes. »Aber, aber, Euer Hoheit. Selbst wenn es Vampire gäbe, so könnten sie sich nicht in Nebel verwandeln.«

»Aber ich habe es selbst gesehen!«

»Hören Sie zu!« sagte Tommy. »Sie haben etwas anderes gesehen. Ich weiß mit Sicherheit, daß Vampire sich nicht in Nebel verwandeln können.«

»Das weißt du mit Sicherheit?« knurrte Simon.

Tommy warf Simon einen Blick zu und erwartete, das übliche Grinsen zu sehen, doch Simon wartete auf eine Antwort.

Tommy schüttelte den Kopf. »Ich versuche, die Sache etwas unter Kontrolle zu bringen, Simon. Würdest du mich bitte machen lassen?«

»Woher weißt du das?« beharrte Simon.

»Es stand in dem Buch, das ich gelesen habe. Erinnerst du dich, Simon? Du hast es doch auch gelesen.«

Simon sah aus, als wäre er gerade bedroht worden, was auch der Fall war. »Ja, stimmt«, sagte er. Er schob sich seinen Stetson wieder über die Augen und lehnte sich gegen die Kasse. »Nun, du solltest für deinen Freund da besser die Jungs mit den weißen Kitteln rufen.«

»Ich kümmere mich schon um ihn«, gab Tommy zurück. »Ihr Jungs fangt schon mal mit Entladen an.« Er öffnete die Bürotür und steuerte den Kaiser hinein.

»Was ist mit meinen Mannen?« fragte der Kaiser.

»Die sind hier sicher. Kommen Sie mit rein, und erzählen Sie mir alles.«

»Aber das Ungeheuer?«

»Wenn er mich töten wollte, wäre ich schon längst tot.« Tommy schloß die Bürotür hinter ihnen.

Eine richtig gestylte Frisur, überlegte Jody. Zu diesem Aufzug gehört eine richtig gestylte Frisur. Nach all den Jahren, in denen ich versucht habe, mein Haar zu zähmen, muß ich jetzt feststellen, daß ich mich nur wie eine Luxus-Nutte hätte anziehen müssen, und alles wäre in Ordnung gewesen.

Sie ging die Geary Street entlang, in der Hand noch immer ihre nachgemachte Gucci-Tasche mit den Gratis-Kosmetika. Irgendwo hier gab es einen neuen Club; Jody wollte tanzen oder zumindest ein bißchen angeben.

Ein Bettler mit einem Pappschild um den Hals, auf dem stand: Ich bin arbeitslos und Analphabet (ein Freund hat das für mich geschrieben), hielt Jody an und versuchte, ihr eine kostenlose Wochenzeitung aufzuschwatzen.

»Die kann ich überall mitnehmen. Sie ist kostenlos«, erklärte er Jody.

»Ach ja?«

»Ja. Sie verteilen sie in jedem Geschäft und in jedem Café der Stadt.«

»Ich habe mich schon gefragt, warum sie überall herumliegen.«

Jody war wütend auf sich, weil sie sich in die Unterhaltung hatte ziehen lassen. »Hier oben in der Ecke steht es ganz deutlich: ›Kostenlos‹.«

Der Bettler zeigte auf das Schild um seinen Hals und versuchte, eine kummervolle Miene zu machen. »Vielleicht können Sie mir trotzdem einen Quarter dafür geben?«

Jody machte Anstalten weiterzugehen. Der Bettler folge ihr auf gleicher Höhe. »Auf Seite 10 steht ein toller Artikel über Selbsthilfegruppen.«

Jody sah ihn scharf an.

»Hat mir jemand erzählt«, erklärte er.

Jody blieb stehen. »Ich gebe Ihnen das hier, wenn Sie mich dann in Ruhe lassen.« Sie hielt ihm die Kulturtasche hin.

Der Bettler tat so, als müsse er es sich überlegen. Er musterte Jody von oben bis unten, mit einem Zwischenstopp an ihrem Dekolleté, bevor er ihr in die Augen sah. »Vielleicht könnten wir eine andere Art von Bezahlung finden. Dir muß kalt sein in dem Kleid. Ich könnte dich aufwärmen.«

»Wenn ich einem Kerl begegne, der arbeitslos und ein Analphabet ist und seit Wochen nicht gebadet hat, werde ich gewöhnlich vor Erregung ganz feucht, aber heute abend habe ich irgendwie schlechte Laune, also nimm die Tasche und gib mir die verdammte Zeitung, bevor ich deinen kleinen Kopf platzen lasse wie einen Pickel.« Sie rammte ihm die Tasche vor die Brust, so daß er rücklings gegen das Schaufenster eines geschlossenen Fotogeschäfts taumelte.

Der Bettler hielt ihr zaghaft die Zeitung hin, und Jody riß sie ihm aus der Hand.

»Du bist ne Lesbe, stimmt's?« sagte er.

Jody schrie ihn an – eine schrille, wortlose Explosion blanker, unmenschlicher Frustration – eine hendrix-hohe

Note, gesampelt und gesungen von einer Milliarde gemarterter Seelen des Höllenchors. Die Schaufensterscheibe des Fotogeschäfts zerbarst und prasselte in tausend Scherben auf den Bürgersteig. Die Alarmanlage des Ladens heulte los, leise im Vergleich zu Jodys Schrei. Der Bettler hielt sich die Ohren zu und rannte weg.

»Cool«, sagte Jody, sehr zufrieden mit sich. Sie schlug die Zeitung auf und las, während sie die Straße entlang zu dem Club ging.

Vor dem Club reihte Jody sich in die Schlange gutgekleideter Möchtegerne ein und las weiter in ihrer Zeitung, während sie aus dem Augenwinkel die bewundernden Blicke der Männer in der Schlange genoß.

Der Club hieß 753. Es kam Jody so vor, als hätten alle neuen, angesagten Clubs Zahlen statt Namen. Kurt und seine Börsenkumpel waren begeisterte Anhänger der nummerierten Clubs gewesen, woraus sich Montagmorgen-Unterhaltungen ergaben, die eher wie mathematische Gleichungen klangen: »Wir sind im Vierzehn-Zweiundneunzig und im Zehn-Sechsundsechzig gewesen, dann hat Jimmy zehn Halbe im Neunzehn-Siebzehn getrunken und ist nach Hause abgedampft um seine Freundin zu einem Neunundsechziger zu überreden.« Normalerweise hätten so viele Zahlen Kurt augenblicklich an seinen PC hechten lassen, um Trendentwicklungen und Prognosenwerte zu ermitteln. Jody bekam bei Zahlen immer einen glasigen Blick, was das Zusammenleben mit einem Börsenmakler selbst dann anstrengend gemacht hätte, wenn er kein Arschloch gewesen wäre.

Ich frage mich, ob Kurt wohl hier ist? dachte sie bei sich. Ich hoffe, er ist mit dem kleinen wohlerzogenen, brustlosen Wunder hier. Oh, ihr wäre es egal, aber er würde tausend Eifersuchtstode sterben.

Dann hörte sie eine Alarmanlage weiter unten in der Straße plärren und dachte: Vielleicht sollte ich lernen, etwas von meiner Aggressivität zu kanalisieren.

»Du da, in dem KS!« rief der Türsteher. Jody sah von ihrer Zeitung auf. »Geh durch«, sagte der Türsteher. Als sie an den anderen Leuten in der Schlange vorbeiging, vermied sie sorgsam jeden Blickkontakt. Ein einzelner Mann streckte die Hand aus und hielt sie am Arm fest.

»Sag, daß ich deine Begleitung bin«, flehte er. »Ich warte schon seit zwei Stunden.«

»Hallo, Kurt«, sagte Jody. »Ich habe dich gar nicht gesehen.«

Kurt trat zurück. »Oh. O mein Gott. Jody?«

Sie lächelte. »Wie geht's deinem Kopf?«

Er rang nach Luft. »Gut. Dem geht's gut. Du siehst ...«

»Vielen Dank, Kurt. Schön, dich mal wieder zu sehen. Ich sollte jetzt besser reingehen.«

Er streckte verzweifelt die Hand hinter ihr her. »Könntest du sagen, daß ich deine Begleitung bin?«

Sie drehte sich um und sah ihn an, als hätten sie ihn ganz hinten im Kühlschrank gefunden, mit grünem Pelz überzogen.

»Ich bin eine Auserwählte, Kurt. Du hingegen bist ein Unberührbarer. Ich glaube nicht, daß du zu dem Image paßt, das ich aufzubauen versuche.«

Als sie durch die Tür ging, hörte sie Kurt zu seinem Nachbarn in der Schlange sagen: »Sie ist eine Lesbe.«

Ja, ich muß dringend daran arbeiten, meine Aggressivität unter Kontrolle zu bringen, dachte Jody.

Das Thema des 753 war das alte San Francisco; um genau zu sein, das brennende alte San Francisco, denn das war mehr oder weniger die Hauptbeschäftigung des alten San Franciscos gewesen. In der Mitte der Tanzfläche stand ein antiker Feuerwehrwagen mit Handpumpe.

Zellophanflammen züngelten, angetrieben von Gebläsen, aus Fensterattrappen. Aus Feuerwehrschläuchen an der Decke ergoß sich Trockeneisnebel auf eine Menschenmenge aus Yuppies, die arhythmisch unter Schichten aus umweltschonender Baumwolle und Cool-Wool schwitzten. Ein in Flanell gekleideter Grunge-Rocker hier; ein gefärbter, dreadlockiger Rastafari dort; einige Neo-Hippies; vereinzelte schwarzäugige, weiß geschminkte New-Wave-Überbleibsel, die mit grimmigen Gesichtern überlegten, welches Körperteil sie als nächstes piercen lassen würden; ein paar harmlose Vorort-Homeboys in aufpumpbaren, selbstleuchtenden Dreihundert-Dollar-Turnschuhen. Der Türsteher hatte versucht, eine gesunde Mischung zu erzeugen, aber bei Winz-Brauerei-Mode-Bier für sieben Dollar die Flasche neigte die Waage sich eher zur Seite der Privilegierten und bildete zwangsläufig eine dicke Yuppie-Suppe. Cocktail-Kellnerinnen mit Feuerwehrhelmen servierten Hydranten mit importiertem Mineralwasser und dankten den Gästen dafür, daß sie nicht rauchten.

Jody setzte sich lasziv auf einen Barhocker und schlug ihre Zeitung auf, um Blickkontakt mit dem tränäugigen Betrunkenen auf dem Nachbarhocker zu vermeiden.

»'schuldigung, ich kam nicht umhin zu bemerken, daß Sie sich hingesetzt haben. Ich sitze auch. Kleine Welt, was?«

Jody sah kurz hoch und lächelte. Großer Fehler. »Darf ich Ihnen einen Drink ausgeben?« fragte der Betrunkene.

»Danke, aber ich trinke nicht«, erwiderte Jody und dachte bei sich: Warum bin ich hierhergekommen? Was wollte ich damit erreichen?

»Es ist mein Haar, stimmt's?« Jody sah den Mann an. Er hatte ungefähr ihr Alter, einen kahlen Kopf und war anscheinend mitten in einer schlecht laufenden Haartransplantation. Sein Skalp sah aus, als hätte jemand ein mit

Reißnägeln geladenes Maschinengewehr darauf abgefeuert. Jody hatte Mitleid mit ihm.

»Nein, ich trinke wirklich nicht.«

»Wie wär's mit Mineralwasser?«

»Vielen Dank. Ich trinke überhaupt nichts.«

»Sie wird das hier trinken«, sagte eine Männerstimme hinter ihr.

Jody drehte sich um und erblickte ein Glas, das mit einer dicklichen, rotschwarzen Flüssigkeit gefüllt war und von einer schneeweißen Hand gehalten wurde. Zeige- und Mittelfinger schienen ein wenig zu kurz zu sein.

»Sie wachsen noch«, erklärte der Vampir. Jody schreckte so heftig vor ihm zurück, daß sie beinahe rücklings vom Barhocker gekippt wäre. Der Vampir faßte sie am Arm und half ihr, ihr Gleichgewicht wiederzufinden.

»He, Kumpel«, sagte das Haartransplantat, »Hände weg.«

Der Vampir ließ Jodys Arm los, legte seine Hand auf Haartransplantats Schulter und drückte ihn auf seinen Hocker. Der Betrunkene machte große Augen. Der Vampir lächelte.

»Sie wird dir die Kehle aufreißen und dein Blut trinken, während du stirbst. Bist du darauf aus?«

Haartransplantat schüttelte heftig den Kopf. »Nein, ich habe schon eine Exfrau.«

Der Vampir ließ ihn los. »Verschwinde.«

Haartransplantat rutschte von seinem Hocker und rannte in die Menge auf der Tanzfläche. Jody sprang auf die Füße und schickte sich an, ihm zu folgen, aber der Vampir hielt sie am Arm fest und drehte sie zu sich herum.

»Bleib hier«, sagte er.

Jody packte sein Handgelenk und drückte zu. Ein menschlicher Arm wäre zu Brei zerquetscht worden. Der Vampir grinste nur. Jody sah ihm starr in die Augen. »Laß mich los.«

»Setz dich«, sagte er.

»Mörder.«

Der Vampir warf den Kopf in den Nacken und lachte. Der Barkeeper, ein vierschrötiger Kerl Marke Footballspieler, sah hoch, blickte aber gleich wieder weg. Wieder so ein grölender Besoffener.

»Ich kann dich fertigmachen«, erklärte Jody, ohne wirklich daran zu glauben. Sie wollte sich losreißen und weglaufen.

»Das würde eine interessante Schlagzeile abgeben, nicht wahr?« erwiderte der Vampir. »›Bleiches Pärchen zerstört Club bei häuslichem Streit.‹ Sollen wir?«

Jody ließ sein Handgelenk los, sah ihm aber weiter starr in die Augen. Sie waren schwarz, ohne Iris. »Was willst du?«

Der Vampir unterbrach den Blickkontakt und schüttelte den Kopf. »Kleines Küken, ich will natürlich deine Gesellschaft. Und jetzt setz dich.«

Jody kletterte wieder auf den Barhocker und starrte in das Glas vor sich.

»So ist es besser. Weißt du, es ist ohnehin bald vorbei. Ich dachte nicht, daß du so lange durchhalten würdest, aber leider muß alles einmal ein Ende haben. Das Spiel ist ein wenig zu öffentlich geworden. Du mußt jetzt aus der Herde ausbrechen. Sie verstehen dich nicht. Du gehörst nicht mehr zu ihnen. Du bist ihr Feind. Du weißt es, nicht wahr? Du hast es gewußt, seit du zum ersten Mal getötet hast. Selbst dein kleines Schoßhündchen weiß es.«

Jody begann zu zittern. »Wie bist du in das Loft gekommen, um Tommys Buch zu stehlen?«

Der Vampir grinste abermals. »Mit der Zeit entwickelt man gewisse Fähigkeiten. Du bist noch jung, du kannst das nicht verstehen.«

Ein Teil von Jody wollte ihm die Faust ins Gesicht rammen und weglaufen, doch ein anderer Teil in ihr verlangte nach Antworten auf all die Fragen, die ihr seit jener Nacht, als sie sich verwandelt hatte, durch den Kopf gegangen waren.

»Warum ich? Warum hast du gerade mir das angetan?«

Der Vampir stand auf und tätschelte ihr die Schulter. »Es ist bald vorbei. Das Traurige daran, ein Schoßtierchen zu haben, ist, daß sie einem immer wegsterben. Am Ende der Nacht bist du allein. Du wirst dieses Gefühl bald kennenlernen. Trink aus.« Er drehte sich um und ging weg.

Jody sah ihm hinterher, erleichtert, daß er weg war, aber gleichzeitig auch enttäuscht. Es gab so viele offene Fragen. Sie nahm das Glas, roch an der Flüssigkeit und hätte sich fast übergeben.

Der Barkeeper kicherte. »Ich hatte noch nie zuvor eine Bestellung für einen doppelten Grenadine. Kann ich Ihnen etwas anderes bringen?«

»Nein, ich muß ihn einholen.« Sie griff ihre Zeitung, stand auf, lief die Treppe hinunter aus dem Club raus. Sie stellte fest, wenn sie sich auf den Fußballen hielt, konnte sie tatsächlich in ihren hochhackigen Pumps laufen. Vampirkräfte sind schon was Feines, dachte sie bei sich.

Sie packte den Türsteher bei der Schulter und wirbelte ihn zu sich herum. »Haben Sie gerade einen dünnen, blassen Mann in Schwarz herauskommen sehen?«

»Er ist da runter.« Der Türsteher zeigte nach Osten, die Geary hoch. »Er ist zu Fuß gegangen.«

»Danke«, rief Jody über ihre Schulter, während sie bereits den Bürgersteig entlangeilte. Sie wartete, bis sie außer Sichtweite war, bevor sie anfing zu laufen. Sie rannte einen Block, dann zog sie die Pumps aus und trug sie in der Hand. Die Straße war verlassen, nur das Summen der Stromleitungen und das leise Tappen ihrer Füße auf dem Bürgersteig unterbrachen die Stille.

Sie war zehn Blocks gelaufen, als sie ihn erspähte, einen Block von ihr entfernt. Er lehnte an einer Straßenlaterne.

Er drehte sich um und sah sie an, als sie stehenblieb.

»Nun, Küken, was wirst du mit mir tun, wenn du mich fängst?« fragte er mit leiser Stimme, in dem Wissen, daß sie ihn hören würde. »Mich töten? Einen Schildermast abbrechen und ihn mir durchs Herz treiben? Mir den Kopf von den Schultern reißen und damit Fußball spielen, während mein Körper auf dem Bürgersteig zuckt?« Der Vampir zuckte übertrieben, verdrehte die Augen und grinste.

Jody schwieg. Sie wußte nicht, was sie tun würde. Sie hatte nicht darüber nachgedacht. »Nein«, sagte sie. »Wie kann ich dich davon abhalten, Tommy zu töten?«

»Am Ende hintergehen sie dich doch immer. Es ist ihre Natur.«

»Was, wenn ich ihn verlasse? Wenn ich ihm nicht sage, wo ich hingehe?«

»Er weiß, daß wir existieren. Wir müssen uns verstecken, Küken. Immer. Gänzlich.«

Jody war seltsam ruhig. Vielleicht kam es davon, das »wir« zu hören. Vielleicht lag es auch daran, sich mit normaler Stimme mit jemandem zu unterhalten, der einen Block entfernt stand. Was immer es war, sie hatte keine Angst, nicht um sich selbst jedenfalls. »Wenn wir uns verstecken müssen, warum dann all diese Morde?« fragte sie.

Wieder lachte der Vampir. »Hat dir je eine Katze einen Vogel gebracht, den sie getötet hat?«

»Warum?«

»Geschenke, Küken. Und nun – wenn du mich töten willst, tu es. Wenn nicht, geh und spiel mit deinem Schoßhündchen, solange du noch kannst.«

Er drehte sich um und ging weg.

»Warte!« rief Jody. »Hast du mich durch das Kellerfenster gezogen?«

»Nein«, sagte der Vampir, ohne zurückzublicken. »Ich habe kein Interesse daran, dich zu retten. Und wenn du mir folgst, wirst du herausfinden, wie genau ein Vampir getötet werden kann.«

Erwischt, du Arschloch, dachte Jody bei sich. *Er* hatte *sie gerettet*.

27. KAPITEL

Wenn ein Vampir keine Freunde hat, macht er sich welche

Eine halbe Stunde nach Mitternacht. Er stand auf dem südwestlichen Turm der Oakland Bay Bridge, gute fünfzig Stockwerke über der bleigrauen Bucht, und dachte: Kopf oder Füße voran? Er trug einen schwarzen Seidenanzug, und er hielt einen Moment inne, weil ihm leid tat, daß der Anzug ruiniert werden würde. Er mochte das streichelnde Gefühl von Seide auf seiner Haut. Was soll's.

Zwei Meilen entfernt ging Jody die Market Street entlang und wünschte, sie könnte sich einfach ins Koma trinken. Was wäre wohl, wenn ich einen Stinkbesoffenen fände und sein Blut trinken würde? überlegte sie. Nein, mein verdammter Körper würde Alkohol vermutlich als Gift identifizieren und gegen die Wirkung kämpfen. So viele Fragen. Wenn ich doch nur daran gedacht hätte, sie zu stellen.

Sie hielt an einer Telefonzelle und rief Tommy im Supermarkt an.

»Marina Safeway.«

»Tommy, ich bin's.«

»Bist du noch immer sauer?«

»Nicht sauer genug, vermute ich. Ich wollte dich nur bitten, daß du bis nach Sonnenaufgang im Laden bleibst. Geh nicht nach draußen, egal, aus welchem Grund. Und halt dich in der Nähe der anderen Typen, wenn möglich.«

»Warum? Was ist los?«

»Tu einfach, was ich sage, Tommy.«

»Ich habe das Loft aufgeräumt. Größtenteils zumindest.«

»Wir reden morgen abend darüber. Bleib zu Hause, bis ich aufwache, in Ordnung?«

»Wirst du dann immer noch sauer sein?«

»Wahrscheinlich. Ich sehe dich dann. Ciao.« Sie legte auf. Wie kam es, daß er manchmal so schlau und manchmal wieder so dumm war? Vielleicht hatte der Vampir recht, ein Mensch würde sie nie verstehen können. Sie fühlte sich mit einem Schlag sehr einsam.

Sie trat in einen 24-Stunden-Imbiß und bestellte sich eine Tasse Kaffee, damit sie sich an einen Tisch setzen durfte. Sie genoß noch immer den Duft von Kaffee, auch wenn sie ihn nicht mehr trinken konnte.

Sie schlug die Zeitung auf, die sie dem Bettler mit ihrer Kosmetiktasche abgekauft hatte, und machte sich daran, die Kontaktanzeigen zu lesen. »Männer suchen Frauen«, »Frauen suchen Männer«, »Männer suchen Männer«, »Frauen suchen Frauen«, »Männer suchen kleine, pelzige Tiere« – es gab eine große Bandbreite an Kategorien. Sie überflog die gewöhnlicheren Anzeigen, bis ihr Blick auf eine in der Rubrik »Selbsthilfegruppen« fiel: »Sind Sie ein Vampir? Sie müssen sich Ihrem Problem nicht allein stellen. Die Anonymen Bluttrinker können helfen. Mo–Fr Mitternacht, Zi. 212 Asiatisches Kulturzentrum, Nichtraucher«.

Es war Freitag. Es war Mitternacht. Sie war nur zehn Minuten vom Asiatischen Kulturzentrum entfernt. Sollte es wirklich so einfach sein?

Das erste, was ihr auffiel, als sie Zimmer 212 des Asiatischen Kulturzentrums betrat, war, daß alle Leute, die in einem Kreis aus Plastikstühlen saßen, alle zwanzig, Wärme-Auren ausstrahlten. Es waren alles Menschen.

Jody wollte sich gerade wieder verdrücken, als eine birnenförmige Frau in einem Trikot und einem schwarzen Umhang sie aufhielt und ihre Hand ergriff.

»Herzlich willkommen«, sagte die Frau. Sie offenbarte ein Paar recht spitz aussehender Reißzähne, die sie zum Lispeln zwangen. »Ich bin Tabitha. Wir wollen gerade anfangen. Kommen Sie herein. Es gibt Kaffee und Kekse.«

Sie führte Jody zu einem orangefarbenen Plastikstuhl und drängte sie, sich hinzusetzen. »Das erste Mal ist immer schwer, aber jeder hier hat dasselbe durchgemacht.«

»Wohl kaum«, bemerkte Jody und wischte sich einen Spucketropfen von Tabitha von der Wange.

Tabitha zeigte auf ein Plastikmedaillon, das an einer Silberkette um ihren Hals hing. »Sehen Sie diesen Chip? Ich bin seit sechs Monaten clean und blutlos. Wenn ich es schaffen kann, schaffen Sie es auch. Eine Nacht nach der anderen.«

Tabitha drückte aufmunternd Jodys Arm, dann warf sie sich ihren Umhang über die Schulter, drehte sich schwungvoll um und schritt mit wallendem Umhang durch den Raum zum Keksbüffett.

Jody musterte die anderen Anwesenden im Raum. Alle unterhielten sich, die meisten sahen zwischen zwei Schlukken Kaffee verstohlen zu ihr herüber. Die Männer waren alle hochgewachsen und dünn, mit vorstehenden Adamsäpfeln und schlechter Haut. Ihre Kleidung reichte von dreiteiligen Anzügen bis zu Jeans und Flanell. Wären da nicht die Umhänge gewesen, hätte man sie für einen Schachclub auf Ausflug halten können. – Und sie trugen alle Umhänge. Vier von sieben hatten Reißzähne. Zwei der vier Gebisse waren aus selbstleuchtendem Plastik gemacht.

Jody konzentrierte sich auf zwei von ihnen, die in der Ecke tuschelten. »Ich hab dir ja gesagt, das hier ist eine wahre Fundgrube für Babes. Hast du die Rothaarige gesehen?« Er sah verstohlen zu Jody herüber. »Ich glaube, die habe ich letzte Woche bei den Zwanghaften Putzteufeln gesehen.«

»Die Zwanghaften Putzteufel wollte ich auch mal ausprobieren. Wie stehen die Chancen?«

»Jede Menge Schwule, aber ein paar Babes. Die meisten riechen nach Pinesol, aber wenn du auf Latex-Handschuhe stehst, geht richtig die Post ab.«

»Cool, den Laden werd ich mir mal ansehen. Ich denke, bei den Erwachsenen Kindern von Alkoholikern werde ich aussteigen. Die wollen sich alle nur in Schuldgefühlen wälzen, keiner in seidenen Laken.«

Ich weiß nicht, ob ich stumme Verzweiflung wirklich so deutlich hören möchte, dachte Jody. Sie wandte ihre Aufmerksamkeit den Frauen im Raum zu.

Eine zwei Meter große Brünette in einer schwarzen Chor-Robe und kabukigleichem Makeup klagte einer ausgewaschenen Blondine in einem zerschlissenen Hochzeitskleid ihr Leid. »Sie wollen gefesselt werden, ich fessle sie. Sie wollen geschlagen werden, ich schlage sie. Sie wollen beschimpft werden, ich beschimpfe sie. Aber versuch mal, ein bißchen von ihrem Blut zu trinken, und sie schreien wie Babys. Was ist denn mit meinen Bedürfnissen?«

»Ich weiß«, sagte die Blondine. »Als ich Robert einmal gebeten habe, im Sarg zu schlafen, da hat er mich verlassen.«

»Du hast einen Sarg? Ich will auch einen Sarg.«

Himmel, dachte Jody, ich muß hier raus.

Tabitha klatschte in die Hände. »Laßt uns das Treffen beginnen!«

Jene, die standen, suchten sich Stühle. Etliche Männer versuchten, sich auf einen der Plätze neben Jody zu drängen. Ein Häftling mit Erdnußbutter-Atem beugte sich zu ihr herüber und sagte: »Ich war Halloween bei *Oprah*. ›Männer, die Blut trinken, und Frauen, die sie widerlich finden.‹ Wenn du willst, kannst du nach dem Treffen mit zu mir kommen und dir das Video anschauen.«

»Ich verschwinde hier«, erklärte Jody. Sie sprang auf und eilte zur Tür.

Hinter sich hörte sie Tabitha sagen: »Hallo, ich bin Tabitha, und ich bin ein blutsaugendes Ungeheuer.«

»Hallo, Tabitha«, antwortete die Gruppe im Chor.

Draußen schaute Jody rechts und links die Straße hinauf. Sie fragte sich, welche Richtung sie einschlagen sollte, was sie tun sollte. An einer Telefonzelle blieb sie stehen, doch dann erkannte sie, daß es niemanden gab, den sie anrufen konnte. Tränen sprangen in ihre Augen. Wozu noch hoffen? Der einzige, der auch nur die leiseste Ahnung hatte, wie sie sich fühlte, war der Vampir, der sie erschaffen hatte. Und er hatte ihr klipp und klar gesagt, daß er kein Interesse hatte, ihr zu helfen – der miese Saftsack.

Ich sollte ihn mit meiner Mutter verkuppeln, überlegte sie, dann könnten die beiden gemeinsam auf den Rest der Menschheit herabsehen. Die Vorstellung ließ sie schmunzeln.

Plötzlich klingelte das Telefon. Sie starrte es einen Augenblick lang an, schaute sich um, ob jemand rangehen würde, doch abgesehen von einem Mann, der zwei Blocks entfernt neben seinem Wagen stand, war die Straße verlassen.

Sie nahm den Hörer ab. »Hallo.«

»Ich dachte mir schon, daß Sie irgendwann hier aufkreuzen würden«, sagte eine Männerstimme.

»Wer spricht da?« fragte Jody. Der Mann klang jung, seine Stimme war ihr nicht vertraut.

»Das kann ich Ihnen jetzt noch nicht sagen.«

»In Ordnung«, sagte Jody. »Tschüß.«

»Warten Sie, warten Sie, legen Sie nicht auf!«

»Nun?«

»Sie sind es, stimmt's? Sie sind echt. Ich meine, Sie sind ein echter Vampir.«

Jody hielt den Hörer von sich entfernt und starrte ihn an, als wäre er plötzlich lebendig geworden. »Wer spricht denn da?«

»Ich möchte Ihnen meinen Namen nicht nennen. Ich will nicht, daß Sie mich aufspüren können. Lassen Sie uns einfach sagen, ich bin ein Freund.«

»Ja, stimmt, Sie sind auch genauso wie die meisten meiner Freunde«, gab Jody trocken zurück. »Die sagen mir auch nie, wie sie heißen oder wo ich sie finden kann. Auf die Art habe ich recht wenig gesellschaftliche Verpflichtungen.« Wer war dieser Mann? Wer konnte bloß wissen, daß sie hier war, in diesem Moment?

»In Ordnung, ich vermute, ich bin Ihnen etwas schuldig. Ich bin Medizinstudent an ... an einem örtlichen College. Ich habe eine der Leichen untersucht ... eine der Leichen, die Sie umgebracht haben.«

»Ich habe niemanden umgebracht. Ich weiß nicht, wovon Sie reden. Wenn ich die bin, für die Sie mich halten, woher wußten Sie dann, daß ich hier sein würde? Bis vor einer Stunde wußte ich das selbst noch nicht.«

»Ich habe gewartet, habe seit einigen Wochen jeden Abend Ausschau gehalten. Ich hatte die Theorie, daß Sie keine wahrnehmbare Körperwärme ausstrahlen würden, und Sie tun es tatsächlich nicht.«

»Wovon reden Sie? Niemand kann die Körperwärme von jemand anderem wahrnehmen.«

»Sehen Sie die Straße hinauf. Neben dem weißen Toyota. Nebenbei bemerkt, der Motor läuft. Wenn Sie auch nur einen Schritt in meine Richtung machen, bin ich weg.«

Jody betrachtete den Mann, der ein ganzes Stück die Straße hoch neben einem weißen Wagen stand. Der Motor lief. Der Mann hielt ein Handy in der Hand und sah durch ein sehr großes Fernglas zu ihr herüber.

»Ich sehe Sie«, sagte sie. »Was wollen Sie?«

»Ich schaue Sie durch ein Infrarot-Fernglas an. Sie strahlen keine Körperwärme ab, daher weiß ich, daß Sie es sind. Meine Theorie war richtig.«

»Sind sie ein Cop?«

»Nein, ich sagte schon, ich bin Medizinstudent. Ich will Sie nicht verhaften. Um ehrlich zu sein, könnte ich Ihnen vielleicht sogar helfen, wenn Sie an Hilfe interessiert wären.«

»Legen Sie los«, sagte Jody. Sie hielt die Hand über die Sprechmuschel und konzentrierte sich auf den Mann neben dem Wagen. Sie konnte ihn in das Handy sprechen hören.

»Sie haben einen der Kadaver an unser Seminar gegeben, nachdem der Leichenbeschauer damit fertig war. Männlich, etwa sechzig Jahre alt, das dritte Opfer, glaube ich. Mir ist aufgefallen, daß da eine saubere Stelle am Hals war, so als wäre sie gewaschen worden. Das hatte der Leichenbeschauer in seinem Bericht nicht vermerkt. Ich habe eine Gewebeprobe entnommen und sie unter dem Mikroskop angesehen. Das Gewebe in diesem Bereich lebte. Regenerierte sich. Ich habe eine Kultur angelegt; sie starb ab – bis ich auf eine Ahnung hin etwas hinzugab.«

»Was?« fragte Jody. Sie wußte nicht, was sie von all dem halten sollte. Dieser Mann wußte, daß sie ein Vampir war, und sie verspürte den Drang, ihn anzugreifen. Irgendein Schutzinstinkt wollte, daß sie ihm weh tat. Ihn tötete. Sie rang um Beherrschung.

»Hämoglobin. Ich habe menschliches Hämoglobin hinzugegeben. Und das Gewebe hat wieder angefangen, sich zu regenerieren. Ich habe es in den Sequencer gegeben. Es ist keine menschliche DNS. Nah dran, aber doch nicht menschlich. Sie produziert keine Wärme und scheint Nährstoffe nicht so zu verbrennen, wie Säugetierzellen es tun. Der Leichenbeschauer sagte, daß er es gewesen wäre, der das Blut aus der Leiche abgezapft hätte, aber das hat er zuvor noch nie getan. Und ich wußte, daß der Typ ermordet worden war. Deshalb hatte ich eine Vermutung. Dann entdeckte ich in der Wochenzeitung die Anzeige einer Selbsthilfegruppe für Vampire, also habe ich mich auf die Lauer gelegt.«

»Mal angenommen, ich glaube Ihnen, was Sie da sagen. Mal angenommen, ich glaube, daß Sie diesen Mist glauben, wie könnten Sie mir helfen? Mal angenommen, ich würde Hilfe wollen.«

»Mein Fachgebiet ist die Gentherapie. Es besteht die Chance, daß ich den Prozeß umkehren kann.«

»Das hier hat nichts mit Wissenschaft zu tun. Ich sage nicht, daß Sie recht haben mit Ihrer Theorie. Es gibt viele Dinge, die Sie nicht wissen und für die es keine wissenschaftliche Erklärung gibt. Wenn Sie das noch nicht festgestellt haben, dann werden Sie es noch feststellen. Wir reden hier von Magie.«

»Magie ist nur Wissenschaft, die wir noch nicht ergründet haben. Wollen Sie nun meine Hilfe oder nicht?«

»Warum wollen Sie mir helfen? Schließlich sind Sie der Meinung, ich würde Menschen umbringen.«

»Das tut der Krebs auch, aber trotzdem arbeite ich daran. Haben Sie auch nur die leiseste Vorstellung, welcher Konkurrenzkampf um die freien Stellen in meinem Fachgebiet herrscht? Es geht nach dem Alles-oder-nichts-Prinzip. Ich könnte damit enden, Ratten für fünf Dollar die Stunde Sacharin-Einläufe zu verpassen. Was ich von Ihnen lernen kann, würde meine Bewerbung ganz nach oben auf den Stapel katapultieren.«

Jody wußte nicht, was sie sagen sollte. Ein Teil von ihr wollte den Hörer fallen lassen und sich den Kerl schnappen. Ein anderer Teil wollte seine Hilfe annehmen.

»Was soll ich tun?« fragte sie schließlich.

»Noch nichts. Wie kann ich Sie erreichen?«

»Das kann ich Ihnen nicht sagen. Ich rufe Sie an. Wie lautet Ihre Nummer?«

»Das kann ich Ihnen nicht sagen.«

Jody seufzte. »Hören Sie, Mr. Wissenschaftswunder, denken Sie sich etwas aus. Und ganz nebenbei, ich habe diese Leute wirklich nicht umgebracht.«

»Warum haben Sie mir dann überhaupt zugehört?«

»Ich denke, die Unterhaltung ist hiermit beendet. Steigen Sie in Ihren Wagen und gewöhnen Sie sich schon mal an den Gedanken, Ratten zu bitten, sich vornüberzubeugen. Wiederhören.«

»Warten Sie, wir könnten uns irgendwo treffen. Morgen. Irgendwo, wo Leute sind.«

»Nein, es muß in der Nacht sein. Irgendwo, wo wir allein sind. Sie könnten sonst überall Cops postieren.« Sie beobachtete ihn, während sie sprach. Er hatte das Fernglas heruntergenommen, und Jody konnte sehen, daß er Asiate war.

»Sie sind hier der Killer. Würden *Sie* sich an meiner Stelle mit Ihnen an einem abgeschiedenen, dunklen Ort verabreden?«

»Also gut. Morgen abend. Sieben Uhr, bei Enrico's am Broadway. Sind Ihnen da genug Menschen?«

»Sicher. Dürfte ich eine Blutprobe von Ihnen nehmen? Würden Sie mich lassen?«

»Würden Sie mich lassen?« fragte sie.

Er antwortete nicht.

»War nur ein Scherz«, sagte sie. »Hören Sie, ich will Ihnen nichts tun, aber ich will auch nicht, daß mir etwas geschieht. Wenn Sie jetzt hier wegfahren, geben Sie richtig Gas und fahren Sie nicht auf direktem Weg nach Hause.«

»Warum?«

»Weil ich diese Leute wirklich nicht umgebracht habe, aber ich weiß, wer es getan hat, und dieser Jemand beschattet mich. Wenn er Sie gesehen hat, sind Sie in Gefahr.«

In der Leitung herrschte eine Weile Stille, nur die leisen geisterhaften Stimmen einer anderen Verbindung waren zu hören. Jody beobachtete den Asiaten dabei, wie er sie beobachtete.

Schließlich räusperte er sich. »Wie viele von Ihnen gibt es?«

»Ich weiß es nicht«, antwortete sie.

»Ich weiß, daß sich nicht alle Opfer in Vampire verwandeln. Das würde nicht funktionieren. Binnen eines Monats hätte sich die gesamte Weltbevölkerung in Vampire verwandelt.« Er klang nun selbstsicherer, da er die Unterhaltung wieder zur Wissenschaft zurückgesteuert hatte.

»Ich erzähle Ihnen morgen alles, was ich weiß. Aber erwarten Sie nicht zuviel. Ich weiß nicht viel. Oder ich kann es Ihnen auch jetzt gleich erzählen, wenn sie bereit sind, sich von Angesicht zu Angesicht mit mir zu unterhalten, aber ich halte es für keine gute Idee, über ein Handy darüber zu sprechen.«

»Ja, Sie haben recht. Aber nicht jetzt. Nicht hier. Das verstehen Sie doch, oder?«

Jody nickte übertrieben, damit er es sehen konnte. »Je länger Sie hier stehen, desto größer ist die Chance, daß er ... der andere Sie sieht. Also dann morgen abend. Sieben Uhr.«

»Werden Sie das Kleid da tragen?«

Jody lächelte. »Gefällt es Ihnen? Es ist neu.«

»Es ist toll. Ich hätte nicht gedacht, daß Sie eine Frau wären.«

»Vielen Dank. Gehen Sie jetzt.«

Sie beobachtete, wie er in den Toyota stieg, das Handy noch immer in der Hand. »Versprechen Sie, daß Sie nicht versuchen werden, mich aufzuspüren?« fragte er.

»Ich weiß ja, wo Sie morgen abend sein werden.«

»O ja. Übrigens, ich heiße Steve.«

»Hallo, Steve. Ich bin Jody.«

»Tschüß«, sagte er. Er schaltete das Handy ab. Jody legte den Hörer auf und schaute Steve hinterher, als er wegfuhr.

Toll, noch einer mehr, um den ich mir Sorgen machen muß, dachte sie bei sich.

Es war ihr noch nicht in den Sinn gekommen, daß ihr Zustand möglicherweise umkehrbar war. Aber andererseits hatte der Medizinstudent ja auch nicht gesehen, wie die Leiche zu Staub zerfallen war. Hoch lebe die Wissenschaft.

Kopf oder Füße voran, überlegte er. Der Seidenanzug flatterte im eisigen Wind um seine Beine. Die Signalleuchte des Turms blinkte ihm rot ins Gesicht. Er konnte Wärmeschwaden davon aufsteigen und sich über der Bucht auflösen sehen.

Sein Name war Elijah Ben Sapir. Er war einen Meter achtzig groß, und er war nun seit achthundert Jahren Vampir. In seinem Menschenleben war er Alchimist gewesen und hatte seine Zeit damit zugebracht, stinkende Chemikalien zu mischen und Beschwörungsformeln zu singen, um Blei in Gold zu verwandeln und das Geheimnis ewigen Lebens zu ergründen. Er war kein sonderlich guter Alchimist gewesen. Der Trick mit der Goldverwandlung war ihm nie gelungen, auch wenn es ihm durch eine bizarre Fehlkalkulation einer chemischen Formel gelang, rund achthundert Jahre bevor DuPont eine Verwendung dafür hatte, Teflon zu erfinden. (Es sollte an dieser Stelle allerdings angemerkt werden, daß Archäologen kürzlich in Grönland einen Runenstein der Wikinger entdeckt haben, auf dem ein Jude erwähnt wird, der 1224 zum Schloß von Konstantin dem Prächtigen kam, um eine Kollektion nicht haftenden Brenneisens für die Folterkammer des Kaisers zu verkaufen, worauf er prompt aus der Stadt gejagt wurde. Die historische Echtheit der Geschichte wurde jedoch angezweifelt, da sie mit den Worten beginnt: »Ich habe nie an die Wahrheit deiner Briefe geglaubt, bis Gunner und ich …« und fortfährt, die sexuellen Abenteuer zweier Wikinger in einem Harem voller braunhäutiger byzantinischer Babes zu erzählen.)

Ben Sapirs Suche nach dem ewigen Leben war da schon erfolgreicher gewesen. Sicher, es gab Nebeneffekte, das Trinken von Menschenblut und die Überempfindlichkeit gegen Sonnenlicht, aber daran hatte er sich gewöhnt. Es war die Einsamkeit, die er nicht ertragen konnte. Doch vielleicht würde sie nach all diesen Jahren endlich ein Ende finden. Er wagte kaum zu hoffen.

Es war hundert Jahre her, seit ein Küken so lange durchgehalten hatte. Damals war es eine Yanomami-Frau am Amazonas-Becken gewesen. Sie hatte drei Monate im Dschungel gejagt, bevor sie in ihr Dorf zurückgekehrt war und ihre Schwester zu einem Vampir gemacht hatte. Die Schwestern hatten sich zu Göttinnen erklärt und Opfer vom Dorf verlangt. Er hatte beide am Fluß gefunden, wo sie gerade das Blut einer alten Frau tranken; es hatte ihm keine Freude bereitet, sie zu töten. Vielleicht wäre ja die Rothaarige anders.

Kopf voran, entschied er. Er stieß sich mit Schwung vom Turm ab, streckte sich in eine stromlinienförmige Körperhaltung und schoß fünfzig Stockwerke hinab auf das Schwarze Wasser zu. Die Herausforderung bestand darin, sich nicht in Nebel zu verwandeln, bevor man auf das Wasser stieß. Das wäre zu einfach gewesen.

Die Wucht des Aufpralls riß ihm die Kleider vom Leib. Die Nähte seiner Schuhe platzten vom Druck. Er tauchte auf, nackt bis auf eine Socke, die mysteriöserweise den Aufprall überlebt hatte, und machte sich daran, den langen Weg zurück zu seiner Jacht zu schwimmen. Währenddessen dachte er bei sich: Ich hätte sie nicht vor dem Sonnenlicht retten sollen. Ich muß wirklich ausgehungert nach Unterhaltung sein.

28. KAPITEL

Kalt erwischt

Als der Morgen anbrach, warf Tommy den Kaiser aus dem Supermarkt. Es war eine lange Nacht gewesen. Er hatte den verrückten Herrscher von den Tieren fernhalten müssen, während er die Regale auffüllte und gleichzeitig versuchte, die logistischen Fragen seines Treffens mit Mara zu lösen – und das alles unter dem Einfluß von Dr. Drews Heilpflanzenmischung, die ausgerechnet jenen Teil des Gehirns zu stimulieren schien, das einen dazu motivierte, sabbernd in einer Ecke zu hocken und auf die eigenen Hände zu starren. Als die Schicht zu Ende war, lehnte er die Einladung der Tiere auf ein Bierchen und eine Runde Frisbee auf dem Parkplatz ab. Er klaute ein Baguette aus dem Lieferwagen des Bäckers und nahm den Bus nach Hause in der Absicht, stehenden Fußes zu Bett zu gehen. Er wußte, daß aus diesem Plan nichts werden würde, als Frank, der Rocker/Bildhauer, ihn vor dem Haus abfing, in den Händen eine vertraut aussehende Bronze-Schildkröte.

»Flood, guck dir das an.« Er hielt die Schildkröte hoch. »Es hat geklappt!«

»Was hat geklappt?« fragte Tommy.

»Das Galvanisieren. Komm rein, ich zeig's dir.« Frank drehte sich um und führte Tommy unter dem Rolltor hindurch in die Gießerei.

Die Gießerei nahm das gesamte Erdgeschoß des Hauses ein. Ein riesiger Schmelzofen rumpelte gedämpft. Es gab mehrere große, mit Sand gefüllte Bottiche, in denen Gipsformen in verschiedenen Stadien der Fertigstellung lagen. Hinten, bei dem einzigen Fenster des Raums, standen

Wachsfiguren von nackten Frauen, Indianern, Buddhas und Vögeln, die darauf warteten, zerschnitten und eingegipst zu werden.

»Wir haben 'ne Menge Statuen für die Gärten von Leuten gemacht. Buddhas sind der große Hit bei den Esoterikern. Dafür haben wir auch die Schildkröten gebraucht. Monk hat schon eine für fünfhundert Mücken an eine Frau aus Pacific Heights verkauft. So was hat man noch nicht gesehen!«

»Meine Schildkröten?« entfuhr es Tommy. Er musterte die Bronzeschildkröte in Franks Händen eingehender. »Zelda!«

»Ist das nicht irre?« sagte Frank. »Wir hatten sie beide in nicht mal acht Stunden fertig. Das traditionelle Verfahren mit Wachsformen hätte Tage gedauert. Ich zeig's dir.«

Er führte Tommy zur anderen Seite der Werkstatt, wo ein kleiner, untersetzter Mann in Leder und Jeans neben einer hohen, mit grüner Flüssigkeit gefüllten Plexiglaswanne stand.

»Monk, das ist unser Nachbar, Tom Flood. Flood, das ist mein Partner, Monk«, sagte Frank.

Monk grunzte, ohne von einem Kompressor aufzublicken, der ihm Ärger zu machen schien. Tommy konnte sehen, wie er an seinen Spitznamen gekommen war. Er hatte eine große Platte mit einem Haarkranz darum: eine Benediktiner-Version von Easy Rider, Bruder Tuck auf Rädern.

»Dies hier«, erklärte Frank und deutet auf die Drei-Meter-Wanne, »ist, soweit wir wissen, die größte Galvanisierwanne an der Westküste.«

Tommy wußte nicht ganz, wie er reagieren sollte. Er war noch immer wie vom Donner gerührt vom Anblick des bronzenen Abbilds von Zelda. »Wirklich beeindruckend«, sagte er schließlich.

»Ja, Mann. Wir können alles reinstecken, was uns unter

die Finger kommt. Keine Formen mehr, keine Wachsschnitzereien. Einfach nur eintauchen und fertig. So haben wir auch die Schildkröten gemacht.«

Langsam begann Tommy zu verstehen. »Willst du damit sagen, daß das keine Skulptur ist? Ihr habt meine Schildkröten mit Bronze überzogen?«

»Genau, Mann. Die Flüssigkeit da ist übersättigt mit aufgelöstem Metall. Wir haben die Schildkröten mit einer dünnen Schicht Farbe auf Metallbasis besprüht, die Strom leitet. Dann haben wir sie unter Strom gesetzt und sie in die Wanne getaucht. Der Strom zieht das Metall aus dem Wasser an, und es verbindet sich mit der Farbe auf der Schildkröte. Wenn man sie lange genug drin läßt, wird die Schicht dick genug, um eigene Festigkeit zu besitzen. *Voilà*, eine bronzene Gartenschildkröte. Ich glaube nicht, daß das vor uns schon mal jemand gemacht hat. Wir sind dir echt was schuldig, Mann.«

Monk grunzte dankbar. Tommy wußte nicht, ob er wütend oder deprimiert sein sollte. »Ihr hättet mir sagen sollen, daß ihr sie umbringen würdet.«

»Ich dachte, das wüßtest du, Mann. Tut mir leid. Du kannst die hier haben, wenn du willst.« Frank hielt ihm die bronzierte Zelda hin.

Tommy schüttelte den Kopf und wandte den Blick ab. »Ich denke nicht, daß ich ihren Anblick ertragen könnte.« Er drehte sich zum Gehen um.

»Komm schon, Mann, nimm sie«, drängte Frank. »Wir schulden dir was. Wenn wir dir mal einen Gefallen tun können oder so was.«

Tommy nahm Zelda. Wie sollte er das bloß Jody erklären? »Ach übrigens, ich habe aus deinen kleinen Freunden Statuen gemacht«? Und das direkt nachdem sie einen heftigen Streit gehabt hatten. Er schlurfte zutiefst deprimiert die Treppe hinauf.

Jody hatte ihm eine Nachricht auf dem Küchentresen hinterlassen:

Tommy,

sei unbedingt da, wenn ich aufwache. Wenn du das Haus verläßt, bist du in lebensbedrohender Gefahr. Ich meine es ernst. Ich muß dir einige wichtige Dinge erzählen. Jetzt ist keine Zeit, ich werde jeden Moment in Schlaf fallen. Sei also bitte hier, wenn ich aufwache.

Jody

»Klasse«, sagte Tommy zu Peary. »Was soll ich denn jetzt mit Mara machen? Was denkt Jody sich denn, mir so zu drohen? Was will sie denn tun, wenn ich nicht hier bin? Ich kann nicht hier sein. Warum hältst du sie nicht beschäftigt, bis ich nach Hause komme?« Tommy tätschelte die Gefriertruhe, und plötzlich kam ihm eine Idee.

»Weißt du, Peary, Wissenschaftler haben ein Dutzend Vampirfledermäuse eingefroren und völlig unbeschadet wieder aufgetaut. Ich meine, wie sollte sie es merken? Wie oft hat sie gedacht, es wäre Dienstag, wenn es tatsächlich Mittwoch ist?«

Tommy ging zum Schlafzimmer und warf einen Blick auf Jody, die es ins Bett, aber nicht mehr aus ihrem schwarzen Kleid heraus geschafft hatte.

Mann, dachte Tommy, so zieht sie sich für mich nie an.

Sie sah so friedlich aus. Sexy, aber friedlich.

Sie wird wütend sein, wenn sie es herausfindet, aber jetzt ist sie auch wütend. Es wird ihr ja nicht weh tun. Ich hole sie einfach morgen früh raus und lege sie unter die Heizdecke. Bei Sonnenuntergang ist sie dann aufgetaut, und bis dahin habe ich die Sache mit Mara erledigt. Ich kann Mara sagen, daß ich in einer festen Beziehung bin. Ich kann nichts Neues anfangen, bis diese Sache zu Ende ist. Vielleicht beruhigt sich Jody bis dahin auch etwas, wenn sie ein bißchen mehr Zeit hat.

Er lächelte. Er klappte den Deckel der Gefriertruhe auf, dann ging er ins Schlafzimmer, um Jody zu holen. Er trug sie in die Küche und legte sie auf Peary in die Gefriertruhe. Als er Jody in eine Fötalhaltung faltete, regte sich Eifersucht in ihm. »Ihr beide seid artig, verstanden?« Er steckte noch fürsorglich ein paar Tiefkühlmenüs unter ihre Arme, dann küßte er sie auf die Stirn und schloß leise den Deckel.

Als er sich ins Bett legte, dachte er: Wenn sie das je herausfindet, wird sie mächtig sauer sein.

Tommy hatte drei Stunden geschlafen, als das Hämmern begann. Er rollte sich aus dem Bett, taumelte durch das dunkle Schlafzimmer und wurde geblendet, als er die Tür zum Loft öffnete. Er gewann gerade sein Sehvermögen zurück, als er die Feuertür im Erdgeschoß aufmachte und Rivera sagte: »Sind Sie Thomas Flood Junior?«

»Ja«, erwiderte Tommy und stützte sich an den Türrahmen.

»Ich bin Inspector Alphonse Rivera vom San Francisco Police Department.« Er hielt eine Polizeimarke hoch. »Sie sind verhaftet« – Rivera zog einen Haftbefehl aus seiner Jackentasche – »wegen des widerrechtlichen Abstellens eines Fahrzeugs auf einem öffentlichen Durchgangsweg.«

»Sie machen Witze«, sagte Tommy.

Cavuto trat durch die Tür, packte Tommy bei der Schulter und wirbelte ihn herum, während er Handschellen von seinem Gürtel nahm. »Sie haben das Recht zu schweigen ...«, erklärte Cavuto.

Zwei Stunden später war Tommy abgetastet, abgelichtet, und man hatte seine Fingerabdrücke genommen. Wie Cavuto vermutet hatte, stimmten Tommys Fingerabdrücke mit denen auf der Ausgabe von *Unterwegs* überein, die sie unter dem toten Penner gefunden hatten. Das reichte, damit sie einen Durchsuchungsbefehl für das Loft bekamen. Fünf Minuten, nachdem sie das Loft betraten wurden ein mobiles Labor sowie ein Spurensicherungsteam und zwei Leichenwagen losgeschickt. Soweit es Tatorte betraf, war das Loft in SOMA die Mutter aller Schatzkammern.

Cavuto und Rivera überließen den Tatort den Jungs von der Spurensicherung und kehrten auf das Revier zurück, wo sie Tommy aus der Zelle holten und ihn in ein rosafarbenes Verhörzimmer mit einem Metalltisch und zwei Stühlen steckten. Über eine ganze Wandseite erstreckte sich ein Spiegel, und auf dem Tisch stand ein Cassettenrecorder. Tommy saß da und starrte auf die rosafarbene Wand, während er sich daran erinnerte, einmal irgendwo gehört zu haben, daß Rosa eine beruhigende Wirkung haben sollte. Es schien nicht zu funktionieren. Seine Gedärme verknoteten sich.

Rivera hatte Dutzende von Verhören mit Cavuto zusammen geführt, und sie übernahmen immer dieselben Rollen: Cavuto war der böse Cop, und Rivera war der gute Cop. Um ehrlich zu sein, kam Rivera sich nie wie der gute Cop vor. Meistens war er der Ich-bin-müde-und-überarbeitet-und-ich-bin-nett-zu-dir-weil-ich-nicht-die-Energie-habe-wütend-zu-sein-Cop.

»Möchten Sie eine Zigarette?« fragte Rivera.

»Klar«, sagte Tommy.

Cavuto sprang ihm beinahe ins Gesicht. »Pech gehabt, du Dreckskerl. Hier drinnen wird nicht geraucht.« Cavuto genoß es von ganzem Herzen, der böse Cop zu sein. Er übte es zu Hause vor dem Spiegel.

Rivera zuckte mit den Achseln. »Er hat recht. Sie dürfen hier nicht rauchen.«

»Ist nicht so schlimm, ich bin Nichtraucher«, erwiderte Tommy.

»Wie wär's denn statt dessen mit einem Anwalt?« fragte Rivera. »Oder mit einem Telefonanruf?«

»Ich muß um Mitternacht auf der Arbeit sein«, sagte Tommy. »Wenn es so aussieht, daß ich zu spät kommen werde, werde ich meinen Anruf machen.«

Cavuto tigerte im Zimmer herum, wobei er seinen Weg so abzirkelte, daß er sich jederzeit auf Tommy stürzen konnte. Und jetzt stürzte er sich auf Tommy. »Ja, Junge, du wirst zu spät kommen, etwa dreißig Jahre zu spät, wenn sie dich nicht auf dem elektrischen Stuhl grillen.«

Tommy rutschte verängstigt auf seinem Stuhl zurück.

»Der war gut, Nick«, lobte Rivera.

»Danke.« Cavuto lächelte, eine unangezündete Zigarre zwischen seinen Lippen, und wich von dem Tisch zurück, an dem Tommy saß.

Rivera kam zu Tommy heran. »In Ordnung, Junge, du willst also keinen Anwalt. Womit möchtest du anfangen? Wir haben dich schon sicher für zwei Morde, vermutlich sogar drei. Wenn du uns die Geschichte erzählst, wenn du uns alles erzählst, auch über all die anderen Morde, können wir dich vielleicht vor der Todesstrafe retten.«

»Ich habe niemanden umgebracht.«

»Komm uns nicht so«, sagte Cavuto. »Wir haben zwei Leichen in deiner Gefriertruhe gefunden. Deine Fingerabdrücke sind auf dem Buch, das wir unter einer dritten Leiche vor deiner Wohnung gefunden haben. Du hast in dem Motel gewohnt, in dem wir eine vierte Leiche gefunden haben. Und wir haben bei dir einen Kleiderschrank voller Frauenklamotten entdeckt, und Augenzeugen haben eine

Frau in der Nähe der Stelle gesehen, wo wir eine fünfte Leiche gefunden haben ...«

Tommy unterbrach ihn: »Eigentlich ist da nur eine Leiche in der Gefriertuhe. Das andere ist meine Freundin.«

»Du krankes Schwein.« Cavuto holte aus, als wolle er Tommy schlagen. Rivera hielt ihn zurück. Tommy kauerte sich ängstlich auf seinem Stuhl zusammen.

Rivera zog Cavuto auf die andere Seite des Raums. »Laß mich das mal einen Moment allein machen.« Er ließ den knurrenden Cavuto stehen und ging zu dem Stuhl, der gegenüber von Tommy stand.

»Hör zu, Junge, wir haben dich mit zwei Morden kalt erwischt, wie man sagen könnte. Wir haben Indizienbeweise für einen dritten. Du wirst für eine lange Zeit in den Knast wandern, und im Moment stehen die Chancen für die Todesstrafe gut. Wenn du uns jedoch alles sagst und nichts ausläßt, können wir dir vielleicht helfen, aber du mußt uns genug in die Hand geben, um alle Fälle abzuschließen. Hast du das verstanden?«

Tommy nickte. »Aber ich habe niemanden umgebracht. Ich habe Jody in die Gefriertruhe gelegt, was zugegebenermaßen äußerst rücksichtslos war, aber ich habe sie nicht umgebracht.«

Cavuto knurrte. Rivera nickte, als würde er Tommy die Geschichte abkaufen. »Gut, aber wenn du sie nicht umgebracht hast, wer war es dann? Hat jemand, den du kennst, dich dazu gezwungen?«

Cavuto explodierte: »Herrgott noch mal, Rivera! Was brauchst du denn noch, ein Video? Dieser kleine Drecksack hat es getan.«

»Nick, bitte. Laß uns mal eine Minute in Ruhe.«

Cavuto trat an den Tisch und beugte sich vor, bis sein Gesicht dicht an Tommys war. »Flood, glaub ja nicht, du könntest mich mit deinen großen Hundeaugen angucken und mit deinem kleinen Hintern wackeln, und schon wärst du vom Haken«, flüsterte er heiser. »Das mag bei Castro funktionieren, aber ich bin immun dagegen, verstanden? Ich werde jetzt mal kurz rausgehen, aber wenn ich zurückkomme und du hast meinem Partner nicht die ganze Geschichte erzählt, dann werde ich dir wehtun. Richtig weh tun, und ich werde keine Spuren an dir hinterlassen.« Er stand auf, lächelte, dann drehte er sich um und verließ das Verhörzimmer.

Tommy sah Rivera an. »Ich soll Sie mit meinen großen Hundeaugen angucken und mit meinem kleinen Hintern wackeln?«

»Nick findet dich süß«, erwiderte Rivera.

»Er ist schwul?«

»Mit Haut und Haar.«

Tommy schüttelte den Kopf. »Darauf wäre ich nie gekommen.«

»Er ist auch ein strenggläubiger Katholik.« Rivera klopfte eine Zigarette aus seiner Schachtel und zündete sie an. »Das Aussehen kann täuschen.«

»He, ich dachte, hier drin wäre Rauchen nicht erlaubt.«

Rivera blies Tommy eine Rauchwolke ins Gesicht. »Du hattest zwei Menschen in deiner Gefriertruhe, und jetzt willst du mir wegen des Rauchens dumm kommen?«

»Stimmt.«

Rivera setzte sich und lehnte sich zurück. »Tommy, ich werde dir noch eine Chance geben, mir zu erzählen, wie du diese Leute umgebracht hast. Wenn du es mir nicht erzählst, werde ich Nick wieder hereinrufen, und ich werde hinausgehen. Du gefällst ihm. Und dieser Raum ist schallisoliert.«

Tommy schluckte schwer. »Sie werden mir nicht glauben. Es ist eine recht phantastische Geschichte. Einiges davon ist übernatürlich.«

Rivera massierte sich die Schläfen. »Satan hat dir befohlen, es zu tun?« fragte er matt.

»Nein.«

»Elvis?«

»Ich sagte doch, es ist übernatürlich.«

»Tommy, ich werde dir jetzt etwas sagen, was ich noch nie jemandem gesagt habe. Wenn du es jemandem weitererzählst, werde ich es abstreiten. Vor fünf Jahren habe ich eine weiße Eule mit einer Flügelspanne von zwanzig Metern gesehen, die vom Himmel herabstieß, einen Dämon von einem Hügel schnappte und sich wieder in die Lüfte erhob.«

»Ich hab schon gehört, daß Cops an die besten Drogen kommen«, sagte Tommy.

Rivera stand auf. »Ich werde jetzt Nick hereinholen.«

»Nein, warten Sie, ich werde Ihnen alles erzählen. Es war ein Vampir. Sie können Jody auftauen und sie fragen.«

Rivera streckte die Hand aus und schaltete den Cassettenrecorder ein. »Jetzt mal ganz langsam. Fang am Anfang an, und erzähl der Reihe nach alles, was passiert ist, bis wir dich in dieses Zimmer gebracht haben.«

Eine Stunde später gesellte Rivera sich zu Cavuto hinter dem Einwegspiegel. Cavuto sah nicht glücklich aus. »Weißt du, es wäre mir lieber, wenn du ihm nur angedroht hättest, ich würde ihn verprügeln.«

»Es hat funktioniert, oder etwa nicht?«

»Wir haben nichts, was wir gegen ihn verwenden können. Nichts. Wenn er bei dieser Geschichte bleibt, werden sie ihn wegen Unzurechnungsfähigkeit laufenlassen. Das ist doch völlig verrückt. Ich will wissen, wie er das Blut aus den Leichen abgezapft hat.«

»Der Junge hält sich für einen Schriftsteller. Er protzt mit seiner Phantasie. Laß ihn eine Weile da sitzen und was essen. Ich will den Kaiser finden.«

»Diesen Spinner?«

»Er meldet seit Wochen, er hätte einen Vampir gesehen. Vielleicht hat er den Jungen bei einem der Morde beobachtet.«

29. KAPITEL

Beileid und Beischlaf

Gilbert Bendetti mochte seine Arbeit, mochte seine Arbeit wirklich. Er war Angestellter des Staates, wenn man so wollte; es war ruhig, und er war gewöhnlich ganz allein im Leichenschauhaus, so daß er sich nicht für sein Gewicht oder seine schlechte Haut schämen mußte. Er spielte gern mit den Computern und den Laborgeräten, und er ging gern ans Telefon und tat offiziell. Der Nachtdienst im Leichenschauhaus wäre selbst dann ein toller Job gewesen, wenn Gilbert keine Gelegenheit gehabt hätte, die Toten zu vögeln, aber so war es das Paradies.

Heute abend konnte Gilbert sich vor Aufregung kaum einkriegen. Sie hatten an diesem Nachmittag seine Traumfrau hereingebracht und ihm strikte Anweisungen gegeben, sie nicht in den Kühlraum zu bringen, sondern sie draußen zu lassen, damit sie für die Obduktion auftauen konnte. Irgendein Irrer hatte sie in eine Gefriertruhe gesteckt. Das kranke Schwein hatte Tiefkühlmenüs unter ihre Arme gelegt. Nun lag sie auf einer Bahre und lockte ihn. Dieses Cocktailkleid, das rote Haar – er konnte es kaum erwarten.

Er sah im Wachbuch nach und schloß seine Pornos in der Schreibtischschublade ein, dann knöpfte er seinen Laborkittel auf und ging nach unten, um nachzuschauen, ob sie schon weich war. Als er das letzte Mal nachgeschaut hatte, war sie schon etwas beweglich geworden, aber er wußte, daß sie innen noch – nun – kalt war, trotz der Hacksteaksoße, die unter ihren Achseln heraustropfte.

Er stieß die Tür zum Aufbewahrungsraum auf, und da war sie, genau wie er sie verlassen hatte, ihr einladender

Schmollmund leicht geöffnet, die wunderschönen Beine nach hinten abgewinkelt.

»Mein Engel«, sagte Gilbert, »soll ich dir aus dieser störenden Strumpfhose helfen?«

Er streckte ihre Beine auf der Bahre aus und schob ihr das Kleid hoch. Sie war immer noch ein wenig kühl, aber sie war beweglich. Gut, denn wenn erst einmal die Leichenstarre eingesetzt hatte, konnte die Leidenschaft einen zu Positionen zwingen, die selbst für einen Yoga-Meister eine Herausforderung wären. Gilbert hatte sich schon mehr als einmal die Bandscheibe ausgerenkt.

Ihre Strumpfhose war schwarz; bis auf ihren rechten großen Zeh waren ihre Füße staubig. Sie mußte barfuß auf Strümpfen herumgelaufen sein. Kurz nachdem man sie hereingebracht hatte, hatte Gilbert sich einen kleinen Vorgeschmack erlaubt und ihr den großen Zeh saubergenuckelt. Eine Art Vorspiel.

Er überlegte, ihre Temperatur mit dem Fleischthermometer zu messen, aber sie war so perfekt, daß er ihren wunderschönen Körper nicht verunzieren wollte. Er griff unter ihr Kleid, faßte den Bund ihrer Strumpfhose und zog sie herunter.

»Meine Güte, ein schwarzer Spitzenslip ...« Er versuchte sich an ihren Namen zu erinnern, dann sah er auf dem Schildchen an ihrem Zeh nach. »Meine Güte, Jody, woher wußtest du, daß ich schwarze Spitze mag?«

Er schälte sie aus ihrer Strumpfhose, wobei er kurz innehielt, um zuerst das Schild von ihrem Zeh abzubinden, dann ließ er seine Hände an ihren Schenkeln hinaufgleiten, um ihr den Spitzenslip auszuziehen.

»Eine echte Rothaarige«, sagte Gilbert und ließ den Slip auf den Boden fallen. Er trat einen Moment zurück, um sie zu bewundern und seinen Laborkittel auszuziehen. Er stellte die Räder an der Bahre fest, zog die Tiefkühlmenüs unter den Armen seiner Traumfrau heraus und öffnete seinen Hosenstall.

»Es wird so gut werden. So gut.« Er kletterte auf das Ende der Bahre, sorgsam darauf bedacht, das Gleichgewicht zu halten. Nichts zerstörte die Stimmung schneller, als wenn man auf das Linoleum kippte und sich den Schädel aufschlug.

Er leckte sich an der Innenseite ihrer Schenkel nach oben.

»Tommy, das kitzelt«, sagte sie.

Gilbert sah hoch. Nein, das habe ich mir nur eingebildet. Er wandte sich wieder seinem Vergnügen zu.

»Nein, laß mich erst duschen«, sagte sie. Sie setzte sich auf.

Gilbert stieß sich so heftig nach hinten ab, daß die Bahre kippte und Jody auf den Boden purzelte. Gilbert wich entgeistert zurück, die Hand röchelnd an die Brust gepreßt. Sein erschlaffendes Glied baumelte aus seinem Hosenschlitz.

Jody erhob sich auf die Füße. »Wer sind Sie?«

Gilbert konnte nicht sprechen. Er konnte nicht atmen. Es war, als hätte man Stacheldraht um sein Herz geschlungen, an dem nun ein Pferdegespann zog. Er taumelte rückwärts gegen eine Wand mit Schubfächern und stieß sich den Kopf.

Jody sah sich um. »Wie bin ich hierhergekommen? Antworten Sie mir.«

Gilbert sackte röchelnd auf die Knie.

»Wo ist Tommy? Und wo, zum Teufel, ist mein Slip?«

Gilbert schüttelte den Kopf. Er rollte auf die Seite, tat noch zwei gepreßte Atemzüge und starb.

»He!« sagte Jody. »Ich verlange Antworten.«

Gilbert antwortete nicht. Jody sah, wie die dunkle Aura seines Sterbens erlosch und nur noch die Restwärme-Ausstrahlung seines Körpers zurückblieb.

»Tut mir leid«, sagte Jody.

Sie schaute sich um: die Bahre, die großen Schubladen für die Toten, die Instrumente für die Obduktion – es sah wie in den Leichenschauhäusern im Film aus. Irgend etwas war passiert, während sie geschlafen hatte.

Sie blickte auf ihre Uhr, aber die war verschwunden. Die Wanduhr über Gilberts Leiche zeigte 1 Uhr nachts.

Warum bin ich so spät aufgewacht? Ich muß Tommy finden und herausbekommen, was passiert ist.

Sie hob ihren Slip vom Boden auf und zog ihn an. Die Strumpfhose ließ sie liegen und machte sich statt dessen auf die Suche nach ihren Schuhen. Sie konnte sie nirgends entdecken. Ihre Handtasche konnte sie auch nirgends finden.

Geld. Ich brauche Geld für ein Taxi.

Sie ging neben Gilberts Leiche in die Hocke und durchstöberte seine Taschen. Sie fand dreißig Dollar und etwas Kleingeld. Schließlich stopfte sie noch sein entblößtes Glied zurück in seine Hose und zog den Reißverschluß zu.

»Das habe ich für deine Familie getan, nicht für dich«, sagte sie. Dann dachte sie: Ich werde schlimmer als Tommy, jetzt rede ich auch schon mit Toten.

Sie wollte zur Tür gehen, doch dann blieb sie abrupt stehen und sah auf die Wand mit den Schubfächern. Ein Szenario übermannte sie in ihrem Geist wie ein plötzlicher Niesanfall.

Tommy liegt vermutlich in einer dieser Schubladen. Der Vampir hat ihn getötet, und als der Leichenbeschauer kam, hat er mich auch für tot gehalten. Aber warum hat der Vampir mich verschont? Und warum habe ich so lange gebraucht, um aufzuwachen? Vielleicht war es dieser Medizinstudent. Vielleicht hat er den Cops gesagt, wo sie mich finden könnten, als ich nicht zum Treffen kam. Aber er wußte gar nicht, wo ich zu finden war.

Sie ging durch die Glastüren und den Flur hinunter, wo sie an einem Telefon stehenblieb und im Loft anrief. Niemand ging ran. Sie wählte die Nummer des Marina Safeway.

»Marina Safeway.« Sie erkannte Simon McQueens Stimme.

»Simon, hier ist Jody. Ich muß mit Tommy sprechen.«

»Wer? Wer sagen Sie, sind Sie?«

»Ich bin's, Jody. Tommys Freundin. Ich muß mit ihm sprechen.«

Simon schwieg einen Moment. Als er schließlich wieder sprach, war seine Stimme eine Oktave tiefer. »Du weißt nicht, wo Flood ist?«

»Er ist nicht da?«

»Nee.«

»Geht es ihm gut?«

»Im Prinzip schon. Wie steht es mit dir? Geht es dir gut?«

»Ja, Simon, mir geht es gut. Wo ist Tommy?«

»Nun, das ist erstaunlich. Bist du sicher, daß es dir gutgeht?«

»Ja. Wo ist Tommy?«

»Ich kann es dir am Telefon nicht sagen. Ich werde dich abholen. Wo bist du?«

»Ich bin nicht sicher. Einen Moment.« Jody lief zur Vordertür. Die Adresse stand auf der Glasscheibe. Sie ging zum Telefon zurück und nannte Simon eine zwei Blocks entfernte Adresse.

»Ich sag kurz jemandem Bescheid, daß er meine Regale mit übernimmt. Ich bin in einer halben Stunde da.«

»Danke, Simon.« Jody legte auf. Was, zum Teufel, ging hier vor?

Während sie auf Simon wartete, mußte Jody sich gegen die Angebote zweier Typen in einem Mercedes erwehren, die sie für eine Nutte hielten. Ein durchaus verständlicher Irrtum, wenn man bedachte, daß sie in einer kalten Nacht barfuß in einem tief ausgeschnittenen Cocktailkleid an einer dunklen Ecke stand. Als sie ihnen schließlich sagte, sie wäre ein verdeckt arbeitender Cop, dämpfte das ihre Beharrlichkeit, und sie fuhren mit hängenden Köpfen davon.

Fünf Minuten später bog Simon um die Ecke und kam in einer Wolke aus verbranntem Gummi und Testosteron schlitternd neben Jody zum Stehen. Er stieß die Tür für sie auf.

»Steig ein.«

Jody sprang auf den Beifahrersitz. Simon schien ein wenig verblüfft, daß sie nicht die beiden unter der Tür angebrachten Stufen benutzen mußte. »Du hast ja mächtig Schwung heute nacht, Süße«, bemerkte er.

Jody schloß die Tür. »Wo ist Tommy?«

»Nicht so schnell mit den jungen Pferden. Ich bringe dich zu ihm.« Simon legte den Gang ein und brauste davon. »Bist du sicher, daß es dir gutgeht?«

»Ja, es geht mir gut. Warum konntest du mir am Telefon nicht sagen, was mit Tommy ist?«

»Nun, er versteckt sich. Scheint, als ob die Polizei ihn wegen einiger Morde sucht.«

»Die Halsbrecher-Morde?«

»Genau die.« Simon sah sie an. »Ist dir nicht kalt?«

»Oh, ich habe meinen Mantel verloren.«

»Und die Schuhe?«

»Ja, und die Schuhe. Ein paar Kerle haben mich verfolgt.« Jody wußte, daß sie nicht sonderlich überzeugend klang.

Sie fuhren die Market entlang in Richtung Bay Bridge. Simon grinste und schob sich seinen schwarzen Stetson aus der Stirn. »Dir ist nie kalt, stimmt's, Süße?«

»Was meinst du damit?«

Simon drückte den elektronischen Verriegelungsknopf;

Jody hörte das Schloß neben sich klicken. »Dir wird auch nie heiß, stimmt's? Und du wirst auch nie krank«, sagte Simon. »Wirst du krank?«

Jody umklammerte den Türgriff. »Worauf willst du hinaus, Simon?«

Simon griff in seine Tasche, zog einen Colt-Python-Revolver heraus und richtete ihn auf Jody. »Ich weiß zwar, daß Kugeln dich nicht töten können, aber ich wette, daß sie höllisch weh tun. Und ich habe Holzsplitter in die Hohlspitzen getan, nur für den Fall, daß das was nützt.«

Jody hatte keine Ahnung, was eine Kugel ihr anhaben konnte, und sie wollte es auch nicht herausfinden. »Was willst du, Simon?«

Simon steuerte den Pickup in eine Seitengasse und stellte den Motor ab. »Zwei Dinge. Ich weiß nicht, was ich zuerst will, bis du mir ein paar Fragen beantwortet hast.«

»Was immer du willst, Simon. Du bist Tommys Freund. Du mußt es nicht auf die harte Tour machen, frag einfach nur.«

»Das ist richtig lieb von dir, Süße. Also, wirst du krank?«

»Jeder wird krank, Simon. Ich kriege hin und wieder eine Erkältung.«

Simon bohrte ihr den Revolver in die Rippen. »Versuch nicht, mir was vorzumachen. Ich weiß, was du bist.«

Jody sah Simon zum ersten Mal richtig an. Er verbrannte, strahlte Hitze in roten Wellen ab, selbst in der relativen Wärme des Wagens. Aber unter der Hitze-Aura sah Jody etwas anderes, das sie bei ihrem ersten Zusammentreffen in jener Nacht auf dem Parkplatz nicht gesehen hatte. Vielleicht, weil sie nicht gewußt hatte, wonach sie Ausschau halten mußte. Unter der Wärme-Aura wurde Simon von einer dünnen schwarzen Aura umgeben, so wie Jody sie bei anderen Leuten gesehen hatte – die Todes-Aura, aber dünner, so als würde sie noch wachsen.

»Bist du sicher, daß du dich nicht nur wieder wie ein Arschloch aufführst, Simon? Du entführst die Freundin deines Freundes?«

»Komm mir nicht so, Rotschopf. Ich hab dich schlafen sehen, an dem Tag, als wir bei euch die Party hatten. Ich habe dich angefaßt. Du bist so kalt wie die Möpse einer Hexe. Und Flood beschwert sich immer darüber, daß du den ganzen Tag schläfst. Und dann die Schildkröten, die er unbedingt lebend haben wollte. Ich hab das alles zunächst nicht zusammengebracht, erst als der Kaiser angefangen hat, von Vampiren zu brabbeln, und die Polizei Flood verhaftet hat.«

»Du bist übergeschnappt, Simon. Nichts von all dem beweist irgendwas. Es gibt keine Vampire.«

»Ach ja? Nun, weißt du, warum sie Tommy verhaftet haben?«

»Nein, ich wußte nicht …«

»Weil sie dich tot in der Gefriertruhe gefunden haben, darum. Sie haben ihn wegen Mord am Arsch. Ich hatte immer noch Zweifel, bis du vorhin angerufen hast. Du wirst meine erste tote Möse sein, wenn man das Mal nicht zählt, wo ich mir vor einem Bild von Marilyn einen heruntergeholt habe.«

Jody war wie vom Donner gerührt. Panik übermannte sie, und ihre innere Stimme schrie: *Töte ihn, versteck dich; töte ihn, versteck dich.* Sie kämpfte dagegen an. »Du machst das hier, weil du Sex willst?«

»Nun, das ist ein Teil davon. Du mußt wissen, ich hab seit fünf Jahren keinen richtigen Fick mehr gehabt – seit ich mir diesen Virus eingefangen habe. Es ist ziemlich schwer, dir einen guten Drei-Tüchler zu besorgen, wenn du den Schwanz des Todes hast. Aber ich bin kein Arschficker. Ich hab mir von 'ner Nutte in Oakland einen Speedball geben lassen. Wir haben uns zu sechst die Nadel geteilt.«

»Du stirbst an Aids?« fragte Jody.

»Keine falsche Scham, Süße. Sprich es einfach offen aus.«

»Tut mir leid, Simon, aber wenn jemand eine Waffe auf mich richtet und mir sagt, daß er mich vergewaltigen wird, dann vergesse ich meine Manieren.«

»Wenn du es willst, wird's keine Vergewaltigung werden. Die andere Sache ist wichtiger.«

»Die andere Sache?«

»Ich will, daß du mich zu einem Vampir machst.«

»Nein, das willst du nicht, Simon. Du hast keine Ahnung, wie das ist.«

»Ich muß es nicht wissen, Süße. Ich weiß, daß ich sterben werde, wenn du es nicht tust. Ich bin nicht mehr einfach nur HIV-positiv, es ist ausgebrochen. Ich kann kaum noch meine Stiefel an- und ausziehen von all den offenen Stellen. Der Arzt hat mich auf genug Pillen gesetzt, daß ein Pferd daran ersticken würde. Also tu es.«

Jody hatte Mitleid mit ihm. Trotz seines arroganten Cowboygehabes konnte sie sehen, daß er Angst hatte. »Ich weiß nicht, wie, Simon. Ich weiß nicht, wie ich dazu gemacht wurde. Es ist einfach passiert.«

Er bohrte die Mündung des Revolvers unter ihre Brust und rutschte auf dem Sitz neben sie. »Beiß mir einfach in den Hals, verdammt noch mal. Los jetzt!«

»Das funktioniert nicht. Das würde dich nur töten. Ich weiß nicht, wie ich dich zu einem Vampir machen kann.«

Simon zog den Revolver aus ihren Rippen und drückte ihn gegen Jodys Schenkel. »Ich werde jetzt bis drei zählen und dann werde ich dir ins Bein schießen, wenn du nicht anfängst. Dann werde ich wieder bis drei zählen und dir ins andere Bein schießen. Ich will das nicht tun, aber du mußt es einfach verstehen.«

Jody konnte sehen, wie Tränen in Simons Augen traten. Er wollte es nicht tun, aber sie wußte, daß er es tun würde.

Sie fragte sich, ob sie ihn zum Vampir machen würde, wenn sie wüßte, wie man es tat. »Bitte, Simon, ich weiß wirklich nicht, wie man es macht. Laß mich gehen. Vielleicht finde ich es heraus.«

»Die Zeit habe ich nicht, Süße. Wenn ich das Tageslicht gegen ein Leben der Nacht eintauschen muß, um zu überleben, dann entscheide ich mich für die Nächte. Ich fange jetzt an zu zählen. Eins!«

»Simon, tu's nicht. Warte doch.«

»Zwei!«

Jody sah eine Träne über seine Wange kullern. Sie spürte, wie er sich anspannte, und sah auf den Revolver. Die Sehnen seiner Hand spannten sich. Er würde es tun.

»Drei!«

Sie ließ ihre rechte Hand vorschnellen, Handfläche nach außen, und traf Simon unter dem Kinn, während sie mit ihrer Linken den Revolver von ihrem Schenkel wegstieß. Die Waffe ging los und feuerte eine Kugel durch das Bodenblech. Der Knall übertönte das Geräusch, mit dem Simons Genick brach, aber Jody konnte das Knacken in ihrer Hand fühlen. Simon sackte auf den Sitz zurück, Kopf im Nacken und den Mund offen, so als wäre er mitten im Lachen erstarrt. Über das Klingeln in ihren Ohren konnte Jody seinen letzten fiependen Atemzug hören. Die schwarze Aura um ihn erlosch.

Sie streckte die Hand aus und rückte seinen Stetson gerade. »O Gott, Simon, es tut mir leid. Es tut mir so leid.«

Rivera fuhr. Cavuto saß rauchend auf dem Beifahrersitz und sprach ins Funkgerät. Er drückte den Knopf am Mikrofon. »Wenn irgend jemand heute nacht den Kaiser sieht, haltet ihn fest und ruft Rivera und Cavuto. Wir wollen ihm einige Fragen stellen, aber er ist kein, ich wiederhole, *kein* Verdächtiger. Mit anderen Worten: Behandelt ihn pfleglich.«

Cavuto hängte das Mikro zurück ans Armaturenbrett und sagte zu Rivera: »Du hältst das wirklich nicht für Zeitverschwendung?«

»Wie ich schon sagte, Nick, das Morddezernat und der Leichenbeschauer sind die einzigen, die von dem Blutverlust wissen. Unsere Jungs würden das nicht ausplaudern, aber selbst wenn es ein Leck beim Leichenbeschauer geben würde, kann ich mir nicht vorstellen, daß jemand es dem Kaiser erzählen würde. Wer immer diese Morde begangen hat, führt sich wie ein Vampir auf. Vielleicht hält er sich für einen Vampir. Also tun wir, um ihn zu fangen, so, als würden wir einen Vampir jagen.«

»Das ist doch Quatsch. Wir haben genügend Beweise gegen den Jungen in der Hand, um auf der Stelle einen Prozeß zu bekommen, und wenn die Spurensicherung mit seiner Wohnung fertig ist, werden wir auch genug Beweise für eine Verurteilung haben.«

»Ja«, sagte Rivera, »da wäre nur noch eine Sache.«

Cavuto verdrehte die Augen. »Ich weiß, du glaubst nicht, daß er jemanden umgebracht hat.«

»Und du auch nicht.«

Cavuto kaute an seiner Zigarre und sah sich aus dem Wagenfenster eine Gruppe von Wermutbrüdern an, die an einer Ecke von einem Schnapsladen herumhingen.

»Nun, tust du's?« beharrte Rivera.

»Er weiß, wer es getan hat. Und wenn ich seinen knackigen kleinen Hintern bis zum elektrischen Stuhl begleiten muß, damit er es sagt, dann werde ich es tun.«

Über das Funkgerät kam ein Ruf. »Wir hören«, sagte Cavuto ins Mikro.

Die Stimme der Zentrale knisterte aus dem Lautsprecher. »Einheit Zehn hält den Kaiser an der Ecke Mason und Bay fest. Sollen sie ihn aufs Revier bringen?«

Cavuto sah fragend zu Rivera hinüber. »Nun?«

»Nein, sag ihnen, wir sind in fünf Minuten da.«

Cavuto drückte den Knopf am Mikro. »Negativ, wir sind auf dem Weg.«

Drei Minuten später parkte Rivera den zivilen Dodge im Halteverbot hinter dem Streifenwagen. Die beiden uniformierten Officer spielten mit Lazarus und Bummer, deren Rüstungen beim Herumtollen klapperten und schepperten. Der Kaiser schaute ihnen zu, sein Holzschwert immer noch in der Hand.

Rivera stieg als erster aus dem Wagen aus. »Guten Abend, Euer Majestät.«

»Mir kommt's gleich hoch«, knurrte Cavuto, als er seinen massigen Leib aus dem Wagen hievte.

»Und Ihnen einen guten Morgen, Inspector.« Der Kaiser verbeugte sich. »Wie ich sehe, raubt der Unhold uns allen die Nachtruhe.«

Rivera nickte den Uniformierten zu. »Wir übernehmen jetzt, Jungs. Danke.« Einer der Uniformierten war eine Frau. Sie warf Rivera einen bösen Blick zu, während sie zum Streifenwagen ging.

Rivera wandte seine Aufmerksamkeit wieder dem Kaiser zu. »Sie waren in der letzten Zeit sehr beschäftigt damit, Meldungen über einen Vampir in der Stadt auszugeben.«

Der Kaiser runzelte die Stirn. »Und ich muß sagen, Inspector, ich bin ein wenig enttäuscht von Ihrer schleppenden Reaktion darauf.«

»Leck mich«, knurrte Cavuto.

»Wir waren beschäftigt«, erklärte Rivera.

»Nun, jetzt sind Sie ja hier.« Der Kaiser deutete auf Bummer und Lazarus, die wartend hinter ihm saßen. »Sie kennen meine Mannen?«

»Wir sind uns schon begegnet«, sagte Rivera mit einer grüßenden Geste. »Euer Majestät, Sie haben gemeldet, Sie hätten einen Vampir gesehen« – Rivera holte ein Notizbuch aus seiner Jackentasche – »und zwar zu drei verschiedenen Gelegenheiten über die letzten anderthalb Monate.« Rivera nahm eine Kopie von Tommys Verhaftungsfoto aus seinem Notizbuch und hielt es dem Kaiser hin. »Ist das der Mann, den Sie gesehen haben?«

»Himmel, nein. Das ist mein Freund C. Thomas Flood, ein aufstrebender Schriftsteller. Ein guter, wenn auch verwirrter Junge. Ich habe mich dafür eingesetzt, daß er eine Stelle im Marina Safeway bekommt.«

»Aber er ist nicht der Mann, den Sie als Vampir gemeldet haben?«

»Nein. Der Unhold ist älter und hat ein scharfgeschnittenes Gesicht, arabischer Abstammung, würde ich vermuten, wenn er nicht so bleich wäre.«

Cavuto trat heran und nahm Rivera das Bild aus der Hand. »Sic haben uns damals die Leiche gemeldet, die man am fünfzehnten in SOMA gefunden hat, aber Sie haben ausgesagt, Sie hätten nichts gesehen. Haben Sie diesen Mann demzufolge also irgendwo in der Nähe des Tatorts gesehen?«

»Das Opfer war ein Freund von mir, Charlie. Ich fürchte, er hat seinen Verstand in Vietnam gelassen, aber er war trotzdem eine herzensgute Seele. Er war schon einige Zeit tot, als ich ihn gefunden habe. Der Unhold hat ihn einfach liegengelassen, damit er dort verrotten konnte.«

Cavuto kochte. »Aber diesen Vampir haben Sie also auch nicht am Tatort gesehen.«

»Ich habe ihn im Bankenviertel gesehen, einmal in Chinatown und letzte Nacht am Jachthafen. Jener junge Mann hat mir Zuflucht im Safeway gewährt.«

Cavutos Pieper meldete sich. Er ignorierte ihn. »Sie haben Flood und diesen Vampir zusammen gesehen?«

»Nein, ich bin vom Hafen weggelaufen, als der Unhold sich aus dem Nebel materialisierte.«

»Mir langt's«, erklärte Cavuto und warf die Hände hoch. Er sah auf seinen Pieper und ging zurück zum Wagen.

Rivera ließ sich nicht beirren. »Es tut mir leid, Euer Majestät, mein Partner vergißt manchmal seine Manieren. Wenn Sie mir sagen könnten ...«

Cavuto reckte seinen Kopf aus dem Fenster. »Rivera, komm jetzt. Sie haben wieder einen gefunden. Auf geht's.«

»Einen Moment noch.« Rivera nahm eine Visitenkarte aus seiner Brieftasche und gab sie dem Kaiser. »Hoheit, könnten Sie mich wohl morgen gegen Mittag anrufen? Ich hole Sie ab, wo immer Sie sind – ich spendiere Ihnen und den Mannen ein Mittagessen.«

»Natürlich, mein Sohn.«

Cavuto brüllte aus dem Wagenfenster: »Los jetzt, der hier ist noch frisch.«

»Seien Sie vorsichtig«, sagte Rivera zum Kaiser. »Immer schön die Augen offenhalten, in Ordnung?«

Der Kaiser grinste. »Sicherheit geht vor.«

Rivera drehte sich um und ging zum Wagen. Er hatte die Tür noch nicht geschlossen, als Cavuto schon vom Bordstein wegzog. »Wieder ein gebrochenes Genick«, erklärte Cavuto. »Leiche in einem Pickup an der Market. Die Uniformierten haben sie vor fünf Minuten gefunden.«

»Blutverlust?«

»Sie hatten genug Verstand, das nicht über Funk zu sagen. Aber es gibt einen Zeugen.«

»Einen Zeugen?«

»Ein Obdachloser, der in der Gasse geschlafen hat, hat eine Frau vom Tatort weglaufen sehen. Fahndung nach einer Rothaarigen in einem schwarzen Cocktailkleid ist schon raus.«

»Du nimmst mich auf den Arm.«

Cavuto drehte sich um und sah ihn direkt an. »Die Rückkehr des Waschcenter-Ninjas.«

»Santa Maria«, hauchte Rivera.

»Ich liebe es, wenn du Spanisch sprichst.«

Wieder erwachte das Funkgerät knisternd zum Leben, und die Zentrale rief ihre Einsatznummer. Rivera griff sich das Mikrofon und drückte den Sprechknopf.

»Was gibt's jetzt schon wieder?« fragte er.

30. KAPITEL

Leiche und Gendarm

»Dieser Kerl bringt mich auf die Palme«, sagte Cavuto und blies eine graue Wolke Zigarrenrauchs gegen die Schubladen mit den Toten. »Ich hasse diesen Mistkerl.« Er stand neben der Leiche von Gilbert Bendetti, aus dessen Unterleib ein Thermometer ragte.

»Inspector, hier drinnen ist Rauchen nicht erlaubt«, bemerkte einer der uniformierten Cops, die zum Tatort gerufen worden waren.

Cavuto zeigte auf die Schubladen. »Glauben Sie, denen macht es was aus?«

Der Officer schüttelte den Kopf. »Nein, Sir.«

Cavuto blies eine Rauchwolke auf Gilbert. »Und der da, glauben Sie, dem macht es was aus?«

»Nein, Sir.«

»Und Sie, Patrolman Jeeter, Ihnen macht es doch auch nichts aus, oder?«

Jeeter räusperte sich. »Äh ... nein, Sir.«

»Na schön«, sagte Cavuto. »Lesen Sie mal, was auf der Seite der Streifenwagen steht. Da steht ›Schützen und Dienen‹, nicht ›Winseln und Jammern‹.«

»Ja, Sir.«

Rivera kam durch die Tür, gefolgt von einem hochgewachsenen Mann um die Sechzig mit silberner Drahtbügelbrille und einem Laborkittel.

Cavuto sah auf. »Doc, ist dieser Typ gar oder was?«

Der Arzt zog sich eine Chirurgenmaske vor das Gesicht, als er sich der Leiche näherte. Er beugte sich über Gilbert und las das Thermometer ab. »Er ist seit ungefähr fünf

Stunden tot. Ich schätze, Todeszeit zwischen ein Uhr und halb zwei. Ich kann es nicht mit Sicherheit sagen, bis ich die Obduktion gemacht habe, aber so aus dem Stegreif tippe ich auf Herzinfarkt.«

»Ich hasse diesen Kerl«, wiederholte Cavuto. Er sah auf Jodys Namenschild, das auf dem Linoleum lag und dessen Umriß in Kreide nachgezeichnet war. »Besteht die Chance, daß der Kerl die Rothaarige irgendwo anders hin verlegt hat?«

Der Leichenbeschauer blickte hoch. »Auf keinen Fall. Jemand hat die Leiche gestohlen.«

Rivera hatte sein Notizbuch gezückt und schrieb, während der Arzt sprach. »Irgendwelche Neuigkeiten über die Leiche, die gerade hereingekommen ist, den Cowboy? Gab es Blutverlust?«

»Auch das kann ich nicht mit Sicherheit sagen, aber es sieht so aus, als wäre die Todesursache Genickbruch. Es mag Blutverlust gegeben haben, aber nicht in dem Ausmaß wie bei den anderen. Da er aufrecht gesessen hat, könnte es sich auch einfach am tiefsten Punkt des Körpers gesammelt haben.«

»Was ist mit der Wunde am Hals?« fragte Rivera.

»Welche Wunde?« sagte der Leichenbeschauer. »Da war keine Wunde am Hals; ich habe die Leiche selbst untersucht.«

Riveras Arme sackten schlaff herunter, sein Kugelschreiber fiel klappernd zu Boden. »Doktor, könnten Sie das noch mal überprüfen? Nick und ich haben beide deutliche punktförmige Wunden an der rechten Seite des Halses gesehen.«

Der Arzt stand auf, ging zu der Wand mit den Schubfächern und zog eines heraus. »Sehen Sie selbst nach.«

Cavuto und Rivera stellten sich zu beiden Seiten der Lade auf. Rivera drehte Simons Kopf zur Seite und untersuchte den Hals. Er sah zu Cavuto auf, der den Kopf schüttelte und wegging.

»Nick, du hast es doch auch gesehen, stimmt's?«

Cavuto nickte.

Rivera wandte sich zum Arzt. »Ich habe die Wunden gesehen, Doc, das schwöre ich. Ich bin schon zu lange in diesem Geschäft, um mich bei so was zu irren.«

Der Leichenbeschauer zuckte mit den Achseln. »Wann haben Sie beide das letzte Mal geschlafen?«

»Zusammen, meinen Sie?« feixte Cavuto.

Der Leichenbeschauer runzelte die Stirn.

»Vielen Dank, Doc«, griff Rivera ein. »Wir haben noch am Tatort zu tun. Wir kommen wieder. Laß uns gehen, Nick.«

Cavuto stand wieder neben Gilbert. »Ich hasse diesen Kerl, und ich hasse diesen Cowboy in der Schublade. Habe ich das schon gesagt?«

Rivera drehte sich auf dem Absatz um und ging zur Tür, dann blieb er jedoch stehen und blickte zu Boden. Auf dem Linoleum war deutlich ein Fußabdruck in brauner Soße zu sehen. Von einem kleinen Fuß, dem nackten Fuß einer Frau.

Rivera wandte sich zum Leichenbeschauer um. »Doc, arbeiten hier irgendwelche Frauen?«

»Hier unten nicht. Nur oben im Büro.«

»Scheiße! Nick, komm mit, wir müssen uns unterhalten.« Rivera stürmte durch die Tür, die hinter ihm auf und zu schwang.

Cavuto eilte hinter ihm her. An der Tür blieb er jedoch noch einmal stehen und wandte sich zum Leichenbeschauer um. »Er hat schlechte Laune, Doc.«

Der Leichenbeschauer nickte.

»Sagen Sie der Presse nichts von dem Blutverlust, wenn es welchen gibt. Und auch nichts von der verschwundenen Leiche.«

»Natürlich nicht. Ich habe nicht vor, an die große Glocke zu hängen, daß mein Institut Leichen verliert«, gab der Leichenbeschauer zurück.

Rivera wartete im Flur, als Cavuto durch die Tür kam. »Wir müssen den Jungen gehen lassen, das ist dir doch klar, oder?«

»Wir können ihn noch weitere vierundzwanzig Stunden festhalten.«

»Er hat es nicht getan.«

»Ja, aber er weiß was.«

»Vielleicht sollten wir ihn lieber gehen lassen und beschatten.«

»Laß mich ihn mir noch einmal vornehmen. Allein.«

»Geschenkt. Aber da gibt es noch etwas anderes zu bedenken. Du hast diese punktförmigen Wunden am Hals des Cowboys doch auch gesehen, oder?«

Cavuto kaute an seiner Zigarre und blickte zur Decke.

»Nun?«

Cavuto nickte.

»Dann hatten vielleicht auch die anderen Wunden. Vielleicht hatten sie Wunden, die verschwanden. Und hast du den Fußabdruck gesehen?«

»Ich habe ihn gesehen.«

»Nick, glaubst du an Vampire?«

Cavuto drehte sich um und ging den Flur hinunter. »Ich muß jetzt dringend was trinken.«

Tommy schätzte die Temperatur in der Zelle auf ungefähr fünfzehn Grad, aber trotzdem war sein Zellengenosse – ein gut zwei Meter großer, gut zwei Zentner schwerer, unrasierter, ungewaschener, einäugiger Psychopath mit tätowierten Disney-Figuren – schweißgebadet.

Vielleicht ist es dort oben auf der Pritsche wärmer, überlegte Tommy, während er in der Ecke hinter der Toilette kauerte. Oder vielleicht ist es Schwerstarbeit, jemanden sechs Stunden lang drohend anzustarren, ohne zu blinzeln, wenn man nur ein Auge hat.

»Ich hasse dich«, sagte Einauge.

»Tut mir leid«, erwiderte Tommy.

Einauge stand auf und ließ seine Bizepse spielen; Mickey und Goofy wölbten sich wütend. »Machst du dich über mich lustig?«

Tommy wollte nicht darauf antworten, also schüttelte er heftig den Kopf, achtsam darauf bedacht, daß auch nicht die leiseste Andeutung eines Lächelns seine Mundwinkel verzog.

Einauge ließ sich auf die Pritsche plumpsen und guckte wieder drohend. »Weshalb bist du hier?«

»Für nichts«, erklärte Tommy. »Ich habe nichts getan.«

»Scheiß mich nicht an, du Arschgesicht. Weswegen haben sie dich verhaftet?«

Tommy wand sich, versuchte, sich in die Wand der Zelle zu bohren. »Nun, ich habe meine Freundin in die Gefriertruhe gelegt, aber ich denke nicht, daß das ein Verbrechen ist.«

Zum ersten Mal, seit man ihn in die Zelle gesteckt hatte, lächelte Einauge. »Find ich auch nicht. Du hast keine Angriffswaffe benutzt, oder?«

»Nö, eine Gefriertruhe von Sear's mit Selbstabtau-Automatik.«

»Oh, gut. Bei Verbrechen mit Angriffswaffen sind die nämlich richtig scharf.«

»Nun, und weswegen sind Sie hier?« fragte Tommy und wagte sich einen Zentimeter aus der Ecke heraus. Er dachte an Baby-Zertrampeln, an Kannibalismus, an Fast-Food-Massaker.

Einauge ließ den Kopf hängen. »Verstoß gegen das Urheberrecht.«

»Wollen Sie mich auf den Arm nehmen?«

Einauge guckte drohend. Tommy rutschte in seine Ecke zurück und fügte eilig hinzu: »Wirklich? Das ist schlimm.«

Einauge zog sein zerschlissenes T-Shirt aus. Die sieben Zwerge tanzten zwischen Messer- und Schußnarben über seinen Brustkorb. Auf seinem Bauch trieben Schneewittchen und Aschenputtel nicht ganz jugendfreie Spiele.

»Ja, ich hab den Fehler gemacht, ohne Hemd rumzulaufen. Eins von den hohen Tieren bei Disney, der hier auf Urlaub war, hat mich unten am Hafen gesehen. Er hat mir ihre Anwälte auf den Hals gehetzt.«

Tommy schüttelte mitfühlend den Kopf. »Ich wußte nicht, daß man wegen Verstoßes gegen das Urheberrecht in den Knast wandern kann.«

»Nun, eigentlich nicht. Die Polizei ist erst ins Spiel gekommen, als ich dem Kerl die Schultern aus den Gelenken gerissen habe.«

»Das ist aber doch auch kein Verbrechen, oder?«

Einauge massierte sich die Schläfen, als wäre es eine schmerzhafte Erinnerung. »Es war vor den Augen seiner Kinder.«

»Oh«, sagte Tommy.

»Flood, hoch da«, befahl ein Wärter von der Zellentür aus. Hinter ihm stand Inspector Nick Cavuto.

»Komm mit, Süßer«, sagte Cavuto. »Wir machen jetzt einen letzten Spaziergang.«

Der Blutschub rauschte nicht brennend durch ihre Adern, wie er das zuvor immer getan hatte. Nein, es war eher wie die angenehme Sattheit nach einer großen Lasagne und ein, zwei doppelten Espressi. Trotzdem, ihre Glieder vibrierten vor Kraft; sie riß die Loft-Tür ebenso mühelos aus ihren metallenen Angeln, wie sie das Plastik-Absperrband zerrissen hatte, das die Polizei vor die Tür geklebt hatte.

Seltsam, ging es ihr durch den Sinn, es ist also tatsächlich ein Unterschied, Blut aus einem lebenden Körper zu trinken.

Ihre Reue darüber, Simon getötet zu haben, war binnen Sekunden verflogen, und der Jäger in ihr hatte die Zügel an sich gerissen. Diesmal war ein neuer Aspekt des Jägers ans Licht gekommen, nicht nur der Instinkt, zu jagen und sich zu verstecken, sondern auch zu beschützen.

Wenn Tommy im Gefängnis war, weil er sie in die Gefriertruhe gelegt hatte, dann bedeutete es, daß die Polizei auch Peary gefunden hatte. Sie würden jetzt versuchen, Tommy auch mit den anderen Morden in Verbindung zu bringen. Aber wenn sie ein weiteres Opfer fanden, während Tommy hinter Gittern saß, dann würden sie ihn freilassen müssen. Und sie brauchte ihn in Freiheit, zum einen, damit sie herausfinden konnte, warum er sie eingefroren hatte, aber hauptsächlich, weil es an der Zeit war, zum Gegenangriff auf den anderen Vampir überzugehen, und der einzig sichere Weg, ihn zu jagen, war bei Tage.

Sie hatte Simon in den Hals gebissen und mit ihrem Handballen sein Herz massiert, während sie trank. Es war nichts Schlimmes oder Peinliches an dieser Handlung, da der Jäger in ihr die Kontrolle übernommen hatte. Sie mußte unwillkürlich an den vierschrötigen Feuerwehrmann denken, der zu Transamerica gekommen war, um den Angestellten Erste-Hilfe-Techniken für Erdbebenfälle beizubringen, wozu auch ein Kurs in Wiederbelebungsmaßnahmen gehört hatte. Was würde er davon halten, wenn er wüßte, daß einer seiner Schüler seine Technik benutzte, um das Blut von Ermordeten zu trinken? »Tut mir leid, Feuerwehrmann Frank, ich habe wie ein Electrolux gesaugt, aber es hat einfach nicht gereicht. Wenn es ein Trost ist, es hat mir keinen Spaß gemacht.«

Die wenige Kraft, die Jody aus Simons Blut gewonnen

hatte, schien zu verpuffen, als sie das Loft betrat. Es war in einem schlimmeren Zustand als an dem Tag, als die Tiere zum Frühstück hereingeschneit waren. Der Futon lag zerknautscht an der Wand, die Bücher waren aus den Regalen geholt und auf dem Boden verstreut worden; die Schränke standen offen, ihr Inhalt war überall in der Küche verteilt; und eine feine Patina aus Fingerabdruckpuder bedeckte jede Oberfläche. Jody hätte am liebsten geheult.

Es erinnerte sie an die Zeit, als sie zwei Monate mit einem Heavy-Metal-Bassisten zusammengelebt hatte, der auf der Suche nach Geld für Drogen ihre gemeinsame Wohnung auseinandergenommen hatte. Geld?

Sie lief ins Schlafzimmer und zur Kommode, wo sie die Reste des Geldes, das der Vampir ihr gegeben hatte, verwahrte. Es war weg. Sie riß die Schublade mit ihrer Unterwäsche auf. Jody hatte zweitausend Dollar zusammengerollt in einem BH versteckt, eine Angewohnheit, die sie aus den Tagen beibehalten hatte, als sie Geld vor dem Bassisten verstecken mußte. Es war noch da. Sie hatte genug für eine Monatsmiete, aber was dann? Doch das würde ohnehin keine Rolle mehr spielen. Wenn Tommy den anderen Vampir nicht aufhalten konnte. Er würde sie beide töten, davon war Jody überzeugt, und er würde es bald tun.

Während sie die Geldbündel in ihrer Hand wiegte, hörte sie jemanden die Haustür öffnen, dann Schritte auf der Treppe. Sie ging in die Küche, kauerte sich hinter die Schränke und wartete.

Jemand war im Loft. Ein Mann. Sie konnte seinen Herzschlag hören – den Geruch von Schweiß und schalem Deo riechen, den er verströmte. Tommys Deo. Sie stand auf.

»Hallo«, sagte Tommy. »Mann, bin ich froh, dich zu sehen.«

31. KAPITEL

Knastfrisch und aufgetaut

Sie setzte an, sich über den Küchentresen zu beugen, um Tommy zu umarmen, doch dann hielt sie inne. »Du siehst furchtbar aus«, sagte sie.

Er war unrasiert, sein Haar war verklettet, und seine Kleidung sah aus, als ob er darin geschlafen hätte. Er hatte nicht. Er hatte überhaupt nicht geschlafen.

»Danke«, gab er zurück. »Du siehst auch ein wenig mitgenommen aus.«

Sie faßte an ihr Haar, fühlte eine Klette und ließ die Hand wieder sinken. »Und ich dachte, mein rotes Haar würde gut zu Gefrierbrand passen.«

»Ich kann es dir erklären.«

Sie kam um den Küchentresen herum und stellte sich vor ihn, nicht sicher, ob sie ihn in den Arm nehmen oder schlagen sollte.

»Das ist ein tolles Kleid. Neu?«

»Es war ein tolles Kleid, bevor die Soße und die Frikadelle darauf aufgetaut sind. Was ist passiert, Tommy? Warum war ich eingefroren?«

Er streckte die Hand aus, um ihr Gesicht zu berühren. »Wie geht es dir? Ich meine, ist mit dir alles in Ordnung?«

»Guter Zeitpunkt, um das zu fragen.« Sie blitzte ihn wütend an.

Er sah ihr in die Augen, dann wandte er den Blick ab. »Du bist sehr schön, weißt du das?« Er sackte auf den Boden und lehnte sich mit dem Rücken gegen den Küchentresen. »Es tut mir leid, Jody. Ich wollte dir nicht weh tun. Ich war nur … irgendwie einsam.«

Sie fühlte, wie ihr Tränen in die Augen sprangen und wischte sie weg. Sie konnte sehen, daß es ihm tatsächlich leid tat. Und sie wurde bei herzzerreißenden Entschuldigungen immer weich, schon damals, als der Bassist ihre Stereoanlage versetzt hatte. Oder war das der Bauarbeiter gewesen? »Was ist passiert?« drängte sie.

Tommy starrte auf den Boden und schüttelte den Kopf. »Ich weiß nicht. Ich habe mich nach jemandem gesehnt, mit dem ich über Bücher sprechen kann. Jemand, der mich für etwas Besonderes hält. Ich habe auf der Arbeit dieses Mädchen kennengelernt. Ich wollte mich nur auf einen Kaffee mit ihr treffen, mehr nicht. Aber ich dachte nicht, daß du das verstehen würdest. Also habe ich ... nun, du weißt ja.«

Jody setzte sich vor ihm auf den Boden. »Tommy, du hättest mich töten können.«

»Es tut mir leid!« schrie er. »Ich habe Angst vor dir. Manchmal jagst du mir Todesangst ein. Ich dachte nicht, daß es dir schaden würde, sonst hätte ich es nicht getan. Ich wollte mich nur einzigartig fühlen, aber du bist die Einzigartige. Ich wollte einfach nur mit jemandem reden, der die Dinge genauso sieht wie ich, der verstehen kann, wie ich die Dinge sehe. Ich möchte dich ausführen und mit dir angeben, auch während des Tages. Ich hatte vorher noch nie eine Freundin. Ich liebe dich. Ich möchte alles mit dir teilen.«

Er sah zu Boden, um ihrem Blick auszuweichen.

Jody nahm seine Hand und drückte sie. »Ich weiß, wie du dich fühlst. Du hast keine Ahnung, wie gut ich das verstehen kann. Und ich liebe dich auch.«

Endlich sah er zu ihr auf, dann zog er sie in seine Arme. Sie hielten einander umschlungen, wiegten sich wie weinende Kinder. Eine halbe Stunde verstrich, ausgefüllt mit tränensalzigen Küssen, bevor sie sagte: »Möchtest du mit mir duschen? Ich möchte dich nicht loslassen, und bald wird die Sonne aufgehen.«

Durchgewärmt und sauber von der Dusche tanzten sie, noch immer naß, durch das dunkle Schlafzimmer, um dann zusammen auf die nackte Matratze zu fallen. Für Tommy war mit ihr zusammen zu sein, in ihr zu sein, so, als würde er an einen Ort zurückkehren, wo er sicher war und geliebt wurde, und alle dunklen, feindseligen Dinge, die die Welt draußen durchstreiften, wurden fortgespült von dem Geruch ihres nassen Haars, einem zärtlichen Kuß auf das Augenlid und dem Geflüster der Liebe und des Trostes.

Für Jody war es noch nie so gewesen. Es war eine Flucht vor den Sorgen und dem Argwohn und vor dem Jäger-Verstand, der seit Tagen immer mehr an die Oberfläche gekommen war, wie ein von Blut angezogener Hai. Sie verspürte keinen Drang zu trinken, aber ein anderer Hunger trieb sie dazu, Tommy tief und lange und ruhig festzuhalten, ihn zu umschlingen und ihn für immer dort zu halten. Ihre Vampirsinne genossen die Liebkosungen seiner Hände, seines Mundes – als ob ihr Berührungssinn endlich dazu gekommen war, das Leben selbst als Lust zu empfinden. Liebe.

Hinterher drückte sie sein Gesicht an ihre Brust und lauschte auf seine Atemzüge, die immer langsamer wurden, während er einschlief. Als der Morgen anbrach, stahl sich eine Träne aus ihrem Augenwinkel, und ihr letzter Gedanke der Nacht war: Endlich werde ich geliebt, und ich muß es aufgeben.

Bei Sonnenuntergang schlief Tommy immer noch. Sie küßte ihn zärtlich auf die Stirn, dann knabberte sie an seinem Ohr, um ihn zu wecken. Er öffnete die Augen und lächelte. Sie konnte es im Dunkeln sehen; es war ein echtes Lächeln.

»He«, sagte er.

Sie kuschelte sich an ihn. »Wir müssen aufstehen. Es gibt einiges zu erledigen.«

»Du bist kalt. Ist dir kalt?«

»Mir ist nie kalt.« Sie stand vom Bett auf und ging zum Lichtschalter. »Vorsicht, Licht«, warnte sie ihn, als sie den Schalter drückte.

Tommy hielt sich schützend die Hand vor die Augen. »Um Gottes willen, Montressor!«

»Poe?« sagte sie. »Stimmt's?«

»Ja.«

»Siehst du? Ich kann mich auch über Bücher unterhalten.«

Tommy setzte sich auf. »Es tut mir leid. Ich habe dir keine Chance gegeben. Ich vermute, wir haben immer nur über – über deinen Zustand geredet.«

Sie lächelte und zerrte eine Jeans und ein Flanellhemd aus dem Kleiderhaufen auf dem Boden.

»Ich habe mit dem anderen Vampir gesprochen. Deshalb habe ich dir die Nachricht hinterlassen.«

Tommy war jetzt hellwach. »Du hast mit ihm gesprochen? Wo?«

»In einem Club. Ich war wütend auf dich. Ich wollte ausgehen. Angeben.«

»Was hat er gesagt?«

»Er hat gesagt, es wäre bald vorbei. Tommy, ich glaube, er wird versuchen, dich umzubringen, vielleicht sogar uns beide.«

»Mist.«

»Und du mußt ihn aufhalten.«

»Ich? Warum ich? Du hast doch den Röntgenblick und so.«

»Er ist stark. Ich habe den Eindruck, er ist sehr alt. Er ist schlau. Ich denke, je länger man Vampir ist, desto mehr kann man. Ich fange an ... nun, meine Sinneswahrnehmungen werden immer schärfer.«

»Er ist zu stark für dich, aber ich soll ihn aufhalten? Wie?«

»Du mußt ihn erwischen, während er schläft.«

»Ihn töten? Einfach so? Selbst wenn ich ihn finden könnte, wie soll ich ihn töten? Euch kann nichts etwas anhaben – außer man hat Kryptonit.«

»Du könntest ihn ins Sonnenlicht tragen. Oder ihm den Kopf abschneiden – ich bin sicher, das würde klappen. Oder du könntest ihn ganz zerstückeln und die Teile verstreuen.« Jody mußte den Blick von ihm abwenden, als sie das sagte. Es war, als würde jemand anders sprechen.

»Klar doch«, sagte Tommy, »ich stopf ihn einfach in eine Mülltüte und steig in den 42er Bus. An jeder Haltestelle lasse ich dann ein Stück liegen. Bist du übergeschnappt? Ich kann niemanden umbringen, Jody. Dazu bin ich nicht geschaffen.«

»Nun, ich kann es jedenfalls nicht tun.«

»Warum fahren wir nicht einfach nach Indiana? Es wird dir dort gefallen. Ich kann mir eine sichere Arbeit suchen und meine Mom glücklich machen. Du kannst Bowling lernen. Es wird toll werden – keine Toten in der Gefriertruhe, keine Vampire ... Ähm, übrigens, wie bist du ... ich meine, wo bist du aufgetaut?«

»Im Leichenschauhaus. Mit einem Perversen, der gerade seine feuchten Träume an mir ausleben wollte.«

»Ich bringe ihn um!«

»Nicht nötig.«

»Du hast ihn umgebracht? Jody, du kannst nicht immer wieder ...«

»Ich habe ihn nicht umgebracht. Er ist einfach gestorben. Aber da ist noch etwas.«

»Ich kann's kaum erwarten.«

»Der Vampir hat Simon umgebracht.«

Tommy war erschüttert. »Wie? Wo?«

»Auf dieselbe Art wie die anderen. Deshalb haben dich die Cops gehen lassen.«

Tommy brauchte einen Moment, um das zu verdauen. Er saß da und blickte auf seine Hände. Schließlich sah er auf und sagte: »Woher wußtest du, daß ich im Gefängnis war?«

»Du hast es mir gesagt.«

»Hab ich das?«

»Natürlich. Du warst letzte Nacht so müde. Es überrascht mich nicht, daß du dich nicht erinnern kannst.« Sie knöpfte das Flanellhemd zu. »Tommy, du mußt den Vampir finden und ihn töten. Ich denke, Simon war seine letzte Warnung, bevor er sich uns beide vornimmt.«

Tommy schüttelte den Kopf. »Ich kann einfach nicht glauben, daß er Simon umgebracht hat. Warum Simon?«

»Weil er dir nahestand. Steh auf, ich koch dir Kaffee.« Als sie zur Küche ging, stolperte sie über die Bronzeschildkröte. »Was ist das denn?«

»Das ist eine lange Geschichte«, erwiderte Tommy.

Jody schaute sich um, lauschte auf das Geräusch von Schildkrötenkrallen. »Wo sind Scott und Zelda?«

»Ich habe ihnen die Freiheit geschenkt. Koch Kaffee.«

Rivera und Cavuto saßen in einem zivilen Streifenwagen in der Gasse gegenüber dem Loft und wechselten sich mit dem Dösen und dem Observieren ab.

Im Moment war Rivera mit dem Observieren dran; Cavuto schnarchte auf dem Fahrersitz. Rivera gefiel es nicht, wie sich die Dinge entwickelten. Er hatte einfach kein Glück. Seine Aufgabe bestand darin, Beweise zu finden und böse Buben zu schnappen, aber viel zu oft, besonders in diesem Fall, deuteten die Beweise auf einen bösen Buben, der gar kein Bube war – der gar kein Mensch war. Rivera wollte nicht glauben, daß ein Vampir in der Stadt sein Unwesen trieb, aber er tat es. Und er wußte, daß er Cavuto niemals davon überzeugen können würde – und auch niemanden sonst. Trotzdem hatte er vorsichtshalber das silberne Kruzifix seiner Mutter herausgekramt, bevor er das Haus verließ. Es steckte in seiner Jackentasche, neben seiner Dienstmarke. Er war versucht gewesen, es hervorzuholen und einen Rosenkranz zu beten, aber Cavuto schlief trotz seines lauten Schnarchens nie tief, und Rivera wollte sich nicht der Lächerlichkeit preisgeben, sollte der vierschrötige Cop mitten in einem Ave-Maria aufwachen.

Rivera wollte gerade Cavuto wecken und sich selbst eine Mütze Schlaf gönnen, als das Licht im Loft anging.

»Nick«, sagte er. »Das Licht ist an.«

Cavuto schreckte auf, augenblicklich hellwach. »Was?«

»Das Licht ist an. Der Junge ist aufgestanden.«

Cavuto zündete seine Zigarre an. »Und?«

»Ich dachte nur, du möchtest es wissen.«

»Hör zu, Rivera, daß das Licht angeht, ist kein weltbewegendes Ereignis. Ich weiß, nach zehn oder zwölf Stunden mag es so scheinen, aber es ist nicht so. Du verlierst deinen klaren Blick. Wenn der Junge das Haus verläßt oder jemanden erwürgt, dann kannst du mich wecken.«

Rivera war beleidigt von dem Tadel. Er war ebensolange Cop wie Cavuto, und er mußte sich solchen Mist nicht gefallen lassen. »Leck mich doch, Nick. Ich bin jetzt sowieso mit Schlafen dran.«

Cavuto sah auf seine Uhr. »Stimmt.«

Sie beobachteten eine Weile schweigend das Fenster. Schatten bewegten sich im Loft. Zu viele Schatten.

»Da oben ist noch jemand«, sagt Rivera.

Cavuto spähte auf die Schatten und griff sich ein Fernglas vom Sitz. »Sieht aus wie 'ne Frau.« Eine Gestalt ging am Fenster vorbei. »Eine Rothaarige mit einer richtigen Mähne.«

Tommy trank einen Schluck von seinem Kaffee und seufzte. »Ich weiß noch nicht einmal, wo ich anfangen soll. Die Stadt ist groß, und ich kenne mich noch immer nicht sonderlich gut aus.«

»Nun, wir können auch einfach hier darauf warten, daß er kommt und uns umbringt.« Jody sah auf Tommys Becher, beobachtete die Hitzewellen, die vom Kaffee aufstiegen. »Gott, was würde ich für einen Kaffee geben!«

»Kannst du nicht einfach herumlaufen, bis du etwas spürst? Lestat kann …«

»Fang nicht wieder damit an!«

»Tut mir leid.« Er trank einen weiteren Schluck. »Vielleicht können wir die Hilfe der Tiere einholen. Sie werden Simon rächen wollen. Darf ich es ihnen erzählen?«

»Warum nicht? Die Jungs schmeißen gerade soviel Drogen ein, daß sie dir vielleicht glauben könnten. Außerdem bin ich sicher, daß es heute morgen in der Zeitung gestanden hat.«

»Ja, da bin ich auch sicher.« Er stellte seinen Becher ab, runzelte die Stirn und sah Jody an. »Woher wußtest du das mit Simon?«

Jody wandte den Blick ab. »Ich war im Leichenschauhaus, als sie ihn hereingebracht haben.«

»Du hast ihn gesehen?«

»Ich hab die Cops reden hören. Ich habe mich in der ganzen Aufregung, als sie den toten Perversen fanden, verdrückt.«

»Oh«, sagte Tommy, etwas verunsichert.

Sie griff nach seiner Hand. »Du solltest jetzt besser gehen. Ich werde ein Taxi bestellen.«

»Sie haben alles Geld mitgenommen«, erklärte Tommy.

»Ich hab noch ein bißchen.« Sie reichte ihm zwei Einhundertdollarnoten.

Tommy zog die Augenbrauen hoch. »Ein bißchen?«

Jody grinste. »Sei vorsichtig. Halt dich in der Nähe von Leuten auf, bis es hell wird. Steig nicht aus dem Taxi aus, wenn nicht eine Menge Leute drum herum stehen. Ich bin sicher, er legt keinen Wert auf Zeugen.«

»In Ordnung.«

»Und ruf mich an, wenn irgend etwas passiert. Versuch, morgen bei Sonnenuntergang hier zu sein, aber falls du es nicht schaffen solltest, ruf an und hinterlaß mir eine Nachricht, wo du bist.«

»Damit du mich beschützen kannst?«

»Damit ich *versuchen* kann, dich zu beschützen.«

»Warum kommst du nicht mit?«

»Weil auf der anderen Straßenseite zwei Cops sitzen und das Loft beobachten. Ich habe sie vom Fenster aus gesehen. Ich denke nicht, daß sie mich sehen sollten.«

»Aber in der Gasse ist es dunkel.«

»Genau.«

Tommy nahm sie in die Arme. »Das ist so cool. Wenn ich zurückkomme, wirst du mir dann wieder nackt vom Deckenbalken hängend was vorlesen?«

»Klar.«

»Schmutzige Limericks?«

»Was immer du willst.«

»Das ist so cool.«

Fünf Minuten später stand Tommy am Fuß der Treppe und hielt die Feuertür gerade so weit geöffnet, daß er sehen konnte, wenn sein Taxi kam. Als das blauweiße DeSoto-Taxi vorfuhr, zog Tommy die Feuertür auf. In dem Moment schoß ein behaarter schwarzweißer Komet an ihm vorbei.

»Bummer! Bleib stehen!« rief der Kaiser.

Der kleine Hund sprang kläffend und scheppernd die Stufen hinauf. Sein Tortenbodenform-Helm hing verkehrt herum am Kinnriemen und schlug bei jedem Schritt gegen die Stufenkanten. Oben angekommen, begann er einen springenden, bellenden, kratzenden Angriff auf die Tür.

Tommy lehnte an der Wand und hielt sich die Brust. Gut, dachte er, ein Herzinfarkt wird die Mordpläne des Vampirs mächtig durchkreuzen.

»Vergib ihm«, sagte der Kaiser. »Das macht er jedesmal, wenn wir an deinem Domizil vorbeikommen.« Dann, an Lazarus gewandt: »Würdest du bitte unseren Waffenbruder holen?«

Der Golden Retriever sprang die Stufen hinauf und schnappte Bummer mitten in einem Sprung aus der Luft, dann trug er den strampelnden und knurrenden Terrier am Nacken zurück.

Der Kaiser nahm Lazarus seine widerspenstige Last ab und stopfte den kleinen Soldaten in die übergroße Tasche seines Mantels. Er knöpfte die Tasche zu und lächelte Tommy an. »Treue und Tapferkeit in einer praktischen wiederverschließbaren Verpackung.«

Tommy lachte, mehr nervös denn amüsiert. »Was machen Sie denn hier, Euer Hoheit?«

»Nun, ich suche nach dir, mein Sohn. Die Behörden haben sich bezüglich des Ungeheuers nach dir erkundigt. Die Zeit zum Handeln ist gekommen.« Der Kaiser fuchtelte wild mit seinem Schwert, während er sprach.

Tommy trat zurück. »Sie werden mit dem Ding noch jemandem ein Auge ausstechen.«

Der Kaiser zog sein Schwert an den Körper zurück. »Oh, recht so. Sicherheit geht vor.«

Tommy gab dem Taxifahrer über die Schulter des Kaisers ein Zeichen. »Euer Hoheit, ich muß Ihnen zustimmen, daß es an der Zeit ist, etwas zu unternehmen. Ich bin auf dem Weg, Hilfe zu beschaffen.«

»Rekruten!« rief der Kaiser aus. »Sollen wir unsere Streitkräfte gegen das Böse vereinen? Sollen wir die Stadt zu den Waffen rufen? Das Böse in das dunkle Loch zurücktreiben, aus dem es gekrochen ist? Können die Mannen und ich in deinem Taxi mitfahren?« Er tätschelte die noch immer strampelnde Tasche.

Tommy beäugte den Taxifahrer. »Nun, ich weiß nicht.« Er öffnete die hintere Tür und beugte sich in den Wagen. »Haben Sie was gegen Hunde und Hochadel?« fragte er den Taxifahrer.

Der Fahrer erwiderte etwas, das Tommy als ein Nein nahm.

»Auf geht's.« Tommy trat zurück und gab dem Kaiser ein Zeichen, einzusteigen.

Lazarus sprang mit scheppernder Rüstung auf den Rücksitz, gefolgt vom Kaiser und Tommy. Sobald das Taxi einen Block gefahren war, beruhigte Bummer sich, und der Kaiser ließ ihn aus seiner Tasche. »Etwas an deinem Wohnhaus ärgert ihn. Ich kann es nicht verstehen.«

Tommy zuckte mit den Achseln, während er überlegte, wie er den Tieren die Sache mit Simons Tod erklären sollte.

Der Kaiser kurbelte das Fenster herunter. Er und seine Mannen reckten während der ganzen Fahrt durch die Stadt ihre Köpfe hinaus in den Wind, wie mobile Wasserspeier.

Cavuto schlug Rivera auf die Schulter und schreckte ihn aus dem Schlaf auf. »Wach auf. Hier geht irgendwas ab. Gerade ist ein Taxi vorgefahren, und der alte Spinner ist gerade mit seinen Hunden um die Ecke gekommen.«

Rivera rieb sich den Schlaf aus den Augen und setzte sich auf. »Was macht denn der Kaiser hier?«

»Da ist der Junge. Wie zum Teufel, ist der an den alten Spinner gekommen?«

Sie schauten zu, wie Tommy und der Kaiser redeten, wobei Tommy von Zeit zu Zeit einen Blick zum Taxifahrer warf. Ein paar Minuten verstrichen, dann stiegen sie in das Taxi.

»Auf geht's«, sagte Cavuto, als er den Motor anließ.

»Warte, laß mich erst raus.«

»Was?«

»Ich will sehen, wo die Frau hingeht. Wer sie ist.«

»Dann frag sie doch einfach.«

»Ich bleib hier.« Rivera griff sich das tragbare Funkgerät vom Sitz. »Bleib in Kontakt. Ich rufe mir einen anderen Wagen.«

Cavuto schaukelte auf dem Fahrersitz, begierig darauf, endlich loszufahren. »Ruf mich über das Handy, wenn du die Frau siehst. Schick's nicht über Radio raus.«

Rivera hielt im Aussteigen inne. »Du denkst, es ist die Frau aus dem Leichenschauhaus, stimmt's?«

»Raus jetzt«, raunzte Cavuto. »Sonst haut er uns noch ab.«

Das Taxi fuhr los. Cavuto ließ ihnen einen Block Vorsprung, dann zog er hinter ihnen auf die Straße. Rivera blieb in der dunklen Gasse zurück und befingerte das Kruzifix in seiner Tasche.

Vier Stockwerke über ihm, auf dem Dach einer Fabrik, sah Elijah Ben Sapir, der Vampir, auf Rivera hinunter und bemerkte, wieviel Wärme der Polizist durch die ausdünnende Stelle in seinem Haar verlor. »Kopf oder Füße voran?« fragte er sich laut selbst.

32. KAPITEL

Alle für einen, und ... Nun, Sie wissen schon

Sie hätten die Glorreichen Sieben oder die Sieben Samurai sein mögen. Wenn jeder von ihnen ein ausgebildeter Profi gewesen wäre, ein Revolverheld mit einem Charakterfehler oder ein gebrochener Krieger mit Vergangenheit – oder wenn jeder einen Grund gehabt hätte, sich einem Selbstmordkommando anzuschließen, den Gerechtigkeitssinn eines Antihelden und das brennende Verlangen gehabt hätte, den Geknechteten dieser Welt zu helfen – dann hätten sie eine Elite-Kampfeinheit werden können, deren Einfallsreichtum und Tapferkeit sie zum Sieg über alle Gegner und Unterdrücker getragen hätte. Aber Tatsache war, daß sie ein chaotischer Haufen ewiger Teenager waren, unausgebildet und unvorbereitet für alles, was über Kartonausladen und Spaßhaben hinausging: die Tiere.

Sie hockten auf den Kassen, während Tommy vor ihnen auf und ab tigerte, ihnen von dem Vampir und von Simons Tod erzählte und sie zu den Waffen rief, derweil der Kaiser danebenstand und Passagen aus der Agincourt-Rede von Heinrich dem Fünften zitierte.

»Die Cops werden es mir nicht glauben, und allein kann ich es nicht schaffen«, sagte Tommy.

»›Uns wen'ge, uns beglücktes Häuflein Brüder ...‹« rezitierte der Kaiser.

»Also, wer macht mit?«

Die Tiere schwiegen.

»Barry«, sagte Tommy, »du bist Taucher. Du hast doch Mumm in den Knochen, stimmt's? Sicher, dir gehen die

Haare aus, und du wirst langsam fett, aber das hier ist deine Chance, etwas wirklich Großes zu tun.«

Barry starrte auf seine Schuhe.

Tommy wechselte zu Drew, der seinen Kopf hängen ließ, so daß sein fettiges, blondes Haar sein Gesicht verbarg. »Drew, von allen Menschen, die ich je kennengelernt habe, besitzt du das umfassendste Wissen über Chemie. Es ist an der Zeit, es einzusetzen.«

»Wir müssen einen Laster entladen«, sagte Drew.

Tommy wandte sich an Clint, der in seine dicken Brillengläser starrte und sich seine schwarzen Locken raufte. »Clint, Gott will, daß du das hier tust. Dieser Vampir ist der leibhaftige Teufel. Sicher, du bist ein wenig ausgebrannt, aber du kannst noch immer einen Schlag für die Gerechten ausführen!«

»Gesegnet sind die Schwachen«, sagte Clint.

»Jeff!« rief Tommy. Der bärengleiche Sportler sah zur Decke, als wären die Neonröhren der Schlüssel zum Universum. »Jeff, du bist groß, du bist blöd, dein Knie ist Schrott, aber he, Mann, du siehst toll aus. Wir könnten das vielleicht nutzen.«

Jeff begann zu pfeifen.

Tommy ging die Reihe weiter durch. »Lash, dein Volk wurde Jahrhunderte lang unterdrückt. Es ist an der Zeit zurückzuschlagen. Sieh mal, du hast doch noch nicht dein Diplom – sie haben dir also noch nicht deine ganze Nützlichkeit genommen. Würde ein Mann wie Martin Luther King vor dieser Herausforderung zurückschrecken? Oder Malcolm X? James Brown? Hast du denn keinen Traum? Fühlst du dich jetzt, in diesem Augenblick, nicht gut, so wie du immer gewußt hast, daß du dich eines Tages fühlen würdest?«

Lash schüttelte den Kopf. »Ich muß morgen was fürs Studium tun, Mann.«

»Troy Lee? Samurai-Tradition? Du bist hier der einzige ausgebildete Kämpfer.«

»Ich bin Chinese, nicht Japaner.«

»Egal. Du bist ein Kung-Fu-Kämpfer. Du kannst einem Typen in die Tasche fassen und seine Brieftasche klauen, bevor er weiß, wie ihm geschieht. Keiner hat so gute Reflexe wie du.«

»In Ordnung«, sagte Troy.

Tommy stockte auf dem Weg zum nächsten in der Reihe. »Wirklich?«

»Klar, ich helfe dir. Simon war ein guter Freund.«

»Irre«, sagte Tommy. Er sah zu Gustavo. »Nun?«

Gustavo schüttelte den Kopf.

»Viva Zapata!« rief Tommy.

»Laß ihn in Ruhe«, sagte Troy Lee. »Er hat Familie.«

»Du hast recht«, erwiderte Tommy. »Tut mir leid, Gustavo.«

Troy Lee stand auf und baute sich vor den Tieren auf. »Ihr Arschlöcher, ihr wertlosen Säcke! Wenn Simon euch sehen könnte, würde er euch alle abknallen. Das hier könnte die beste Party werden, die wir je hatten.«

Drew blickte auf. »Party?«

»Klar«, sagte Troy Lee, »'ne Party. Wir kippen ein paar Bierchen, hauen mal richtig auf die Pauke, zerstückeln ein paar Monster – schleppen vielleicht nebenbei ein paar Babes ab. Meine Güte, Drew, wer weiß, in was für 'ne Scheiße wir da hineingeraten. Und du wirst alles verpassen.«

»Ich bin dabei«, erklärte Drew.

»Ich auch«, sagte Barry.

Troy sah zu Jeff und Clint. »Nun?« Sie nickten.

»Lash, bist du dabei?«

»In Ordnung«, sagte Lash, ohne große Überzeugung.

»Gut«, erklärte Tommy. »Dann laßt uns den Laster entladen. Vor Morgengrauen können wir sowieso nichts tun.

Dann überlegen wir uns einen Plan und besorgen uns Waffen.«

Troy Lee hob einen Finger. »Eins noch: Wie sollen wir den Vampir finden?«

»In Ordnung, laßt uns an die Arbeit gehen«, sagte Tommy.

Bei Morgengrauen hockten die Tiere auf dem Safeway-Parkplatz, tranken Bier und diskutierten über eine Strategie, wie sie das Monster fangen und erledigen konnten.

»Also, soweit wir wissen, haben Drogen keine Wirkung auf sie, stimmt's?« fragte Drew.

»Ich glaube nicht«, erwiderte Tommy.

»Na, kein Wunder, daß er so beschissen drauf ist«, erklärte Drew.

»Was ist mit Knarren?« fragte Jeff. »Ich hab Simons Schrotflinte bei mir zu Hause.«

Tommy überlegte einen Moment, bevor er antwortete. »Man *kann* ihnen was anhaben – ich meine, sie verletzen. Aber Jody heilt unglaublich schnell – das könnte bei diesem Typen noch schneller gehen. Trotzdem hätte ich lieber eine Schrotflinte gegen ihn in der Hand als gar nichts.«

»In den Filmen machen sie es immer mit einem Pflock durchs Herz«, bemerkte Barry.

Tommy nickte. »Das könnte funktionieren. Wir könnten es versuchen. Wenn wir so weit kommen, können wir ihn auch in Stücke schneiden.«

»Taucherharpunen«, rief Barry. »Ich hab drei davon. Ein CO_2-Modell und zwei, die mit Gummibändern arbeiten. Sie schießen nicht weit, aber vielleicht halten sie ihn am Boden fest, während wir ihn zerstückeln.«

»Ich habe zwei kurze Kampfschwerter«, warf Troy Lee ein. »Rasiermesserscharf.«

»Gut«, sagte Tommy. »Bring sie mit.«

»Ich bringe das Wort Gottes mit«, erklärte Clint. Er hatte die ganze Nacht über »Weiche von mir, Satan« gebrüllt und die Tiere damit ganz nervös gemacht.

»Warum gehst du nicht einfach nach Hause und betest für uns«, knurrte Lash und versetzte Clint einen Stoß. »Wir brauchen hier Action.« Er kehrte Clint den Rücken und wandte sich an die Gruppe. »Seht mal, Jungs, Taucherharpunen und Schwerter sind ja ganz nett, aber wie sollen wir den Kerl finden? Die Cops suchen seit drei Monaten nach ihm, und sie hatten offensichtlich kein Glück. Wenn er wirklich hinter Tommy her ist, dann wäre es das beste, wenn wir ihm in Tommys Wohnung auflauern. Ich bin allerdings nicht sicher, ob ich dem Kerl wirklich begegnen möchte, wenn er wach ist. Simon war auch mein Freund, aber er war auch einer der flinkesten Menschen, die ich je kennengelernt habe, und der Vampir hat ihn erledigt, als wäre er ein Baby. Und in der Zeitung steht, daß er bewaffnet war. Ich weiß nicht ...«

»Er hat recht«, sagte Drew. »Wir sind am Arsch. Hat jemand Lust, die Fähre nach Sausalito zu nehmen und ein paar Yuppie-Künstler zu terrorisieren? Ich hab ein paar Pilze.«

»Pilze! Pilze! Pilze!« sangen die Tiere.

Plötzlich ertönte ein Stakkato-Scheppern, so als würde jemand mit einem Stock auf einen Mülltonnendeckel schlagen, was der Wahrheit ziemlich nahe kam. Der Kaiser, der die ganze Nacht über geschwiegen hatte, trat in den Kreis. »Bevor sich eure Rückgrate endgültig in Wackelpudding verwandelt haben, Männer, faßt euch ein Herz. Ich habe nachgedacht.«

»O nein!« rief jemand.

»Ich denke, ich weiß einen Weg, den Unhold vor Sonnenuntergang zu finden und zu vernichten.«

»Klar doch«, bemerkte Drew sarkastisch. »Und wie?«

Der Kaiser hob Bummer auf und hielt den kleinen Hund hoch, als würde er einer Gruppe von Gläubigen den Heiligen Gral zeigen. »Ein beßrer Soldat ist niemals in den Krieg gezogen, und ein besserer Schnüffler hat niemals eine Kanalratte aufgespürt. Ich war ja so dumm!«

»Entschuldigen Sie bitte, Euer Majestät«, sagte Tommy. »Aber wovon, zum Teufel, reden Sie da?«

»Bis heute nacht wußte ich nicht, daß die liebliche junge Frau, mit der du dein Heim teilst, ein Vampir ist. Doch jedesmal, wenn wir an deinem Haus vorbeikamen, spielte Bummer verrückt. Und jedesmal, wenn wir dem Unhold begegnet sind, führte er sich genauso auf. Ich denke, er besitzt eine besonders sensible Nase, was den Geruch von Vampiren angeht.«

Alle starrten ihn an und warteten.

»Nehmt euren Mut und eure Waffen zusammen, Kameraden. Wir werden uns in zwei Stunden wieder hier treffen und das Böse aus meiner Stadt vertreiben. Und ein kleiner Hund wird uns führen.«

Die Tiere sahen zu Tommy, der mit den Achseln zuckte und nickte. Sie hatten nun einen neuen Führer. »In zwei Stunden, Jungs«, erklärte Tommy. »Der Kaiser hat das Kommando.«

Cavuto beobachtete durch seinen Feldstecher, wie sich die Tiere zerstreuten. Er stand auf einem Parkplatz an der Fort Mason, hundert Meter vom Safeway entfernt. Cavuto setzte das Fernglas ab und wählte auf seinem Handy Riveras Nummer.

»Rivera.«

»Ist bei dir was passiert?« fragte Cavuto.

»Nein, und ich denke auch nicht, daß was passieren wird, solange es hell ist. Das Licht in der Wohnung ist nicht angegangen, nachdem der Junge weg war, aber ich habe einen Staubsauger gehört. Die Frau ist da oben, aber sie hat das Licht nicht eingeschaltet.«

»Na und, dann gefällt es ihr eben, im Dunkeln zu putzen.«

»Ich denke, sie kann im Dunkeln sehen.«

»Ich will nicht darüber sprechen«, sagte Cavuto. »Sonst irgendwas?«

»Nicht viel. Ein paar Kinder haben mich vom Dach mit Kieselsteinen beworfen. Die Kerle in der Gießerei unter der Wohnung des Jungen sind mittlerweile offensichtlich aufgestanden. Zwei Penner pinkeln in der Gasse. Was ist bei dir los?«

»Der Junge hat die ganze Nacht gearbeitet, dann hat er ein paar Bierchen mit seinen Kollegen gekippt. Sie sind alle gerade nach Hause gegangen, nur der Junge und der Spinner sind noch da.«

»Warum besorgst du dir keine Ablösung?«

»Ich will diese Sache nicht aus den Händen geben, bis wir mehr wissen. Bleib in der Nähe des Telefons.«

»Irgendwas Neues vom Leichenschauhaus?«

»Ja, hab gerade mit ihm telefoniert. Hoher Blutverlust bei dem Kerl im Pickup. Kein Blutverlust dagegen bei dem Kerl im Leichenschauhaus. Herzinfarkt. Die Leiche der Frau haben sie noch nicht gefunden.«

»Das liegt daran, daß sie die ganze Nacht über die Wohnung geputzt hat.«

»Ich muß jetzt Schluß machen«, sagte Cavuto.

Tommy und der Kaiser warteten bereits draußen auf dem Parkplatz, als die Tiere in Troy Lees Toyota zurückkehrten und sich daranmachten, die Ausrüstung auszuladen.

»Stop, stop, stop«, sagte Tommy. »Wir können nicht mit Harpunen und Schwertern in der Stadt herumlaufen.«

»Und mit Schrotflinten«, fügte Jeff stolz hinzu, während er eine Patrone in die Kammer von Simons Flinte schob.

»Leg die wieder in den Wagen.«

»Kein Problem«, erwiderte Drew und hielt eine Rolle Weihnachtspapier hoch. »Dallas, 22. November 1963.«

»Was?« sagte Tommy.

»Lee Harvey Oswald marschiert mit einer Jalousie in das Bibliotheksmagazin. Wenige Minuten später schaufelt Jackie Gehirnmasse vom Kofferraum eines Lincoln. Wenn jemand fragt, schenken wir alle unseren Moms Jalousien zu Weihnachten.«

»Oh«, sagte Tommy. »In Ordnung.«

Clint stieg aus dem Toyota. Er trug ein Chorgewand, und um seinen Hals baumelten ein halbes Dutzend Kreuze. In der einen Hand hielt er einen Gefrierbeutel voller Cracker, in der anderen eine Wasserpistole. »Ich bin bereit«, sagte er zu Tommy und dem Kaiser.

»Was zum Knabbern«, rief Tommy aus und deutete mit einem Nicken auf den Gefrierbeutel. »Guter Einfall.«

»Die geweihte Hostie«, erklärte Clint. Er wedelte mit der Wasserpistole. »Geladen mit Weihwasser.«

»Das Zeug funktioniert nicht, Clint.«

»O ihr Wankelmütigen im Glauben«, erwiderte Clint.

Bummer und Lazarus verließen ihre Plätze an der Seite des Kaisers und kamen zu Clint. »Siehst du, sie kennen die Macht des Geistes«, sagte der Kaiser.

Im selben Moment sprang Bummer hoch und schnappte sich den Gefrierbeutel, dann rannte er damit um die Ecke des Supermarkts, dicht gefolgt von Lazarus, Clint und dem Kaiser.

»Halten Sie ihn auf«, brüllte Clint einem alten Mann zu, der gerade aus dem Supermarkt kam. »Er hat den Leib Christi gestohlen.«

»Tun Sie ihm nichts«, rief der Kaiser. »Er ist die einzige Hoffnung auf Rettung, die diese Stadt hat.«

Tommy setzte dem Trüppchen nach. Als er an dem alten

Mann vorbeikam, sagte er: »Letzte Woche haben sie mit Elvis Karten gespielt. Was kann ich da noch sagen?«

Der alte Mann schien das zu akzeptieren und eilte davon.

Tommy holte das Trüppchen hinter dem Supermarkt ein, wo der Kaiser Bummer mit der einen Hand hochhielt, während er mit der anderen Clint mit dem Holzschwert abwehrte. Lazarus leckte die letzten Krümel aus der zerrissenen Plastiktüte.

»Er hat den Leib des Herrn gefressen!« jammerte Clint. »Er hat den Leib des Herrn gefressen!«

Tommy packte Clint um die Taille und zog ihn weg. »Es ist schon in Ordnung, Clint. Bummer ist ein Christ.«

Jeff kam um die Ecke. Seine Turnschuhe hämmerten auf dem Asphalt wie die Hufe eines Ackergauls. Er sah auf den leeren Plastikbeutel. »Oh, ich verstehe. Sie haben ihn gefriergetrocknet, stimmt's?«

Drew tauchte an der Ecke auf, gefolgt von Lash und Troy Lee. »Wo ist die Party, Jungs?« rief Drew.

»Ich hab gar nicht gewußt, daß sie Jesus gefriergetrocknet haben. Habt ihr das gewußt?« fragte Jeff.

Lash blickte auf seine Uhr. »Wir haben weniger als sechs Stunden, bis es dunkel wird. Vielleicht sollten wir uns besser aufmachen.«

Tommy ließ Clint los, und der Kaiser senkte sein Schwert.

»Wir brauchen etwas, damit Bummer die Witterung aufnehmen kann«, erklärte der Kaiser. »Etwas, das der Unhold angefaßt hat.«

Tommy grub in seiner Jeanstasche und zog einen der Hunderter heraus, die Jody ihm gegeben hatte. »Ich bin ziemlich sicher, daß er den hier angefaßt hat, aber es ist schon eine Weile her.«

Der Kaiser nahm den Hunderter und hielt ihn Bummer unter die Nase. »Das sollte keine Rolle spielen. Seine Spürnase ist unvergleichlich, und sein Herz ist aufrecht.« Zu Bummer sagte er: »Das ist die Witterung, mein kleiner Kamerad. Such diesen Geruch.«

Er setzte Bummer auf den Boden, und der kleine Hund sauste davon. Die Vampirjäger folgten ihm, verloren Bummer jedoch aus den Augen, sobald er um die Ecke des Supermarkts verschwand. Als sie die Vorderfront des Ladens erreichten, kam gerade der Filialleiter heraus, in den Armen einen knurrenden Bummer.

»Flood, ist das Ihr Hund?«

»Er ist sein eigener Herr«, erklärte der Kaiser.

»Nun, er ist gerade ins Geschäft gelaufen gekommen und hat Schnodder über das ganze Geld in Kasse 8 geniest. Haben Sie ihm beigebracht, Geld aufzuspüren?«

Der Kaiser blickte auf den Hundertdollarschein in seiner Hand, dann zu Tommy. »Vielleicht sollten wir ihm etwas anderes geben, damit er die Witterung aufnimmt.«

»Wo haben Sie den Vampir zum letzten Mal gesehen?« fragte Tommy.

Der Wachmann am Tor des Saint-Francis-Jachtclubs glaubte ihnen kein Wort.

»Ehrlich«, sagte Tommy. »Wir sind hier, um für die Weihnachtsfeier zu dekorieren.« Die Tiere winkten zur Unterstützung mit ihren bunt eingewickelten Waffen. »Und der Erzbischof ist mitgekommen, um eine Mitternachtsmesse abzuhalten.« Tommy zeigte auf Clint, der grinste und durch seine dicken Brillengläser zwinkerte.

»Deus ex machina«, sagte Clint. Damit hatten sich seine Lateinkenntnisse erschöpft. »Shalom«, fügte er für alle Fälle hinzu.

Der Wachmann tippte auf sein Klemmbrett. »Tut mir leid, Gentlemen, ohne Mitgliedsausweis oder Besucherkarte kann ich Sie nicht durchlassen.«

Der Kaiser räusperte sich vornehm. »Guter Mann, jeder Moment, den Sie zögern, könnte mit menschlichem Leid bezahlt werden.«

Der Wachmann überlegte, ob man ihm gerade gedroht hatte, hoffte sogar, es wäre so, damit er seine Waffe ziehen konnte. Seine Hand bewegte sich gerade zu seinem Halfter, als das Telefon in seinem Wachhäuschen klingelte.

»Rühren Sie sich nicht vom Fleck«, befahl er den Vampirjägern. Er ging ans Telefon und nickte, dann blickte er den Marina Boulevard hinunter zu einem braunen Dodge, der am Straßenrand geparkt war. Der Wachmann legte den Hörer auf und kam aus dem Häuschen.

»Gehen Sie durch«, erklärte er, offensichtlich nicht gerade erfreut. Er drückte einen Knopf, das Tor ging hoch, und die Tiere marschierten hindurch und steuerten auf East Harbor zu. Zwei Minuten später fuhr der braune Dodge vor und hielt am Tor. Cavuto kurbelte das Fenster herunter und zeigte seine Dienstmarke.

»Danke«, sagte er zu dem Wachmann. »Ich werde sie im Auge behalten.«

»Kein Problem«, erwiderte der Wachmann. »Hatten Sie schon mal Gelegenheit, jemanden zu erschießen?«

»Heute noch nicht«, gab Cavuto zurück. Er fuhr durch das Tor. Vorsichtig hielt er sich gerade außer Sichtweite der Tiere.

Am Ende des Piers starrten die Tiere und der Kaiser deprimiert auf die große weiße Motorjacht, die hundert Meter entfernt im Hafenbecken vor Anker lag. Bummer war mitten in einem Kläffanfall.

»Seht ihr«, bemerkte der Kaiser, »er weiß, daß der Unhold an Bord ist.«

»Sind Sie sicher, daß es das Boot ist, von dem er gekommen ist?«

»Ganz eindeutig. Ich bekomme schon eine Gänsehaut,

wenn ich nur daran denke – der Nebel, der sich in ein Ungeheuer verwandelt.«

»Das ist toll«, sagte Tommy, »aber wie kommen wir an Bord?« Er wandte sich zu Barry um, der sich gerade Sonnenschutzcreme auf seine Platte schmierte. »Kannst du da rüberschwimmen?«

»Wir könnten alle rüberschwimmen«, erwiderte Barry. »Aber wie halten wir die Flinte trocken? Ich könnte mein Zodiac holen, damit wir alle rüberfahren könnten, aber das würde eine Weile dauern.«

»Wie lange?«

»Vielleicht eine Stunde.«

»Uns bleiben noch vier, vielleicht fünf Stunden bis Sonnenuntergang«, erklärte Lash.

»Also gut«, sagte Tommy. »Hol's her.«

»Nein, warte.« Drew blickte auf die Reihen von Jachten an den Liegeplätzen. »Jeff, kannst du schwimmen?«

Der massige Stürmer schüttelte den Kopf. »Nee.«

»Gut«, sagte Drew. Er nahm Jeff die in Weihnachtspapier eingewickelte Schrotflinte aus der Hand, dann packte er ihn am Arm und stieß ihn ins Wasser. »Mann über Bord! Mann über Bord! Wir brauchen ein Boot!«

Die vereinzelten Jachtbesitzer und Crew-Mitglieder, die an den umliegend festgemachten Booten Reparaturen vornahmen, sahen hoch. Drew erspähte ein hinlänglich großes Rettungsboot am Heck einer Zwanzig-Meter-Jacht. »Jungs, da drüben, schnappt euch das.«

Die Tiere eilten zu dem Rettungsboot. Die Crew der Jacht half ihnen, es über die Bordwand zu Wasser zu lassen.

Jeff hatte sich prustend und plantschend zum Pier zurückgearbeitet. Drew stieß ihn mit der Schrotflinte weg. »Noch nicht, Großer.« Über seine Schulter brüllte er: »Beeilung, Jungs! Er ertrinkt!«

Tommy, Barry und Lash paddelten das Schlauchboot vorwärts, als ginge es um ihr Leben. Die Segler und der Kaiser brüllten Anweisungen, während Drew und Troy Lee ihrem Freund zuschauten, wie er versuchte, nicht zu ertrinken.

»Für einen Nichtschwimmer hält er sich wirklich gut«, bemerkte Drew gelassen.

»Will eben nicht, daß sein Haar naß wird«, erklärte Troy mit taoistischer Schlichtheit.

»Ja, wär auch schade um die zwei Stunden, die er es in Form geföhnt hat.«

Tommy beugte sich über den Rand des Bootes und streckte Jeff sein Paddel hin. »Halt dich fest!«

Jeff strampelte und ruderte mit den Armen, griff aber nicht nach dem Paddel.

»Wenn er aufhört zu strampeln, geht er unter«, rief Troy. »Du mußt ihn dir greifen!«

Tommy zog Jeff das Plastikpaddel über den Schädel. »Schnapp es dir!« Der Stürmer ging für einen Augenblick unter, dann tauchte er wieder auf.

»Und eins!« rief Drew.

»Greif zu«, brüllte Tommy. Er hob das Paddel, als wollte er noch einmal zuschlagen. Jeff schüttelte heftig den Kopf und griff nach dem Paddel, während er wieder unter der Wasseroberfläche versank.

»Und zwei!«

Tommy zog das Paddel hoch, an dessen Ende Jeff sich klammerte. Barry und Lash hievten den bärigen Stürmer ins Floß.

»Gute Arbeit, Männer«, lobte der Kaiser.

Die Segler standen am Ende des Piers und sahen dem Schauspiel verwundert zu. Drew wandte sich zu ihnen um. »Wir werden das Boot 'ne Weile brauchen, in Ordnung?«

Als einer der Matrosen ansetzte zu protestieren, riß Drew das Geschenkpapier von der Schrotflinte und lud durch. »Wir sind auf Hai-Jagd. Wir brauchen das Boot.«

Der Matrose nickte und wich zurück. »Klar, behalten Sie's so lange, wie Sie's brauchen.«

»Also los«, rief Tommy. »Alle Mann ins Boot.«

Drew und Troy Lee halfen dem Kaiser an Bord, dann reichten sie Bummer und Lazarus rüber und stiegen selbst ein. Der Kaiser stand vorn im Boot, während sie durch den Hafen zur *Sanguine II* hinüberpaddelten.

Zwanzig Meter von der Jacht entfernt begann Bummer zu bellen und im Boot herumzuhüpfen. »Der Unhold ist eindeutig an Bord«, erklärte der Kaiser. Er hob Bummer hoch und stopfte ihn in seine Manteltasche. »Gute Arbeit, mein kleiner Kamerad.«

Es dauerte fünf Minuten, bis alle an Bord der Jacht und das Rettungsboot am Heck festgemacht waren. »Wie liegen wir in der Zeit, Lash?« fragte Tommy.

»Es ist noch etwa vier, viereinhalb Stunden hell. Wacht er bei Sonnenuntergang auf, oder erst, wenn es ganz dunkel ist?«

»Jody wacht gewöhnlich direkt bei Sonnenuntergang auf. Sagen wir also besser vier Stunden. In Ordnung, alle mal herhören«, sagte Tommy. »Wir teilen uns jetzt auf und suchen den Vampir.«

»Ich weiß nicht, ob das eine so gute Idee ist«, wandte Jeff ein. Er war triefnaß, und seine Lippen waren blau vor Kälte. Alle Tiere sahen ihn an. Das machte ihn verlegen. »Nun, in den Horrorfilmen teilen sich die Leute immer auf, und dann frißt sie das Monster, einen nach dem anderen.«

»Guter Einwand«, sagte Tommy. »Wir bleiben also alle zusammen. Wir finden diesen Mistbock und bringen es hinter uns!« Er hob salutierend seine in Geschenkpapier gewickelte Harpune. »Für Simon!«

»Für Simon!« brüllten die Tiere, während sie Tommy unter Deck folgten.

33. KAPITEL

Narrenschiff

Tommy führte sie einen schmalen Gang hinunter. Sie kamen in einen großen, dunkel getäfelten Raum mit massiven, edlen Holzmöbeln. Gemälde und Bücherregale, in denen in Leder gebundene Bände standen, säumten die Wände. Golddrähte, die an der Vorderfront der Regale gespannt waren, um die Bücher bei rauher See an ihrem Platz zu halten, waren der einzige Hinweis darauf, daß sie sich auf einem Boot befanden. Es gab keine Fenster; das einzige Licht kam von kleinen Scheinwerfern, die in die Decke eingelassen waren und die Gemälde anstrahlten.

Tommy blieb in der Mitte des Raums stehen und kämpfte gegen den Drang an, sich die Bücher anzusehen. Lash trat neben ihn.

»Siehst du das?« fragte Lash. Er deutete mit einem Nicken auf ein großes Gemälde – bunte Farben und geometrische Formen, Kringel und Linien –, das zwischen zwei Türen auf der gegenüberliegenden Seite des Raums hing.

»Sieht aus, als sollte es besser mit Marienkäfer-Magneten an einer Kühlschranktür hängen.«

»Das ist ein Miró«, erklärte Lash. »Der muß einige Milliönchen wert sein.«

»Woher weißt du, daß es ein Original ist?«

»Tommy, schau dir doch mal diese Jacht an! Wenn man sich ein solches Boot leisten kann, dann hängt man sich keine Fälschungen auf.« Lash deutete auf ein anderes, kleineres Gemälde von einer Frau, die sich auf Satinkissen räkelte. »Das ist ein Goya. Vermutlich unbezahlbar.«

»Und, was willst du damit sagen?« fragte Tommy.

»Würdest du so was unbewacht lassen? Und ich glaube auch nicht, daß man ein Boot von dieser Größe ohne Besatzung führen kann.«

»Na toll«, sagte Tommy. »Jeff, gib mir die Schrotflinte.«

Noch immer bibbernd von seinem unfreiwilligen Bad, reichte Jeff ihm die Waffe.

»Sie ist durchgeladen«, erklärte Jeff.

Tommy nahm die Flinte, überprüfte, ob sie gesichert war, und setzte sich in Bewegung. »Haltet die Augen offen, Jungs.«

Sie traten durch die Tür, rechts vom Miró in einen weiteren Gang, der in Teak getäfelt war. Gemälde hingen an den Wänden zwischen Lamellentüren aus Teak.

Tommy blieb an der ersten Tür stehen und gab Barry ein Zeichen, ihm mit der Harpune Deckung zu geben, während er die Tür öffnete. Dahinter hingen Reihen und Aberreihen von Anzügen und Sakkos an motorisierten Laufschienen. Über den Laufschienen befanden sich Regalfächer mit Hüten und teuren Schuhen.

Tommy schob einige der Anzüge beiseite und spähte in die Lücke, auf der Suche nach einem Paar Beinen und Füßen. »Hier ist niemand«, erklärte er. »Hat jemand eine Taschenlampe mitgebracht?«

»Daran hab ich nicht gedacht«, gestand Barry.

Tommy kam wieder aus dem Kleiderschrank und ging zur nächsten Tür. »Das ist ein Badezimmer.«

»Ein Lokus«, korrigierte Barry, als er über Tommys Schulter in den Raum spähte. »Da ist kein Klo.«

»Vampire müssen nicht«, erklärte Tommy. »Ich würde sagen, der Kerl hat sich das Boot eigens für sich bauen lassen.«

Sie gingen den Flur hinunter und sahen in jedem Raum nach. Da gab es Räume voller Gemälde und Skulpturen, die in Kisten verpackt, beschriftet und sauber aufgestapelt waren; ein anderer Raum enthielt aufgerollte Orientteppiche; ein Zimmer sah aus wie ein Büro mit Computern, einem Kopierer, Faxgeräten, Aktenschränken und einem weiteren klolosen Lokus.

Sie folgten dem Gang um eine sanfte Biegung nach links, die der Bug des Boots vorgab. An der Bugspitze befand sich eine Wendeltreppe aus Teakholz, die auf ein oberes Deck und ein unteres führte. Von oben schien Licht herunter. Der Gang folgte der Wölbung des Bugs und verlief dann weiter zurück zum Heck.

»Der Gang muß zurück zu der anderen Tür in dem großen Raum führen«, sagte Tommy. »Lash, du, Clint, Troy und Jeff seht euch die Räume da drüben an. Eure Majestät, Barry, Drew, ihr kommt mit mir. Wir treffen uns dann in dem großen Raum.«

»Ich dachte, wir wollten zusammenbleiben«, wandte Jeff ein.

»Ich glaube nicht, daß ihr da drüben etwas finden werdet. Wenn doch, dann schreit nach Leibeskräften.«

Der Kaiser tätschelte Lazarus' Kopf. »Du bleibst hier, Kamerad. Wir werden nicht lange weg sein.«

Tommy zeigte mit der Schrotflinte nach oben und erklomm die Wendeltreppe. Er kam auf der Brücke heraus und mußte die Augen zusammenkneifen, weil ihn das Sonnenlicht blendete. Tommy trat beiseite und schaute sich auf der Brücke um, während die anderen hinter ihm die Treppe heraufstiegen.

»Das sieht hier eher wie die Brücke eines Raumschiffs aus«, sagte Tommy zum Kaiser, als dieser heraufkam.

Niedrige Konsolen mit Schaltern und Bildschirmen zogen sich auf ganzer Breitseite des Schiffes unter großen Panoramafenstern entlang. Fünf verschiedene Radarschirme blinkten ungerührt vor sich hin. Wenigstens ein Dutzend andere Bildschirme zeigten Zahlen und Text.

Rote, grüne und bernsteinfarbene Lämpchen leuchteten über Reihen von Kippschaltern, unter denen drei Computertastaturen angebracht waren. Das einzige, was für Tommy auch nur entfernt nautisch aussah, war das verchromte Steuerrad im vorderen Bereich der Brücke.

»Kennt sich irgend jemand mit dem Zeug hier aus?« fragte Tommy.

»Ich würde sagen, das hier ist die Besatzung, um die wir uns Sorgen gemacht haben«, bemerkte Barry. »Das ganze Schiff läuft vollautomatisch.«

Barry trat an eine der Konsolen, und alle Bildschirme und Lämpchen gingen aus.

»Ich hab nichts angefaßt«, rief Barry.

Das Nebelhorn von Alcatraz tutete, und sie sahen aus dem Fenster zu dem stillgelegten Gefängnis hinüber. Der Nebel kroch über die Bucht auf die Küste zu.

»Wie liegen wir in der Zeit?« fragte Tommy.

Drew sah auf seine Uhr. »Uns bleiben noch ungefähr zwei Stunden.«

»In Ordnung, dann wollen wir uns mal das untere Deck ansehen.«

Als sie die Treppe herunterkamen, erwartete Lash sie schon. »Nichts. Nur noch mehr Kunst und noch mehr Elektronik. Es gibt keine Kombüse, und ich kann nicht herausfinden, wo die Besatzung schläft.«

»Es gibt keine Besatzung«, erklärte Tommy, während er die Treppe zum unteren Deck hinunterstieg. »Es wird alles von Maschinen gesteuert.«

Der Boden des unteren Decks bestand aus rautenförmigen Stahlplatten. Es gab keine Teppiche und kein Holz: Rohre und Kabel verliefen um stählerne Schotten herum. Eine stählerne Druckluke öffnete sich auf einen schmalen Gang. Von der Brücke fiel Licht herunter; es reichte ein paar Schritte weit, dahinter war alles dunkel.

»Drew, hast du ein Feuerzeug?« fragte Tommy.

»Immer doch«, erwiderte Drew und reichte ihm ein Einwegfeuerzeug.

Tommy bückte sich und stieg durch die Luke. Nachdem er ein paar Schritte gegangen war, schnippte er das Feuerzeug an.

»Dieser Gang muß zu den Maschinen führen«, sagte Lash. »Aber er müßte eigentlich breiter sein.« Er klopfte gegen die Stahlwände. Ein dumpfes Geräusch ertönte. »Ich denke, um uns herum hier ist alles Benzin. Dieses Boot muß eine unglaubliche Reichweite haben.«

Tommy blickte auf das Feuerzeug, dann wieder zu Lash, dessen schwarzes Gesicht nur von den hellen Reflexen der Flamme beleuchtet wurde. »Benzin?«

»In sicheren Tanks.«

»Oh«, sagte Tommy. Er ging einige Schritte weiter. Plötzlich stieß er mit dem Ellenbogen gegen den Metallring einer Druckluke. »Autsch!«

»Mach sie auf«, sagte Drew.

Tommy reichte ihm die Schrotflinte und das Feuerzeug und packte den schweren Metallring. Er setzte seine ganze Kraft ein, aber der Ring rührte sich nicht. »Helft mir mal.«

Lash drängelte sich an Drew vorbei und packte ebenfalls den Ring. Tommy und er stemmten sich mit ihrem ganzen Gewicht darauf und drückten. Das Rad kreischte protestierend, dann löste es sich. Tommy zog die Luke auf. Der Gestank von Urin und Fäulnis schlug ihm entgegen.

»Mein Gott.« Er wandte sich hustend ab. »Lash, gib mir mal das Feuerzeug.«

Lash reichte es ihm. Tommy streckte die Hand durch die Luke und schnippte das Feuerzeug an. Direkt hinter der Luke waren Gitterstäbe, dahinter lagen eine verrottete Matratze, ein paar leere Konservendosen und ein Eimer. Rotbraune Flecken besudelten die grauen Wände, einer in der Form eines Handabdrucks.

»Ist es der Unhold?« fragte der Kaiser.

Tommy trat von der Luke weg und reichte das Feuerzeug zurück. »Nein, es ist ein Käfig.«

Lash schaute hinein. »Eine Zelle? Das kapier ich nicht.«

Tommy rutschte am Schott hinunter und setzte sich auf den Stahlboden, während er nach Luft rang. »Du hast gesagt, dieses Schiff hätte eine unglaubliche Reichweite. Könnte wahrscheinlich für Monate auf See bleiben?«

»Ja«, erwiderte Lash.

»Dann muß er irgendwo seinen Proviant aufbewahren.«

Im Innern der Gruft des Vampirs, direkt über seinem Gesicht, liefen Informationen über einen Computermonitor ab. Eine schematische Darstellung der *Sanguine II* nahm eine Hälfte des Bildschirms ein, mit neun roten Punkten für die Vampirjäger und Lazarus. Grüne gepunktete Linien markierten die Wege, die sie entlanggegangen waren, seit sie das Schiff betreten hatten. Eine weitere Anzeige auf dem Bildschirm gab die Uhrzeit an, zu der sie an Bord gekommen waren, und ein Fenster bot Außenansichten der Jacht: das am Heck festgemachte Boot; den Pier; den Nebel, der über das Saint-Francis-Clubhaus wallte. Radarbilder zeigten die umliegenden Wasserfahrzeuge, die Küstenlinie, Alcatraz und die Golden-Gate-Bridge in der Ferne. Optische Laufwerke zeichneten alle Informationen auf, damit der Vampir sie abrufen konnte, sobald er aufwachte.

Bewegungsmelder hatten Barrys Gegenwart an der Konsole der Brücke festgestellt und augenblicklich Schalter aktiviert, die alle Kontrollfunktionen des Schiffes in die Gruft umleiteten. Die *Sanguine II* war hellwach und erwartete ihren Herrn und Meister.

»Wie liegen wir in der Zeit, Lash?« fragte Tommy.

»Noch etwa eine Stunde.«

Sie hatten sich am Heck der Jacht versammelt und schauten zu, wie der Nebel auf die Küste zukroch. Sie hatten das gesamte Schiff durchsucht, anschließend hatten sie es sich noch einmal vorgenommen, hatten jeden Schrank, jede Tür und jede Luke geöffnet.

»Er muß hier sein.«

»Vielleicht sollten wir an Land gehen und Bummer auf eine andere Spur ansetzen«, schlug der Kaiser vor.

Als er seinen Namen hörte, fing Bummer an zu kläffen und schob seinen Kopf aus der Tasche des Kaisers. Tommy kraulte ihm die Ohren.

»Lassen Sie ihn raus.«

Der Kaiser knöpfte seine Tasche auf. Bummer sprang heraus, biß Tommy in den Knöchel und sauste durch die Luke.

»Autsch!«

»Ihm nach«, rief der Kaiser. »Er hat eine Fährte gefunden!« Er lief durch die Luke, gefolgt von den Tieren und einem leicht hinkenden Tommy.

Fünf Minuten später standen sie auf dem rautenförmigen Boden des Maschinenraums. Bummer kratzte winselnd am Boden.

»Das ist doch verrückt«, sagte Barry. »Wir haben das hier schon dreimal durchgekämmt.«

Tommy betrachtete die Stelle am Boden, wo Bummer kratzte. Da war eine rechteckige Ritze, drei Meter lang und einen Meter breit, versiegelt mit einer Gummileiste. »Wir haben noch nicht unter dem Boden nachgesehen.«

»Unter dem Boden ist Wasser, oder?« bemerkte Jeff.

Tommy kniete sich hin und untersuchte die Ritze. »Troy, gib mir eins von den Schwertern.«

Troy reichte ihm ein Kampfschwert. Tommy zwängte die Spitze unter die Gummileiste, und die Klinge versank in der Ritze. »Schiebt das andere Schwert ebenfalls in die Ritze und helft mir, das Ding hochzustemmen.«

Troy bohrte sein Schwert in die Ritze, und sie zählten bis drei. Die Kante der Platte kam hoch. Die anderen Tiere packten die Kante und zogen. Die Bodenplatte hob sich und gab den Blick auf einen sarggroßen Safe aus rostfreiem Stahl frei, der sich gut einen halben Meter unter dem Boden befand. Bummer sprang in die Öffnung und hüpfte bellend um den Safe herum.

»Gut gemacht, mein kleiner Kamerad«, lobte der Kaiser.

Tommy sah zu den Tieren, die die Bodenplatte hochhielten. »Meine Herren, ich möchte Ihnen den Besitzer dieses Schiffs vorstellen.«

Drew ließ die Platte los und sprang ebenfalls in die Öffnung. Es war gerade genug Platz darin, daß er sich seitwärts um den Safe bewegen konnte. »Das Ding stcht auf einer hydraulischen Hebebühne. Und es führen jede Menge Kabel rein und raus.«

»Mach sie auf«, sagte Troy Lee, sein Schwert kampfbereit.

Drew zog am Deckel des Safes, dann ließ er wieder los und klopfte gegen die Seitenwand. »Das Ding ist dick. Mächtig dick.« Er streckte die Hand nach oben und griff sich Troys Schwert. Er bohrte die Klinge unter den Deckel und drückte. Das Schwert zerbrach.

»Verdammt, Drew! Das Schwert hat mich einen Wochenlohn gekostet.«

»'schuldigung«, sagte Drew. »Wir werden dieses Baby nicht aufkriegen. Nicht einmal mit einem Brecheisen.«

»Lash, wie liegen wir in der Zeit?« fragte Tommy.

»Noch 'ne knappe Dreiviertelstunde, plus/minus fünf Minuten.«

»Was meinst du?« fragte Tommy Drew. »Wie kriegen wir das Ding auf? Mit einem Schneidbrenner?«

Drew schüttelte den Kopf. »Zu dick. Es würde Stunden dauern, da durchzukommen. Ich sage, wir jagen das Ding in die Luft.«

»Womit?«

Drew grinste. »Haushaltsartikel, die man in jeder Küche findet. Jemand muß zurück an Land gehen und mir das Zeug besorgen.«

Cavuto beobachtete, wie Troy Lees Toyota wendete. Sofort legte er sein Fernglas beiseite und setzte mit seinem Wagen eilig in eine Auffahrt hinter den Duschgebäuden zurück. Er drückte die Wahlwiederholung seines Handys. Der Wachmann am Tor meldete sich beim ersten Klingeln.

»Saint-Francis-Jachtclub, Haupttor.«

»Hier ist noch mal Inspector Cavuto. Hören Sie, ich muß wissen, auf welchen Eigner die Sanguine Zwei eingetragen ist.«

»Es ist mir nicht gestattet, derartige Informationen weiterzugeben.«

»Hören Sie, ich werde gleich ein paar Typen abknallen. Wollen Sie mir helfen oder nicht?«

»Das Schiff ist auf eine holländische Reederei eingetragen. Ben Sapir Limited.«

»Haben Sie jemanden auf das Boot gehen oder vom Boot kommen sehen? Besatzung? Besucher?«

Es folgte eine Pause, während der Wachmann in seinen Unterlagen nachsah. »Nein, niemanden, seit es in den Hafen eingelaufen ist. Bis auf gestern nacht, da wurde das Schiff aufgetankt. Bar bezahlt. Keine Unterschrift. Mann, das Baby muß echt einen riesigen Tank haben.«

»Wie lange ist es schon hier?«

Eine weitere Pause. »Etwas über drei Monate. Ist am 15. September reingekommen.«

Cavuto sah in seinem Notizbuch nach. Die erste Leiche

wurde am 17. September gefunden. »Danke«, sagte er zum Wachmann.

»Diese Typen, die ich auf Ihren Befehl reinlassen sollte, machen Ärger. Sie haben ein Boot gestohlen.«

»Sie kommen gleich wieder durchs Tor. Lassen Sie sie tun, was immer sie wollen. Ich übernehme die Verantwortung.«

Cavuto unterbrach die Verbindung und wählte Riveras Handy an.

Rivera meldete sich beim ersten Klingeln. »Ja.«

»Wo bist du?« Cavuto konnte hören, wie Rivera sich eine Zigarette ansteckte.

»Ich behalte die Wohnung des Jungen im Auge. Ich hab mir einen Wagen besorgt. Und du?«

»Der Junge und die Nachtschicht-Truppe sind auf einer Motorjacht im Saint-Francis-Jachtclub – so 'n riesiger Dreißig-Meter-Kahn. Heißt Sanguine Zwei; eingetragen auf eine holländische Reederei. Sie sind schon ein paar Stunden da drauf. Zwei von ihnen sind gerade weggefahren.«

»Ich hätte ihn gar nicht für einen Segler gehalten.«

»Ach was. Aber ich bleib bei dem Jungen. Die Sanguine Zwei ist zwei Tage vor dem ersten Mord in den Hafen gekommen. Vielleicht sollten wir uns einen Durchsuchungsbefehl besorgen.«

»Mit welcher Begründung?«

»Ich weiß nicht – Verdacht auf Piraterie.«

»Willst du Verstärkung rufen?«

»Nur, wenn was passiert. Ich will keine unnötige Aufmerksamkeit erregen. Irgendwas Neues bei dem Mädel?«

»Nein. Aber es wird dunkel. Ich laß es dich wissen, wenn was passiert.«

»Klopf einfach an die verdammte Tür, und finde raus, was da vorgeht.«

»Kann ich nicht. Ich bin noch nicht dafür gewappnet, ein

Mordopfer zu verhören. Ich habe damit keinerlei Erfahrung.«

»Ich hasse es, wenn du so redest. Ruf mich an.« Cavuto unterbrach die Verbindung und begann sich seine Kopfschmerzen aus den Schläfen zu massieren.

Jeff und Troy liefen durch die Gänge des Safeway – Troy brüllte die Zutaten von Drews Liste, während Jeff den Einkaufswagen steuerte.

»Ein Karton Vaseline«, sagte Troy. »Hol ich aus dem Lager. Du schnappst dir schon mal den Zucker und das Wonder Grow.«

»Verstanden«, erwiderte Jeff.

Sie trafen sich an der Expreßkasse wieder. Die Kassiererin funkelte sie ärgerlich über ihre rosa gefärbte Brille an.

»Komm schon, Kathleen«, bettelte Troy. »Dieser Höchstens-acht-Artikel-Quatsch gilt nicht für Angestellte.«

Wie alle, die tagsüber im Safeway arbeiteten, war Kathleen ein wenig eingeschüchtert von den Tieren. Deshalb seufzte sie und machte sich daran, die Artikel über den Scanner zu ziehen, während Troy Lee sie am anderen Ende des Laufbands in Tüten stopfte: Zehn Zweieinhalb-Kilo-Pakete Zucker, zehn Packungen Wonder-Grow-Pflanzendünger, fünf Flaschen Wild-Turkey-Bourbon, eine Packung Holzkohlen-Anzünder, eine Großpackung Waschmittelpulver, eine Packung Haushaltskerzen, ein Beutel Holzkohle, zehn Packungen Mottenkugeln …

Als Kathleen zu dem Karton Vaseline kam, hielt sie inne und sah zu Jeff hoch. Er schenkte ihr sein schönstes Lächeln. »Wir feiern eine kleine Party«, erklärte er.

Sie schnaubte und rechnete alles zusammen. Jeff warf eine Handvoll Geldscheine auf das Laufband und folgte Troy, der im Eiltempo den Einkaufswagen vor sich herschob, aus dem Laden.

Zwanzig Minuten später hetzten die Tiere, vollbepackt mit Tüten, durch die *Sanguine II* zu Drew, der in der Öffnung mit dem Stahlsafe hockte. Tommy reichte ihm die Packungen mit Düngemittel zu.

»Kaliumnitrat«, sagte Drew. »Hat keinerlei Fun-Wert, aber die Nitrate geben einen netten Knall.« Er riß die Packung auf und schüttete das Pulver auf einen wachsenden Haufen. »Gib mir etwas von dem Wild Turkey.«

Tommy reichte ihm ein paar Flaschen. Drew schraubte den Verschluß von einer auf und trank einen Schluck. Er schüttelte sich, blinzelte eine Träne weg und kippte den Rest der Flasche über die Pulvermischung. »Gib mir mal das kaputte Schwert. Ich brauch was zum Umrühren.«

Tommy griff nach dem Schwert und sah zu Lash hoch. »Wie liegen wir in der Zeit?«

Lash blickte nicht einmal auf seine Uhr. »Es ist offiziell dunkel«, erklärte er.

34. KAPITEL

Flammendes Inferno

Angst überkam Jody, als sie aufwachte. »Tommy«, rief sie. Sie sprang aus dem Bett und ging ins Wohnzimmer, ohne sich die Mühe zu machen, das Licht einzuschalten.

»Tommy?«

Im Loft war es still. Jody sah auf dem Anrufbeantworter nach: keine Nachrichten.

Ich werde das nicht noch einmal durchmachen, dachte sie. Noch so eine Nacht voller Sorgen stehe ich nicht durch.

Sie hatte letzte Nacht die Unordnung von der Polizeidurchsuchung aufgeräumt, hatte die Möbel poliert, die Waschbecken und Wannen geschrubbt und bis zum Morgengrauen Kabelfernsehen geguckt. Während der ganzen Zeit hatte sie darüber nachgedacht, was Tommy gesagt hatte: daß er alles mit jemandem teilen wollte, mit jemandem zusammensein wollte, der verstand, was er sah und was er empfand. Sie wollte das auch.

Sie wollte jemanden, der mit ihr zusammen die Nacht durchstreifen konnte, jemand, der hören konnte, wie die Gebäude atmeten, und sehen konnte, wie die Bürgersteige direkt nach Sonnenuntergang vor Wärme leuchteten. Aber sie wollte auch Tommy. Sie wollte Liebe. Sie wollte den Blutschub, und sie wollte Sex, der ihr Herz berührte. Sie wollte Abenteuer, und sie wollte Sicherheit.

Sie wollte dazugehören, aber sie wollte auch ein Individuum sein. Sie wollte ein Mensch sein, aber sie wollte auch die Kraft, die Sinne und den scharfen Verstand des Vampirs. Sie wollte alles.

Was wäre, wenn ich die Wahl hätte, überlegte sie. Was,

wenn dieser Medizinstudent mich heilen könnte – würde ich dann wieder ein Mensch werden wollen? Es würde bedeuten, daß Tommy und ich zusammenbleiben könnten, aber er würde nie erleben, wie es ist, ein Gott zu sein, und ich auch nicht. Nie wieder.

Dann verlasse ich ihn also. Aber was dann? Ich bin einsam. Einsamer, als ich es je zuvor war. Ich hasse es, einsam zu sein.

Sie hörte auf, in der Wohnung herumzutigern, und ging zum Fenster. Der Cop von letzter Nacht saß draußen in einem braunen Dodge und beobachtete das Haus. Der andere Cop war Tommy gefolgt.

»Tommy, du Idiot. Ruf endlich an!«

Der Cop würde wissen, wo Tommy war. Aber wie sollte sie ihn dazu bringen, es ihr zu sagen? Mit Verführung? Oder dem vulkanischen Nervengriff? Hypnose?

Vielleicht sollte ich einfach raufgehen und an die Tür klopfen, überlegte Rivera. »Inspector Rivera, San-Francisco-PD. Wenn Sie ein paar Minuten Zeit hätten, würde ich mich mit Ihnen gern mal über das Totsein unterhalten. Wie war das? Wer hat's getan? Waren Sie sauer deswegen?«

Er setzte sich etwas bequemer hin und trank einen Schluck Kaffee. Er versuchte, nicht Kette zu rauchen. Höchstens vier Zigaretten pro Stunde. Er war jetzt über Vierzig, und Vier-Schachteln-pro-Nacht-Observationen waren zuviel für ihn – er kam dann immer mit kratzendem Hals, brennender Lunge und einem stechenden Schmerz in seinen Stirnhöhlen nach Hause. Er schaute auf seine Uhr, um zu sehen, ob schon genügend Zeit seit seiner letzten Zigarette vergangen war. Fast. Er kurbelte das Wagenfenster herunter. Plötzlich packte ihn etwas bei der Kehle und drückte ihm die Luft ab. Er ließ seinen Kaffee fallen, spürte die heiße Flüssigkeit in seinem Schoß, während er unter seine Jacke nach seiner Waffe greifen wollte. Aber etwas packte seine Hand und hielt sie wie eine Schraubzwinge fest.

Die Hand an seinem Hals lockerte ihren Griff. Rivera atmete vorsichtig ein. Als er versuchte, seinen Kopf zu drehen, schnürte ihm die Hand abermals die Luft ab. Ein hübsches Gesicht reckte sich durchs Fenster.

»Hallo«, sagte Jody. Sie lockerte etwas ihren Griff um seine Kehle.

»Hallo«, krächzte Rivera.

»Fühlen Sie den Griff um Ihr Handgelenk?«

Rivera spürte, wie sich die Schraubzwinge um sein Handgelenk fester zog. Seine Hand wurde taub, und Schmerz schoß durch seinen Arm.

»Ja!«

»In Ordnung«, sagte Jody. »Ich bin ziemlich sicher, daß ich Ihren Kehlkopf zerquetschen könnte, bevor Sie auch nur eine Bewegung machen können, aber ich wollte, daß Sie es auch wissen. Sind Sie überzeugt?«

Rivera versuchte zu nicken.

»Gut. Ihr Partner ist letzte Nacht Tommy gefolgt. Wissen Sie, wo die beiden jetzt sind?«

Wieder versuchte Rivera zu nicken. Auf dem Sitz neben ihm begann das Handy zu piepsen.

Jody ließ seinen Arm los, riß blitzschnell die Waffe aus seinem Schulterhalfter, entsicherte sie und richtete sie auf seinen Kopf – alles, bevor Rivera auch nur Luftholen konnte. »Bringen Sie mich zu ihm«, befahl sie.

Elijah Ben Sapir beobachtete die roten Punkte, die sich auf dem Video-Bildschirm über seinem Gesicht bewegten. Er war voller Vorfreude darauf aufgewacht, den kleinen Schoßhund des Kükens zu töten, als er sah, daß jemand in sein Heim eingedrungen war. Eine Emotion übermannte ihn, die für ihn so selten war, daß er einen Augenblick brauchte, bis er sie benennen konnte. Angst. Es war schon lange her, seit er das letzte Mal Angst gehabt hatte. Es fühlte sich gut an.

Die Punkte auf dem Bildschirm bewegten sich am Heck der Jacht, gingen aus der großen Kajüte über ihm rein und raus. Alle paar Sekunden verschwand einer der Punkte vom Bildschirm, dann tauchte er wieder auf. Sie stiegen in ein Boot am Heck ein und aus.

Der Vampir griff über sich und betätigte eine Reihe von Kippschaltern. Die riesigen Dieselmotoren zu beiden Seiten seiner Gruft sprangen donnernd an. Ein weiterer Schalter, und eine elektrische Winde begann, knirschend den Anker hochzuziehen.

»Bewegung, Bewegung, Bewegung!« rief Tommy in die Kajüte. »Die Motoren wurden angelassen.«

Barry kam durch die Luke, in den Händen die Bronzestatue einer Ballerina. Tommy wartete mit Drew am Heck der Jacht. Troy Lee, Lash, Jeff, Clint, der Kaiser und seine Mannen waren schon im Boot und versuchten genügend Platz zu finden, um sich zwischen den Gemälden und Statuen bewegen zu können.

»Ins Boot mit dir«, sagte Tommy zu Barry. Er nahm ihm die Statue ab, während der stämmige Taucher über die Bordwand in die Arme der wartenden Tiere sprang und dabei beinahe das Boot zum Kentern gebracht hätte. Tommy warf die Statue dem Kaiser zu, der sie auffing und unter ihrem Gewicht zu Boden ging.

Tommy schwang ein Bein über die Reling und schaute zurück. »Zünd sie an, Drew. Jetzt!«

Drew bückte sich und hielt sein Feuerzeug an das Ende eines wachsüberzogenen Stoffstreifens, der über das Deck und durch die Luke in die große Kajüte führte. Drew beobachtete einen Moment lang, wie die Flamme der Lunte folgte, dann richtete er sich auf und gesellte sich zu Tommy an die Reling. »Sie brennt.«

Sie kletterten rücklings über die Reling, und die Tiere waren so freundlich, beiseite zu treten, so daß die beiden ungehindert auf den Boden des Bootes springen konnten. Das Boot schwankte und kam wieder zur Ruhe. Tommy rang nach Luft, um einen Befehl zu geben.

»Paddelt, Männer!« brüllte der Kaiser.

Die Tiere fingen an, mit ihren Paddeln auf das Wasser einzuschlagen. Von der Jacht ertönte ein lautes Röhren, als die Zündung angestellt wurde. Das Boot schaukelte, als die Zwillingsschrauben sich zu drehen begannen und die Jacht von den Vampirjägern wegbewegten.

»Rivera«, sagte Rivera ins Handy.

»Die Jacht bewegt sich«, erklärte Cavuto. »Ich glaube, ich habe den Typen gerade dabei geholfen, den Kahn auszuplündern.« Er öffnete den Reißverschluß seiner Ledertasche und legte eine riesige, verchromte Automatik, eine Desert Eagle Kaliber .50, frei. Die Pistole feuerte Kugeln von dem ungefähren Gewicht eines kleinen Hundes ab und hatte den Rückstoß eines Granatwerfers. Ein Schuß konnte einen Backstein in Kies verwandeln.

»Ich bin schon unterwegs«, sagte Rivera.

»Was ist mit der Frau?« Cavuto rammte ein Magazin in die Desert Eagle und steckte ein weiteres in seine Jackentasche.

»Sie ist – sie wird schon klarkommen. Ich bin jetzt Ecke Van Ness und Lombard. Ich bin in etwa drei Minuten da. Ruf keine Verstärkung.«

»Tu ich nicht – o mein Gott!«

»Was ist?«

»Das verdammte Ding ist gerade in die Luft geflogen.«

Eine Flammensäule schoß vom Heck der *Sanguine II* auf. Eine Sekunde verstrich, und der Rest der Jacht verschwand in einer Feuerwolke, die über ihr zum Himmel aufstieg. Die Jacht hatte die Wellenbrecher passiert und war vielleicht dreihundert Meter weit in die Bucht hinaus gefahren, als die brennende Lunte Drews explosiven Cocktail erreichte.

Das Boot hatte gerade den Pier erreicht, als es knallte. Tommy sprang auf den Pier und schaute zu, wie sich die Pilzwolke auflöste. Die Druckwelle rollte über sie hinweg, und Tommy griff zurück zum Floß und fing den Kaiser auf, bevor er ins Wasser fiel.

Trümmer regneten auf sie herab. Eine Lache aus Feuer und nicht entzündetem Dieselkraftstoff breitete sich auf dem Wasser aus und tauchte die ganze Gegend in ein tanzendes, orangefarbenes, gleißendes Licht.

»Wo ist die Party, Jungs?« grölte Drew.

Die Tiere kletterten aus dem Boot auf den Pier und machten sich daran, die Objets d'art auszuladen. Tommy stand etwas abseits und beobachtete den Brand. Bummer kauerte in den Armen des Kaisers.

»Denkst du, daß wir ihn erledigt haben?«

Jeff reichte Troy die Degas-Ballerina und sah über seine Schulter. »Darauf kannst du einen lassen. Nettes Gebräu, Drew.«

Drew verbeugte sich, wobei er beinahe über den Rand des Piers gekippt wäre.

»Ich muß leider bemerken, daß ich fürchte, daß die Explosion die Aufmerksamkeit der Polizei erregt hat, meine Herren«, meldete sich der Kaiser zu Wort. »Ich würde einen eiligen Rückzug empfehlen.«

Drew blickte zu dem brennenden Benzinteppich. »Ich wünschte, ich hätte etwas Acid dabei. Das hier wäre einfach phantastisch auf Acid.«

Jeff sprang in das Boot und reichte das letzte Gemälde

hinauf, den Miró. Er sah an Troy Lee vorbei, der mit dem schweren Rahmen kämpfte, und sagte: »Uups.«

»Was ist?«

Jeff deutete mit einem Kopfnicken an ihm vorbei, und die Tiere drehten sich um. Cavuto hielt eine sehr große, sehr glänzende Pistole auf sie gerichtet.

»Keiner rührt sich von der Stelle!«

Sie taten es nicht. Die Harpunen waren auf dem Pier gestapelt. Clint hielt die Schrotflinte locker neben dem Körper, während er betete. Er ließ die Waffe fallen.

»Laß sie fallen«, befahl Cavuto.

»Hab ich doch«, erwiderte Clint.

»Stimmt, das hat er«, sagte Tommy. »Und noch bevor Sie ihn dazu aufgefordert haben. Das sollten Sie ihm hoch anrechnen.«

Cavuto gab ihnen mit der Pistole Zeichen. »Alle auf den Boden. Gesicht nach unten. Sofort!« Die Tiere ließen sich zu Boden fallen. Lazarus bellte.

Der Kaiser trat vor. »Officer, diese jungen Männer hier haben ...«

»Sofort!« schrie Cavuto. Der Kaiser ließ sich neben den Tieren aufs Pier fallen.

Die Bildschirme erloschen den Bruchteil einer Sekunde, bevor er gegen die Wand der Gruft geschleudert wurde. Er wurde im Innern hin und her geworfen, spürte bei jeder Bewegung, wie sein Fleisch sich am Stahl verbrannte. Die Gruft war rotglühend von der Hitze; sie hatte sich mit dem Qualm von verschmorten Kabeln und der versengten Kleidung des Vampirs gefüllt.

Nach einigen Augenblicken hörte das Trudeln auf. Der Vampir wurde gegen eine Wand der Gruft geschleudert, sein Gesicht auf die Knie gepreßt. Seine Haut war verbrannt, und er versuchte, sie mit Willenskraft zu heilen, aber es war Tage her, daß er zum letzten Mal getrunken hatte, und so ging die Heilung nur langsam vonstatten.

Er lokalisierte den Deckel, indem er die zertrümmerten Computer- und Radar-Bildschirme fand. Salzwasser spritzte in einem feinen Sprühnebel hinter den Monitoren hervor. Elijah Ben Sapir stemmte sich gegen den Deckel, aber der rührte sich nicht. Der Vampir tastete nach den Riegeln und öffnete sie, dann drückte er mit einer Kraft, die eine Autostoßstange zerquetscht hätte, gegen den Deckel, doch der ließ sich noch immer nicht bewegen. Die Hitze der Explosion hatte ihn zugeschweißt.

Ich hätte ihn bereits letzte Woche töten sollen, fuhr es dem Vampir durch den Sinn. Das habe ich nun davon, daß ich mich meinem Vergnügen hingegeben habe.

Er griff in den kaputten Computer und tastete nach dem Ursprung des spritzenden Wassers, dann konzentrierte er seine Willenskraft und verwandelte sich in Nebel. Wegen seines geschwächten Zustands ging die Umwandlung ebenso langsam vonstatten wie zuvor die Heilung, aber als er endlich seine feste Form verloren hatte, folgte er dem Weg des Wassers und schlängelte sich durch das winzige Loch hinaus in das offene Meer.

Die Gruft lag in vierzig Metern Tiefe auf Grund, und sobald der Vampir aus ihr geflohen war, kondensierte ihn der Druck von vier Atmosphären wieder in seine feste Form. Er versuchte abermals, sich in Nebel zu verwandeln, versagte jedoch. Er schwamm auf den orangefarbenen Lichtschein an der Oberfläche zu, während er überlegte: Zuerst stirbt der Junge, dann besorge ich mir einen neuen Anzug.

Er durchbrach die Oberfläche mitten im brennenden Benzinteppich. Mit einem kräftigen Beinschlag ließ er sich ganz aus dem Wasser schnellen und versuchte, sich wieder in Nebel zu verwandeln. Seine Glieder lösten sich in der Luft auf, ihr Dunst wurde von den Flammen gepeitscht und hob sich leuchtend weiß gegen den wallenden schwarzen Dieselrauch ab, aber er konnte diesen Zustand nicht halten. Er fiel wieder zurück ins Wasser, gefolgt von einem Strudel aus Nebelschwaden, die unter Wasser wieder zu einer festen Form kondensierten. Frustriert und wütend machte er sich daran, um den Wellenbrecher herum zum Jachtclub zu schwimmen.

Cavuto schwenkte die Desert Eagle über den Köpfen der am Boden liegenden Tiere, während er vorwärtsging, um ihre Waffen zu holen. Lazarus knurrte und wich zurück, als der schwergewichtige Cop sich ihm näherte. In der Ferne heulten Sirenen. Besatzungsmitglieder und Jachtbesitzer reckten wie neugierige Präriehunde ihre Köpfe aus den Luken der umliegenden Jachten.

»Verschwindet!« brüllte Cavuto, und die Segler gingen in Deckung.

Cavuto hörte Schritte auf dem Pier hinter sich. Blitzschnell drehte er sich um. Der Wachmann vom Tor sah in die höhlengleiche Mündung der Desert Eagle. Abrupt blieb er stehen, als wäre er gegen ein Kraftfeld geprallt. Cavuto schwenkte die Waffe wieder auf die Tiere.

»Gehen Sie zurück zum Tor und rufen sie 911«, befahl er über seine Schulter. »Sagen Sie denen, sie sollen Verstärkung schicken.«

»Geht klar«, sagte der Wachmann.

»In Ordnung, ihr Mistkerle, ihr seid festgenommen. Und wenn einer von euch auch nur zuckt, dann verwandle ich euch in einen großen roten Fleck. Ihr habt das Recht …«

Der Vampir kam wie ein nasser Komet aus dem Wasser und landete hinter den Tieren auf dem Pier. Er war schwarz verbrannt, und seine Kleider hingen in rußigen Fetzen an ihm herunter. Cavuto feuerte ohne nachzudenken los. Der Schuß ging daneben. Der Vampir blickte lange genug hoch, um Cavuto anzugrinsen, dann griff er auf den Boden, packte Tommy hinten am Hemd und riß ihn hoch wie eine Stoffpuppe.

Cavuto zielte und feuerte abermals. Der zweite Schuß traf den Vampir im Oberschenkel und fetzte einen acht Zentimeter großen Fleischbrocken aus seinem Bein. Der Vampir ließ Tommy fallen, wandte sich zu Cavuto und sprang. Die dritte Kugel traf den Vampir im Unterleib. Die Wucht des Einschlags ließ Fleischstücke umherfliegen und den Vampir wie einen Football durch die Luft segeln. Er landete zu Cavutos Füßen. Der vierschrötige Cop versuchte zurückzutreten, um einen weiteren Schuß abzufeuern, aber bevor er zielen konnte, riß ihm der Vampir die Pistole aus den Händen, wobei er Cavuto den größten Teil der Haut an seinem Abzugfinger zerfetzte. Cavuto machte einen Satz nach hinten und tastete hektisch unter der Jacke nach seiner Dienstwaffe. Inzwischen warf der Vampir die Desert Eagle achtlos über seine Schulter und erhob sich auf die Füße. »Du bist tot«, knurrte er.

Cavuto sah, wie die klaffenden Wunden im Bein und im Bauch des Vampirs pulsierten, brodelten und sich mit Rauch füllten. Gerade, als er den Knauf seines Revolvers zu greifen bekam, setzte der Vampir zum Sprung an, die Finger ausgestreckt, um sie in Cavutos Brust zu bohren.

Cavuto wich aus, hörte ein Zischen und einen lauten Rumms. Er sah auf, überrascht, daß er noch am Leben war. Der Vampir war keine fünf Zentimeter vor ihm stehengeblieben. Ein schimmernder Speer durch sein Bein hatte ihn an den Pier geheftet. Ein paar Meter weiter stand der Schwarze der Truppe, in der Hand eine gasgetriebene Harpune.

Der Vampir drehte sich mit einem Ruck um und zerrte an dem Speer. Cavuto zückte seine Waffe, aber mit seinem verletzten Finger bekam er sie so unbeholfen zu fassen, daß sie vom Pier fiel. Hinter sich hörte er Sirenengeheul, dann einen Wagen, der den Pier entlanggebraust kam. Ein zweiter Speer bohrte sich durch die Schulter des Vampirs.

Tommy warf die Harpune beiseite. Alle Tiere waren aufgesprungen. »Troy, wirf mir das Schwert her!«

Troy Lee griff sich das Kampfschwert vom Pier und warf es Tommy zu. Tommy machte einen Schritt zur Seite, so daß das Schwert an ihm vorbeizischte und scheppernd auf dem Pier neben Cavuto landete, der reglos dastand, benommen davon, beinahe Zeuge seines eigenen Todes geworden zu sein.

»Griff voran, du Idiot«, rief Tommy, während er zum Schwert lief.

Der Vampir riß sich den Speer aus der Schulter und griff nach dem Speer in seinem Bein.

Der Kaiser holte sich sein Holzschwert vom Pier und stürmte auf den Vampir zu. Lash packte ihn am Kragen und riß ihn zur Seite, während Barry einen dritten Speer abfeuerte. Er traf den Vampir an der Hüfte. Jeff feuerte die Schrotflinte ab.

Der Vampir zuckte von der Wucht des Schusses und schrie.

Tommy hechtete nach dem Schwert zu Cavutos Füßen. Der schwergewichtige Cop half ihm auf die Füße.

»Danke«, sagte Tommy.

»Gern geschehen«, erwiderte Cavuto.

»Ich hab die Leute nicht umgebracht.«

»Das denke ich langsam auch«, sagte Cavuto.

Ein brauner Wagen kam schlitternd auf dem Pier zum Halten. Tommy sah kurz hoch, dann wirbelte er herum und stürmte auf den Vampir zu, der an dem Speer in seinem Bein zerrte. In seinen Wunden brodelten und waberten Nebelschwaden, sein Körper versuchte zu heilen, während ihm immer neue Verletzungen zugefügt wurden.

Tommy hob das Schwert über den Kopf des Vampirs, der am Boden lag, und schloß die Augen.

»Nein!« Es war Jodys Stimme.

Tommy öffnete die Augen. Jody kauerte auf den Knien und beugte sich schützend über den Vampir, der sich in sein Schicksal ergeben hatte und auf den todbringenden Schlag wartete. »Nein«, sagte Jody. »Bring ihn nicht um!«

Tommy ließ das Schwert sinken. Jody sah zu Jeff, der noch immer die Schrotflinte erhoben hielt. »Nein«, sagte sie. Jeff sah zu Tommy, der nickte. Jeff ließ die Schrotflinte sinken.

»Töte den Unhold!« rief der Kaiser, der sich immer noch strampelnd in Lashs Griff wand.

Jody zog den Kopf des Vampirs auf ihren Schoß. Die Tiere und Cavuto standen da und schauten zu. Sie wußten nicht, was sie tun sollten. Clint sprach ein leises Gebet, kaum hörbar über dem herannahenden Sirenengeheul.

»Blut«, hauchte der Vampir. Er sah in Jodys Augen. »Deins.«

»Gib mir das Schwert, Tommy«, sagte Jody.

Er zögerte und hob das Schwert zum Schlag.

»Nein!« Sie warf sich schützend über den Vampir.

»Aber Jody, er hat Menschen umgebracht.«

»Du hast doch keine Ahnung, Tommy. Sie wären sowieso alle gestorben.«

»Aus dem Weg!«

Judy drehte sich zu Cavuto um. »Sagen Sie's ihm. Alle Opfer waren todkrank, stimmt's?«

Cavuto nickte. »Dem Leichenbeschauer zufolge hätte keiner von ihnen noch mehr als ein paar Monate zu leben gehabt.«

Tommy war den Tränen nahe. »Er hat Simon umgebracht.«

»Simon hatte Aids, Tommy.«

»Nein, nein. Nicht Simon. Simon war das Tier der Tiere.«

»Er hat es vor euch Jungs verheimlicht. Er hatte Todesangst. Gib mir jetzt bitte das Schwert.«

»Nein, geh aus dem Weg.«

Tommy holte zum letzten Schlag aus. Plötzlich spürte er eine Hand auf seiner Schulter, dann packte eine andere seinen Schwertarm und zog ihn nach unten. Er drehte sich um und sah den Kaiser.

»Laß ihn leben, Sohn. Das Maß der Macht eines Mannes ist das Ausmaß seiner Gnade. Gib mir das Schwert. Das Töten hat ein Ende.«

Der Kaiser wand Tommy das Schwert aus der Hand und reichte es Jody. Sie nahm es, zog sich die Klinge über ihr Handgelenk, dann hielt sie die Wunde über den Mund des Vampirs. Er ergriff den Arm mit beiden Händen und trank gierig.

Jody sah zu Cavuto. »Ihr Partner ist mit Handschellen ans Lenkrad des Wagens gekettet. Machen Sie ihn los und gehen Sie zu Fuß weg, bevor die Polizei und die Feuerwehr eintreffen. Ich brauche den Wagen. Und ich möchte nicht verfolgt werden.«

Cavuto schaltete wieder auf Cop-Modus um. »Scheiße.«

»Holen Sie Ihren Partner und gehen Sie. Oder möchten Sie das hier etwa gern erklären?«

»Was?«

»Das alles hier.« Jody zog ihren Arm aus dem Mund des Vampirs und deutete auf den Pier. »Hören Sie, es wird keine Morde mehr geben. Ich verspreche es. Wir gehen weg und werden nie wiederkommen. Lassen Sie es gut sein. Und lassen Sie Tommy und seine Freunde in Ruhe.«

»Sonst?« fragte Cavuto.

Jody legte die Arme um den alten Vampir und zog ihn hoch, während sie aufstand. »Sonst kommen wir zurück.«

Sie trug den Vampir zum zivilen Streifenwagen, legte ihn auf den Rücksitz und kletterte zu ihm auf die Bank. Rivera saß auf dem Fahrersitz. Cavuto kam zum Wagen und reichte Rivera seinen Handschellenschlüssel durchs Fenster.

»Ich hab's dir ja gesagt«, bemerkte Rivera.

Cavuto nickte. »Wir sind am Arsch, weißt du das? Wir müssen sie gehen lassen.«

Rivera schloß die Handschellen auf und stieg aus dem Wagen. Er stellte sich neben Cavuto, unsicher, was er tun sollte.

Jody reckte ihren Kopf aus dem hinteren Fenster des Wagens. »Komm schon, Tommy, du fährst.«

Tommy drehte sich zum Kaiser um, der ihm zunickte, dann sah er zu den Tieren. »Jungs, schafft das Zeug vom Pier weg. Bringt's in Troys Wagen. Und dann verschwindet hier. Ich rufe euch morgen im Supermarkt an.«

Tommy zuckte mit den Achseln, stieg in den Wagen und ließ den Motor an. »Was jetzt?«

»Zum Loft, Tommy. Er braucht einen dunklen Ort, um sich zu erholen.«

»Mir ist nicht wohl bei der Sache, Jody. Ich möchte, daß du das weißt. Und ich möchte wissen, was für eine Beziehung du zu diesem Kerl hast.«

Der Vampir stöhnte.

»Fahr los«, befahl sie.

Sie fuhren vom Pier weg. Verwundert starrten ihnen die Polizisten hinterher, während die Tiere hektisch die Kunstwerke einsammelten.

»Ich liebe dich, Tommy«, erklärte sie, »aber ich brauche jemanden, der so ist wie ich. Jemand, der mich versteht. Du weißt, wie das ist, oder?«

»Also brennst du mit dem erstbesten reichen, alten Knilch durch, der dir über den Weg läuft?«

»Er ist der einzige, Tommy.« Sie streichelte das versengte

Haar des Vampirs. »Ich habe keine andere Wahl. Ich hasse es, einsam zu sein. Und wenn er gestorben wäre, hätte ich nie erfahren, was ich bin.«

»Also geht ihr beide zusammen fort? Du verläßt mich?«

»Ich wünschte, ich sähe eine andere Möglichkeit. Es tut mir leid.«

»Ich wußte, daß du mir das Herz brechen würdest.«

35. KAPITEL

Skulpturen

Der Sonnenuntergang warf ein warmes orangefarbenes Licht auf die Pyramide. Darunter saß der Kaiser auf einer Betonbank und genoß einen Cappuccino. Bummer und Lazarus balgten sich um die Überreste eines riesigen Porterhouse-Steaks.

»Kameraden, was würde ich darum geben, wenn ich euch wie Cincinnatus als altgediente Kämpfer einen Ruhestand auf dem Lande gönnen könnte, aber die Stadt braucht weiter eure Hilfe. Der Unhold ist besiegt, doch nicht die Verzweiflung meines Volks. Unsere Verantwortung ist die Legion.«

Eine Touristenfamilie ging am Kaiser vorbei. Sie beeilte sich, um die Cable-Car-Haltestelle an der California Street vor dem Dunkelwerden zu erreichen. Der Kaiser hob zum Gruß seinen Becher. Der Vater, ein dicker Mann mit schütterem Haar und einem Alcatraz-T-Shirt, verstand die Geste des Kaisers als Bitte um Almosen und sagte: »Warum suchen Sie sich keine Arbeit?«

Der Kaiser lächelte. »Guter Mann, ich habe eine Arbeit. Ich bin der Kaiser von San Francisco und Protektor von Mexiko.«

Der Tourist rümpfte angewidert die Nase. »Sehen Sie sich doch nur mal an! Sehen Sie sich Ihre Kleider an. Sie stinken. Sie brauchen dringend ein Bad. Sie sind doch nichts weiter als ein Penner.«

Der Kaiser blickte auf die ausgefransten Säume seines speckigen Wollmantels, auf seine abgewetzte Cordhose – besudelt mit Flecken vom Blut des Vampirs –, auf die

Löcher in seinen dreckigen Turnschuhen. Er hob einen Arm und roch unter seiner Achselhöhle, dann ließ er den Kopf hängen.

Die Touristen gingen weiter.

Cavuto und Rivera saßen in lederen Ohrensesseln vor dem Kamin in Cavutos Cow-Hollow-Apartment. Im Kamin brannte ein Feuer. Die Flammen knisterten und tanzten, während sie die klamme Kälte der Bucht vertrieben. Der Raum war mit rustikalen Eichen-Antiquitäten möbliert, die Bücherregale waren gefüllt mit Krimis, an den Wänden hingen Waffen und Plakate von Bogart-Filmen. Rivera trank Cognak, Cavuto Scotch. Auf dem Wohnzimmertisch zwischen ihnen stand die einen Meter hohe Bronzestatue einer Ballerina.

»Also, was machen wir damit?« fragte Cavuto. »Ist vermutlich gestohlen.«

»Vielleicht auch nicht«, erwiderte Cavuto. »Er könnte sie von Degas persönlich gekauft haben.«

»Der Schwarze hat gesagt, sie wäre Millionen wert. Glaubst du, das stimmt?«

Rivera zündete sich eine Zigarette an. »Wenn sie echt ist, ja. Also, was machen wir damit?«

»Ich habe nur noch zwei Jahre, bis ich in Pension gehe. Ich habe immer davon geträumt, ein Bücherantiquariat zu eröffnen.«

Rivera schmunzelte bei dem Gedanken. »Meine Frau würde sich gern Europa ansehen. Und ich hätte nichts dagegen, selbst ein kleines Geschäft aufzumachen. Vielleicht auch Golf spielen zu lernen.«

»Wir könnten sie auch abgeben und unsere letzten Berufsjahre absitzen. Nach dieser Sache werden sie uns aus der Mordkommission schmeißen, das ist dir doch klar, oder? Für das Drogendezernat sind wir zu alt. Vermutlich kommen wir zur Sitte – Nacht für Nacht kreischende Nutten.

Rivera seufzte. »Ich werde die Mordkommission vermissen.«

»Ja, es war ruhig.«

»Ich wollte immer gern etwas über seltene Bücher lernen«, bemerkte Rivera.

»Kein Golf«, sagte Cavuto. »Golf ist nur für Schlappschwänze.«

Tommy stellte den Futon so hin, daß er den beiden Statuen gegenüber sitzen konnte. Dann nahm er Platz, um sein Werk zu bewundern. Er hatte den ganzen Tag in der Gießerei unten gearbeitet, hatte Jody und den Vampir mit einer dünnen Schicht leitender Farbe überzogen und sie dann in die Bronzierwannen gelegt. Die beiden Rocker-Bildhaucr hatten ihm freudestrahlend dabei geholfen, besonders nachdem Tommy eine Handvoll Geldscheine aus der Papiertüte geholt hatte, die der Kaiser ihm gegeben hatte.

Die Statuen sahen sehr lebensecht aus. Das sollten sie auch, denn unter der Bronzeschicht lebten sie noch, mit Ausnahme von Zelda, die neben den beiden Vampiren stand. Tommy hatte Jody ein Trikot angezogen, bevor er sie mit der Farbe angestrichen hatte. Dem Vampir hatte er eine seiner eigenen Jockey-Shorts angezogen. Es war erstaunlich, wie schnell der Vampir verheilt war, nachdem er Jodys Blut getrunken hatte. Das schlimmste war das Warten gewesen – das Warten vor dem Schlafzimmer, wohin Jody den Vampir getragen hatte, das Warten darauf, daß die beiden bei Sonnenaufgang einschliefen, das Lauschen auf das leise Gemurmel ihrer Stimmen. Worüber hatten sie gesprochen?

Alles in allem sah der Vampir recht gut aus. Fast alle Verletzungen seines Körpers waren bis zum Morgen verheilt. Jody war selbst in Bronze schön. Zum Schluß hatte Tommy dann noch Löcher für die Ohren durch die dicke Bronzeschicht gebohrt, damit er mit ihr sprechen konnte.

»Jody, ich weiß, daß du vermutlich mächtig sauer sein wirst. Ich nehme es dir nicht übel. Aber ich hatte keine andere Wahl. Es ist nicht für immer, es ist nur für so lange, bis ich mir überlegt habe, was zu tun ist. Ich wollte dich nicht verlieren. Ich weiß, du wolltest einfach mit ihm weggehen, und ich denke, du hättest es getan, aber *er* hätte es nicht getan. Er hätte mich nie am Leben gelassen.«

Tommy wartete, als würde er eine Antwort von der Statue erhalten. Er hob die Papiertüte mit dem Geld vom Boden auf und hielt sie hoch.

»Übrigens, wir sind reich! Ich werde nie wieder darüber lästern, daß Lash BWL studiert. In nicht einmal einem Tag hat er die Kunstwerke von der Jacht versetzt und zehn Cent pro Dollar für uns herausgeschlagen. Unser Anteil ist über hunderttausend. Die Jungs sind nach Las Vegas geflogen. Wir haben versucht, dem Kaiser seinen Anteil zu geben, aber er hat nur soviel genommen, daß er Bummer und Lazarus eine Mahlzeit davon kaufen kann. Er hat gesagt, Geld würde ihn von seinen Pflichten ablenken. Toll, was?«

Er ließ das Geld fallen und seufzte.

»Die beiden Cops haben dir geglaubt. Sie werden uns in Ruhe lassen. Sie haben gemeldet, der Killer wäre an Bord der Jacht gewesen, als sie in die Luft gegangen ist. Lash hat dem Wachmann am Tor Geld gegeben, damit er die Geschichte bestätigt. Ich konnte einfach nicht glauben, daß sie tatsächlich mitmachen. Ich glaube, der dicke Cop hat ein Auge auf mich geworfen.

Ich werde ein Buch über die ganze Sache schreiben. Ich bin hergekommen, um Abenteuer zu erleben, und mit dir zusammen zu sein, war ein Abenteuer. Ich will es nicht aufgeben. Ich weiß, daß wir nicht gleich sind. Aber wir sollten uns nicht einsam fühlen, wenn wir einander haben. Ich liebe dich. Ich werde mir etwas überlegen. Ich werde jetzt schlafen. Das habe ich seit Tagen nicht mehr.«

Er stand auf und ging zu Jody. »Es tut mir leid«, sagte er. Er küßte die kalten Bronzelippen und drehte sich gerade zum Schlafzimmer um, als das Telefon klingelte.

»Das sind wahrscheinlich die Tiere, die aus irgendeinem Kasino anrufen«, sagte er, als er ranging.

»Hallo.«

»Ähm, hallo«, meldete sich eine Männerstimme. »Könnte ich bitte mit Jody sprechen?«

Tommy nahm den Hörer vom Ohr und starrte ihn an, dann hielt er ihn sich wieder ans Ohr und sagte: »Jody ist ... nun ... sie ist tot.«

»Ich weiß. Kann ich bitte mit ihr sprechen?«

»Sie perverses Arschloch.«

»Sind Sie C. Thomas Flood? Der Typ aus der Zeitung?«

Wer war dieser Kerl? »Hören Sie, Kumpel, das war ein Irrtum. Sie haben den Kerl inzwischen erwischt, der die Morde begangen hat.«

»Hören Sie, mein Name ist Steve. Ich will Ihnen meinen Nachnamen nicht nennen. Ich bin Medizinstudent in Berkeley. Ich habe vor ein paar Nächten mit Jody gesprochen. Wir wollten uns im Enrico's treffen, aber sie ist nicht gekommen. Ich bin eigentlich ganz froh darüber, ich habe ein nettes Mädchen kennengelernt, das mit Ihnen zusammen bei Safeway arbeitet. Aber egal, als ich Jodys Namen in der Zeitung las, habe ich die Chance ergriffen und ihre Telefonnummer herausgesucht.«

»Wenn Sie die Zeitung gelesen haben, dann wissen Sie ja auch, was mit Jody passiert ist«, sagte Tommy. »Dieser Anruf ist nicht witzig.«

In der Leitung herrschte einen Moment lang Stille, dann sagte Steve: »Wissen Sie, was sie ist?«

Tommy war schockiert. »Sie wissen es?«

»Also wissen Sie es?«

»Sie ist, ich meine *war* meine Freundin.«

»Hören Sie, ich versuche nicht, Sie zu erpressen oder so was. Ich habe mit Jody darüber gesprochen, ihre Krankheit rückgängig zu machen. Nun, ich glaube, ich habe einen Weg gefunden, das zu tun.«

»Sie nehmen mich auf den Arm, oder?«

»Nein. Sagen Sie ihr, ich rufe morgen abend wieder an. Ich weiß, daß sie tagsüber nicht wach ist.«

»Warten Sie«, rief Tommy. »Meinen Sie das ernst? Ich meine, Sie können sie wieder zu einem Menschen machen?«

»Ich denke schon. Es wird wahrscheinlich einige Monate dauern. Aber bei geklonten Zellen im Labor hatte ich schon Erfolg.«

Tommy legte die Hand über die Sprechmuschel und drehte sich zu der Statue von Jody um. »Da ist ein Typ am Apparat, der behauptet, er könne dir helfen. Wir könnten vielleicht ...«

Nebelschwaden waberten aus den Ohrlöchern in der Bronzestatue und wallten in einer Wolke in die Mitte des Raums. Tommy ließ den Hörer sinken und wich vor der Wolke zurück. Er konnte hören, wie ihn Steves Stimme aus dem Hörer rief.

Tommy wich gegen die Arbeitsfläche in der Küche zurück. »Jody, bist du das?«

Die Wolke pulsierte, bildete Tentakel aus – oder waren es Gliedmaßen? Es sah aus, als wollte sie feste Form annehmen.

O Tommy, dachte Jody, du wirst nicht glauben, was ich letzte Nacht alles gelernt habe. Du wirst das größte Abenteuer deines Lebens erleben, Liebster. Und es wird ein sehr langes Leben sein. Die Dinge, die du sehen wirst – ich kann es gar nicht abwarten, sie dir zu zeigen.

Sie nahm feste Gestalt an, stand nackt und lächelnd vor ihm.

Tommy preßte den Hörer an seine Brust. »Du bist sauer, stimmt's?«

»Ich hätte dich niemals verlassen, Tommy. Ich liebe dich.«

»Aber was ist mit ihm?« Tommy deutete auf den bronzierten Vampir.

»Ich mußte ihn glauben lassen, daß ich mit ihm weggehen würde, damit ich herausfinden konnte, was ich wissen wollte. Ich habe eine Menge gelernt, Tommy. Ich werde es dir beibringen.« Sie machte einen Schritt auf ihn zu.

»Er hat dir beigebracht, wie man sich in Nebel verwandelt, stimmt's?«

»Das, und wie man einen Vampir erschafft.«

»Ach ja? Das könnte ganz nützlich werden.«

»Und das schon bald«, sagte sie. Sie blickte zurück zu dem alten Vampir. »Das Bronzieren war eine ziemlich gute Idee. Ich war nicht sicher, was ich mit ihm tun sollte, nachdem ich erfahren hatte, was ich wissen wollte. Vielleicht fällt uns irgendwann ein, wie wir ihn herauslassen und trotzdem vor ihm sicher sein können.«

»Also bist du nicht sauer auf mich? Und du gehst wirklich nicht weg?«

»Nein. Ich dachte, mir bliebe nichts anderes übrig, als wegzugehen, aber ich wollte es nie. Du und ich werden sehr lange zusammen sein.«

Tommy lächelte. »Klasse, dieser Typ am Telefon sagt …«

»Leg auf, Tommy. Und komm her.«

»Aber er sagt … er kann dich wieder zurückverwandeln.«

»Leg auf.« Sie nahm ihm den Hörer aus der Hand und legte ihn auf den Küchentresen, dann schmiegte sie sich in Tommys Arme und küßte ihn.